梦游症调查报告

调查报告

方洋 著

湖南文艺出版社
HUNAN LITERATURE AND ART PUBLISHING HOUSE

博集天卷
CS-BOOKY

图书在版编目（CIP）数据

梦游症调查报告 / 方洋著 . -- 长沙：湖南文艺出版社，2023.3
ISBN 978-7-5726-1022-6

Ⅰ.①梦… Ⅱ.①方… Ⅲ.①长篇小说－中国－当代
Ⅳ.① I247.5

中国国家版本馆 CIP 数据核字（2023）第 006263 号

上架建议：畅销小说

MENGYOUZHENG DIAOCHA BAOGAO
梦游症调查报告

著　　者：方　洋
出 版 人：陈新文
责任编辑：刘雪琳
监　　制：邢越超
策划编辑：刘　筝
特约编辑：尹　晶
营销支持：周　茜　文刀刀
装帧设计：潘雪琴
封面插图：xieerxdd
内文排版：百朗文化
出　　版：湖南文艺出版社
　　　　　（长沙市雨花区东二环一段 508 号　邮编：410014）
网　　址：www.hnwy.net
印　　刷：三河市鑫金马印装有限公司
经　　销：新华书店
开　　本：680 mm×955 mm　1/16
字　　数：373 千字
印　　张：22
版　　次：2023 年 3 月第 1 版
印　　次：2023 年 3 月第 1 次印刷
书　　号：ISBN 978-7-5726-1022-6
定　　价：52.00 元

若有质量问题，请致电质量监督电话：010-59096394
团购电话：010-59320018

目 录

第一章

如果你从来没有见过真实，又怎么会知道真实是什么样的呢？如果你走到一棵苹果树下，苹果不会往下掉，而是往天上飞，你从小就看到这样的情景，你会认为苹果飞上天才是真实的，苹果掉落在地上才是虚假的。

梦游症调查报告

第二章

如果你是一个一维生物，你永远认为这个世界是一维的。如果你是一个二维生物，你永远认为这个世界处于二维状态。如果你只是三维、四维生物，你同样不能理解五维世界的存在。

第三章

当我问他们哭什么，他们告诉我，这面墙死了，他们在为它哀悼。我又问，为何要为一面墙的死而哀悼？他们说，这面墙是他们的母亲。

梦游症调查报告

第四章

我问："你相信你另外一重人格说的话吗？"

他道："当然不信！除非我疯了！"

我问："在精神病院那十几年，你的本格是如何战胜另外一重人格的？"

他神秘一笑道："我把他给吃了。"

第五章

"梦游的时候，梦游者的眼睛看不到光，可是梦游者依然能够行走自如，甚至避开很多复杂的障碍物，甚至可以在梦游中完成各种现实中都可能没法完成的复杂的工作。或许，在梦游的时候，梦游者看到了这个世界的本质。"

我问："这个世界的本质？"

胡先生道："也许梦游的时候，人才是真正醒着的。而我们自以为醒着的时候，其实看到的，都是那些虚无缥缈的光所粉饰出来的虚幻的世界。"

℞

梦游症调查报告 _____

R x

第一章

如果你从来没有见过真实，又怎么会知道真实是什么样的呢？如果你走到一棵苹果树下，苹果不会往下掉，而是往天上飞，你从小就看到这样的情景，你会认为苹果飞上天才是真实的，苹果掉落在地上才是虚假的。

梦游症调查报告 _____

℞ 第1个病例：

这个世界是假的

以前在报社工作，为了做一个关于梦游症的专题调查报告，那段时间，我采访了不少梦游症患者。医学上认为梦游是睡眠障碍的一种，多发生在睡眠的第3～4期深睡阶段，也就是入睡之后的2～3小时内。

患者在梦游过程中，能够像醒着一样，从床上爬起来，在屋内走动，有时候甚至会行动到屋外，在大街上漫无目的地游荡。如果没有外力影响，大多数患者通常不会在梦游过程中醒来。

一般情况下，患者经过一番梦游行为之后，会回到床上，就像什么事情都没有发生一样。整个过程，患者都处在睡眠状态中。第二天早上醒来，梦游患者在没有他人告知的情况下，对昨晚的梦游行为一无所知。

我采访的第一位梦游症患者，是一名三十五岁的男厨师。他和我印象中的厨师不同，脑袋不大，脖子也不粗，反倒体格精瘦，举止彬彬有礼，看上去十分儒雅。

采访地点，是在他家饭厅里。那天他为我精心制作了一份香嫩的牛扒。

我和他隔着餐桌相对而坐，整个饭厅的装修都十分考究，给人一种仿佛在高档西餐厅里就餐的感觉。

我用刀切割下一小块牛扒，棕红色的肉汁便从切口处肆无忌惮地溢了出来。我用叉子缓缓将肉送进嘴里，轻轻地咀嚼起来。整个过程我注意到厨师一直用期待的眼神看着我。

待我将口中的那一小块牛肉嚼碎咽下，他便道："味道怎么样？"

我点了点头，十分礼貌地回道："嗯，这是我吃过的最好吃的牛扒。"

只见厨师微微一笑，那笑容并非得意，而是一种……古怪的暧昧。我当时心里犯起了嘀咕，这家伙不会有问题吧？

我道："可以开始了吗？"

厨师点了点头。

我问："你是从什么时候开始梦游的？"

厨师摇了摇头说："不知道，已经很多回了，要说的话，大概一年前开始的吧。"

"你是怎么知道自己在梦游的？"

厨师耸了耸肩道："我老婆发现的，那天我工作的那家酒店有个庆典，所以工作到很晚才回家。回到家的时候我老婆已经睡了。我洗了个澡，也上床睡觉，很快就睡着了。没过一会儿，我就被我老婆的尖叫声吵醒。睁开眼，我发现自己莫名其妙地倒在了厨房里，还把冰箱里的鸡肉拿出来做了一道宫保鸡丁。"

"你是说，你大半夜的梦游跑进厨房做菜？"

厨师点了点头道："老婆听见炒菜的声音，走到厨房，看见我在厨房里忙活。她叫了我几声，我没答应，她很生气，走过来拍了拍我的肩膀……"

"你说……你是被你老婆的尖叫声弄醒的。她为什么尖叫？"

厨师道："因为她看见我闭着眼睛用菜刀切菜。她被我当时的状态吓到了。事后听她这么一讲，我也被吓得不轻，赶紧去看了心理医生。"

"医生怎么说？"

厨师道："医生说是我压力太大了，只要放松心情就好，让我不要太当回事，不用太放在心上，于是我和我老婆就回家了。"

"这样的症状还有发生吗？"

厨师点了点头："一个月后，我又梦游了。这回老婆刚好加班，不在家。"

"那你是怎么知道自己梦游了的？"

厨师道："这次我出去了。"

"你是说，出了门？"

厨师点了点头："我一个人穿好衣服，去了外面，还打了个的……"

"等下，你怎么知道自己打了个的？"

厨师说："我荷包里多了张的士发票，时间刚好吻合。"

我"哦"了一声，示意他接着说。

厨师道："反正具体情况我也不大清楚，总之第二天早上醒来的时候，我就在我工作的那家酒店里。"

我脑子转都没转就说："去做菜？"

厨师点头道："你真聪明。"

我"呵呵"了两声。

厨师接着道："第二天一早，我是被同事叫醒的，醒来的时候，我一个人坐在酒店后厨，桌子上还放着一盘没吃完的牛扒。"

我深吸了一口气道："看来你的症状很严重啊。"

厨师道："是啊！然后我又去看了医生。可是梦游症，医生也不知道该怎么治疗，给我开了些药，促进睡眠之类的，我连续吃了一个多月，果然有效，这症状再也没有犯过了。"

我道："那就好。不过，我很想问，你两次梦游，都梦到什么了？"

厨师摇了摇头说："一醒来，就不记得了。"他看了眼我盘中的牛扒，"快吃啊，再不吃就凉了，凉了可就不好吃了。"

我出于礼貌，赶紧吃了几大口盘里的牛扒。

这时，厨师突然定定地看着我，语调十分神经质地道："这个世界是假的。"

我一愣，完全不知道他在说什么，于是只能愣愣地看着他："啊？"

厨师暧昧地笑了笑说："我是说，我们现在正在梦游。"

我不禁后脊梁骨一阵发凉，不知道该说些什么好。

厨师似乎看穿了我的心思，道："你问了我这么多问题，我也问你一个问题吧。"

我道："问吧。"

厨师道："你怎么能够判断你此刻不是在做梦？"

我一下子被他问蒙了，这算什么问题？难不成厨师已经是个哲学家了？或者，是个想当哲学家的疯子厨师？

我道："反正我知道现在不是在做梦。"

厨师道："你做梦的时候知道自己在做梦吗？换句话说，通常你做梦的时候，不会对梦产生怀疑，你以为那是真的。"

我傻掉了。他说得好有道理，我竟无言以对。

我迟疑了片刻道："现实总比梦要真实。我在梦里的确不知道自己在做梦，但是，当我醒来的时候，我会知道那是梦，因为梦里的BUG（漏洞）太多了，不够真实。"

厨师道："你怎么去界定真实？你把你现在看到的听到的嗅到的尝到的摸到的体会到的叫作真实吗？"

我道："难道不是吗？"

厨师道："打个很简单的比方，我们小学的时候都学过'坐井观天'这个成语。一只青蛙坐在井底抬头看天，它以为天只有井口那么大。也就是说，对青蛙来说，井口那么大的天才是真实的。"

我明白自己似乎进了他的圈套，但还是不由自主地问道："你什么意思？"

厨师道："我的意思是……如果你从来没有见过真实，又怎么会知道真实是什么样的呢？如果你走到一棵苹果树下，苹果不会往下掉，而是往天上飞，你从小就看到这样的情景，你会认为苹果飞上天才是真实的，苹果掉落在地上才是虚假的。”

我彻底被他击溃了："我还是不明白你想要说什么。"

厨师暧昧地笑了笑，说："所以，没准儿我们以为自己醒着，其实是在梦里；而我们以为自己是在梦里，那场梦才是真实的世界。"

我被他搞得有些晕，不想再围绕着这个话题继续聊下去，于是立马岔开话题道："对了，今天周末，怎么没见你老婆？"

厨师道："她今天加班。"

我觉得自己得赶紧逃离这里，便起身说自己有事要走。

厨师没有挽留，送我到门口。

临走时厨师语调暧昧地对我道："其实我们的探讨还没结束。"

我笑了笑说："这只是个采访。"

厨师道："你喜欢吃烧烤吗？"

我不知道他为什么这么问，但下意识地点了点头。

厨师道："羊肉串一定是羊肉做的吗？"

我愣住了。

厨师道："所以这个世界一定是真实的吗？"

厨师说完，便转身，关上了家门。

一周后，我看到新闻，厨师被捕了，罪名是杀妻。

他将妻子分尸了，就在我去采访他的前一周，他在梦游状态下杀掉了自己的妻子。

但是警方一直都没能找到尸体。

我突然联想到厨师对我说的倒数第二句话——羊肉串一定是羊肉做的吗？

没错，那天我在厨师家里，吃了整整一大盘牛扒。

℞ 第 2 个病例：

你相信上帝的存在吗？

"不好意思啊，稍等一下，我得先打完这串代码。"

我所采访的另一名梦游症患者，是一名程序员。我特地跟他约好时间，挑了个明朗的周六下午来拜访他，而他却在忙碌地进行着繁复的编程工作。

"没事，等你忙完我们再开始。"

我很有耐心地坐在一旁，看着他飞快地敲击着键盘，屏幕上，一行行看不懂的代码在飞速地刷新着界面。

半小时后，他敲下了回车键，如释重负，深吸了一口气，转过身对我说道："好啦，终于搞定啦！"

我微微一笑，假装关切地问道："每天都这么忙吗？"

程序员道："也不一定，有时候，我会提前完成好几天的工作，然后休息。"

我问："你为哪家公司工作？腾讯？百度？阿里巴巴？"

程序员歪了歪脑袋："以前在百度混过，半年前辞职了。"

我问："现在呢？"

程序员道："一直在家里。可以开始了吗？"

我道："啊，好，你是从什么时候开始梦游的？"

程序员道："八个月前。"

我问："当时什么情况？"

程序员道："那天我在公司——应该说是前公司——加班到很晚才回家，回到家倒头便睡下了。"

我插嘴道："不好意思，打断你一下，你一直都是一个人住？"

程序员苦笑道："我们这种人，成天跟程序打交道，很难交到女朋友的。"

我尴尬一笑："你继续。"

程序员点了点头："其实当天还有一些程序没有完成，但我实在太累了，回到家脑袋一沾枕头就着了。第二天一早醒来，我才想起昨晚的工作没完成，上班就得把完整的程序交上去。于是我手忙脚乱打开电脑，准备硬着头皮将程序赶完。可是当我打开电脑看到……"

我被吸引住了："看到什么？"

程序员道："所有的程序，都已经完成了。"

我吸了口气："所以你由此判断自己梦游。你认为自己在梦游状态下完成了工作。"

程序员道："不仅仅如此。最开始我并没有反应过来，我是说，我并不知道这和梦游有半毛钱的关系。我以为是自己头天晚上完成了工作，只是因为压力太大，情绪紧张给忘掉了。后来这种事情连续发生了很多次，直到有次在公司加班，我实在太困，就在办公桌前睡着了。没一会儿我就听到同事在我耳边呼喊我的名字，当我睁开眼睛的时候，发现自己在椅子上坐直了，双手还抚在键盘上，面对着屏幕，屏幕上的代码比之前多出三十行。我还以为这是同事的恶作剧，当时有些生气。可同事们都说被我给吓到了，所有人都看见我睡着睡着就坐了起来，然后闭着眼睛在键盘上打代码。"

我问："看过医生吗？"

程序员点了点头："看过，没有用。自从知道自己梦游，那段时间，我晚上都不敢睡觉，每天都睁着眼，撑到很晚，实在忍不住了才睡。"

我问："你梦游的时候在梦里是怎样的？"

程序员道："一开始我记不清梦的内容，后来那梦就越来越清晰了。我梦到自己打开了一扇门……"

"一扇门？你是说，你梦游的时候，走出了家门？"

程序员摇了摇头道："就是一扇门，一扇黑暗中的门。没错，每次都是相同的梦境，一开始是一片黑暗，紧接着不远处会出现一道门，我会不由自主地朝着那扇门走去。"

我问："你推开那扇门了吗？"

程序员点了点头。

我问："门后面有什么？"

程序员道："像是一家公司，里面有很多人，像是公司里的员工，每个人面前都有一台电脑，所有人都面无表情，在键盘上飞快地敲击着代码。里面有一台电脑是空出来的，那是我的电脑。每次在梦里，我都会在那台电脑前无休无止地输入代码。直到第二天早上醒来，我都会发现，自己的电脑里多了一些代码文件，但是，我几乎看不懂那些代码。"

"看不懂？"

程序员点了点头："那些代码和我的工作无关，是一些十分高级的程序语言，甚至不属于我们已知范围内的任何一种程序语言。"

我道:"我有些听不明白了。你的意思好像是说,那是一堆乱码。"

程序员摇了摇头,说:"对普通人来说,那的确是一堆乱码。可是对一个资深的程序员来说,尽管我看不懂这种程序语言,但是我能够发现这语言当中的某种规则,乱码是不存在规则可言的。所以,这些程序语言是有意义的。"

我没说话,等待着他继续说下去。

程序员接着道:"后来我发现,每个月都会有一笔钱打到我的账上。"

"工资?"

程序员摇了摇头:"不是工资,是额外的钱。"

我好奇地问:"多少?"

程序员道:"总之数额不小。"

我问:"谁打的?"

程序员半晌没有说话,嘴角抽动,像是在酝酿着什么难以表达的东西。

半分钟后,他十分神秘地对我说:"你相信上帝的存在吗?"

我不知道他为什么会突然这么问,耸了耸肩道:"我不知道。但科学上认为,上帝是不存在的。"

程序员说:"有人,创造了我们!"

我道:"你是说上帝?神创论早就被达尔文的进化论推翻了,所有人都知道,我们是由森林古猿进化而来的。在最早之前,我们是无机物,然后无机物变成了有机物,变成了早期单细胞生物……一大堆,我生物学得不是很好,总之最后我们进化成了现在的样子。每一个生命都是这么进化过来的。"

程序员道:"如果达尔文是程序设定好的呢?"

我愣了一下:"我不明白你的意思。"

程序员说:"我知道让你理解起来有点困难。这样吧,我从你能够理解的地方说起。你喜欢打游戏吗?"

"还好吧。"

程序员问:"玩过 GTA 吗?"

"你说侠盗飞车啊,这么经典的游戏,当然玩过。"

程序员点了点头:"侠盗飞车里面,用程序建造了一座现代化的大都市,那座大都市里有晴天,有雨天,有白天,有黑夜,有高楼大厦,有花草树木,有公园,有长椅,甚至有坐在长椅上的老人,还有在草坪里奔跑的猫。有形形色色的路人,来来往往的车辆,有医院,有警察局,你犯了案,警察会来抓你。

你不能飞，只能和现实世界里一样，做个普通人，一切都遵循我们熟知的物理学原理。我们为什么不能飞？"

"万有引力。"

程序员问："GTA里的NPC（非玩家角色）为什么不能飞？"

"万有……"我突然呆住了，觉得有什么不对。

程序员得意一笑："游戏里也存在万有引力吗？那只是程序员为了模仿现实世界制定的规则，一串代码而已。"

我点了点头："你刚好说了我想说的。"

程序员道："那又是什么，制定了所谓现实世界的规则？为什么会有万有引力？为什么我朝着你的鼻梁打一拳你会流鼻血，为什么我朝着墙壁打一拳我的手可能会骨折？为什么我们需要呼吸？为什么我们需要喝水？这些规则，是谁指定的？"

我无法回答。

程序员接着道："还没明白？这个世界，就像一个程序，是由程序员创造出来的。"

我觉得他疯了，顺着他的话说："那个程序员就是上帝？"

程序员道："没错。准确地说，他是我们的BOSS（老板）。BOSS负责分配任务，由公司里的程序员来完成。这个世界很大，一个人远远不能完成，所以需要很多个程序员合作。就像游戏，一组程序员负责建模，一组程序员负责这儿，另一组程序员负责那儿，总之各司其职，才能维护整个程序的稳定运行。"

我笑了笑说："你《黑客帝国》看多了。"

程序员说："随你怎么说。"

我道："如果你说的都是真的，那么你又是怎么知道这些的？"

程序员道："我当然知道，我就是构建这个世界的程序员之一，我负责NPC的构建。"

我呵呵一笑："你不会想说，你每晚梦游写的程序，其实是在构建这个世界的NPC吧？"

程序员点了点头说："没错，看来你挺聪明的，不愧是我创造出来的NPC。"

我一阵无语："好啊，你说我是你创造的，咱俩今天才见面，以前从不认识，那你说说我以前是干什么的。"

程序员道："我怎么会知道？"

我说："不是你创造了我吗？"

程序员道："我只负责构建 NPC 的外观，但是每一个 NPC 的角色设定和身份背景，都有专门的设计师来打造，我们分工是很明确的。所以，我不知道很正常。"

我又问："如果我是你创造的，我为什么会来找你？"

程序员道："这是个巧合。我们只负责创造你，设定你的过去，但是从不会干涉你的未来。是你自己选择要来找我的，这是个巧合。另外，你上个月才诞生。"

我差点笑喷："看来今天到这里来采访你的，是个刚出生不到一个月的婴儿。"

程序员道："你没理解我的意思。我说的诞生，并不是指你从娘胎里出来，而是指，你被创造出来。你被创造出来的时候，就已经是现在这副尊容了。"

我道："那我为什么会感觉自己活了二十来年？"

程序员道："那是因为另外一个组的设计师给你灌输了二十来年的记忆。人对时间的感受，大多来自自己的记忆。包括你的父母，你的整个家庭，都诞生于上个月，和你同时诞生。这是程序升级所要做出的必要的 NPC 调整。为此，我们还修改了不少已经存在的 NPC 的记忆，让他们认识你们，好像一开始你们就存在于他们的生活当中。这样，你们的出现就是浑然天成的，没有谁会对此产生怀疑。"他顿了顿，接着说，"对了，其实这个世界的历史也没有你想象得那么长。大概……只有几百年的历史。这里说回到达尔文。其实达尔文是我们程序员精心设计的 NPC。因为那时候的 NPC 相信神创论，一些 NPC 开始用毕生精力来寻找上帝的存在。所以程序员害怕有一天 NPC 会发现这个世界只是个巨大的程序，于是创造达尔文，提出进化论，让人相信自己是进化而来，而不是被创造出来的。达尔文进化论的出现，是为了维护程序的稳定。"

我质疑道："那华夏五千年文明从何而来？冰河世纪，恐龙时代……那又是怎么回事？"

程序员有些无奈："你从哪里了解到的五千年文明？又是从何处知道冰河世纪与恐龙时代的存在？"

我道："书本上。"

程序员扬了扬眉毛："没错，书本上，书本又是谁创造的呢？你所了解到的这些东西，有关这个世界，那么多乱七八糟的历史，你真正经历过吗？实践才能出真知，纸上得来终觉浅。"

我哑口无言。

那天结束了采访，回到家后，我突然收到了程序员发给我的邮件，正文写着：送给你的礼物，一个月后开启。我点开附件，果然，附件加了密，解密时间设置在一个月之后。

半个月后，我得到消息，程序员被家人送进了精神病院，果然，那天下午和他的对话，都只是在听一个精神病患者的呓语。

又过了半个月，我交到了一个漂亮的女朋友，那天我忽地想到一个月前程序员发给我的加密邮件，已经到解密时间了。

我点开邮件，附件已经完成了自动解密。

我迫不及待地点开附件，看到附件中是一个女人的 3D 建模像。

而那个女人，和我的女朋友，长得一模一样！

℞ 第3个病例：

平行宇宙

"喝吗？"他从冰箱里取出一听可乐，问我道。

"可以来一听。"我坐在客厅的沙发上，看着他从厨房朝我走来，将那听可乐递给我。

"咔嚓！"

我将拉环用力拉开，喝了两口，可乐的气泡疯狂地刺激着我的味蕾，驱散了这个炎热夏日的晴朗下午给人造成的满身疲惫。

他坐在了侧边的沙发上。这个年仅二十三岁的男子大学毕业不久，就已经在国内外许多著名的科学杂志上发表过十多篇有关量子力学的论文，现在在一家科研机构做物理学方面的顾问，可谓年轻有为。

没错，他是我采访的第三名梦游症患者。说老实话，面对着这样一名高智商的青年才俊，我的确压力很大，生怕采访的时候，他太过睿智，或者说的话题过于艰深，以至于从智商上彻底碾压我。

"可以开始了吗？"他问道。

我这才回过神来，清了清嗓子，开场白千年不变："你是从什么时候开始梦游的？"

他耸了耸肩，给了我一个十分精确的时间："1997年4月8日凌晨一点左右。"

我问："那年你……"我的脑子里计算着他当时的年龄。

他快速回答道："那年我五岁。"

我道："五岁……当时应该和父母睡在一起。"

他点了点头，又摇了摇头道："一般人是这样，但是我从四岁开始，就和我父母分开睡了，我有自己单独的房间。我很独立，直到现在都是一个人，很多事情上，没有依赖父母太多。"

我问："你的梦游，是你父母发现的？"

他摇头道："不是，没有人发现。"

我很不解："那你怎么知道自己会梦游？"

他轻轻一笑："我就是知道。在梦游的时候，我知道自己在梦游。我的意思是说，当时我知道那是某种不同于清醒也不同于沉睡的状态。毕竟那年我才五岁，还不知道梦游这个词，后来从书里看到，我才知道医学上管那叫梦游症。"

我依然不解："你没有跟你父母讲吗？呃，我的意思是说，一般人如果遇到这种情况，应该都很害怕，都会第一时间告诉身边的人。如果你当时跟你父母讲了，他们应该会告诉你那叫梦游。你却说你是从书上看来的。"

他淡淡道："我当时没有告诉身边任何人。"

我问："为什么？"

他耸了耸肩道："我当时的想法还很单纯，毕竟只有五岁，我以为一旦告诉父母这件事情，他们就会带我去医院治疗。"

我问："那有什么不好吗？"

他道："我不希望被治好。你不懂。"

我吃了一惊："你的意思是说……你希望一直梦游？"

他点了点头道："没错，你总算理解了。"

我道："为什么？对一般人来说，梦游是件很苦恼、很可怕的事情。"

他轻蔑地哼了一声："都说了，那是对一般人而言，我又不是一般人。"

我道："你还是没告诉我为什么。"

他笑了笑："看来你挺机灵的，没有被我绕进去。看你这么聪明，也挺有趣的，不妨告诉你吧。因为只有在梦游的时候，我才能看见我妹妹。"

我道："你还有个妹妹？一开始没听你说过。"

他道："那就有意思了，跟你又不是很熟，我为什么要在一开始就把家底全给你交代了啊。"

我道："说得也是。你妹妹她……"

他点了点头，看穿了我的想法："你猜得没错，我妹妹在四岁那年得了场重病，死掉了。"

我问："那年你五岁？"

他道："我也四岁。"

"呃……"

他道："看来你还是不够聪明。我和我妹妹是一对龙凤胎，我比她大了几分钟，就莫名其妙成了哥哥。唉，没办法，谁叫医生先把我给拽出来了呢？我也算捡了个大便宜。"

我道："也就是说，你在梦游的时候，在梦里，见到了已经死去的妹妹，而你不想再也见不到她，所以不愿被治好。"

他打了个响指："没错，你又变聪明了，看来你的智商真是起伏不定，忽高忽低呀！"

我正要接着问下去，他突然接到一个电话，说有个重要的会议要去参加。于是，那天的采访就此结束了。

回去之后，我打开电脑，在百度和谷歌上查了不少关于他的资料。他是名流，所以资料很好查到。我发现他的所有资料都显示他是独生子，根本就没有妹妹。也就是说，那天的采访，他在撒谎。可他为什么要撒这个谎呢？是想要掩盖什么吗？可若真是那样，他完全可以扯别的理由，以他的智商，完全可以想出更为高明的谎言来搪塞我。

我越想越不明白，于是赶快与他约了第二次采访。

这次，我在一所大学的阶梯教室里见到了他，他刚刚给学生讲完物理课，黑板上画满了点线面，以及我看不懂的公式，杂乱不堪，令人头疼。

阶梯教室里，学生早都散去了，只剩下我和他两个人。

我开门见山地问道："我查了你的资料，你根本就没有妹妹。"

我以为他会慌乱，没想到他十分镇定地对我说："看来你很擅长使用互联网嘛。"

我不想被他的话题牵着跑，立马道："为什么撒谎？"

不料他转过身去，用黑板擦擦黑板，一边擦一边背对着我说："其实我并没有撒谎，我跟你说的，句句都是实情，我真的有个妹妹。"

"可你的资料上……"

这时，他已经将黑板擦完，转身放下黑板擦，拿粉笔："我知道，我知道，资料上，我的确没有妹妹。怎么说呢？其实我很想试图让你理解。这么来说吧，你知道平行宇宙吗？"他说着，转过身，在黑板上画了一个标准的平行四边形。

我道："科幻片里看过。理论上说，这个世界是由无数个平行世界叠加在一起的，这些世界互相平行，互不影响，但平行存在。"

他点了点头："看来你有点基础，那就好解释了。"

我觉得他又试图把我引到另外一个话题上，于是立马警觉起来："可是，这跟你妹妹有什么关系？"

本以为他会夸我聪明，没想到他却摇了摇头，咂着嘴道："啧啧啧，看来你还是不够机灵。我说过，我有个妹妹，但没有说，一定是在这个世界上。"

我被他弄晕了："什么乱七八糟的？你根本没有妹妹，所以你妹妹自然不在这个世界上，你这不是兜圈子扯淡说废话吗？"

他有些无奈："我的意思是说，我的妹妹，在别的平行宇宙里，是存在的。"

我愣在原地，不知道该说什么好。

他微微一笑，转过身，用粉笔在黑板上的平行四边形的四个角上分别标注 A、B、C、D。

他道："假设我们现在所处的宇宙是 A 宇宙，在这个宇宙，我的妹妹并不存在。但是，可能在平行宇宙 B，或者 C，或者 D，我的妹妹，是存在的。"

我道："可这跟你梦游有什么关系？难不成你梦游的时候，穿越到了另外一个平行宇宙，所以见到了你妹妹。"

他哈哈一笑："回答正确，给你的智商点个赞！"

我呵呵一笑，觉得他简直就是在逗我，这不是天方夜谭吗？

我道："据我所知，平行宇宙和平行宇宙之间，必须有一座桥才能穿越，那座桥叫……"

他道："没错，虫洞。"

我问："只有在超光速状态下才能穿越虫洞，我看你也不像超人啊。"

他耸了耸肩道："没错，你说的是肉体，但人类的意识是可以超越光的。"

我道："你是说，灵魂？"

他道："差不多吧，叫法不同而已。"

我道："哦，我懂了，你是说，你的意识在梦游的状态下穿越了时空的界限，去了另外一个平行宇宙。在那个世界里，你见到了你妹妹。"

他点了点头："没错，我尝试过去往不同的平行宇宙，五岁那年，我无意中进入的那个平行宇宙，我妹妹是的确存在的，我的意识穿越到了病房里，当时才四岁的她躺在病床上，身上插满了管子，我的父母还有那个世界的我，围在病床边。后来她就病死了。"

我问："他们，看得到你吗？"

他道："看不到，都说了，穿越过去的只是我的意识而已。不过，他们似乎能感觉得到。这么说吧，你相信这个世界上存在鬼吗？"

我不置可否："不信。鬼都是编造出来的。"

他语调神秘："都是编造的吗？世界上没有什么事情是空穴来风的。经常有人说他看到了已经死去的亲人、朋友……"

我道："那只是幻觉。"

他道："是吗？仅仅是幻觉吗？也许，他们看到的，是从另外一个平行宇宙穿越而来的意识。"

我冷笑："你分明就是在鬼扯。好啊，你说你能够穿越时空，那你告诉我，明天的彩票号码是多少？"

他笑了笑道："我什么时候说过，我能够穿越时间了？我只是在平行宇宙之间穿越，并不能去到过去或者未来。比如说现在是我们 A 宇宙的 2015 年 8 月 27 日，那么，当我穿越到 B 平行宇宙时，也是 2015 年 8 月 27 日。时间并不会发生任何改变，只是空间变了。况且，我在另外一个世界抄来的彩票号码，在我们这个世界也不能使用啊！"

我完全不相信他的胡言乱语，起身来了句："采访就到这里吧。"

说完，我便转过身，匆匆离去了，生怕被这个疯子给洗脑，和他一样疯掉。

直到一个月后，我突然接到了他打来的电话，他深夜约我到那所大学的阶梯教室去见他，说有重要的事情要对我说。

我怕他出什么事，于是立马赶了过去。

去的时候，已经是深夜，教室里没有人，但灯火通明。当我到的时候，他在等我，那天的他，在白色日光灯下，面色惨白，看上去越发神经质。

他见我进教室，道："来啦！"

我点了点头，走下阶梯，来到他跟前："什么情况？"

他神经兮兮地对我说："我找到那个宇宙了！"

我没懂："你说什么？"

他情绪异常激动，整个身体都在颤抖："我找到那个平行宇宙了！你知道吗？我找了这么多年，终于找到了！"

我还是没明白，认为他疯了。

他接着道："我去了无数个平行宇宙，那些宇宙里，要么没有我妹妹，要么没有我，要么就是妹妹早早夭折，要么是我早早夭折了，要么就是那个世界的我和我妹妹都不存在，或者都存在……你知道这意味着什么吗？"

"绕口令？"

他道："意味着我无法真正穿越到那个世界中去。"

"虽然没明白你在说什么，但好像很厉害的样子！"

他完全没理会我，自顾自道："你不知道，我太激动了！哎呀，我都有些语无伦次了。你知道，我每次穿越，穿越过去的仅仅是意识！意识是虚无缥缈的，是无法实际存在的。我穿越过去，就是想和我妹妹在一起！如果那个世界没有我妹妹，我穿越过去毫无意义。如果那个世界没有我，也不行！即便有我，但如果那个世界里的我是具备意识的，也是行不通的！你明白吗？"

"好像……有那么……一点点……明白。"

他开始手舞足蹈起来："必须存在这样一个世界，在那个世界里，我的妹妹茁壮成长，一直幸福地生活到现在。而那个世界里的我，必须是不具备意识的植物人！"

我突然明白过来，恍然大悟道："所以，你终于找到了这样一个平行世界。你的意识能够穿越到那个世界里，附着到那个世界中的你身上去？打个不恰当的比方，就像我们常说的……鬼上身？"

他高兴得几乎要跳起来："回答正确，再次给你的智商点个赞！"

我无语道："你自己慢慢玩吧，我困了，回家睡觉了。"

他道："难道你不想见证我今晚的穿越吗？我只邀请了你一个人！"

我摇了摇头："并不想。"

然后，我头也没回地离去了。

第二天一早，我有些担心他，给他打去电话却怎么也打不通。

那天下午，我看到新闻，新闻上说他今天上午被学生发现昏迷在了那所大学的阶梯教室里，被紧急送到了医院。

医生将其诊断为——植物人！

℞ 第4个病例：

未完成的画

油画颜料的奇特气味在周遭萦绕着，这间不大的画室有两扇木制的百叶窗，此时百叶窗被拉起，外面的阳光穿透百叶窗的缝隙，倾斜着透射进来，将昏暗的画室笼罩在仿佛雨后初晴般的质感当中。

整间画室的格调是那种不算太老的民国风，高大的白色墙壁上挂满了油画，这些油画的色彩以明艳的暖色调为主，当然，也不乏一些冰凉的冷色调。油画的风格有种后现代印象派的感觉，我并不怎么懂得欣赏油画，但总感觉这些油画很像凡·高的风格。

画室的地板上杂乱地堆叠着一些画稿，地板上的颜料扭扭曲曲蔓延到墙根，墙根上斜靠着不少精致的画框。

我坐在一把木椅上，一动不动，面朝着窗户的方向。

在我面前两米处，架着一块半人多高的画板，一个棕发碧眼的欧洲中年男人，手持一支油画笔，一边蘸着颜料盘里的颜料，一边用余光看向我，然后在画板上涂涂画画。这个欧洲男人披着一件灰色的呢大衣，胡子拉碴，头发蓬乱，看上去极为不修边幅。

天气如此炎热，他却戴着厚厚的耳罩，难不成他的脑子有些不正常？

他是一所著名美术院校的外教，荷兰人。

我约好今天来采访他，可一到他的画室，他却执意要为我画一幅人物肖像画。

"别说话，不要动，稍后就好！"他操着一口带有浓重荷兰口音的中文对我说道。

于是，我就这样僵硬地，在这把木椅上一动不动地坐了三个半小时，汗流浃背，浑身都已经湿透了。

终于，我看见他放下了笔。我松了口气，但还是不敢作声，生怕前功尽弃，让我再来一遍。

他没说话，点了点头，然后就将画板转过来给我看。

我正拧着酸疼的脖子，一看到画中的我，差点没把脖子拧断。我实在不敢相信这幅画画的是我，因为画中人的脸极度扭曲，就连下巴都是歪掉的。

我很担心他问我画得如何，因为我实在不知道该怎么回答。

不过还好，他没这么问，而是将画板收到一旁，彬彬有礼地对我说："非常感谢你不辞辛劳做我的模特，这幅画稍后我会用画框裱起来，就当是送给你的礼物。"

我装作很开心的样子："那真是太感谢您了，送我这么贵重的礼物，我一定要好好珍藏起来。"

他微微一笑，是一种不可名状的古怪的笑。

我问："可以开始了吗？"

他点了点头，搬来一把椅子，坐在我面前："开始吧。"

我点了点头："首先我想说句题外话，您很喜欢凡·高吗？我不怎么懂画啊，不过呢，我觉得您的画，很有凡·高的风格。"

我说着，举头环顾了一下墙壁上的油画。

他淡淡地看着我道："凡·高是我最喜欢的一位画家。"

我点了点头："好的。了解。那么，正式开始。"

我清了清嗓子："请问您是从什么时候开始梦游的？"

他用左手托住自己那粗糙、干瘪的下巴："嗯……已经记不清了，几乎每晚都那样。"

我惊道："每晚？这可有点不太正常。您一个人住？"

他点了点头："我的家就在画室楼上。"

我便问："可您是怎么知道自己每晚都会梦游的？"

他用手指扣了扣自己的鼻梁道："因为我在画一幅画。"

"一幅画？"

他点了点头："这幅画我画了很多年，一直都没画完，画到一半就放弃了。直到有一天，我发现那幅画每天都会莫名其妙地多上一些细节，无论是构图还是色彩，都越来越丰满。我开始怀疑是不是有人半夜悄悄进了我的画室，想要继续完成这幅画。"

"抓到那个人了吗？"

他摇了摇头："起初我还以为是自己哪个调皮的学生干的，我心想学生也是好意，没准儿是想给我这个做老师的一个惊喜，所以代替我完成那幅画。可是，后来我逐渐打消了这种想法。因为那幅画的完成度越来越高，根本就不是我手底下任何一个学生驾驭得了的，这些年轻的孩子显然还不具备这样的功力。"

我没说话，想听他接着说下去。

他顿了顿，接着道："于是我怀疑另有其人，就悄悄在画室里放了台隐蔽的针孔摄像机。结果……我发现，那个每晚作画的人，是我自己。"

我恍然大悟："梦游！您每天晚上梦游到画室，继续完成那幅未完成的画。"

他点了点头："没错，是那样。"

我道："能给我看看那录像吗？"

他摇了摇头说："我已经删掉了。"

我问："您去看过医生了吗？"

他再度摇头。

我问："为什么？"

他道："因为我希望那幅画能够完成。"

"所以您不希望梦游被治好？"

"是的。"

我问："我能看看那幅画吗？"

他不知是明知故问还是怎的："哪幅？"

我道："就是，您未完成的那幅画。"

他古怪地笑了笑说："你知道，画家都有这个毛病，未完成的画作是不完美的，所以……"

我尴尬一笑："我懂，我懂。可以理解。"

那天采访结束，我便离去了。直到半个月后的一个深夜，我突然接到了他打来的电话。电话中，他语调神秘："我发现了一个天大的秘密！"

我立马赶往他的画室，想要见证那个秘密的揭晓。

一走进画室，月光里，他十分激动地对我说："我发现了那个秘密！那个关于我自己的秘密！"

我的好奇心完全被勾了起来："什么秘密？"

他突然露出了笑容，那是疯子般的笑容，令人不寒而栗。

"我是凡·高！"

我一怔："你说什么？"

他激动地重复道："我是凡·高！我是凡·高！我全想起来了！"

我心想，他疯了。

我道："凡·高如果活到现在，应该已经一百六七十岁了。况且，他在三十七岁的时候就开枪自杀了。你说你是凡·高？那我还是莫奈呢！"

他突然将脸冲我靠了过来，我们俩的鼻梁几乎就要撞到一块儿了。我连忙向后退了两步。

他道："你不相信一个人能够活到一百七十岁？"

我道："医学上讲，普通人类最多最多活到一百二十岁。而且，即便有人真的能够活到一百七十岁，那也早已经老态龙钟得不成样子了。可是你看上去，最多四十岁。"

他问我道："你听说过芝诺悖论吗？"

我摇了摇头："我听说过芝士蛋糕。"

他摆出一副老师的姿态道："芝诺是古希腊一位著名的数学家。在他五岁那年，他老爸问他：'从我们家到外婆家一共有五公里的路要走，那么请问，如果你以每小时五公里的速度走，需要多长时间才能走到外婆家？'"

我轻蔑一笑："这不过是一道简单到不能再简单的小学数学题，答案是，一小时。"

他耸了耸肩道："当时的芝诺也是这么回答的，和你一样，他当然答对了，这的确是一道很简单的数学题。"

我呵呵一笑："这有什么？"

他道："别急，听我接着说。十年之后，芝诺十五岁，他老爸又来问他相同的问题……"

我半开玩笑道："他老爸怎么这么无聊？"

他问："知道这次芝诺是怎么回答的吗？"

我道："还是一小时。"

他古怪地笑了笑说："错。如果芝诺还像你这么答，他老爸就得拿鞭子抽他了。芝诺的回答是，永远也走不到。这次，他又答对了。"

我不解："为什么？"

他道："其实这回，他老爸考验的是他的思辨能力。因为外婆已经死了，外婆的家也不存在了，所以外婆的家也就永远走不到了。可你知道芝诺是怎么想的吗？"

我摇了摇头。

他道："芝诺对他老爸说，如果将五公里的路程一分为二，然后再把剩下的一半一分为二，再把剩下的一半的一半一分为二，这样不断地分下去，就会出现无数个'二分之一'。既然要走无数个二分之一，那么外婆家，也就永远走不到了。"

我竟陷到了这个逻辑的怪圈当中，无法抽离出来。

他接着道："你们中国两千年前有个道家学派的著名人物，庄子。他在他的著作《庄子·天下》中写过一句很有名的话——一尺之棰，日取其半，万世不竭。意思就是，将一根只有一尺那么长的木棍，每天截取它的一半，这样就可以永远地分截下去，不会竭尽。人的生命不正是如此吗？如果我能活到一百岁，那么就必须先活到五十岁，如果想活到五十岁，就必须先活到二十五岁，如果想活到二十五岁，那么就必须先活到二十五岁的一半，一半当中还有一半，一半的一半的一半的一半……可以永远地分下去，于是生命的长度也就延长到了无限。我可以永久地活下去。所以，我能够活到一百六七十岁，这没什么稀奇的。"

我被彻底绕了进去，这很危险，于是立马避开这个话题："据我所知，凡·高没有左耳，他的那只耳朵，被他自己割掉了。"

只见他扬了扬眉毛，将耳罩摘掉了。

白色的月光下，我看到，他竟然真的没有左耳！

"现在相信我了吗？"他露出了那令人不寒而栗的疯子般的笑。

我吓得赶紧转身，夺门而出。

几个月后，我得知他在课堂上发了疯一般，用刀割掉了一名学生的耳朵。医生诊断其精神分裂，将他关进了精神病院。原来，他会幻想出两个人格，一个人格是他自己，另外一个人格，则是凡·高。

他有很严重的妄想症。

至于他残缺的左耳，是他十年前为了模仿凡·高而割掉的。

他只是一个彻头彻尾的疯子。

在精神病院的看护室，我见到了他，他一脸阴沉，没有多说什么，只对我说了一句话："那幅画在我家的地下室里，我希望你能帮我卖掉。钥匙在台阶右边的第一块砖下。"

我问："已经完成了吗？"

他点了点头，然后就开始发病，几乎要把桌子掀翻。我吓得一屁股跌在了地上。好在，他被两个壮实的男护工架走了。

离开精神病院，我径直去了他家，按照他说的，抠开了那块砖，找到了钥匙，进了门，去了地下室。

在地下室里，我见到了那幅画。

那是一幅以冷色调为主，十分复杂的画，画中像是画着一架夜色中的长桥，又像是画的别的什么，深蓝色的颜料一片模糊，根本难以分辨具体的形态。

为了帮他卖掉这幅画，我请了一位著名的西方油画鉴定专家来为这幅画估值。

没想到专家看到这幅画便惊讶地问我道："这画你从哪儿搞来的？"

我道："怎么了？这是我一朋友画的，他现在有事出国了，托我帮他卖。"

没想到专家的语气变得严肃起来："这幅画你究竟从哪儿搞来的？"

我一怔："怎……怎么了？这幅画有什么问题吗？"

专家道："虽然我从没见过这幅画，但是根据我几十年来鉴定画作的经验，这幅画是凡·高的真迹！"

这时，我的脑海里突然浮现出了一张脸，一张神经质的脸，正对着我露出疯子般古怪的微笑。

℞ 第 5 个病例:

其实我在拯救世界

"要不是我,世界已经被毁灭无数次了,你知道吗?"

坐在我对面的这个男人,虽然只有三十五岁,看上去却已经年过五旬。

他那张脸,与其说是人的脸,倒不如说是怪物的脸。双颊消瘦凹陷得几乎只剩下皮包骨,仿佛轻轻一碰,那层薄薄的皮肤就会碎掉,露出里面裸露的牙龈和犬牙交错的牙齿。

没错,原谅我只能用犬牙交错来形容他的牙齿。

他时常冲我露出狡黠的笑容,每每他一笑,嘴唇上翘,都会露出上下两排凌乱不堪的牙,仿佛荆棘丛林一般令人感到很不舒服。你能够看到那肮脏牙缝之间的污秽物,时不时都会产生幻觉,仿佛有蛆虫会从那缝隙间爬出来。

他的颧骨极为凸出,两只眼睛似乎被颧骨挤到了一起。他的额头和鼻梁一样塌陷,头顶上的毛发十分稀疏。

没错,他是一名精神病患者,但医生说,醒着的时候,他从不发病。不过一旦他睡着,他可能会在梦游状态下做出很可怕的事情,比如……杀人。

所以白天,精神病院的医生会放任他像其他病情较轻的精神病患者一样,自由行动。可是一到晚上,他就会被套上牢固的精神病服,用坚韧的牛皮带五花大绑地捆在铁床上。

没错,他是我所要采访的第五名患者,采访地点是在一家精神病医院的看护病房里。

我在两名男护工的陪同下走进病房,病房里只有一张床,他一个人住,这是为了防止他夜里梦游挣脱枷锁,伤害到其他病人。

他坐在床上,背对着我们,面朝着窗户。窗户上安装了铁栅栏,防止病人发病时跳楼。

阳光里,他已经知道我的到来,于是缓缓扭过头,冲着我狡黠一笑:"过来坐吧,别害怕,醒着的时候,我不伤人。"

我鼓起勇气,但还是有些战战兢兢地搬了把椅子,坐在他面前。

我很小心地道:"你好,我是今天来采访你的记者,之前预约过,我想院长已经跟你……"

他微微一笑，点了点头道："我知道，我知道，你今天来，是想采访我梦游的事情，我没说错吧？"

我很惊讶，果然，白天的时候，他丝毫不像个精神病人，逻辑清晰，语言表达顺畅，虽然面貌丑陋，但看不出恶意。

我试图跟他套近乎："听说你以前是搞新闻工作的？"

他耸了耸肩："在报社当过两年编辑，后来就没干了，再后来，我就来了这儿。我这也算是提前退休进入老年疗养院了。虽然我今年才三十五岁，但确实长得着急了点。"

我隐隐感觉他还有些风趣，但我没有笑，问："可以开始了吗？"

他道："不是已经开始了吗？"

我问："你是从什么时候开始梦游的？"

他想了想："嗯……我从小就这样，具体几岁，记不太清了。"

我问："家里人知道吗？"

他道："我没有家人。"

我没反应过来："没有家人？"

他深吸了一口气道："我是个孤儿，从小在孤儿院长大。"

我有些尴尬道："不好意思。"

他歪了歪脑袋："这没什么，我已经习惯了，你不必为此道歉。"

我清了清嗓子道："那么，孤儿院里的人知道吗？"

他点了点头："院长带我去看过医生，但没什么用。我的梦游症断断续续的，时有时无，那段时间我被安排和几个孤儿院的老师睡在一起，他们会轮流守夜，只要发现我梦游，就会叫醒我。反正最后大家都习以为常了，也就没什么大不了的了。"

我道："那段时间……只是梦游？呃……我是说……"

他道："我明白你的意思，当时只是梦游，没干过什么伤天害理的事情。"

我翻开一份卷宗："你不介意我……"

他瞟了眼卷宗道："不介意。"

我清了清嗓子："资料上写，你第一次因为梦游被抓，是在你三十岁那年。那年你梦游跑进一家二十四小时便利店，偷了一罐牛奶，当场被店员抓到，叫来了警察，后来你花钱私了，免了牢狱之灾。第二次因为梦游被抓，是在你三十二岁那年，你在梦游的时候，殴打了一名十七岁的未成年人，这回你因此被行政拘留了十五天。第三次因为梦游被抓，是在你三十四岁那年，你在梦游的时候，杀掉了一个才五岁大的男孩儿。紧接着，你被鉴定为重度精神分裂症患者，被送到了这里。"

我念完，合上了卷宗，然后很小心地看了看他。

没想到他异常平静："记得很详细。"

我道："我很想知道，你在这几次梦游的时候，都梦到了什么？以致，会演变到最后杀人？"

他没说话，闭上了眼睛。

过了好一会儿，他终于睁开了眼睛，冲着我露出了不同于之前的狡黠笑容，那笑容令人不寒而栗，我浑身起鸡皮疙瘩。

他语调十分神经质地对我说："要不是我，世界已经被毁灭无数次了，你知道吗？"

我一怔，心脏怦怦直跳，难不成妄想症发作了？

我问："什么意思？"

他突然又恢复了平静，转变之快，令人哑然："其实我偷东西也好，街头打架斗殴也好，杀人也好，都是为了拯救世界。"

我敢断定，他的确是妄想症发作了，但见他还没做出什么危险的举动，我决定跟他继续聊下去。

他问我道："你听说过蝴蝶效应吗？"

我点了点头。

他道："一只南美洲热带雨林里的蝴蝶，某天扇动了一下翅膀，就引起了一周后美国西海岸的一场龙卷风。"

我道："其实我一直都不太相信这个，这听上去很玄乎，看上去没什么关联。"

他道："没什么关联吗？的确，一只南美洲的蝴蝶扇动翅膀，怎么会引起美国西海岸的龙卷风呢？其实这是拓扑学当中的连锁反应，也就是混沌现象。你想啊，南美洲热带雨林里的那只蝴蝶，扇动一下翅膀，会影响它身边的空气气流发生变化，这微弱的气流同时会引起更大范围内的空气变化，并且与其他的生态系统发生反应，经过这样一连串的连锁反应，这微妙的变化就很可能最终导致另外一个系统产生巨大的变化。也就是说，蝴蝶扇动一下翅膀所产生的连锁反应，足以造成一场龙卷风的诞生。"

我点了点头："任何一个细微的变化，都有可能影响事物的发展，这没错。

可这跟你梦游拯救世界有什么关系？"

他道："好吧，从那罐牛奶说起。我之所以要偷那罐牛奶，其实就是想让店员发现，然后报警，叫来警察。"

我不解："为什么？你希望被抓？"

他道："如果我不偷那罐牛奶，那家便利店的店员不叫来警察，那家便利店将会在十五分钟后被一个年轻人打劫。那个年轻人当天晚上正在为此犹豫，如果让他得逞，他会一步一步地演变成悍匪，最后加入恐怖组织，甚至成为组织头目，在全世界发动恐怖袭击。所以，那天我提前让店员叫来了警察，打消了那个年轻人打劫便利店的念头，将一个恐怖组织头目的诞生扼杀在了摇篮当中。"

他接着道："至于我为什么要殴打那个十七岁的少年，是因为他当天晚上正要去杀人。"

我冷笑道："因为那个少年也会发展成危害全世界的恐怖组织的头目咯？"

他摇了摇头道："和他没关系。他那天要去杀一个三口之家，那家人的孩子才六岁。他持刀闯进那户人家的时候，孩子被妈妈藏在了床下。那个六岁大的小孩儿就这样看见自己的父母惨死在了面前，因此会患上自闭症，逐渐出现反社会人格。这个孩子几乎可以说是个天才，十七岁就会考进美国哈佛大学，二十二岁开始为美国军方研发武器，三十一岁那年，由他领导的团队会制造出比氢弹还要厉害百倍的致命杀器，并且在第三次世界大战中，毁灭整个地球文明。所以，那天我阻止了那个十七岁少年去杀人，我俩都因为街头斗殴被行政拘留了半个月。恰好半个月后那户三口之家就搬走了，躲过了这场血光之灾。也避免了一个反社会人格天才的诞生。"

我道："那，那个五岁大的小男孩儿呢？你为什么要杀掉他？难不成他未来也是个战争狂人？"

他摆了摆手道："这次依然和他没关系。那个小男孩儿的哥哥是个美籍华人，出生在美国。小男孩儿的哥哥要竞选地方议员。如果让他竞选上，他会一步一步地往上爬，成为美国第一个华人总统。但也就是在这位华人总统的任期内，美国和俄罗斯会爆发冷战，这位华人总统会摁下核弹按钮。所以，那天我在小男孩儿哥哥的竞选日杀掉了他，影响了他哥哥的竞选演讲，导致他竞选失败，永远也当不上总统，也就不会导致冷战的爆发。"

不得不说，有那么一刹那，我的确被他唬住了，但仔细一想，他分明就是在鬼扯："好啊，你说你在拯救世界，那么，你是怎么知道这些人未来的走向的？难不成你是先知？"

他再度露出了那狡黠的笑容："谁说不是呢？"

我下意识地说了句："你疯了。"

他哈哈大笑："你忘了这里是哪儿了？"

采访结束，临走的时候，他突然拍了拍我的背："我需要你帮我个忙。"

我问："什么忙？"

他道："待会儿出门的时候，数三秒，然后蹲下。"

我没明白他的意思，一脸不解地看着他，他哈哈大笑，发疯似的逃走了。

我在两名护工的陪同下走出了院门，突然想到他的话，数三秒，然后蹲下。

"一、二、三！"

我蹲了下来。

什么事情都没发生。

我回过头，看到精神病院的阳台上，他正对着我，露出狡黠的笑容。

R̶X̶ 第6个病例：

你相信命吗？

两年前，我见到他的时候，他已经被关在了监狱里。采访地点，是在监狱的图书馆，由两名狱警陪同着。图书馆里书不算多，小说几乎没有，大多是社科类和心理学类的，内容想必也都经过精挑细选，大概是希望病人看完之后，能够从社会认知与心灵上得到彻底的改造。

他那年二十六岁，剃着圆寸，眼睛睁得老大，尽管穿着监狱服，却显得格外精神。

我和他找了个靠窗的地方，面对面坐下。

当天阳光很好，白色的光芒透过窗户洒了进来，将图书馆照得格外通透。如果我不说，一般人准看不出这里是监狱。

这个年轻人面容清秀，从侧脸看上去甚至有些明星相，斯斯文文的，听说还是高等学府毕业，毕业后一直在一家外企工作。高学历、高工资，从小家庭融洽，他周围所有的亲戚朋友以及老师同学都对他称赞不已。

就是这么一个前途一片大好的年轻人，却因为盗窃锒铛入狱，判了半年。

我问："可以开始了吗？"

他点了点头："嗯，可以。"

我道："嗯……从报告上看，你的梦游症状是从大概两个月前开始的？也就是……你入狱服刑的头一个月？"

他点了点头："是的。"

我道："能具体给我讲讲当时的情况吗？"

他道："那天睡下之后，没多久我就梦游了。我们那间房两个人睡，是我狱友发现的。"

我点了点头，示意他接着说。

他接着道："我狱友说自己当时翻来覆去到很晚都没睡着，失眠了，想找我说说话。这时刚好看见我下了床，他叫了我两声，我没答应。然后，他就看见我在两张床之间的过道里走来走去，来回走了好几圈。他又叫了我几声，我还是没答应。再然后，他看见我摸着黑，走到书桌前，从抽屉里抽出一本书来看。"

我问："什么书？"

他道："弗洛伊德的《梦的解析》，我从图书馆借的，那段时间老做噩梦。"

我又问："再后来呢？"

他接着说："狱友是个乡下人，几年前因为搞传销被抓了进来，很迷信，狱友说，自己当时被我吓得半死，以为我鬼附身了，不敢靠近我，于是大喊大叫引来了狱警。狱警见到我看书的样子也吓得不轻。当时黑灯瞎火的，我竟然一个人闭着眼睛，坐在书桌前看书。狱警不敢擅自弄醒我，叫来了医生。医生推了我两下，把我推醒了。医生说，我梦游了。"

我问："后来还梦游过吗？"

他点了点头说："医生给我开了些药，但似乎没什么用。接连两次之后，我当时那个乡下来的狱友非说我是鬼上身，坚决不跟我住一间房。于是，没多久，我就被转到了单人间，晚上一个人睡。所以之后有没有继续梦游，我就不知道了。"

那天采访时间很快就到了，我被迫离开了监狱。

几个月后，那个年轻人刑满释放了。

两年后，当我再一次见到他时，是在一家精神病医院里。

就在半年前，他杀了人，众目睽睽之下，用刀砍了一名买菜农妇的脖子，导致其当场失血而亡。事后，他非但没有逃跑，还浑身是血地去了最近一家派出所自首。

警方经过了一番详细的审讯和调查，发现他和被害农妇以前从来不认识，两个人也无仇无怨，当天二人在菜市场也没有发生任何冲突。他突然间就抄起一把菜刀将被害人砍死了。警方问他作案动机是什么，他说没有动机，就是想杀人。

警方又问他为什么杀人之后立刻自首了。

他回答说想坐牢。

他说他查过刑法内容，这种杀人行为，情节不算严重，又有自首情节，所以不会被判死刑，应该会被判无期徒刑。

警方被他的话搞得摸不着头脑，这个世界上竟然有人精心策划着让自己坐牢，还希望被判无期徒刑将牢底坐穿？

警方觉得他精神有问题，于是带他去医院做了精神鉴定，鉴定表明，他有严重的精神分裂症，于是，他没能如愿以偿地被关进监狱，而是被送进了精神病院。

哪料当法院这么判决的时候，他当庭问了法官一句话，令所有人印象深刻："精神病院能关我一辈子吗？"

法官问："你希望被关一辈子？"

他点了点头说："是的。"

法官不想再听这个人的疯言疯语，当即退了庭。而他，也被直接送到了精神病院接受治疗。

我见到他的时候，经过一番治疗，他的病情已经好转了很多，但看上去，却比两年前一下子老了十岁有余。

我问："还梦游吗？"

他道："没有了。"

我道："恭喜你康复了。"

他笑："谢谢你这么说。"

我道："我们都不能理解……你为什么会……"

他道："杀人吗？"

我一怔，没想到杀人两个字从他嘴里说出是如此的轻描淡写。我不知该说什么好，于是点了点头。

他道："因为我希望有个地方能关我一辈子。所以，我杀了人又主动自首，是希望被判无期徒刑。我希望监狱能关我一辈子，没承想来了这儿。不过，听说这里也能关我一辈子。也好。只要能把我关上一辈子，哪儿都一样。"

我不知道该如何将采访进行下去，因为坐在我对面的人实在是有些异于寻常人，于是看了眼窗外，窗外的院子里，一些精神病患者正在玩游戏，有的在跳绳，有的在挖蚯蚓，有的在玩遥控车，有的在堆积木，有的甚至在草坪上跳起了芭蕾舞，身体随着舞姿疯狂地旋转着。

他循着我的目光看去："你在看那个跳芭蕾舞的女人吗？"

我点了点头。

他道："你猜她以前是干什么的。"

我问："芭蕾舞者？"

他摇了摇头，神秘一笑道："她是个陀螺爱好者。你以为她那么转来转去，不停地单腿转啊转的，是在跳芭蕾？其实她幻想自己是一枚陀螺。"

我问："你呢？你又把自己幻想成什么？"

他道："我很正常。"

我道："正常到希望被人关一辈子？"

他突然定定地看着我，看得我浑身发麻，直起鸡皮疙瘩。他问我道："你信命吗？"

我没听清楚："什么？"

他道："我问你，你相信有命运这回事吗？"

我摇了摇头说："封建迷信害死人。"

他道："两年前，我在监狱的图书馆里看到一本书，讲的就是命运，我对此深信不疑！"

我道："所以封建迷信害死人嘛。"

他道："你觉不觉得，世界上有某种神秘的力量，我是说，很多事情，从一开始就注定了。"

我道："听天由命吗？我不相信这个。这是失败者的想法，逃避现实者的托词。"

他道："类似的新闻你应该没少见，比如某个人，一辈子穷困潦倒，突然买了张彩票，中了几千万，甚至几个亿。"

我道："那是他运气好。"

他道："不！这不是运气，这是命。命里注定他是个有钱人，所以他即便什么都不干，他都会变成有钱人。要不然他也不会鬼使神差地去买了那张彩票，然后就中了头奖。"

我不以为然道："那只是运气而已。你想多了。"

他道："再比如，一个人的寿命，也是事先定好的，你会在什么时候死，以什么样的方式死去，命运早有安排。如果没到你死的时候，你就是得了癌症，就是跳楼你都死不掉，最多摔个残废。到你死的时候，你恐怕想躲都躲不过。"

我道："我不相信生死有命、富贵在天那一套。"

他道："你真觉得一个人的生死成败没有命运的推动？就拿希特勒来说，'一战'前后，他还在维也纳乞讨为生，还因为盗窃蹲过号子。可是到了'二战'，他一下子成了国家元首，率领纳粹党横扫了整个欧洲。其间盟军特工对他进行了无数次的暗杀，有一次炸弹就在他脚边引爆，就是因为隔了一层薄薄的会议桌挡板，整个会议室都被炸得稀烂，而他却毫发无伤。"

我道："可希特勒最后还是战败了，还是死了。"

他道："那也是他的命。命运注定了他会在世界上搅起轩然大波，但也注定了他不会成功。另外，希特勒真的死了吗？当苏联人发现他的时候，他的尸体已经被汽油焚烧得不成样子，就连他亲妈都认不出他是希特勒，只因为那具烧焦的尸体穿着希特勒的元首服就判断他是希特勒，未免过于草率了吧？"

我道："你想说，希特勒当时没死？"

他道："有这个可能。"

我说："不管他当时死没死，反正现在是死了。我不想跟你讨论这种无聊的问题。"

我说着，起身准备走。

他道："你不想知道我为什么希望自己被关上一辈子吗？"

我停住脚步，坐了回去："为什么？"

他神秘一笑道："因为命。"

我有些恼火："你够了！你想说，是命运把你关进来的？"

他摇了摇头说："你知道那段时间我梦游，在梦里我都看到什么了吗？"

我问："什么？"

他道："我看到了一个人，他对我说，我会因为车祸死去，那是我的命。"

我无语道："那人有没有告诉你你什么时候会死？"

他道："没有。这才是关键！我知道自己会以车祸的形式死去，却不知道什么时候会死！虽然命运不可违抗，但我还是愿意试一试。"

我恍然大悟："所以，你希望找个能关你一辈子的地方，让你接触不到车祸？"

他点了点头，看上去很激动："你是目前唯一一个理解我的人！"

我一阵无语。

那天结束了采访，我便匆匆离去了。没多久，我就把他说的那些疯言疯语抛诸脑后了。

直到一个月后，我得知，他死了。

我突然想到了什么，于是在电话里问院长道："是车祸吗？"

院长道："医院里哪儿来的车祸。那个病人踩到玩具，不小心摔了一跤，摔破了后脑勺儿，没抢救过来，就死了。"

我"哦"了一声，心里唏嘘不已，但同时也证明了，他说的都是鬼扯，如果照他的那套命运理论，他应该死于车祸才对。

R⃒ 第 7 个病例：

套层空间

为了采访这名患者，我专门向报社申请，得到领导批准，飞了趟美国。

经过漫长的飞行，飞机在纽约降落的时候，是当地时间凌晨三点。

我打车去了提前在网上预订的酒店，放下行李。由于时差的缘故，我有些头昏脑涨，但并没有什么睡意，于是在酒店里看了会儿电视，直到天亮。我吃过早餐，大概八点的时候，按照约定，去了纽约郊外，那名患者的家里。

这是一个华裔家庭，全家人中文说得很好，所以我根本不担心语言交流问题。

患者是一个十五岁的男孩儿，我到的时候，他还把自己关在房间里。他的父母很客气地接待我，在客厅为我端茶倒水。

我从男孩儿父母口中得知，男孩儿从八岁起开始梦游，去医院检查过，医生说没什么问题，家里人也都没太在意。直到男孩儿十岁那年，家里人一个不注意，男孩儿梦游去了家门外，回来的时候，手里死死地攥着一个黑色的小方铁盒子，大概半个手掌那么大，也不知道从哪儿捡来的，不让人碰。

从那之后没多久，小男孩儿就开始胡言乱语，原本乖巧的他突然变得十分暴躁，一言不合就乱砸东西，有一回甚至将家里的电视机给砸坏了，邻居听到动静，以为有人抢劫，差点报了警。

很快，男孩儿变得越发沉默，整日将自己锁在房间里，手里攥着方盒子，就连吃饭洗澡都不离身，那方盒子像是他的命，生怕别人偷了去。

男孩儿越发沉默，变得寡言少语，到最后干脆一言不发，仿佛失去了语言能力，变成了哑巴。

他的父母强拉着他去了医院，医生诊断，男孩儿患了严重的自闭症。

医生说要给男孩儿做进一步检查，用核磁共振检查他的大脑，以便确认病情。

到了核磁共振室，医生说，核磁共振不能携带金属物，要求男孩儿将手里的黑色铁盒交给他保管。

男孩儿没吱声，医生就伸手要拿。哪料医生的指尖刚刚碰到铁盒，男孩儿就暴跳如雷，转身夺门而出，逃离了医院。回到家，他将自己关在房间里死也不出来，好几天都没吃饭。

他妈妈好说歹说，他才同意让他们送饭进去，但他坚决不离开自己的房间。

还好男孩儿的房间里有独立的卫浴，大小便、洗澡什么的，都不成问题。

男孩儿的自闭症已经严重到令人难以想象的程度，他的父母不得已，给他办理了休学手续，为他买来大量书籍，让他在家里自学。

男孩儿的父母觉得，那个铁盒有问题，自从它出现，男孩儿就患上了自闭症，并且越发严重。

于是有一天晚上，男孩儿的父亲趁他睡着，悄悄溜进了他的房间，从他手里拿过铁盒，想要一探究竟。

哪料他刚将铁盒拿到手，还没来得及打开盒盖，男孩儿就醒了过来。

接下来的一幕，令男孩儿的父亲至今心有余悸。

男孩儿从枕头下面摸出了一把枪。那是家里买来防身用的枪，一直锁在保险柜里，小男孩儿不知道什么时候解开了保险柜密码，将枪偷了出来。

男孩儿将枪口直直对准父亲。

面对黑洞洞的枪口，男孩儿的父亲站在原地，一动也不敢动，完全被吓住了。

男孩儿厉声道："把盒子还给我！要不然……"

男孩儿说着，将枪口掉转，死死地顶住了自己的太阳穴："要不然我就打死自己！"

父亲无奈，只好将铁盒还给男孩儿，然后说："把枪给我。听话！"

男孩儿道："出去！别再进来！不然，我就死在你面前！"说着，就将手指搭上了扳机。

父亲见状，没了办法，只好退出了房间。

我听完他们的讲述，倒吸了一口凉气："我要来采访他这事，跟他说了吗？"

男孩儿的母亲点了点头说："说了，我还以为他会拒绝，没想到他同意了你的采访请求。"

我点了点头："现在可以……"

男孩儿母亲道："可以的。"

我起身，男孩儿的母亲领着我走到男孩儿房间门口。她敲了敲门："汤姆，中国来的记者到了，就是我之前跟你说的那位。"

里面没有回应。

我有些担忧："这……"

男孩儿母亲点了点头说："他没拒绝，也就是答应了，你可以进去了。"

我刚要进门，她对我耳语道："希望你能够帮我们找到汤姆变成这样的原因，拜托你了。"

我点了点头，突然觉得肩上的担子一下子重了起来，然后推开门，走了进去。

我一走进房间，男孩儿的母亲便在后面轻轻将门带上了。

我看见男孩儿独自坐在书桌前，窗帘拉着，本是白天，房间内却很昏暗，书桌上亮着一盏台灯，将男孩儿消瘦的背影勾勒得有些扭曲。

我看见他双手捧着那个黑色铁盒子，左眼紧闭，右眼一眨不眨地盯着盒子往里看。

我有些拘谨："嘿，汤姆。"

男孩儿背对着我点了点头，似乎并不抗拒，于是我大着胆子走了过去："我可以坐下吗？"

男孩儿点了点头，眼睛依旧盯着盒子。

我小心翼翼地搬来一把椅子，坐到了他旁边。

我见他看得如此出神，便问道："汤姆，你在看什么呢？"

男孩儿开口道："世界。"

我一愣："这是……比喻？"

男孩儿摇了摇头说："真的世界。"

我道："你的意思是说……这个小方盒子里，藏着一个世界？"

男孩儿点了点头，突然说了一句很完整的话："我妈妈说你采访过不少像我这样的人，没准儿你会理解我，不知道你是不是真的能理解我。"

我微微一笑："我能看看这个世界吗？"

男孩儿想了想："看可以，不能碰。"

我点头道："打死不碰。"

男孩儿用手护着盒子，顺着桌面挪向我，我就往盒子里看了三秒，里面黑洞洞的，什么也看不见，更别提什么世界了。

男孩儿将盒子收了回去："看到了吗？"

"呃……"

男孩儿道："别想了，我知道，你是看不到的，这盒子是我的，所以只有我才能看到。"

我承认："好吧，我的确什么都没看到。"

男孩儿没说话，闭上左眼，继续用右眼盯着盒中的黑暗。

片刻之后，男孩儿突然看向我，那眼神就像在看一个陌生人。我心想，天哪，他不会以为从来没见过我吧？很多精神病人都这样，你前脚跟他聊天，一盏茶的工夫他就问你："喂，你谁啊，怎么进来的？出去！"

我有些紧张，因为我隐隐看到他右边的裤腰上别着一把手枪。

男孩儿道："你对宇宙有什么认识吗？"

我松了口气："能说得具体一些吗？你知道，宇宙很大。"

男孩儿点了点头："你觉得宇宙有多大？"

我道："不知道，总之很大。"

男孩儿问："是无限大的吗？"

我道："大概……应该……不是吧……我看过不少科普杂志，科学上认为，宇宙并非无限大，而是有限的，宇宙在一直膨胀，变得越来越大。"

男孩儿点了点头："那你应该知道，宇宙是如何诞生的吧？"

我点了点头说："大爆炸。宇宙最开始是一个密度极高的点，名叫'奇点'。某一天奇点发生了大爆炸，膨胀开来，一步步地发展，形成了今天的宇宙。"

男孩儿再度点头："你现在在哪儿？"

这个问题很奇怪，我道："你是说，我吗？"

男孩儿道："对，单纯地问，你现在在哪儿？"

我小心地答："在……你的房间里？"

我觉得这个回答很可笑，没想到男孩儿并没有笑，而是点头道："这个房间又在哪儿？"

我道："这幢楼里？"

男孩儿道："那这幢楼呢？"

没等我回答，男孩儿接着道："我们存在于这个房间，这个房间存在于这幢大楼，这幢大楼存在于这个小区，这个小区存在于这个城市，这个城市存在于这个国家，这个国家存在于这颗星球，这颗星球存在于我们所认知的这个巨大的宇宙。"

我说："没错，是这样。"

男孩儿道："也就是说，一个较小的物体或者空间，必须存在于另外一个更大的空间对不对？"

我点头："是这样的。"

男孩儿接着道："那你有没有想过，既然宇宙的空间是有限的，必须存在于另外一个更大的空间，那么，宇宙之外是什么？换句话说，最开始，宇宙还未形成，只是一个密度极高的奇点，那么，最开始的奇点，又存在于一个怎样的空间？"

我还真被他问住了："如果照这么说，这个问题其实可以一直问下去。宇宙之外是什么？宇宙之外的之外是什么？宇宙之外的之外的之外又是什么？"

男孩儿笑了："看来妈妈没说错，你的确能够理解我说的话。"

我松了口气，总算能让这个自闭症男孩儿敞开心扉了。

男孩儿接着道："其实我们这个世界，处在套层空间里。"

我道："套层空间？"

男孩儿道："打个比方，宇宙空间是一层套着一层的，就像套娃。一层套着一层，每层都一个模样，只不过越往里，娃娃越小。"

我道："你的意思是说，在我们这个空间里面，还套着许多和我们一模一样的空间？而我们的空间之外，也套着许多和我们一模一样的空间？"

男孩儿很兴奋："没错，就是这个意思。空间相同，但是时间不同。"

我道："我没明白。"

男孩儿道："这么给你解释吧。你在操场上跑过步吧？"

我道："当然。"

男孩儿点了点头说："越大的操场，你跑完一圈需要的时间越长；而越小的操场，你跑完只需要比较短的时间。"

我道："是这样的。"

男孩儿道："其实这个比方不大恰当，但便于你理解我接下来要说的话。由于密度的缘故，越靠近内层的空间，密度越大，所以时间走得更快。而越靠近外层的空间，密度越小，所以时间相对走得更慢。"

我道："你是说，内层空间的人，比我们的动作都要快？"

男孩儿道："并不是这样的。人们对时间的感知都是相对的。即便内层空间的时间走得比我们快，但内层空间的人对动作的感知和我们是一致的。比如，我从这里走到学校，要用十分钟。内层空间的那个我，走相同的距离，也需要十分钟。他并不能因为那个世界的时间比我们的快，对时间的感知就一定比我们快。"

我脑子有些发蒙，但似乎懂了他的意思。

男孩儿道："你应该听懂了。其实很简单，比如我们坐在这里说话，可能在内层的某个空间内，这段对话已经发生过了。内层空间一层套着一层，套了无数层，也就是说，我们这段对话，早已经发生过无数次了。"

我倒吸了一口凉气。

男孩儿看了眼手里的方盒："其实这个盒子，像是一个虫洞。"

"虫洞？"

男孩儿点了点头："一个只属于我的虫洞。我能够在这个盒子里看到内层空间的状况。"

我道："你说你能够在盒子里看到内层空间？"

男孩儿道："并不是全部的内层空间，我能够看到其中一层。那一层的时间，大概已经进展到了相对我们这层空间的半年之后。"

我道："那你能帮我看看，我半年后是什么情况吗？我很想知道。"

男孩儿摇了摇头道："并不能。"

我问："为什么？"

男孩儿道："我只能看到关于我自己的。"

我顺着他的话道："那么，半年后你是什么状况？"

男孩儿耸了耸肩："那时候我已经不在了。"

我一愣："不在了？是什么意思？"

男孩儿轻描淡写道："就是死了。我在三个月后，饮弹自尽了。"

我刚要劝他不要有自杀倾向，却被小男孩儿打断："你知道吗？昨天我无意中发现，这盒子不仅能完成视觉上的穿越，还能完成物质上的穿越。"

我道："你是说……能够让……"

男孩儿道："没错，我昨天喝水的时候，拧瓶盖，不小心将瓶盖掉进了盒子里。你猜怎么着？瓶盖从盒子里消失了。我再一看，那枚瓶盖落进了下面那层空间，我家的客厅里。"

我怔住，不知该说些什么好，这孩子的妄想症已经严重到了这种地步！

男孩儿说着，突然抽出那把手枪，将子弹上膛。

我一惊："你要干什么？"

男孩儿冲我邪魅一笑道："放心，我不打你！"

他说着，将枪口对准盒口，仔细瞄准，然后"乒乒"开了两枪。

刺耳的枪声将我吓得翻倒在地，可没想到，子弹竟然没有击穿盒子，也没有反弹回来，而是在盒中消失了。

男孩儿的父母听到枪声，立马冲了进来，将我拉出了房间。

离开房间，我立马对他的父母道："你们的孩子很危险，他有自杀倾向！"

说完，我便匆匆离去了。

直到回到国内，我一直对此心有余悸，脑子里想着，子弹怎么会在盒子里消失呢？难不成真的穿越到了内层空间？有一天，一个魔术师朋友来拜访我，我向他提到了这个问题，他哈哈大笑，当场掏出手枪，冲着自己手中的纸杯"乒乒"开了两枪。

我吓了一跳，再一看，惊呆了，子弹在纸杯里消失了。

魔术师朋友哈哈大笑道："魔术而已，瞧把你唬得，道具子弹，没有弹头的。"

我这才松了口气，原来，那个男孩儿只是给我表演了一个魔术。果然是有妄想症啊！

三个月后，我得到消息，男孩儿在自己家中饮弹自尽了，他用手枪击穿了自己的太阳穴。我有些自责，自己当时没有足够引起男孩儿父母的重视。

男孩儿死后，男孩儿的父母将那把手枪送去熔掉了。

又过了两个月，也就是我采访完男孩儿从美国回国的半年后，我看到新闻，男孩儿的父母在自家客厅里被子弹击穿了胸膛，当场身亡。警方却找不到子弹的射入点。屋里没有外人闯入的痕迹，窗户也是完好的。子弹就像凭空出现一般，击穿了他们的胸膛。

很快，警方通过弹道分析，发现击杀男孩儿父母的两发子弹，和男孩儿自杀的子弹，来自同一把手枪。

而那把手枪，已经被男孩儿的父母熔化了。

看完新闻，我的身体像被什么东西击穿了一般。

我回想起男孩儿说的话——

"我能够看到其中一层。那一层的时间，大概已经进展到了相对我们这层空间的半年之后。"

"我在三个月后，饮弹自尽了。"

"你猜怎么着？瓶盖从盒子里消失了。我再一看，那枚瓶盖落进了下面那层空间，我家的客厅里。"

紧接着，我的脑海里只剩下那天在男孩儿房间里，那"乒乒"两声枪响。

R℞ 第8个病例：

第三类接触

那天我收到一封邮件，邮件中，一位姓刘的女士称她家先生最近时常梦游，希望我能去她家采访，给他们答疑解惑，找到梦游的原因。

我欣然接受邀约，在一个阳光明媚的下午去了她家中。

刘女士已经怀孕三个月了，但小腹隆起得不是很明显，不仔细看，观察不出来。她请我在客厅坐下，为我倒了一杯茶，让我稍等片刻，然后就上了楼。我一边喝茶，一边等待着。片刻之后，刘女士领着她老公王先生下了楼。王先生裹着一件白色的睡袍，头发蓬乱，看上去刚睡醒的样子，眼圈都还是红肿的。

王先生冲着我尴尬一笑道："不好意思啊，昨晚工作得太晚，早上才睡下，让你久等了。"

王先生是一家手机公司的设计师，刘女士说，昨晚他为了赶制公司新品手机的设计图，忙活了一晚上。

我微微一笑，礼貌道："没关系。"

王先生坐到了我侧面的沙发上。

刘女士道了声："你们聊，我去给你们切点西瓜。"就转身进了厨房。

我对王先生道："可以开始了吗？"

王先生点了点头道："可以开始了。"

我道："听你爱人说，你最近经常梦游。"

王先生点了点头。

我问："是从什么时候开始的？"

王先生道："大概一个月前吧。"

这时，刘女士端着一大盘切好的西瓜走了过来，放在了我们面前的茶几上："来，吃西瓜。"

王先生刚要动手拿西瓜，刘女士一抬手，将王先生的手挡住："客人还没吃呢，你慌什么？"她说着，冲我一笑，将一块西瓜递给我，"来，吃瓜，这瓜可甜了，我妈在乡下自己种的，纯天然无公害！"

我接过西瓜咬了一口，点了点头道："嗯，确实很甜。"

我话还没说完，王先生就按捺不住，从盘里拿过一块西瓜，大口大口地啃了起来。

刘女士瞪着他："哎呀你！有客人在呢！"但王先生依旧大口大口地啃着西瓜，全然不予理会，搞得刘女士只好冲我尴尬一笑道："我家先生就这样，你别太见怪啊。"

刘女士说罢，坐到王先生身旁。

我道："能给我讲讲梦游的具体情况吗？"

王先生啃着西瓜，满嘴的西瓜瓤和西瓜汁，吧嗒着嘴道："当时吧……"

刘女士推了他一下道："哎呀，你接着吃你的瓜，这事我最清楚，我来说。"

王先生点了点头，也不作声，将手中的西瓜皮扔进了垃圾桶里，又从盘中抓起一块西瓜接着啃。

刘女士对我道："我是搞园林设计的，平常也喜欢在家里种些花花草草搞些盆栽什么的……"

我环顾左右，并没有见到任何盆栽。

刘女士接着道："你一定很奇怪吧，家里的盆栽怎么都不见了呢？一个月前，我也感到很奇怪，每天早上起来，就发现阳台上的盆栽全都被人连根挖开了，里面的泥土也莫名其妙地少了一大半。"

我道："被人给偷了？"

刘女士道："我一开始也是这么想的，但转念又一想，这些盆栽都是在附近的花卉店里买来的，不是什么名贵品种，小偷翻进阳台啥也不偷，费那么大力气偷咱家盆栽干吗啊？接连几个早上，家里又有不少盆栽惨遭毒手，全都被连根拔起，里面的土也都被掏掉了一大半。我很生气，怀疑是附近的小孩儿恶作剧，于是有一天晚上，我没睡，在客厅里守着，想着要把哪家的熊孩子逮个正着。可直到后半夜，一直没人出现，我实在太困，就回房睡去了。睡了没一会儿，我听到阳台上有动静，就醒了过来。伸手一摸，边上是空的，再一看，我家先生不见了。我一个人大着胆子下了床，从厨房里抽了把菜刀，到了阳台，结果小偷和熊孩子都没见着。我看见我先生背对着我蹲在阳台上，抱着一盆花，不知道在干吗。我喊了他两声，他没应，于是我很生气，走了过去，这才看到……"

我问："看到什么？"

刘女士接着道："我看到我家先生用手刨着花盆里的泥土，将花连根刨得稀烂。最令我震惊的是，他一边刨，还一边把土往嘴里送……我赶忙推了推他，他身子一颤，像过电一样，把我吓了一跳，然后他还一脸茫然，回头问我：'我怎么会在这儿？'我这才知道，他是梦游了。后来回想起来，我说那段时间他身上怎么老是一股子泥土腥味，睡衣上也经常出现大块的泥污，把床单都搞脏了！"她说着，瞪了她身旁王先生一眼，这时王先生还在啃西瓜。刘女士嘲讽道，"我就搞不明白了，咱家也不缺钱啊，现在又不是万恶的旧社会，你又不是杨白劳，我又不是周扒皮，你犯得着吃土吗？说出去好像是我虐待你似的。"

王先生笑了笑，没说话，继续啃西瓜。

我问："去看医生了吗？"

刘女士点了点头："当然啦，我怕他吃坏了肚子，连夜带他去挂了急诊。可你猜怎么着，做了 X 光，还做了胃镜，在他胃里，没有发现一丁点土。医生还以为我神经病，出现幻觉了呢！我当时也以为自己太过神经质，真的出现了幻觉。可是回了家，没几天，我家先生又被我逮了个正着。这回我没先叫醒他，而是用手机把他梦游吃土的画面拍了下来。我把视频放给医生看，医生一看，也很吃惊，立马对我先生的胃做了详细的检查，这回的确在胃里发现了少许泥土。但从视频中看，他起码吃了五六斤的土到肚子里，难不成那些土全都被消化掉了？最后医生也给不出解释，建议我们到别的医院去看看。可是看了好多家，结果都一样，要么说我们是骗子，要么就是给不出诊断结果。后来我就想到了你，你采访过不少类似的梦游症患者，你给说说，这到底是怎么个情况啊？难不成是我疯了？"

我问："我能看看那视频吗？"

刘女士点了点头，掏出手机，点开视频放给我看。我一看视频，的确吓了一跳。只见视频中，王先生穿着睡衣，蹲在阳台上，神情木讷，眼睛半睁半闭，疯狂地用手刨着花盆里的泥土往嘴里送，仿佛送到嘴里就直接咽进了肚子里，都没经过咀嚼。

我说这种情况我也没见过，刘女士听后有些失落，都没留我吃晚饭，就明里暗里暗示，赶我走了。

直到一周后，我接到电话，王先生主动约我到附近一家咖啡厅见面。咖啡厅很安静，我们一人要了一杯拿铁，上了三楼。三楼采光很好，放着披头士乐队的音乐，最关键的是，这里除了我们，没有别的顾客，一切都显得很神秘。

王先生看了看周围，确定没人，然后压低嗓音道："这件事情我告诉你，你帮我分析分析，可别往外说，尤其是不能让我老婆知道！"

我道："嗯，一定保密。"

王先生喝了口咖啡，清了清嗓子道："其实……我从小……就有这个习惯。"

我一时没反应过来："什么习惯？"

王先生道："吃土。"

我问："几岁开始的？"

王先生道："不知道，反正很小的时候，那时候还在农村，我和村里的小伙伴们一块儿玩泥巴，有回不小心将泥巴溅到了嘴里。你猜怎么着？我竟然觉得味道奇好！大概是从那之后，我就有了这习惯。"

我道："请问泥巴……是什么味道的？"

王先生想了想："嗯……泥巴味。"

我一阵无语："好吧，当我没问。你这习惯，你爱人一直都不知道？"

王先生道："她哪能知道啊！我上大学那会儿，就强迫自己戒掉了这习惯，多少年下来，好不容易没再犯了，没想到一失足，来了一出梦游，在梦游时把这毛病捡了回来。其实我背着我老婆私下去看过心理医生，医生说我是因为长期压抑，所以潜意识里对泥巴有了极深的渴望，于是导致了梦游。"

我道："但我很不理解，为什么你吃了那么多泥土，身体一点事都没有。去医院检查，那么多泥土竟然在你胃里全都消化光了？要知道，泥土是很难消化的。"

王先生道："这就是我要说的关键。这几天我又梦游了。"

我道："又吃土了？"

王先生道："这回倒没有。在梦里，我碰到了一个人，那个人告诉了我一个秘密。"

我问："什么秘密？"

王先生道："我不是人！"

我半开玩笑："虽然你的确有些不正常，但也不至于这么骂自己吧？"

王先生道："不是，我是说，我不是这个星球上的人！"

我一阵无语："你想说，你是火星来的？"

没想到王先生道："差不多吧，我也不知道自己的母星在哪儿，据说比火星远多了。"

我心不在焉："你还挺入戏的。没准儿你是 M78 星云的，来变个身，奥特曼。"

王先生急了，看上去很认真："我没跟你开玩笑！你听我说，其实，我没有爸爸。"

我道："很多人没有爸爸，单亲家庭，很正常。"

王先生道："不是那种没有，我是一出生就没有爸爸。"

我道："你想说，你爸爸在你出生之前就过世了？"

王先生道："我妈怀上我的时候，是个处女！"

我一惊："你不会想说你妈是圣母玛利亚，你是耶稣吧？"

王先生道："我妈从小就生活在农村，我有两个舅舅，都比我妈小。我妈是家里最大的。你知道，在农村，尤其是那时候的农村，认为女子无才便是德，再加上家里没什么钱，所以，只能供我两个舅舅念书。我妈也就念到小学三年级就辍学了，帮家里务农。我妈十七岁那年，上山砍柴，这一去就失踪了一个月。满村的人上山找了一个月都没找着我妈。一个月后，我妈回来了。大伙问她这一个月发生了什么，她都不记得了。问她是怎么失踪的，她也不晓得，只记得自己上山砍柴，然后就回了家，中间这一个多月的记忆像被抹掉了似的。后来我妈就开始恶心呕吐，到村里卫生站一检查，怀上了。医生很惊讶，我妈还是个处女，怎么怀的孩子呢？村里人开始风言风语，说我妈这一个月在山里勾搭野男人去了。那段时间还流行野人的说法，他们便说我妈被野人抓去做了老婆。反正我妈觉得自己在村里待不下去了，就去了城里，投奔了她大伯还是啥的，具体的忘了。反正在城里，我妈把我生了下来。"

我问："你后来问过你妈失踪的那一个月她到底去了哪儿吗？"

王先生道："我问过她很多次，但她好像不是有意隐瞒，是真不记得了。直到前年，我妈过世，走的那天晚上，她把我一个人叫到床边，弥留之际，她对我说，其实我刚生下来的时候，我大伯是打算打死我的。"

我问："为什么？"

王先生道："因为我生下来的时候，屁股上长了条猪尾巴。"

"什么？"

王先生点了点头说："当时我妈死死护着我，才把我保了下来，让医院动手术，把我屁股上的那条尾巴给切除了。"

我不知道该说些什么好。

王先生接着道："我当时以为那是我妈临走前的胡言乱语，没太在意。直到三天前，我在梦里见到那个人，就是我之前跟你说的那个人，那个告诉我秘密的人！我发现，他就长着一条猪尾巴。他告诉我，其实他是我爸爸！"

我不知道说什么。

王先生接着道："他告诉我，其实我妈十七岁那天上山砍柴，失踪的那一个月，是被他抓了去。"

我打断道："等下，我捋一捋啊。你说你是外星人，那么，你梦里的这个号称你爸的男人肯定也是外星人，你的意思是说，你妈失踪的那一个月是被外星人抓走了，然后你爸作为外星人的代表，和你妈交配，让你妈怀了你。放你妈回家时，还顺便抹除了她的记忆？"

王先生拍案道："你真是太聪明了！正是这样。"

我呵呵一笑："我看你是科幻片看多了吧。"

王先生没理会我说的话，自顾自道："不过交配这个词你用得不对。其实我爸是他那个星球的生命科学家，他抓走我妈是为了做实验，看看他们星球的男性的精子能否与地球女人的卵细胞完成受精。"

"人工授精？"

王先生道："差不多吧，不过他们那套可比我们的人工授精先进多了。反正我爸就将自己的冷冻精子激活，试图与我妈体内的卵细胞结合。可结果是令人失望的。精子和卵细胞立马产生了排异现象，几乎每次都无法存活。所以一个月后，他们就把我妈放了。可没想到，我妈回家之后不久，精子和卵细胞竟然完成了受精，不仅如此，还形成了胚胎，最终孕育成婴儿，生下了我。"

我完全不相信："别说，你这想象力，不去写科幻小说，其实挺屈才的。"

王先生急了："我说的都是真的！其实人类寻找地外生命的方法是很无知的。地球人总认为找到水才有可能找到生命。不过这也没办法，地球人还没能站在整个宇宙的高度上，人类认为地球上的大部分生物都需要水，所以地外生命也一定需要水。其实这是错的。"

我调侃他："可我们总得需要一个寻找的标准。另外，你不需要水吗？外星人？"

王先生诡秘一笑道："的确，水也能维持我们那个星球人生命的正常运转，但我们并不依赖水。"

我道："我看你吃西瓜吃得挺欢的。"

王先生道："你吃西瓜是为了补充水分吗？我只是比较喜欢西瓜的口感，百吃不腻。其实，我们真正依赖的，是泥土，泥土能够提供我们身体需要的全部养分。"

我顺着他的话道："看来你们那个星球的人还挺重口的。"

结束了那天的对话，我和他离开咖啡馆，各自朝着两个方向离去了。

一周后，他又打电话给我，问我想不想去爬山，我当时正好闲得慌，就答应了下来。他亲自驾车，载着我回了他老家的农村，他母亲从小生活的地方。

那天晚上，我们抵达村落时，下了很大的雨，不得已住进了一户村民家里。

王先生目光穿透雨幕，指了指不远处的那座大山说："我妈就是在那座山上遇到我爸的，今晚，我爸会来接我。"

我一怔："你说什么？"

深夜的时候，我和王先生睡一个屋。我晚上时常失眠，翻来覆去睡不着，却见王先生在我身旁睡得很沉。当我蒙蒙眬眬逐渐有些睡意时，窗外突然炸开一道惊雷，只见王先生猛地从床上坐了起来，兴奋道："我爸来接我了！"

说完，他便下了床，光着脚冲到了屋外。

我立马穿上鞋追了出去，外面瓢泼大雨，农村又没有灯，伸手不见五指，王先生一下子就跑没影了。

那之后，王先生就失踪了。警方和村里的人找遍了整个村子、整座大山，都没能找到王先生。活不见人，死不见尸。

那段时间，王先生的妻子刘女士挺着个大肚子，哭成了泪人。

刘女士问我："他都跟你说了些什么？"

我如实回答："他说他爸爸来接他了！"

刘女士哭得更惨："我早该强制他住院的，他被检查出很严重的妄想症！他一直幻想自己有个爸！他是不是还跟你说，他妈年轻时上山砍柴失踪过之类的话？"

我点了点头："是啊，没错。"

刘女士道："那都是他为了相信他爸还活着，从脑子里生编硬造幻想出来的！他爸爸在他出生之前，得癌症死了！"

我也接受了警方的一通盘问，但他们显然什么都问不出来。因为如果我把王先生对我说的那些话对着警察同志复述一遍，他们一定会认为我疯了。

事情很快便过去了，王先生一直没找到，但我的生活渐渐恢复了常态。

半年后，刘女士终于分娩了，是个男孩儿。

但令所有人都错愕不已的是，这个男孩儿的屁股上长着一条短小的猪尾巴。

孩子长得很像他爸。

那尾巴随着婴儿的哭声摇晃着，仿佛在暗示着什么。

R̸X 第9个病例:

薛定谔之猫

他是一个心胸外科医生,当我见到他的时候,他已经被关在了看守所里,等候数日之后法庭的审判。他看上去斯斯文文的,实在不像一个会在心胸外科手术中,把病人的心脏挖出来吃掉的疯子。但出乎意料的是,精神鉴定却显示他大脑一切正常,也就是说,他将会面临刑法的判决,他很有可能会被判处死刑立即执行。

他坐在会面窗口里面的房间里,戴着手铐,身后站着两名狱警,神态严肃,一丝不苟。

我坐在窗口外面,和他面对面,中间隔着一层牢固的铁栅栏。

他面色平静地看着我。

我开口道:"你的律师为你申辩说,你是在梦游状态下为病人做手术的。"

他点了点头:"准确地说,那不叫梦游。"

我道:"不叫梦游?那又是什么?"

他道:"另外一个我。"

我冷冷道:"你是说精神分裂吗?可你的精神鉴定报告是正常的,你并没有精神方面的疾病。所以,你并不能以此来脱罪。"

他笑了笑道:"我没想脱罪,另外,我什么时候说过我精神分裂了?"

我道:"你说那是另外一个你。"

他微微一笑道:"你听说过薛定谔之猫吗?"

我点了点头。

他道:"讲给我听听?"

我道:"那是量子物理学当中一个很著名的实验。在一个不透明的盒子当中放入一只猫,盖上盖子。盒子里装有放射性物质,大概在一小时内,这放射性物质会有百分之五十的概率衰变,一旦衰变,就会释放出毒气,盒子里的猫也就死了。如果不衰变,猫就是活的。也就是说,盒子里的猫有一半的概率是会死掉的,有一半的概率是会活着的。在量子物理学当中,粒子的一些特性是无法确定的,只有在测量的时候才能够得出结论,也就是说,被迫让粒子选择自己的特性。如果放在这个实验中，那么，在揭开盒盖之前，盒子里的猫是无法被观测到的，也就无法确定它的生死，那么，那只猫便处在一种既是生又是死的叠态当中。”

他点了点头说："按照薛定谔之猫的说法，物质可以同时存在两种完全相反的状态，既是生又是死，既往左又往右，既向上又向下。"

我耸了耸肩："量子物理学的确认为物质的特性具备不确定性，就像上帝在掷骰子。但相对论则认为，上帝不会掷骰子。生就是生，死就是死，一切都是确定好的，不存在不确定性。"

他问："上帝真的不会掷骰子吗？"

我道："我不清楚。但我并不相信一个物质能够同时存在两种完全相反的状态。比如我现在正在上楼，不可能同时存在一个我正在下楼。这是很矛盾的。"

他冲我露出诡异的笑容，淡淡道："你相信平行世界吗？"

我道："我之前采访过一位量子力学的天才，他就是因为太过于相信平行世界，最后变成了植物人。"

他道："我是问，你相信吗？"

我不置可否："我不知道。"

他道："宇宙间存在着这样一种特殊的平行世界，在这个世界里，存在着一个完全相反的你。"

我道："你的意思是，如果我在这个世界里是个好人，那么，在那个平行世界里，我就是一个坏人咯？"

他道："可以这么说。其实，你的每一个决定，都会造就一个相反的平行世界。你做了一个爬山的决定，那么就会造就一个平行世界，在那个世界中的你，同时也做了个下山的决定。你决定卖车，另一个你便决定买车。你决定结婚，另一个你便决定离婚……当你决定跳楼自杀的时候，另外一个你同时也放弃了自杀的念头。你在这个世界死了，同时造就了另外一个平行世界，在那个世界里，你还活着。"

我的大脑努力理解着他话的意思。

他接着道："所以，死刑没什么可怕的，一旦我死了，立马会有一个完全相反的平行世界诞生，在那个世界里，我还活着。所以，任何一个物质来到这个世界上，都不会真正地消失，会永久存在。我三十岁死去，同时就会造就一个三十岁我还活着的世界。我六十岁死去，就会同时造就一个六十岁的我还活着的世界。我一百岁死去，那么就会造就一个一百岁的我还活着的世界。这么叠加下去，任何一个生命体都能做到永生不死。还是那句话，即便我在这个世界消失了，在另外一个世界，我依然存在。"

我反应了过来："好吧，你说了这么多，还是没有解释，另外一个你是怎么回事？"

他道："其实我已经解释得很明白了，看来你还没懂。我们这个世界，是被另外一个我的某个决定创造出来的。在那个世界中，我也是个医生，不过，那个世界的我选择了拯救那名病人的心脏。于是，这个世界的我，就被迫做出完全相反的事情——毁灭那颗心脏！所以，我选择吃掉那名病人的心脏，是另一个我的决定。"

我完全不相信他的胡说八道："好啊，既然这样，那你又是如何知道这些的呢？"

他神秘一笑道："我能够看到与我们相反的那个世界。"

我心想，应该叫他们给你重做一遍精神鉴定！

我耸了耸肩，淡淡道："好了，今天的采访到此结束了。"

我说罢，起身便走了。

℞ 第10个病例：

灵魂的重量

在"薛定谔之猫"那个病例里，我采访的那个疯子罪犯最终被执行了死刑，我进行了一些追踪报道，也因此认识了那位执行死刑的执行官。执行官已经三十五岁，法医专业毕业，看上去像个军人，体格健壮，身姿笔挺，走起路来偶尔会不由自主地踏起正步。

我约他在一家茶餐厅见面。我去早了，比预定时间早到了半小时，于是独自在一处靠窗的卡座坐下。服务员很礼貌地为我倒了一杯水，我一边喝水，一边看着窗外白色的光幕下，这巨大城市里来来往往的车流和行人，不禁陷入了沉思。我想起之前采访过的那些个患者，说实话，我虽然嘴上说不相信这些牛鬼蛇神的言论，但他们这些看似荒谬的言论细细一想，似乎又有一定的道理，以至于长时间下来，我也开始对这个世界的真实性产生了质疑。

我又回想起"薛定谔之猫"中那名死刑犯，难道说，我们所做出的每一个决定，都是因为另外一个平行宇宙里的自己做了个完全相反的决定？也就是说，我们的每一个决定都是被迫做出的？如果那个平行世界中的我选择救人，那此刻的我，会不会被迫选择杀人？

上帝真的在掷骰子吗？

"不好意思，我来晚了。"

一个男人浑厚的嗓音将我拉回现实，我抬头一看，是那位死刑执行官朋友，他在我面前坐下，服务员很有眼力见儿地走过来为他倒了一杯水，又为我续满水，然后递过来菜单，问我们吃什么。我俩不约而同地点了意大利面。

服务员收了菜单，转身离去。

我问执行官道："最近在忙什么？"

执行官搓了搓手说："刚刚处决了一个犯人。"

我道："不可能每天都有死刑犯要处决吧？没有的时候，你都干吗？"

执行官耸了耸肩道："我的正职是法医，偶尔客串一把死刑执行官。"

我问："为什么要当执行官呢？"

执行官喝了口水，苦笑道："你以为我愿意啊？上头领导安排的，说我是法医，见惯了生死，所以能够胜任执行官的角色。"

我问："什么感觉？"

执行官道："什么？"

我努力组织着语言："嗯……我是说，毕竟这个职业对执行者心理上的冲击很大，所以……"

执行官笑了笑说："啊，你说这个啊，第一次执行之后，我紧张了一周，晚上天天做噩梦。你知道吗，那个犯人，还没躺在铁床上，就已经吓得浑身发抖，当法警将他绑起来的时候，他已经吓得昏迷了过去。那对我冲击的确很大，有很长一段时间我甚至会产生负罪感。身边的人都安慰我，说这不叫杀人，这叫为人民除害。我就这么劝慰着自己，每次行刑的时候都想象一些美好的事情，久而久之，我也就不以为意了。说得不好听一点，麻木了吧。"

我刚要问话，服务员端着两盘意大利面走了过来："你们的餐点好了，请慢用。"

她将两盘意大利面放在了我俩跟前。

我拿起叉子，一边搅动着面条，一边问道："冒昧问一句，从第一次到现在，一共多少个了？"

执行官嗍着面条，一边嚼一边说："你是说死刑犯吗？我数数啊。"他说着，竟然掰起了手指头，"十来个吧，不算太多。"

我道："现在应该不用枪决了吧？"

执行官道："早就不用了，那不人道。你知道，以前用枪打，一枪没打死，可能还要补第二枪，第二枪没打死，再来第三枪，虽然这种概率很小，但就人道主义来说，当然使用安乐死才是最为人道的。"

我点了点头："也就是注射毒药咯。毒药也很痛苦的吧。"

执行官摇了摇头说："不会痛苦，目前国际上通用的死刑注射药，主要是三种药物，硫喷妥钠、泮库溴铵和氯化钾。硫喷妥钠能够使人丧失意识，泮库溴铵能够麻痹人的肌肉并且使人呼吸衰竭，最后是氯化钾致命。人在丧失意识的情况下，是感知不到痛苦的，就像被全身重度麻醉了一样。你做手术的时候，被麻醉的部位，会感觉到疼吗？"

我笑了笑："我没动过手术。不过，我还是认为，应该废除死刑。"

执行官扬了扬眉："其实我们不应该探讨这个问题，这个话题太深了，既牵扯到人道问题，又牵扯到犯罪的社会问题，不是我们能够探讨清楚的。"

我道："说得也是。"

执行官一边吃面一边对我道："其实一周后，还有一个死刑犯要被我执行死刑，我觉得，你可以去采访一下他。"

我道："怎么说？"

执行官将面条嚼碎咽下，喝了一大口水，然后打着饱嗝儿说："他也有梦游的症状，并且我觉得他的某些言论，很符合你的口味。"

我问："他都说了些什么？"

执行官的眼里闪烁着神秘的光："他说他梦游的时候，灵魂离开了身体，也就是我们常说的，灵魂出窍。"

我一下子对那个死刑犯产生了兴趣，于是第二天下午，在执行官的安排下，我顺利采访到了这名死刑犯。

还是上次那间会面室，这个死刑犯和我隔着一面栅栏窗，他的身后站着两名狱警。从档案上了解到，这个年轻人才二十三岁，是某著名大学的高才生，大学四年级的某天深夜，他用一把水果刀，将同宿舍另外三名同学全都杀掉了，被判处了死刑。

年轻人看上去面貌清秀，神情异常镇定，眼神当中透出一种莫名的冷酷，令人不寒而栗。

我问："你为什么要杀掉那三名同学？"

年轻人说："他们的时间到了。"

我问："什么意思？"

年轻人道："那是他们的死期。"

我问："你跟他们有什么仇恨吗？"

年轻人道："没有没有，我跟他们相处得很融洽。"

我问："那你为什么要杀掉他们？"

年轻人有些不耐烦："我都说过了，他们的死期到了。"

我道："我还是不明白你的意思。"

年轻人道："我小时候经常梦游，晚上睡着之后，感觉自己到处游荡。直到有一天，我梦游的时候游荡回了床边，我发现自己悬浮在半空中，低头看着躺在床上的自己……没错，那时候我意识到，那根本不是梦游，是我的灵魂在睡梦中离开了身体。"

我道："你是说，灵魂出窍？"

年轻人点了点头："那天晚上，我的灵魂再度脱离身体，游荡到了外面的走廊里。我看到了一个人，那个人自称是死神。他说我那三个舍友的死期到了，但是他们的灵魂被锁在躯体里出不来，想请我帮个忙。死神求我帮忙，我岂敢不从？于是，我的灵魂回到身体之后，就用宿舍的一把水果刀，把他们三个都杀了。他们的灵魂也就被死神带走了。"

我问："三个人的死期怎么会同时到？"

年轻人道："这不很正常吗？飞机坠毁、地震、海啸，哪回不是一次性干掉一大批人？你以为那是事故？你错了，死神要定期清理掉一部分灵魂，但又要让死法看上去合理，于是安排了那些灾难，简单省事，省掉了很多麻烦。"

我道："你《死神来了》看多了。"

年轻人摇了摇头说："别那么愚昧无知好吗？"

我道："神学是中世纪的产物，那时候科技不发达，人们就是这么愚昧无知。"

年轻人道："哦，是吗？那几千年后的人，再看今天的我们，是否也会认为我们愚昧无知呢？人类就是这样，每一个时期的人都会认为自己是正确的，嘲笑先人们的愚昧，其实，这才是最愚昧的表现。我们以为自己什么都知道，其实什么都不知道。你以为你掌握了真理？呵呵，得了吧，真理离咱们还远着呢！"

我竟有些无言以对。

年轻人突然问我道："你知道灵魂的重量吗？"

我道："二十一克？"

年轻人道："灵魂比那轻多了。"

我轻蔑一笑，心想我顺着你说你还来劲了："根本就没有灵魂。"

年轻人道："是吗？那你认为你的意识受什么支配？"

我道："我的大脑。"

年轻人又问："你的大脑为什么会产生意识？"

我道："是因为大脑的很多神经元相互作用，具体我也不了解。"

年轻人笑了："不怪你，谁都不了解自己的大脑，人类探索宇宙，探索深海，到头来，却连自己的大脑都没有探索清楚。"

我道："随你怎么说，但和灵魂无关。"

年轻人笑了笑，清了清嗓子："你做过这样的梦吗？梦见自己突然从高空坠落，然后惊醒。"

我道："你想说那是灵魂出窍，然后坠落回了身体里？"

年轻人道："聪明。"

我道："得了吧，恐怖段子而已。"

年轻人道："以前有科学家做了个实验，请了一名患有癌症的志愿者，让她躺在高精度的电子秤床上，然后等待她慢慢死去。科学家最后发现，在她死去的一瞬间，电子秤的数据变了，患者的体重一下子轻了那么几毫克，那是非常微妙的数据变化，如果不用那种高精度的电子秤，根本检测不出来。那么，你认为，在她死掉的一瞬间，为什么会突然少掉那么几毫克的重量。会是什么，突然离开了她的身体呢？"

我冷冷道："可能是仪器出问题了，也可能与月球的引力有关。月球引力能导致潮汐上涨，我想导致那么一丁点的重量变化，应该没什么问题。"

年轻人有些失落："看来你还是不相信。"

我道："没错。"

我刚起身准备要走，年轻人突然对我道："其实，我已经找到了离开这儿的办法！"

我问："你是说越狱？"

年轻人点了点头，他身后两名狱警立马警觉起来，将他反手摁在了窗口。

年轻人的面容在窗户上挤得有些变形，看上去十分狰狞，他大喊道："我会逃出去的，我会逃出去的！哈哈哈哈哈！"然后，他就被两名狱警架起来拖走了。

采访结束后，我对执行官朋友说："你小心点，那个犯人说他打算越狱。"

执行官笑了："过几天他就死了，他逃得出去吗？一个疯子说的话，听听就好，别当真。"

几天后，年轻人被执行了死刑，我那位朋友亲自行刑，摁下按钮，看着白色的药液顺着管道注入了年轻人的身体。年轻人很平静，慢慢地闭上了眼睛，紧接着停止了呼吸，死掉了。

他最终也没能像他自己说的那样，逃出监狱。

过了一段时间，我又约死刑执行官朋友吃饭，还是那家茶餐厅，我来早了，他来晚了。

半小时后，他在我面前落座："不好意思，我来晚了。"

我道："没关系，我也刚来。"

他点了点头道："那就好，不过，现在你相信了吗？"

我一愣："相信什么？"

他邪魅一笑道："灵魂出窍啊！我说过，我会成功逃出来的！"

我一怔："你说什么？难道你是……"

我隐隐看到，他的脸上似乎浮现出了那个年轻人得意的笑容。

"哈哈哈哈，跟你开个玩笑，被吓到了吧？"他眨眨眼道。

我这才松了一口气，原来只是被这位执行官给耍了。

R X

第二章

如果你是一个一维生物，你永远认为这个世界是一维的。如果你是一个二维生物，你永远认为这个世界处于二维状态。如果你只是三维、四维生物，你同样不能理解五维世界的存在。

梦游症调查报告 _____

℞ 第 11 个病例：

记忆宫殿

那天我突然接到一个电话，是监狱打来的，狱警告诉我，一个月前，我采访过的一个被判处无期徒刑的犯人，从监狱里消失了，电话中，狱警语气严肃，希望我能够尽快到监狱协助他们调查。

我立马赶往监狱，监狱长和几名干警将我叫到了办公室，对我进行了一番盘问。这时，我方才得知，就在前一天夜里，那个犯人在自己的牢房里消失了。我提供了前一晚的不在场证明，一整晚我都在外地出差，一大早才回家，我拿出了火车票以及在外地酒店住宿的发票作为证明。干警们立马联系了火车站和酒店方面，证实我当晚的确在外地，于是证实了我的不在场证明，消除了对我的怀疑。

对话中，监狱长和几位公安干警屡屡提到一个词——消失！

我很好奇他们为什么不用"越狱"这个词，于是便问："他是怎么逃出去的？"

监狱长和干警们互相看了看，然后说："具体的还在调查，行了，没你什么事了，你可以回去了。"

就这样，我被监狱长轰走了。

回家的路上，我越想越觉得不对劲，回想起来，监狱长和干警们的对话当中，从头到尾都没提到"越狱"这个词，而是用的"消失"。

犯人消失了。

回家后我立马联系了我那位在监狱工作的朋友，约他出来找了家餐厅吃饭，点了五个菜。

我们大口大口地吃着菜，大口大口地喝着酒，酒过三巡，我问朋友道："哎，那犯人到底是怎么回事啊？"

朋友摆了摆手道："不能说，上头要求，要保密。"

我更好奇了："啧，咱俩还是不是哥们儿了啊？"

朋友喝了口酒："是是是，可……可这……真不能说啊！"

我道："你告诉我，我绝不说出去！"

朋友又闷了几口酒，在我的软磨硬泡下，终于松了口："行行行，告诉你也无妨，可别说出去啊！说出去了，也别说是我告诉你的！"

我点了点头："嗯！快说快说！"

我说着，给他和自己斟满酒。

朋友灌了口酒，打着酒嗝儿道："你一定很好奇，今天下午我们领导盘问你的时候，为啥一直用'消失'这个词吧？"

我道："对啊！一般不都得说越狱吗？消失算哪门子的说法啊？"

朋友又喝了口酒，像是在给自己壮胆。他将酒杯重重一放，杯底在桌面上磕得很响："要我说，消失这个词，说得都不准确！那得叫人间蒸发！"

我一怔："人间蒸发？"

朋友道："你知道那人一直一个人住一间牢房，我们查过监控录像，昨天晚上，那犯人一直在牢房里没出来过。门是牢牢锁着的，不可能从门出来。牢房里只有一张床，一张桌子，一个马桶，连窗户都没有。墙壁上也没有被凿过的痕迹！你说诡异不诡异！今天早上出操，我们打开他牢房的门，人不见了，连个鬼影都没见着！"

我道："会不会是监狱里有人和他串通一气，故意打开门放他走了？"

朋友摇了摇头说："我们也这么怀疑过，但是查过监控录像，从头到尾都没人打开过那扇门！"

我愣住了，好一会儿没说话，朋友深吸了一口气："行啦，别想啦，我都说了，别说出去啊，来来来，喝酒喝酒！"

我和朋友碰了碰杯，将酒喝完，没多久便散了。

回到家之后，女朋友已经洗过澡睡下了，我一个人坐在客厅的沙发上看电视，虽然眼睛盯着电视屏幕看，但脑子已经神游了出去，思绪一下子飘到了一个月前。

一个月前，我受邀前往监狱采访那个犯人。犯人三十一岁，是一名老师，患有严重的梦游症，曾经大半夜梦游到学校，站在空荡荡的教室讲台上讲课。但这并不是我要采访他的重点。半年前，本市爆发了一起轰动全国的惨案，一个身着红衣的妙龄女郎，在地铁上被人用水果刀割喉，血溅车厢，当场倒地昏迷，在经医院抢救后，一直处于重度昏迷状态。而凶手，就是我眼前要采访的这位。警方在案发后第二天，在一家宾馆内抓到了他。

经过审讯和调查，警方得知，被害女子是这名男子的前女友。男子被甩，怀恨在心，恰在地铁上偶遇该女子，于是上前趁其不备，一刀割喉。

由于此案造成了极其恶劣的社会影响，男子被法庭判处无期徒刑。男子上诉，二审维持原判。

我问他："后悔了吗？"

犯人点了点头说："后悔了。"

我道："知道后悔是好事，人有时候总会因为一时冲动而毁了别人的一生，也毁了自己的一生。"

犯人笑了笑说："你别误会啊，我说的后悔，不是你理解的那种后悔。"

我问："那是哪种？"

犯人道："我很后悔当时没能割得再深一点，没能一刀干掉她！听说她现在昏迷呢，唉，没死真可惜！别误会，我不是替她可惜，我是替我自己可惜！好不容易逮到这个机会，看来以后是没机会了！"

我对这个犯人的凶残感到震惊，也很愤怒，他是很明显的反社会人格，对被害人没有丝毫的怜悯和同情，更别提悔改之意了。

我强压着内心的怒火保持平静，问他道："就因为她和你提出分手，你就要杀掉她？"

犯人微微一笑道："这个原因，说是，也不是。"

我问："怎么说？"

犯人道："她只有死了，我才能离开这里。"

我没明白："离开这里？"

犯人点了点头说："你知道记忆宫殿吗？"

我道："听说过。"

犯人道："在中世纪的欧洲，那时候印刷术还没有普及，人们看书都需要互相传阅，所以，一些人为了记住大量书籍的内容，就开始训练自己的记忆力，久而久之，记忆宫殿也就诞生了。"

我道："我认为，记忆宫殿只是文艺作品里杜撰的。"

犯人道："那是因为一般人的大脑难以形成记忆宫殿，这需要天赋和长时间的训练。训练方法说来其实也十分简单，你需要记住某个你熟悉的地方，比如你的家，你平常上班路过的街道，你把街道上的每一个细节每一个空间都标记下来，久而久之，就在大脑里形成了一个固定的空间，你可以在这个空间里储存东西，随意出入。"

我道："听上去挺玄乎的。"

犯人道："其实，我被困在了自己的记忆宫殿里。"

我问："什么意思？"

犯人耸了耸肩道："意思已经很明显了。"

我努力理解他的话："你的意思是说，我们此刻，在你的记忆宫殿里？"

犯人点了点头："没错。你只存在于我的记忆中，并不是真实的。包括这里的一切，这座监狱，这座城市，这一整个世界。"

我道："可我从没见过你，又怎么会出现在你的记忆当中？"

犯人道："可能我们见过，每天我们都在与无数的路人擦肩而过，而我们的视觉，其实已经将这些路人的脸记录了下来，只不过我们的大脑对这些不重要的信息进行了隐藏处理。而像我这种拥有记忆宫殿的人，能够把看到过的人、事、景，全都清晰无误地放进记忆宫殿里。所以，你出现在我的记忆当中，也没什么稀奇的。"

我道："记忆中存在的人，也能跟你对话吗？像我现在这样。"

犯人道："那我问你，你做梦的时候，梦里的人为什么能跟你对话？"

我一愣，他朝我扬了扬眉。

犯人突然朝我诡异地笑了笑说："信不信我把你从我的记忆中删除啊？"

我一怔，只见他双眼直勾勾地盯着我，盯得我浑身发麻。难道说，他真的能把我删除？那又是一种什么状态呢？我会坐在这里，然后凭空消失吗？

犯人突然放松了下来，哈哈大笑。

我也松了口气，半开玩笑调侃道："你不是要删除我吗？我怎么还在这儿？"

犯人道："逗你玩呢。虽然这里是我的记忆宫殿，但记忆这东西，是你说删就能删掉的吗？人的大脑是如何反馈信息的？当你对自己说忘掉某个人的时候，大脑反馈的第一个信息就是那个人。于是，你越想忘掉，那个人在你的脑子里反而会越发清晰起来。所以，我是没法凭空删掉你的。"

我呵呵一笑："这算什么？这里不是你的世界吗？你不就是想说，你是这个世界的上帝吗？上帝不是全知全能的吗？"

犯人道："上帝是全知全能的？那我问你一个问题，上帝能创造出一块他搬不动的石头吗？"

我刚要回答，突然愣住了。如果我说能，那么上帝造出了一块自己搬不动的石头，说明上帝也有搬不动的东西，于是他便不是全能的；如果我说上帝不能造出那块石头，同样也说明上帝并非全能。

犯人看穿了我的心思，冲着我做了个鬼脸："所以，你还有什么疑问吗？"

我问："那如果，一定要在记忆宫殿里删掉某个人呢？"

犯人眼前一亮："你终于问到点子上了。如果想要删掉一个人，唯一的办法，便是杀掉他（她）。将他（她）从记忆宫殿里完全清除。”

我恍然大悟：“所以，你杀掉你前女友，是为了删掉她？”

犯人点了点头说：“正是这样。”

我道：“你之前说，只有她死了，你才能离开这儿，是指……”

犯人道：“其实在现实世界中，她并不是被我杀掉的，而是病死的。我很爱她，将她锁在了记忆宫殿里。”

我问：“就像《盗梦空间》？”

犯人道：“没错。但我发现自己因此越陷越深，直到最后，完全无法从记忆宫殿里抽离出来，我被困在了这里。于是，我做了个决定，那就是杀掉她。大脑这玩意儿很神奇，当你决定删掉某个记忆时，那个记忆却一直躲着你，让你怎么也删不掉。我苦苦搜寻，那天在地铁上，终于撞见了她。于是，就有了接下来你们都知道的那一幕。”

我道：“可你还是没能离开这里。”

犯人道：“因为她没死，只是昏迷了。”

我问：“如果她死了呢？”

犯人道：“我就会离开这里，在现实世界中醒来。”

我问：“那我呢？”

犯人道：“你是说这个世界吗？这个世界依然会存在，只要现实世界中的我没有死掉，这个记忆宫殿是会一直存在的。”

我问：“话说，如果这里真是你的记忆宫殿，那为什么你会被抓进来？”

犯人道：“记忆宫殿和梦不同，做梦时可以天马行空，但记忆宫殿的作用是用来储存记忆的，所以一定要真实，不然记忆就会混乱。在一个真实的世界里，我犯了案，是一定会被抓住的。”

然后，犯人就被狱警带走了。

我的思绪一下子回到了现实当中，此时，客厅的电视上正在播放时下火爆的真人秀综艺节目。

我立马打电话联系我那位在监狱工作的朋友，让他帮我查一查，那个犯人的前女友此刻在哪家医院。

没想到朋友却在电话那头说：“你还不知道吧，那个被害人在昨天晚上，病情急转直下，没抢救过来，已经死掉了。”

我一怔，突然回想起那个犯人在一个月前对我说的话——

“她只有死了，我才能离开这里。”

℞ 第 12 个病例：

有人正在吞噬时间！

前不久，我受邀参加一位知名理论物理学教授的学术讲座。讲座在一所著名大学的礼堂内进行。教授年过五旬，穿着一件厚厚的暗红色毛衣。那天是4月25日，春末的天气已经逐渐变得有些热了，教授这身穿着显得有些不合时宜。

教授白发苍苍，看上去颇有些爱因斯坦的感觉。他站在台上，一边调换着幻灯片，一边为我们讲着看上去有些艰深的学术问题。那天演讲的主题是——时间是否存在？

礼堂内坐满了慕名而来的学生和不少受邀前来的学术界人士。我既不是学生，也与学术界不沾边，只是教授希望我能为他这次的讲座写一篇专题报道。另外，教授还会将他最新的、从未公开发表过的学术论文刊载在4月26日的报纸上。

我被安排坐在了第二排靠中间的位置，而第一排坐着的，都是教授学术界的朋友，当然，也不乏一些大学教师，以及前来捧场的当地领导。

教授在演讲时提到了一个有些骇人听闻的言论，他说，时间并不存在。

此言论一出，台下一片哗然，只见教授清了清嗓子，微微一笑道："我知道你很难接受这个事实，这超出了你们平常对时间的理解。在我们的印象中，时间与我们的日常生活是息息相关的。那么现在，我来问你们一个问题，什么是时间？"

有许多学生跃跃欲试地举了手。

教授点了六排五座的一个戴眼镜的胖男生："你来告诉我，什么叫作时间。"

胖男生有些紧张，支支吾吾了好半天。

教授将手一抬，往下轻轻一压，做了个呼吸吐纳的姿势："深呼吸，放轻松，不要紧张，把你的想法说出来就好，不要在乎对错。"

胖男生深吸了一口气道："教……教授，我觉得……我觉得时间是为了提醒我们，什么时候该干什么事。比如，我早上六点要去教室上早自习，那么，时间告诉我必须在六点之前到那儿，否则就会迟到。"

教授点了点头道："你认为，时间，是一串钟表上的数字。"

胖男生道："我……我说得对吗，教授？"

教授微微一笑道："好了，你可以坐下了。"

胖男生坐了下去。

教授接着道："没错，在我们大多数人看来，时间只是钟表上的一串数字。在现代社会，我们通常依靠这些数字来感知时间。但你们有没有想过，这些代表时间的数字是多少，取决于你处在地球的哪个地方。由于时区的不同，尽管在同一时刻，时间的数字表达的都大不相同。"教授说着看了看表，"比如现在是北京时间的上午十点整，那么此刻的美国东部时间还处在昨天晚上九点。没错，这是时差造成的。而时差，也仅仅只是数字上的差别罢了。如果真要找一个全世界统一的时间标准数据，那便是格林尼治世界时，本初子午线穿越那里，那里就像时间的开端。我说了这么多，有没有人发现了什么？"

台下又有很多学生举手。

教授点了一个第三排的小个子女生。

女生站起身来道："这些表示时间的数字，都是人类制定的。"

教授点了点头道："没错，都是我们人类制定的。在远古时代，没有钟表的情况下，人类是如何感知时间的？"

女生回答道："通过太阳的东升西落。"

教授点了点头："很好，你可以坐下了。"

女生坐了下去。

教授道："人类对时间的感知，归根结底，源于周遭事物的变化。太阳的东升西落、春夏秋冬的季节交替，以及孩子的成长，父母的老去，都是我们感知时间推移的途径。但你们有没有想过，时间这个概念，只是我们人类一厢情愿杜撰出来的？也就是说，时间，根本就不存在。"

台下一片愕然。

教授接着道："其实时间并不存在，只存在空间。一切的自然规律在这个空间里运转着，这只是我们所处的这个空间的规则而已，而我们，错误地把一切事物的推移变化，和自身的行为推进，当成了时间的流逝。其实时间是一个伪概念，只是人类发明的名词。时间是不存在的。如果从学术的角度来讲，给大家打个比方。从数学上，我们把时间比作一条数轴，每一个时间都是数轴上的一个点。而我们会发现一个问题，时间并不是一个确切的轴，因为轴是实际存在的，朝两端延伸。而时间轴上的我们，并不能提前去到未来，或者回到过去。

也就是说，我们并不能随意去往这条轴的两端，因为过去和未来并不实际存在于这条轴上。换句话说，时间轴是不存在的。由此推理，时间也是不存在的。"

台下一片哗然。我坐在原位，一边记录，一边努力理解着教授说的话。

教授接着说："我们都知道，量子物理学和相对论奠定了现代物理，让我们理解自己所处的这个宇宙空间。但说来也很矛盾，量子物理学和相对论本身就是水火不容的。最后，国外有物理学家成功将量子物理学和相对论整合到了一起，而这条整合出来的公式上，恰好少了一个单位——T。"

台下学生道："TIME！"

教授道："没错，TIME，时间！当我们把时间拿掉的时候，量子物理学和相对论变得不再矛盾，反而相辅相成。所以，我相信，时间是不存在的。因为只有拿掉时间，宇宙的规则才变得如此合理。"

突然，最后一排有一个身形瘦弱的男人站了起来，他的手里似乎还攥着一卷报纸："教授，我觉得你说的不对！"

他没有举手，而是突然来了这么一句，令所有人一惊，纷纷朝他望去。

教授道："那就请你说说，我哪里说得不对。"

那个男人道："时间，是确切存在的！"

教授道："是吗？说说你的见解。"

男人道："虽然我不能回到过去，但我的确能够去向未来。"

教授问："什么意思？你是说你是一位时间旅行者？能够穿越时空？"

现场哄堂大笑。

男人道："没错，我有证据！"

教授不以为然，微笑道："大家看哪，他说，他能够证明自己是一位时间旅行者。"

现场笑得更加厉害，时不时可以听到一些女生叽叽喳喳道："这男的一定是穿越剧看多了。"

男人不慌不忙，将手中的报纸展开，开始念上面的内容。一瞬间，教授愣住了，我也愣住了。他念的内容是教授明天将要发表在报纸上的学术论文。这论文一直处于保密状态，包括教授自己，前后经手的人不超过五个，我是其中之一。

教授看向台下的我，我也一脸茫然和震惊地看着教授。

教授清了清嗓子，冲那个男人道："好了，这是我明天要发表在报纸上的学术论文，你是怎么搞到的？"

男人道："因为我买了一份 4 月 26 日的报纸。"

教授哈哈大笑，所有人也跟着笑了，大家都觉得这个男人脑子不正常。

教授道："这位朋友，麻烦你看清楚时间，今天是 4 月 25 日，明天才是 26 日，你是不是喝多了？"

男人道："我说的，就是明天的报纸。"

男人说着，接着念报纸上的论文内容。

教授给了我一个眼神，我立马起身，冲过去，在两名保安的帮助下将这个男人带离了会场。

我将那个男人带到了休息间。

男人说："那个教授根本就是个伪教授，他什么都不懂，还在大庭广众下胡言乱语！我忍无可忍，所以要当面揭穿他！"

我让他坐下，要他冷静一会儿，然后给他倒了杯水，坐到他面前。

我道："能给我看看你那份报纸吗？"

男人点了点头，将那份报纸递给我。

我摊开来一看，一下子愣住了。报纸上写的日期，的确是 4 月 26 日！我觉得自己眼花了，立马看了看手机，手机上显示的时间是 4 月 25 日！

这真的是次日的报纸？！

我又将报纸翻了个面，果然，反面的一整版，都印着那位教授的学术论文！

男人喝了口水道："现在，你总该相信我了吧？"

我还是不信，但这的确是 26 日的报纸！而且，一般次日的报纸都会在头一天晚上开印，不可能在头天上午就弄到次日报纸的成品。难道说，眼前这个男人，真的是一位时间旅行者？

男人道："这篇论文我看完了，这个教授对于时间的理论可以说是漏洞百出，全都是错的！"

我道："怎么讲？"

男人说："过去和未来，都是存在的，时间也是确实存在的。"

我道："你说，你能穿越到未来？展示给我看下。"

男人摇了摇头道："现在不行。"

我问："为什么？"

男人道："必须在我梦游的时候。"

我问："你也梦游？"

男人道："为什么这么问？"

我道："哦，没什么，因为我采访过不少梦游症患者。"

男人道："其实时间真的是一条具体的轴，我们能够通过某种途径走向轴的两端，也就是过去和未来。"

我道："可是教授说，这条轴只是数学上想要把时间这么一个抽象的概念具象化的伪概念，时间轴是不存在的。"

男人变得有些激动："所以说他错了！时间并不是抽象的，而是实际存在的，就像一条公路，只要我们找到了方法，就能够在这条公路上随意行走。"

我道："可是……既然时间是实际存在的，那么，为什么它会一分一秒地流逝？而不是像游戏存档一样保存下来，可以供我们回顾？"

男人道："这也就是我说的，为什么我能够去往未来，却不能回到过去的原因！"

我问："为什么？"

男人的语调突然变得极为神秘，神秘得有些惊悚起来："因为……有人……正在吞噬时间！"

我一怔："吞噬时间？"

男人点了点头道："没错。"

我问："那个人是谁？"

男人摇了摇头道："我也不知道。可能是魔鬼，可能是撒旦，也可能是造物主本人。为什么你感到时间在一分一秒地流逝，却不能回头，只能任由时间流逝？是因为那个人在一分一秒地将时间吞噬，也就是跟在我们屁股后面，将过去完全吞噬。我们朝未来前进一点，时间就被吞噬一点。所以，我们永远也回不到过去。"

我问："那为什么你又说可以去向未来？"

男人道："因为目前，我们所能抵达的未来，暂时还没有被吞噬。"

我道："暂时？你的意思是说，有人同时也在吞噬未来？"

男人点了点头道："没错，时间正在从过去和未来两端同时往时间轴的中间吞噬，我已经计算过了，他们将会在 2030 年的 12 月 25 日交会！"

我道："圣诞节！"

男人道："没错，耶稣的诞生日！"

我道："你的意思是说，那天，过去和未来的时间，会被完全吞噬掉？"

男人点了点头。

我问："如果时间消失了，会怎么样？"

男人耸了耸肩道："世界末日。"

他说得轻描淡写，我倒是被惊出了一身冷汗。

男人突然摇了摇头说："不行！我不该泄露天机！我得走了！"

男人说罢，便起身冲了出去，我跟着追了出去，他却已经跑没影了。

当天下午，我被警察叫到了派出所问话，原来那个男人在跑出礼堂没多久，就在附近的一座摩天大楼跳楼自杀了，自杀原因不明。这个男人是个黑客，精神有些不正常，警方去了他的家里，在他家中发现了治疗精神疾病的药物，还在他的电脑里发现了一张 4 月 26 日的报纸电子版。

我打电话问了同事，同事说当天上午，报社的后台的确被黑掉了，但很快就修复了，所以没在意。我们报社一般会在报纸印制前的头天上午就把电子版制作出来，用于晚上的打印。

看来这个男人只是从报社的后台盗取了电子版，然后自行打印了报纸，跑到礼堂来装神弄鬼。

所谓时间旅行，根本就是一个精神病人的臆想。

在派出所做完笔录，我便回去了，在电话里跟教授说明了情况，向他道歉，说是我们报社的失职才导致了这场泄密事件。

教授在电话里表示谅解，我也算是松了一口气。

当天晚上，写稿写到深夜，怎么也睡不着，一看天就要亮了，于是干脆出去吃了个早餐。

在路口的报刊亭，我远远地看到一个男人，觉得很眼熟。

那个男人正在买报纸。

我快步走上前去，还没来得及看清那个男人的长相，那个男人就将报纸快速卷了起来，然后快步走进了小巷。

我跟进了小巷，那个男人已经不见了。

我觉得他很像头天上午在礼堂里见到的那个男人，可是，他分明已经在当天中午跳楼自杀了。

难道是我眼花了？

我走到报刊亭前，问老板道："请问刚才那个穿黑衣服的男人，买了一份什么报纸？"

老板打了个哈欠，指了指报摊上其中一份报纸。

我一看，正是我们报社的报纸，背面印有教授的论文，上面写着日期——4

月 26 日。

　我将那份报纸拿起来，里面有一张纸片掉了出来。

　我捡起来一看，上面潦草地写着一行字：现在，你该相信我了吧？

　我一怔，久久愣在原地，清晨街道上寒冷的风在吹，我的脑子里突然回荡起他说的那句话——

　"有人……正在吞噬时间！"

℞ 第 13 个病例：

无限猴子

　　当我见到他的时候，他已经被套上了精神病约束服，牢牢地绑在了精神病院重症监护病房的铁床上。他曾是国内一位著名的畅销书作家，出道十年，前后共出版了二十五本不同类型的图书，并且本本销量皆过百万册，是当之无愧的畅销书作家。

　　可就在他事业发展到巅峰时期的时候，年仅三十五岁的他却突然疯了，被家里人送到了这里。医生诊断其为严重的精神强迫症。

　　他的女友陈小姐告诉我，一年前，他刚刚创作完第二十本书，突然就没了灵感。作家没灵感是常有的事，每一个搞创作的人都很清楚，找不到灵感是多么令人煎熬的事情，抓耳挠腮恨不得拿脑壳撞墙。

　　陈小姐说："我能够看出，那段时间他很痛苦，第二十一本书已经跟出版社签了合约，连钱都拿了，却连个大纲都没写出来。那段时间，他没日没夜地坐在电脑前，一遍一遍地写，可是每次写了开头，都觉得不满意，又立马删掉，就这样反反复复，都不知道抽了多少盒烟，但他就是没有灵感。后来他开始梦游。那天晚上，我和他很早就睡下了，到了深夜的时候，我醒了过来，蒙蒙眬眬中听到书房里传来打字的声音。我怕他太累，于是下了床，去书房想提醒他早点休息。书房门关着，我敲了好几次门，他都没有答应，我只听到手指在键盘上飞快敲击的声音。我推开门，看见他背对着我，坐在电脑前，飞快地敲击着键盘。我叫了他两声，他没答应，我就走了过去。结果，我发现他表情木讷，眼睛半睁半闭，双手搭在键盘上，不停地敲字，叫他他也不回应。那场面，别提多吓人了。我推了推他的肩膀，他竟然身子一抖，直接摔到地上去了，看到我还一阵慌乱地问：'我怎么会在这儿？我怎么会在这儿？'我当时就反应过来，他是梦游了。第二天带他去看医生，也证实了我的观点。医生说是他创作压力太大造成的，给开了些助眠的药。"

　　我点了点头："后来呢？好了吗？"

　　陈小姐点了点头道："嗯，的确是好了，而且，他突然对我说，他的灵感回来了。于是短短两个月的时间里，他就连续写了五本书，并且陆续在出版社出版了。创作速度之快令所有人咋舌。你应该记得吧？"

我道："嗯，当时网上还传呢，说他请了代笔，不然不可能写这么快。"

陈小姐说："网上都是瞎传的，那五本书都是他自己写的，我男友最鄙视代笔了！"

我问："这灵感都回来了，创作道路走得又这么顺畅，怎么好端端地就变成如今这样了呢？"

陈小姐叹了口气说："唉，写完第二十五本书，他又没灵感了，每天坐在电脑前没日没夜地码字。最疯狂的时候，每天只休息一小时，连饭都不吃。后来我在打扫卫生的时候，无意间扫了眼他的电脑，当时他忘了关电脑。你猜怎么着？我发现，word 文档上面全都是乱七八糟的文字！"

我道："乱七八糟的文字？"

陈小姐点了点头道："是的，文字的顺序都颠三倒四的，连一句通顺的话都没有，满篇都是这样。他发现我看了他的稿子，发了疯一般，把我赶出书房，将自己锁在房间里。隔着门，键盘声啪啪啪地传来，我心里都觉得瘆得慌。那一整天，他都锁着门，一直不肯从书房里出来。没办法，我只好叫来几个朋友，破门而入，把他送到了医院。医生检查说，他得了精神强迫症。他会在强迫症的作用下不停地打字，直到最后体力透支而死。我一听吓到了，立马把情况反映给了他父母。他父母连夜赶到医院，听从了医生的意见，将他送到了精神病医院接受强制治疗。"

从陈小姐家离开，我就直接来到了这家精神病医院。

医生带着我进了病房，看到那位作家被绑在铁床上，神情木讷，嘴里不停地嘟囔着什么。医生对我道："我们也没办法，只要把他松开，他就到处乱跑，好几回都冲进了我的办公室。"

我问医生道："他去你办公室干吗？"

医生道："因为我办公室里有电脑，他要打字。"

我看了眼被绑在铁床上的作家道："他现在看上去挺安静的。"

医生道："这不是你要来采访他嘛，怕他发病，我们提前给他打了镇静剂。"

我点了点头说："他能听到我说话吗？"

医生道："当然可以，镇静剂又不是麻醉剂，趁他现在还算正常，有什么话尽快问，我就在门外，有什么事叫我！"

我点了点头，医生转身退了出去，将门虚掩着。

我走到他跟前，他的目光一直呆滞地盯着天花板，嘴里还在叨叨着什么。

我将耳朵凑近一听，不禁身子一麻。

他嘴里似乎喃喃着："猴子……猴子……猴子……猴子……猴子……"

我搬了把椅子坐在他身旁，问他道："为什么一直念叨……猴子？"

他好像没听见我的问话，没理我，继续冲着天花板念叨着："猴子……猴子……猴子……猴子……猴子……"

我深吸了一口气，换了个问题："你的书，我挺喜欢看的。"

没想到他突然艰难地将脸扭向我，冲我微微一笑道："哦，是吗？你最喜欢哪本？"

我道："每本都很喜欢，尤其是最新的那五本，想法都赞爆了，话说，你都是怎么想出那些诡谲的情节的？"

他保持着微笑："我也喜欢那五本。你过来，我告诉你一个秘密！"

我俯身将耳朵贴了过去，但没敢贴太近，因为我怕他突然发病咬我一口，把我耳朵给咬掉。

他语调神秘："这个秘密，我只告诉你，你可别告诉别人！"

我点了点头："一定保密。"

他也点了点头说："其实……后面那五本书，不是我写的。"

我一愣，这算怎么回事？主动承认有代笔了吗？

我道："你是说，那五本书是代笔写的？"

他点了点头道："那可不是一般的代笔哟！"

我理解错了他的意思，道："这年头，还有知名作家愿意给人当代笔？"

他摇了摇头道："我说的不一般，不是你理解的那个不一般。"

我问："那又是什么？"

他道："你再把耳朵贴近一些。"

我有些担心，但还是大着胆子将耳朵贴得更近。

他道："其实，给我代笔的，不是人。"

我一怔："你说什么？"

他道："不是人！"

我道："不是人？难不成是鬼吗？"

他道："猴子！"

我没听清楚："你说什么？"

他突然大声喊了出来："猴子！"

那声音震耳欲聋，搞得我耳朵立马"嗡"的一声，一阵疼痛，耳膜都差点被震碎了。

我捂着耳朵，只见他躺在铁床上，冲着天花板傻笑着，嘴里继续叨叨着："猴子……猴子……猴子……猴子……猴子……"

医生听到动静，推开门冲了进来："你没事吧？"

我揉着耳朵道："没事。"

医生说："要不，今天的采访就到这里吧，我怕继续下去，病人会……"

我扭头看了眼铁床上这位发疯的作家，于是冲医生点了点头道："那就到这儿吧。"说罢，我站起身来要走。

他突然把我叫住了："你听说过无限猴子吗？"

我一怔，站住，转过身来道："你是在……跟我说话？"

他点了点头道："你听说过无限猴子吗？"

我摇了摇头说："能活一万年的猴子？"

他道："猴子是无法写文章的对吧？"

我半开玩笑道："如果有会写文章的猴子，那一定是孙大圣显灵了。"

他道："我没跟你开玩笑。你相信一只猴子能够打出一本完整的《红楼梦》吗？"

我道："那就像天方夜谭。"

他道："如果将时间设为无限长，让一只猴子坐在电脑前没完没了地胡乱打字，就这么一直打下去，这些字会经过无数次的排列组合，从概率上来讲，总有一天，那只猴子会排列出一整本《红楼梦》！"

我若有所思："如果把时间设为无限，经过无数次排列组合，那只猴子的确有可能打出任何文章。就像密码，只要你无限地试下去，总会有试到正确密码的一天。"

他笑了起来："没错，就是这样，你很聪明，立马就理解了我的意思。"

我道："你不会想说，你的那五本书，都是猴子打给你的吧？"

他点了点头说："你真是个天才！一下子就猜到了我的意思！"

我呵呵一笑："承蒙褒奖。"

他道："其实我，就是其中一只猴子。"

我被他搞糊涂了："你刚才说，是猴子给你代笔写了五本书，怎么现在你也变成猴子了？"

他道："一年前，我不是失去了创作灵感吗？"

我道："听你女友说过。"

他道："那段时间，我经常梦游，在梦境中，我遇到了一个人，他说他能够赐予我五本书的灵感！但，有个条件。"

我问："什么条件？"

他道："我必须当猴子。当时我没明白他的意思，他说他是上帝。我一想，上帝应该不会骗我，于是一口答应了下来。没想到，梦醒之后，我的脑子里噌噌噌地就多了五本书的内容。于是那段时间，我疯狂地将这些源源不断灌进脑子里的内容全都写下来出版了。而且，这五本书的反响比我以前的作品都要好，销量也比以前多了两三倍！那五本书过后，我又没了灵感，每天都在痛苦中度过。我又梦游了，在梦里，我再次见到了上帝。上帝告诉我，那五本书，其实都是猴子写的，他要我兑现承诺，成为他的猴子。"

我问："上帝要那么多猴子干吗？"

他道："因为上帝要充实他的图书馆，于是他就以灵感交换的形式，从一层又一层的平行宇宙当中，招募了无数只像我这样的猴子。上帝相信，只有在无意识的状态下偶然得到的作品，才能够被放进他的图书馆。于是，他让我们这些猴子每天坐在电脑前，在无意识的状态下，没日没夜地为他敲击文字，为他的图书馆增添新的书籍。"

我被他的话弄得怔住了。

他突然哈哈大笑起来："哈哈哈哈哈！猴子！猴子！猴子！猴子！猴子……"

我深吸了一口气，和医生一起离开了病房。

在病房外，我对医生道："看来他病得的确很严重。"

医生叹了口气道："唉，真可惜，好好的一个作家，就这么疯了。"

那天离开精神病医院后，我很快就把这件事情抛到脑后去了。

半年后，我的一位作家朋友突然在自家的书房里割腕自杀了，我去参加了葬礼。

葬礼结束后，朋友的女友哭着说："这段时间他一直在创作，一定是压力太大扛不过去才……才……"她哭得不能自已。

我只能安慰她。

她又道："我觉得他的电脑里藏着什么秘密，可是有密码，我打不开！我一定要打开。"

参加完葬礼，我为朋友的死难过了好一阵子。

两个月后，我突然接到了这位故去的作家朋友女友的电话。

电话里，她言语激动："我终于请人把密码破解了。"

我问："发现什么秘密了吗？"

她道："乱七八糟的文字！他的 word 文档里全是乱七八糟的文字！那些文字没有任何意义！"

我一怔，似乎回想起了什么。

她接着道："我还在文档末尾发现了一句话。"

我咽了口唾沫，一字一顿地问道："请问，是什么话？"

她深吸了一口气，语气中透着惊恐："那句话是——我，不想再当猴子了！"

℞ 第 14 个病例：

癌症清除计划

我见到他是在一审结束之后，他因为故意纵火罪被判处了无期徒刑，他不服，提起上诉，二审将会在三天后开庭。我在看守所里见到了他，和他隔着一张桌子，相对而坐。他的手被手铐锁在了桌面上，双脚也被锁在了他坐的那张椅子上，椅子被固定在地面上，无法移动。

他以前是个护林员，三十一岁，在东北一片林子里看守了五年。就在半年前，他半夜一把火烧了整片树林，他因为涉嫌故意纵火被捕。虽然医生诊断他有梦游症，他也说自己当时处在梦游状态，纵火完全是无意识的行为，但是，法律毕竟是讲证据的，口说无凭。那天晚上负责看守树林的只有他，所以没有人能够证明他是在梦游状态下纵火的。尽管他对一审判决表示不服，提起上诉，但包括他和他律师在内的所有人都清楚，即便二审，也会和一审的结果一致，维持原判。

我负责这起案件审理的跟踪报道，所以获得批准，进入看守所，对他进行采访。

此刻，会面室里的气氛十分压抑，两名警员身姿笔挺地站在他身后，两侧的墙壁上写着：坦白从宽，抗拒从严，认真改造，重新做人。

他一直低着头，也不看我一眼，看上去有些沉默。

我道："其实……这起案件我一路追踪下来，从目前的情况来看，二审的结果恐怕也不容乐观。"

他点了点头，没有看我，继续看着自己的大腿："这点我的律师跟我说过，我有心理准备。"

我道："你认为你是无辜的。"

他点了点头说："我是无辜的。"

我道："你说你梦游纵火，能给我讲讲当时的情况吗？"

他摇了摇头道："我不记得了。"

我想让他开口，于是循循引导道："你要知道，现在，你把越多的情况说出来越有利，你知道吗？你把当时的情况告诉我，我会帮你登到报纸上，如果大众都觉得你是无辜的，极有可能会影响到二审的判决结果！如果你还是这么抗拒，我也帮不了你。"

他的身子微微一颤，双拳收得很紧，像是在犹豫。过了一会儿，他终于开口道："其实，是有人让我放的火。"

我一怔，心说："喂，你这是承认故意纵火，还供出个幕后元凶？你这么说，我还怎么帮你啊？"但出于职业敏感，我立马打起精神来："你的意思是说，有人教唆你这么做？"

他摇了摇头说："我也不知道。"

我道："把你知道的都告诉我，看看能不能从里面找出点什么来，没准儿可以帮到你自己。"

他点了点头道："那天晚上空气很干燥，我一个人躺在值班室的床上，翻来覆去怎么也睡不着。到了后半夜，总算是睡着了，然后，我就做了一个梦。"

我道："一个梦？"

他点了点头："那个梦我到现在都还记得很清楚。"

我问："一个什么样的梦？"

他道："我梦到自己光着脚离开了房间，走到了外面，紧接着，我的身体就飘了起来。一直飘，一直飘，飘得很高。我感觉风很大，地面越来越远，天空越来越近。我的身体穿越了云层，一直朝着一片繁星飘了过去。最后我低下头，看到脚下是地球。我能够看到大气层，我意识到，自己来到了外太空。但我的身体没停下来，还在飘，没多久，一颗巨大的灰色球体离我越来越近，很快，我反应过来，那是月球。没多久，我的身体就开始降落。"

我问："你落在了月球表面？"

他点了点头道："没错，我落在了月亮上，没有风，但感觉很冷。我看到了很多环形山，有个人影从一座环形山的另一面出现，朝我走了过来。他来到我跟前，我看不清他的长相，也可能是记不清了，总之，他对我说：'人类十年后将会灭绝。'然后，那个人就将手一挥，我一瞬间回到了地球上。但是没有落地，而是飘在半空中。我看到天都变成了红色，很热，于是低头看去，发现脚下是一片火海。整个地球都在燃烧。我听到很多人的惨叫声。紧接着，那个人出现在我身旁，他指了指大陆板块。我地理学得不错，他指的是欧亚大陆板块，我在板块上看到了一个巨大的凹坑，从天上看，那个坑足足横跨了五六个欧洲国家。那个神秘人对我说，十年后，将会有一颗巨大的彗星撞向地球，那颗彗星的威力是史无前例的，爆炸的冲击波会辐射全球，泥土会被炸入平流层，地球从此黯淡无光，人类会在数年内彻底灭绝！"

我被他的叙述带进去了，久久都没有缓过神来，过了好一会儿，我深吸了一口气道："你说的那个神秘人，是指……外星人？"

他摇了摇头说："我也不知道，但我想应该是吧。"

我问："可是……外星人为什么要给你看这些？"

他道："他是想让我提醒人类，这场灾难即将来临，让我们提前做好准备。"

我问："于是，你就焚烧了整片树林？"

他晃了晃脑袋说："我也不知道是不是我干的。当我醒来的时候，发现自己躺在树林边。紧接着我就闻到了树叶烧焦的味道，然后就是一片火光，整片树林都开始燃烧。但我真的不记得是不是自己放的那把火！"

我深吸了一口气，有些无奈。因为我很清楚，他刚才说的这些话，如果我如实记录下来刊载在报纸上，一定会被人说成是科幻小说。况且，都不用登报，这篇报道一定会被主编直接扔进回收站。因为，这看上去太像是杜撰出来的了。

那天结束了采访，我便回去了，只写了段简要的报道登在了报纸上，因为我必须让新闻看上去像真实的新闻，而不是小说，所以，我也没有办法。三天后，此案的二审开庭审理，不出大家所料，法官一锤定音，宣布维持原判。

那名护林员注定要因为故意纵火罪在监狱里度过余生了。

还记得"记忆宫殿"病例当中，那个从监狱里消失的犯人吗？他最近在国外出现了，但国际刑警没能抓到他。但这不是我要说的重点，我要说的重点是，那个犯人和这名护林员被关押在同一座监狱。我在"记忆宫殿"里提到过，那个犯人在消失之前，我曾在狱中采访过他。就在那天采访结束之后，我突然想起了那名护林员，于是顺道去看望了一下他。这回并不是采访，只是探视，所以，我和他必须用对话机交流。我和他隔着玻璃，我将对话机拿起，贴在耳边，他也拿起。我们两个人就像在面对面打电话。

听筒里传来了他的声音，听上去有些不真实："谢谢你来看我。"

我问："最近过得怎么样？"

他苦笑道："挺好的，我还当上图书管理员了。"

我道："是吗？那挺好。对了，上次的话题，我们还没说完。"

他道："那个外星人的？"

我点了点头道："是的。你上次说，那个外星人给你看了地球毁灭的画面，说十年后地球将会被一颗巨大无比的彗星撞击，全人类都会因此而灭亡。"

他点了点头道："原来你对这个话题感兴趣啊，我跟狱友也说了，他们现在都离我远远的，说我疯了。"

我问："人类真的会灭绝吗？"

他道："你想听？"

我道："嗯，你给我讲讲。"

他一只手握着听筒，另一只手扣了扣脑门儿："让我想想，从哪儿说起呢？呃……这样吧，我问你个问题，你觉得地球是什么？"

我被他问蒙了，不知道他这个问题有何言外之意，于是道："一个供我们居住的行星？"

他摇了摇头说："地球是一个器官。"

我一愣："器官？"

他点了点头，又问："你觉得，我们人类又是什么？"

我再度被问蒙，他是在问我哲学的终极命题——我是谁吗？

我道："站在地球食物链顶端的高智商动物。"

他再度摇头道："人类，是地球这个器官当中的细胞。"

我又一愣："你说，我们是细胞？"

他点了点头，语调突然变得神秘起来："而且……还是癌细胞！"

我道："你这是在……做比喻？"

他摇了摇头说："这不是比喻。你有没有想过人与宇宙的关系？"

我道："我们都存在于这片宇宙当中。"

他又问："我们为什么会存在于这片宇宙当中？换句话说，地球为什么会存在于这片宇宙当中？"

我被问住了："不好意思，我对天文方面……不太了解，所以……"

他道："这跟天文没什么关系。你认为地球的出现只是个巧合？是在宇宙大爆炸之后，无数物质结合而成的？问题是，如果地球的出现只是个巧合，对宇宙这么一个巨大的母体没有任何意义，那么，地球又为什么要存在？"

我问："为什么？"

他道："我之前说过了，因为地球是个器官。"

我道："如果地球是个器官，那宇宙又是什么？"

他道："肉体。"

我惊讶："肉体？"

他道："没错，宇宙就像一个巨大的生命体，而地球是这个巨大生命体体内的一个小小的器官。功能上……就相当于我们人类身体里的肝脏。"

我愣住了："你说……宇宙是个生命体？"

他点了点头道："你认为宇宙是死的吗？"

"我不知道，但宇宙不就像这张桌子，这幢大楼，"我敲了敲桌面，"是没有生命的。"

"你真的认为桌子没有生命？"

"它……有吗？"

他点了点头道："当然，桌子是由分子构成的，分子又是由原子构成的，原子之下还有许多粒子，它们就像细胞，在桌子里运转着。一旦这些细胞衰老，桌子也就变得腐朽、脆弱，最后垮掉。也就是我们说的，死了。宇宙也是这样，但比桌子高级多了。宇宙是一个有生命的肉体。我们这颗星球，包括我们自身，都是这个肉体当中的一个组成部分。"

我问："那太阳又是什么？"

他道："太阳就相当于宇宙的心脏。"

我道："可宇宙中类似太阳的恒星可多了去了。"

他道："我又没说宇宙只有一颗心脏，就像宇宙也不只地球这么一个肝脏，是一个道理。因为宇宙太大了，记住我说的，在宇宙当中，我们人类这种自以为复杂的生命系统，都只是一个细胞而已。宇宙需要无数个同类的器官来支撑，这样宇宙才不会衰竭，而是一直延续，一直成长，一直膨胀下去。"

我为他的言论感到震撼："我们人类也支撑着宇宙的生死存亡吗？"

他摇了摇头道："宇宙巴不得没有人类。"

我问："为什么？我们人类不是细胞吗？"

他道："你忘了，我说人类是癌细胞，宇宙不需要我们。"

我道："可你说，不需要的东西就没必要存在。"

他道："你身体里没有癌细胞吗？我们每一个人都有，一出生就有，基因里存在的，没办法丢掉。有一天癌细胞释放出来，就会夺走我们的生命。我们人类的生存方式就和癌细胞一样，最早只是地球这颗肝脏当中微不足道的单细胞，然后因为各种机缘巧合和历史缘故，进化成了今天这副模样。其实早期的人类智商还不高，和其他动物一样，促进着地球这颗肝脏的细胞循环。可后来我们人类这种细胞开始有些脱节，演变成了癌细胞。你别急着否认，我们人类的生存方式和癌细胞是一样的，无限地繁殖，无限地侵略，走到哪里就将哪里的资源全都吞噬掉，屠杀其他的优良细胞，导致它们灭绝。毫无疑问，我们是地球这颗肝脏的癌症，并且，没有任何其他细胞能够反噬我们。除非外力干涉。"

“外力干涉？”

他点了点头道：“问你个问题，如果啊，我是说如果，如果你不幸得了癌症，你会怎么办？”

我道：“做化疗咯，这是目前唯一的办法。”

他道：“没错，你会治疗，这就是外力干涉。宇宙发现了这个问题，自己的某个名叫地球的肝脏正在癌变，并且一发不可收。那么怎么办呢？它决定对这颗肝脏进行治疗，防止这些癌细胞进一步向外扩散。”

“我们还能向外扩散？”

他道：“当然啦，未来人类可是有星际移民的野心，去摧毁下一个脏器。”

“你接着说。”

他道：“我刚才说哪儿来着？哎呀，都怪你打断我。”

我提示道：“防止癌细胞扩散。”

他道：“没错。所以，宇宙必须将我们人类清除掉。十年后的那颗彗星，就相当于癌症的化疗药物，它会将我们一次性消灭。那之后，地球会进入一段时间的冰河期，然后就会有新的生物取代我们，这个脏器又会恢复健康。”

我道：“据说恐龙也是被彗星还是小行星撞击地球搞死的，它们也是癌细胞？”

他点了点头说：“没错，其实恐龙也严重破坏了地球的生命平衡。说来原因很可笑，它们老是放屁，它们的屁飘到大气当中，严重污染了环境。于是宇宙将它们视作癌细胞，一次性将它们消灭了。事实证明，宇宙的决定当时是正确的，地球经过一段时间的发展，很快恢复了健康。只是宇宙没想到，许多年之后，又有一种名叫人类的新型癌细胞出现。所以，宇宙觉得事不宜迟，尽早把我们消灭为好。”

我彻底被他的言论带了进去，陷入了思考。这时，狱警提醒我们，探视时间到了。我点了点头，挂断了通话，他也被狱警带走了。

到家之后，我深吸了一口气，想了想，觉得没什么可信度，这只是一个环保主义者的科幻言论而已，没必要陷进去。

几个月后，我去拜访一位天文学家，那天他很激动，他说他发现了一颗新的彗星。

我问：“叫什么名字？”

天文学家道：“刚发现，是我发现的，按照规定，会以我的名字命名。”

由于我跟他很熟，再加上他平时就像这样一惊一乍的，所以我对此不以为意，打了个哈欠道："哦，那恭喜你。"

天文学家接着道："你知道吗，那颗彗星正在逼近地球！"

我一怔："会撞上吗？"

天文学家道："不知道，但我计算过，大概会擦肩而过。"

我又问："大概什么时候，那颗彗星会来？"

天文学家耸了耸肩道："目前它还离得很远，只能用天文望远镜捕捉到。但我算过了，如果没算错的话，大概是十年后。"

我呆住了，脑子里响起那名护林员的话，十年后，一颗巨大无比的彗星将会撞上地球，人类将会在数年后灭亡！

真的会擦肩而过吗？

℞ 第15个病例:

我正在天上看着你呢!

　　这里是精神病医院的会面室,此时,他就坐在我面前,我们之间隔着一张桌子。虽然我知道他有很严重的妄想症,但从他瘦弱、单薄到仿佛轻轻一碰骨头就会散架的身躯来看,即便他发病,也不会对我造成任何危险,况且,门外还守着两名健壮的男护工呢!所以,我很放心。

　　这个男人以前是一名手机公司的设计师,高智商高收入,本来前途一片光明。可是就在一年前,他突然在深夜梦游离开了家门,第二天早上,他被一名环卫工人在垃圾堆里发现。那天醒来后,他就有些疯疯癫癫的,说自己是上帝,能够从天上看到这人世间的一切。

　　此刻,这个男人正用他那河狸般的眼珠子上下飞快地打量着我。

　　我被他盯得有些浑身发麻,于是清了清嗓子。他像是受到了惊吓,立马坐直了,眼珠子也不再打转,直勾勾地盯着我,看得我好不自在。

　　我避开他的眼神,将目光落在我眼前摊开的笔记本上。

　　我道:"可以开始了吗?"

　　他微微点了点头,声音很弱:"可以了。"

　　我也点了点头道:"你说你是上帝?"

　　他道:"以前是,但现在不是。"

　　"那现在你是什么?"

　　"外星人。"

　　我忍住没笑:"你说,你是外星人?"

　　他点了点头,语气十分笃定,不像在跟我开玩笑:"没错!"

　　我翻了翻笔记本,然后道:"这样吧,我们从源头说起。一年前,你经历过一次梦游,你三更半夜一开家门,一路梦游到了五公里开外的一座垃圾场里。醒来后,你就说自己是上帝,没多久就被家里人送到了这里。我想问,你那次梦游,都梦到了些什么?"

　　他道:"首先,我得纠正你一下。我没有家人。"

　　我道:"可是档案上……"

他道:"我知道,我知道,我是说,我的家人只是让你们以为他们是我的家人,其实我不是他们的家人,我在这里没有家人。"

我被他的一串绕口令似的回答弄得有些发晕,过了一会儿,我终于厘清头绪,问道:"你的意思是说,你是他们收养的?"

他摇了摇头说:"我被他们绑架了。"

我一怔:"你说,他们绑架了你?你有报警吗?"

他道:"当然报过警啦,可是警察不相信我,带我们去医院做了亲子鉴定,鉴定结果显示我和他们是一家人,于是所有人都觉得我得了精神病。"

我道:"可是亲子鉴定的结果……"

他道:"我知道我知道,那鉴定结果是他们伪造的!他们就是想绑架我!"

我深吸了一口气问:"你为什么觉得他们绑架了你?"

他道:"因为他们不是我的家人,却偏要冒充我的家人,我报警说他们不是我的家人,他们伪造亲子鉴定结果冒充是我的家人。他们害怕我逃跑,就把我送到了这里。"

我被他绕口令的说话方式弄得有些崩溃:"那你觉得,他们为什么要这么大费周章地绑架你?"

他道:"因为我是外星人。"

我问:"可是,他们为什么要绑架一个外星人?"

他耸了耸肩道:"鬼晓得,但我知道一点,他们不想让我回母星。"

我问:"你的母星在哪儿?"

他道:"在银河系的边缘,具体的坐标,告诉你了你也不会知道。"

我问:"那颗星球叫什么名字?"

他道:"嘎不拉多。当然,那是我们星球的语言,我不知道翻译成地球语言该怎么讲。另外,地球在我们那儿也不叫地球。"

我问:"那叫什么?"

他道:"卡拉姆罗。"

我问:"什么意思?"

他道:"蚁巢。"

我问:"为什么把地球叫作蚁巢?"

他道:"因为在我们那个星球的人看来,你们地球人就像蚂蚁一样。对了,不光你们的星球,我们把一切类似地球的星球都称作蚁巢。"

我上下打量了他一眼,半带调侃道:"可是你看上去,也不像奥特曼啊!"

他摆了摆手说："我没说身高，你怎么这么肤浅！我说的是高度，文明的高度，你们的文明跟我们的比，过于落后，所以我们看你们，就像你们看蚂蚁一般。"

我问："那你们处于什么文明？我们又是什么文明？"

他道："我们的文明能够运用整个银河系的能量，用你们星球人的分法，我们已经达到了高度发达的 3 型文明，而你们，目前还处在比较……不对，应该是十分低级的 0.7 型文明。因为你们目前只能使用地球资源，并且还不能完全开发使用。而真正的 1 型文明，能够将自己所处行星的全部能源都开发利用起来。当你们达到 2 型文明的时候，你们就能够使用母恒星的能源，也就是太阳的能源。对了，你们地球人还假设出了一个戴森球，就是将太阳整个包裹起来的巨大的金属球，打算利用这颗球来获取这颗恒星的能源。在你们这儿，这完全就是超级科幻的产物，但在我们那儿，类似戴森球的玩意儿几乎就要沦为小朋友的科学玩具了。当你们达到 3 型文明，就能够像我们一样，将整个银河系的资源全部运用起来了。我这么一说，你是不是觉得，你们地球人真的渺小得如同蚂蚁一般？"

我想要驳斥他的观点："你知道费米悖论吗？"

他道："愿闻其详。"

我道："我这么来说吧，目前我们的科学家判断，光银河系里就有差不多一千亿到四千亿颗恒星，我们保守估计只有一千亿颗，那么，这些恒星的星系当中，我们保守估计有百分之五十是存在拥有生命的行星的。也就是说，光银河系，就有五百亿颗拥有生命的行星。费米悖论提到两点，如果外星人是存在的，那么，这五百亿颗行星里面，一定存在大量远超地球文明的行星，他们存在于某些我们没有发现的地方。而另一点，也就是最为致命的一点，既然宇宙中存在如此众多的文明，为什么迄今为止，没有任何一个地外文明造访过我们地球呢？你可以说，那些文明嫌弃我们太落后了，对我们不屑一顾，但你又怎么能保证这数百亿颗生命行星当中，没有那么一两颗拥有无限的探索欲望，来我们地球走一遭呢？"

说完这番话，只见他在我对面鼓起掌来，我心里一阵得意，看来他已经被我扎实的理论知识所征服了。

没想到他却摇了摇头道："你怎么知道，地外高等文明从未造访过地球？"

我道："起码我们没见过一个真正的外星人。"

他问："没见过，就代表不存在？"

我点了点头道："必须眼见为实。"

他笑了笑道："那你见过秦始皇吗？"

我道："没见过。"

他道："那么，秦始皇也是不存在的？"

我一愣，然后道："史书有记载。"

他道："史书上记载的，就一定是真实的？"

我突然发觉自己又被人拖进了真实与虚假的怪圈当中，于是立马抽离出来："你这是在混淆概念。"

他微微一笑道："是你说你必须眼见为实的。"

我决定从另一个角度来驳倒他："知道黑暗森林法则吗？"

他将双手抱团顶住下巴："愿闻其详。"

我努力调整思绪，快速组织着语言："黑暗森林法则将宇宙比作一座巨大的黑暗森林。比如我是一个持枪的猎人，在这座森林当中打猎，本来日子过得好好的，太平无事，突然有一天，我发现，这座森林里不只我一个猎人，还有别的猎人在打猎，我该怎么做？"

他耸了耸肩道："和那名猎人交个朋友，一起打猎？"

我摇了摇头道："我会率先开枪打死他。因为如果我不打死他，他可能就会反过来将我打死，所以我必须得先下手为强，这就是黑暗森林法则！"

他听完不以为然地打了个哈欠道："你想表达什么呢？"

我道："我想说，既然有那么多牛气的外星文明，为什么他们不来侵略我们？"

不料他听完捧腹大笑，笑了好一阵子："哎哟喂，你容我笑会儿，你容我笑会儿，根本停不下来……哈哈哈哈哈！"

我一阵无语，感觉受到了侮辱，心里有些不爽。等他笑完，我问："你笑什么？"

他咳嗽了两声，清了清嗓子道："我是在笑你们地球人的无知与狂妄。你忘了我之前对你说的吗？你们地球文明，对我们这种高级文明来说，简直就形同蚂蚁，你会吃饱了撑的没事干，大老远地跑到路边去捣毁蚂蚁窝吗？"

我觉得他说的很有道理，不过，他话里有一个漏洞被我抓住了："既然高级文明不屑于寻找蚂蚁，也就是说，地外高级生命从未造访过地球喽？"

我本以为他会被我难住，没想到他哈哈一笑说："我只是说，我们不屑于摧毁你们，可没说不愿意花点心思观察你们。"

我一怔："观察我们?"

他点了点头道："就像你们观察小白鼠观察蚂蚁一样,我们也在观察你们,观察你们的生存方式,这是科学,挺有意思的。"

我道："你们从未造访过地球,又是从哪里观察我们的?"

他有一些不耐烦道："你这个人怎么听话都听不明白?我说过我们没有造访过你们吗?"

我道："你们来过?"

他点了点头,语调变得神秘:"不仅来过,而且,每天都在!"

我眉头紧蹙:"每天都在?可是,我们从未见过你们。"

他哈哈大笑:"你们见过,只是对你们来说,见了就像没见一样。"

我不明白他的意思,愣住了。

他看穿了我的心思,然后道:"这么来给你打个比方吧!继续拿蚂蚁来说,有人在蚁巢边竖了一根电线杆,蚂蚁看到了电线杆,依然照常生活,因为它们根本不知道电线杆是用来干什么的。"

我道:"你的意思是说,你们正在用一种很隐秘的方式观察我们?"

他点了点头道:"你总算聪明了一回。"

我问:"在哪儿?"

他指了指上面。

我抬头望向天花板,天花板上什么都没有。

我问:"天上?你们控制了人类卫星?"

他摇了摇头道:"你每天晚上都会看见。只要你抬头。"

我想了想:"每天晚上……你是说……月亮?!"

他道:"你以为月亮为什么会绕着地球旋转?"

我道:"它是我们地球的一颗卫星。"

他问:"月亮是怎么形成的?"

我道:"呃……有说是被地球引力捕获的,也有说是地球早期高速旋转,从本体甩出来的。"

他摇了摇头道:"其实,月球是我们星球文明在上亿年前安放在地球轨道上用来观察地球生命的,那时候,还没有你们人类。"

我一怔:"你是说,月球是一个探测器?"

他点了点头道:"没错,一个巨大的探测器,将地球表面的影像实时传送到我们星球每一个人的脑子里。一年前那次梦游之后,我的大脑就能够接收到这些画面了，慢慢地我才知道，原来我不属于这颗星球。"

我试探他道："能透视吗？"

他道："当然能，我们用的可不是普通的探测技术。"

我道："那你帮我看看，我女朋友现在在家里干什么。"随后，我报上了我家的地址。

他耸了耸肩道："对不起，我看不到。"

我心想，哈哈，谎言终于要被揭穿了："你不是说，你能够接收到月球传给你的画面吗？"

他点了点头道："可现在是白天，月球正在地球的背面，我只能看到美洲一带的画面，要我给你讲讲美国总统现在在白宫里干什么吗？"

我笑了笑说："不必了。希望他没学克林顿，白宫里没有另外一个莱温斯基。"

结束采访的时候，天已经完全黑了下来，院长亲自送我走到医院门口。我对院长说："这名病人的妄想症已经严重到了很糟糕的地步。"

院长叹了口气说："不得不说，有时候他的言论，的确挺唬人的。"

我点了点头，然后和院长告别了。

我走到医院不远处的一个拐角，在一家饮料店买了一杯奶茶。我刚吸了两口，突然手机就响了，听筒里传来了一个熟悉的声音。

是那个精神病人！

我表示惊讶，问："你是怎么搞到我手机号的？"

他道："哈哈哈，这很容易搞到，值班室里有你的联系方式。现在他们换班，值班室没人，电话随便打，真爽！"

我问："你打给我干什么？"

他开口道："没什么，就想问问你，珍珠奶茶好喝吗？"

我一怔，看了眼手里的珍珠奶茶，紧接着环顾四周，确定这个地方是医院外面的死角，从医院里的任何地方都看不到这里。突然，我看到医院围墙旁的监控摄像头，此时，摄像头正对着我。

我倏地想到他说他在值班室里给我打的电话，我去过值班室，里面一整面墙都是监控画面，有些能够看到外面。

我哈哈大笑，冲着手机道："你是从监控里看到我的吧。"

手机那头也传来了那名精神病人近乎癫狂的笑声："哈哈哈哈，被你识破啦！不跟你多说了，他们要回来了，我得挂了，拜拜！"

紧接着，电话就挂断了。

几天后的一个夜里，我再度路过那个拐角，看见两名工作人员正在修理那台监控摄像头。

我走过去和他们聊了起来，这才得知，这台摄像头早在半年前就坏掉了，一直没有修。

突然，我的身子猛地一颤，回过头，看向身后的夜空。夜空中，那轮银白色的圆月里，仿佛有无数只眼睛正在看着我！

℞ 第16个病例：

我们死后去哪儿？

最开始，我是从新闻上了解到这个人的。他是国内非常有名的一位雕刻艺术家，经常雕刻一些令人感到匪夷所思的作品。比如，他会雕刻出一条蠕动的虫子，而那条蠕虫长着人的脑袋。再比如，他会雕刻出一只蝴蝶，而蝴蝶的翅膀上，布满了女人的乳房……这类奇特的作品，在他的雕刻生涯中比比皆是，也时常引起国内外雕塑界的争议。讨厌他的人说他是个精神变态的疯子；喜欢他的人，则像研究《红楼梦》一样研究他的雕塑作品，试图从中找出隐喻。

每当有人问他"你的作品究竟想表达什么呢？"，他都会哈哈一笑："我在想我们死后的样子大概就和我的这些作品一样。"

他的言论总能引发不小的争议，但他全都一笑置之，始终我行我素，雕刻出来的作品越发奇异，奇异到最后我们正常人根本看不出他雕刻的究竟是什么东西。不过，越是看不懂的东西，越有人喜欢，他的作品在许多文艺青年的圈子里，被封为神作，引得他们争相探讨和膜拜。

两年前，我再度从新闻中看到他的时候，他自残了。他有严重的梦游症和抑郁症，梦游时，他用一把刻刀狠狠地在自己左手的手腕上划了一道深深的口子，血流了一地。还好他的家人发现及时，将他送到医院，才挽回了一条性命。

但就在一年前，我再一次看到有关他的新闻。新闻报道称，他梦游时用刻刀扎穿了自己的脖子，再度被家人送到了医院，经过抢救，又一次捡回一条命。这次，精神科医生对他进行了精神鉴定。鉴定结果显示，他有严重的精神疾病。于是，他被强制送入了精神病医院。

我采访过不少梦游症患者，他们大多有精神分裂和严重的妄想症症状，时常幻想自己是上帝，是外星人……但是，在梦游时玩自杀的，我还是第一次见到。于是，我对他产生了浓厚的兴趣。在跟院方和其家人经过了长达半年拉锯战般的沟通，以及得到他本人同意之后，我终于获得了采访他的机会，当然，他们只给我一小时的时间。

院长小心翼翼地打开了病房的门，病房的四壁和地面全都被厚厚的海绵包裹，没有任何尖锐物。这么做，就是为了防止他在医院里搞自杀。我走进病房时，他正在打坐，闭目凝神，但我能感觉到，他知道我进来了。院长提醒道："有什么情况就喊，我们就在外面！"

我点了点头，院长退了出去，轻轻将门带上了。

我站在房间边缘，贴着柔软的海绵，看着他打坐的样子，轻声道："你好，我是专程来采访你的记者，之前我们沟通过。"

他依旧双目紧闭，只是点了点头，表示了解。

我终于放下心来，也盘腿坐了下来："请问，可以开始了吗？"

他并没有睁开眼睛，仿佛是在练功。他也没有说话，依然只是微微点了点头。

我心里直打鼓，不会接下来的采访他都不说话，只是点头或者摇头吧！

我小心翼翼地问道："我从新闻上看到，前年和去年，你一共梦游过两次，当然，报道上说你是两次，至于私底下，我就不得而知了。这两次梦游状态，你的行为都出奇一致，用自己完成雕塑作品用的刻刀自残，一次割了手腕，一次捅了自己的脖子，两次都差点丢掉了性命。"

他依旧闭着眼，只是点头。

我问："方不方便告诉我，这两次梦游，你都梦到了什么？"

他终于开口了："死后的世界。"

我一怔："你说……什么？"

他重复道："死后的世界。"

我道："死后的世界……是什么样的？"

他道："很难跟你解释。"

我轻声道："你就跟我说说，没准儿我能听明白呢。"

他依旧闭着眼睛，嘴唇微微蠕动着说话，仿佛是在用腹语一般。他道："我来问你个问题吧。你觉得，人要是死了，会是一个什么样的状态？"

我一愣，想了想说："死了……就是死了吧，呃……就是……什么都没有了。"

他道："也就是……虚无。"

我点了点头道："嗯，虚无。"

他道："好，那么，我想请你给我解释一卜，什么叫虚无？"

我道："就是不存在了。一种黑暗的状态。"

他道："黑暗只是代表没有光，但黑暗本身就是一种存在，那不叫虚无。"

我深吸了一口气道："那我就不知道了，难不成真的存在所谓天堂地狱，生死轮回，转世来生？"

他摇了摇头道："我再来问你一个问题。我们这个世界，是几维世界？"

我道："四维。"

他问："哪四维？"

我道："长、宽、高和时间，时间是第四维。"

他道："你这么说不准确，第一维应该是线，线运动形成了第二维的面，面运动形成了第三维的体，体加上时间得到四维空间。"

我点了点头道："嗯，是这样，你说得更加准确。"

他问："你相信高维度空间的存在吗？"

我道："爱因斯坦认为，世界只有四维，并不存在比四维更高维度的空间。"

他道："那我问你，如果让一只蚂蚁行走到一张纸上，它会认为这是一个几维的世界？这么来说吧，蚂蚁在这张纸上行走，只在乎前后左右，无论这张纸是否弯曲，是否高低起伏，对他来说，都只是前行、后退、向左还是向右的问题。也就是说，在蚂蚁的理解当中，这个世界是二维的。"

我想了想，然后道："嗯……我不明白你想表达什么。"

他道："我想说，这是认知的问题。如果你是一个一维生物，你永远认为这个世界是一维的。如果你是一个二维生物，你永远认为这个世界处于二维状态。同样的，如果你只是三维、四维生物，你同样不能理解五维世界的存在。"

我道："听上去……好像有些道理。那么，我们到底是三维生物还是四维生物？"

他耐心地向我解释道："我们本身是三维体，但是，我们生活在一个四维的世界里。纯三维体是没有时间这一概念的，而我们不同，我们需要依赖于时间生存，未来，我们甚至可以通过技术在时间中穿梭自如，所以，我们是三维体的四维生物。"

我点了点头，表示同意他的观点。

他接着道："如果一个一维生物，想要困住一个二维生物，他会怎么做？或者说，他只能怎么做？"

我道："他会拦住二维生物的去路。"

他点了点头道："没错，但他只是一条线，他只能拦住二维生物的某一个方向，但之后二维生物转个向，他就没办法了。同样的，如果二维生物想要拦住三维生物，他能做的最好的办法，就是在三维生物的脚下画个圈，但是三维生物只要轻轻往前一跨，就走出了圈子。"

我道："我还是没明白，你想表达什么。"

他道："我想说的是，低维度的生物想要困住高维度的生物，是绝对不可能的。因为高维度的生物总会比低维度的生物看到的更加全面。没错，这就是认知问题。那么我来问你，如果你想困住一个五维生物，你会怎么做？"

我想了想道："最好的办法，就是把他关进一个密闭的空间里，这个空间必须牢不可破，让他没法通过暴力手段强行逃出来。"

他道："可是，这个密闭的空间毕竟只是一个三维的产物，对五维生物来说，逃出去就如同你一脚跨出圈子那么简单。"

我问："怎么逃？"

他道："我来问你，你觉得五维比四维多了哪一维？"

我想了半天，没想出来，因为在我的理解当中，这个世界还真没有高出时间这一维的东西。

他见我半天没想出来，继续道："在四维的世界里，时间是看不见摸不着的对不对？只能通过三维事物的变迁才能感受到，对吧？"

我点了点头道："嗯，是这样的。"

他接着道："其实，在五维的世界里，时间是固体。"

我一愣，没明白："固体？"

他道："时间是固体，就像一张纸。这么来说吧，你看二维生物是什么样的？"

我道："就像纸片上的剪纸画。"

他点了点头道："没错，五维生物看我们四维生物，和我们看二维生物是一样的。四维世界在他们眼里就是一张纸片，他们就像纸片上的三维人，可以在上面走来走去。"

我道："你的意思是说，五维生物能够在时间上走来走去？"

他点头道："没错。"

我道："那五维生物如果回到过去，会碰到过去的自己吗？"

他摇了摇头道："不会，那是我们四维生物。四维生物还没能突破时间这一维，所以，会被时间记录下来，如果四维生物穿越时间，自然会碰到过去的自己，或者未来的自己。但是五维生物是凌驾于时间之上的，并不会被时间记录下来。所以，五维生物能够在时间上随意穿行，时间对他们来说，就相当于空间的概念。所以，既然五维生物已经凌驾于时间了，四维生物又怎么能够通过自己世界的手段，将五维生物给困住呢？"

我被他弄得有些晕，大脑拼命整理思路，然后陷入了沉思。

过了好一会儿，我终于开口道："可是，我怎么从来没见过五维生物？"

他道："低维度的生物是很难发现高维度的生物的，其实五维生物就在我们身边，只是我们很难看到罢了。"

我眉头紧蹙，摇头道："我还是不能理解。"

他深吸了一口气，我以为他会感到不耐烦，但是，他的语调依旧十分平静："你见过鬼吗？"

我一怔："没见过。"

他道："你听说过鬼吗？"

我道："当然听说过，但鬼是不存在的。"

他道："你是不是时常听说或看到过一些别人的灵异经历，比如有人说自己看到了鬼影之类的？"

我道："听说过不少，但那都是幻觉。"

他道："那我来问你，你有影子吗？"

我没明白他在问什么："你是说什么影子？"

他道："就是单纯的那种影子咯。"

我道："当然有啊，谁没有呢？只要站在光下，都会有影子。"

他点了点头，接着说："那好，如果让一个二维生物看到了你的影子，他会怎么理解你的影子？"

我道："在二维生物看来，影子也是二维的。"

他道："如果你突然离开了呢？你的影子一闪而过，那个二维生物会怎么想？"

我道："他会以为看到鬼了。"

我突然怔住了。

他微微一笑道："没错。就是这样。虽然我们是四维世界，但我们本体是三维的，那么，当我们看到五维生物在四维世界留下的投影的时候，会误以为那是三维体，也就是我们常说的——鬼。"

我道："你是说，所谓鬼，其实只是五维生物在时间上留下的投影？"

他点了点头道："没错，你终于明白了。"

我深吸了一口气，跟他聊了这么久，才突然意识到自己之前身子一直处于一动不动的僵直状态，我双腿有些发麻，征得他同意之后，我站起身来，活动了一下筋骨，然后坐下，继续陪他聊。

我道："可是，你跟我说了这么半天的三维四维五维什么的，这和你梦游自杀有什么关系呢？"

他道："其实，我们从四维世界死后，并不会消失，也不会变得虚无，这个世界不存在虚无，只要你来到这里，你就会永远存在下去。"

我已经猜到了，但还是问了出来："那，我们死后会去哪儿？"

他缓缓道："五维世界。"

我恍然大悟："也就是说，你搞自杀，是为了前往五维世界？"

他点了点头道："我在梦游时，受到了五维生物的召唤，他们向我讲述了五维世界的美好，我很向往那里。"

我小心翼翼道："如果……五维世界，不存在呢？"

他道："是存在的，只是，超出了你的认知范围，你看不到而已。"

我莫名其妙地说了句："祝你好运。"然后起身道，"时间到了，采访就到这里吧，我得走了。"

他缓缓睁开了眼，没错，从头到尾他一直闭着眼，天知道他在想什么。他拍了拍我的胸脯道："你会在外面见到我的。"

我一愣："你是说，你要出院了？"

他微微一笑："你看我现在多正常！"

我回以微笑："那恭喜你，就要康复了。"

说完，我在他的注视下，走到门前，摁了摁铃，外面的男护工帮我把门打开了。我走出了门，院长已经忙着开会去了。我独自离开了那家精神病医院。

回到家后，洗澡的时候，我脱下衣服，却发现衣服胸前的口袋里少了些什么，我一摸才知道，我随身携带采访用的钢笔不见了。

丢哪儿了呢？

我一时想不起来。

一天后，那家精神病院突然给我打来电话，电话那头，院长语调急促慌乱："不好了，不好了！"

我问："怎么了？"

院长道："那个病人，你采访的那个病人，自杀了！"

我问："怎么自杀的？"

院长道："那个病人不知道从哪儿弄来了一支钢笔，半夜扎破了脖子上的大动脉，当我们第二天早上发现的时候，他已经死了！"

我彻底怔住了！回想起临走前，那个病人拍了拍我的胸口，一定是在那个时候，他偷走了钢笔。

警方对我进行了调查，查看了病房里的监控，确认我是在无意识的状态下被他偷走钢笔的，证明了我的无辜。但我因此被报社的领导处分了，扣掉了两个月的工资。我心想，没开掉我还真是万幸。这件事情，医院对媒体进行了封锁，所以没有闹大，很快也就不了了之了。病人的家里人也都用钱打点好了。

但我一直处在自责中。也许，他真的去了五维空间？

几个月后，我们报社集体到上海出游，晚上，我们在外滩黄浦江畔合影。

咔嚓一下，我们所有人都被定格在了画面里。

回酒店之后，那位拍照的同事和我住一个房间，他将照片从单反相机导进了电脑里。我们翻看照片，发现黄浦江畔的合影由于光线太暗，看不太清楚。

"没事，把曝光度调高一点就可以了！"

随后，我的这位同事将曝光度进行了调整，照片的光线一下子亮了不少："你看，这不就完美了吗？"

我走到电脑前一看，似乎看到了什么！

我立马夺过鼠标将照片放大，然后我怔住了。

照片中，我的身旁似乎站着一个若隐若现的人影，那个人影的脸似乎在哪里见过！

我立马让同事补偿了一下像素，调整了一下解析度，这回，我彻底傻掉了，倒抽了一口凉气。

是那个雕刻家精神病人的脸！

我突然回想起那个病人在我临走时对我说的那句："你会在外面见到我的。"

我点了两下鼠标，将照片删除了。

℞ 第17个病例：

这个地方我曾经来过！

　　我和这个男人坐在一间巨大的欧式会客厅内，四面的墙壁被粉刷上了明亮的天蓝色。窗帘拉开，白色的阳光从玻璃窗外射入，我和他坐在柔软且舒适的沙发上，喝着咖啡，吃着茶几上香喷喷的烤饼，享受着愉悦的午后时光。

　　这个男人西装革履，梳着油亮的大背头，定型做得很好，一定抹了不少发胶。在他背后的一面墙上，悬挂着一幅凡·高的《星空》，当然，是仿制品。

　　他今年三十五岁，是一名心理医生。别误会，我不是他的病人，他也不是我要采访的对象，我们俩只是普通的朋友关系。我和他约好，这天下午到他的会客室，品尝他精心制作的葡萄干烤饼。

　　"味道怎么样？"他问道。

　　我嚼着烤饼，喝着拿铁咖啡，感觉烤饼和咖啡混合到一起，形成了一种独特的丝滑口感。我点了点头道："味道相当不错，什么时候学会的？以前没见你做过。"

　　朋友耸了耸肩道："大概一周前。"

　　我道："为什么突然想到学做烤饼了？"

　　朋友苦笑道："因为我上一个病人是一位西点师，他有很严重的心理疾病，而且好为人师，但脾气差，有一定程度的暴力倾向，所以在现实生活中，没有人愿意当他的徒弟。于是治疗的时候，我提出要向他学做烤饼，他十分高兴，两天就把我给教会了，然后他的病也跟着被治好了。"

　　我就着咖啡将嘴里的烤饼咽下，然后道："听上去……挺容易的，既治好了病人，又多学了门手艺。"

　　朋友微微一笑道："看来下次该让你试试。"

　　我差点被噎住，咳嗽道："你可别逗我了，要是让我给病人治病，没病的都能被我治出精神病来。"

　　他轻轻笑了笑，喝了口咖啡。

　　我道："问个问题啊，你会催眠吗？"

　　朋友点了点头道："我就是学这个的。"

我道:"其实有一件事我一直不明白,我从电视里看到,催眠能够让人失去记忆,这是真的吗?未免过于神奇了吧?"

朋友道:"你觉得神奇吗?"

我点了点头。

朋友道:"那我问你一个问题,你上学那会儿,老师在讲台上讲课,一节课你能听进去多少?"

我道:"没多少。"

朋友道:"为什么?"

我道:"因为有一半的时间,我都在走神。"

朋友道:"这不就对了吗?你人一直在教室里,眼睛一直盯着黑板,老师说的话也源源不断地传进你的耳朵里,你的确看到了,听到了,但是,因为你走神了,所以,你的大脑将这些信息全都过滤掉了,于是你根本不会记得那段时间里老师都讲了些什么。"

我恍然大悟:"也就是说,让人进入一种走神的状态,就可以达到催眠失忆的效果?"

朋友道:"只是打个比方,便于你理解。真正的催眠比那要深奥得多。"

我和他东扯西拉地聊着,聊得漫无边际,小半个下午的时光就这么过去了。就在我们聊得正起劲的时候,敲门声响起,打断了我们的对话。

朋友扭过头,冲着门的方向道了声:"请进。"

一个身材高挑的女人轻轻推开门,捧着一个文件夹走了进来。她是我这位心理医生朋友的助理。

女助理缓缓来到我们面前,对我朋友道:"Doctor(医生),第 406 号患者吴先生已经到了。"

只见我的这位心理医生朋友一愣:"今天下午不是没病人吗?"

女助理道:"这位患者是昨天下午临时约的。"

朋友接过文件夹,飞快地翻了翻,然后拍了拍脑门儿道:"哎呀,忘啦,忘啦,忘啦,今天的确还有位病人。"

我起身道:"要不……"

朋友道:"没关系没关系,这位病人很有意思,病例上说,他有梦游症。你不是采访过不少梦游症患者吗?"

我明白了他的意思,坐回到了沙发上。

女助理将患者吴先生请了进来,安排他坐在了我们对面的一张沙发椅上,然后给他倒了杯水，转身离开了。吴先生看上去有些拘谨，双手紧握着，也不喝杯子里的水。资料上说他是一家银行的大堂经理。干大堂经理的，每天跟客户打交道，应该不会在陌生人面前表现出紧张的情绪啊，可吴先生看上去，就像是犯罪分子在接受警方审讯一般。

朋友语调柔和道："吴先生。"

吴先生一惊，像是刚刚才回过神来："啊，啊，你好，医生。"

朋友点了点头："你好，吴先生你看上去……有些紧张。"

吴先生抹了抹额头上豆大的汗珠道："有……有吗？"

朋友道："是不是太热了？要不……我把空调的温度再降低一些？"

吴先生摆了摆手道："不用不用不用不用，我不热，我只是觉得，觉得这里……"

朋友道："这里怎么了？"

吴先生道："这里……我以前好像来过！"

朋友歪了歪脑袋："吴先生，如果我没记错的话，今天我们是第一次在这里会面。"

吴先生点了点头，汗如雨下："我知道，我知道，只是……我真的觉得……自己曾经来过这里！好像……好像是在梦里，对！没错！有几次梦游的时候，我好像来过这儿！"

朋友道："这里的门窗都是上锁的，有监控，保安二十四小时守着，强行破入会激发报警系统，你梦游的时候不可能来过这儿。"

吴先生道："可是，我真的在梦里见过这里！"他说着，神经质地环顾了一下四周，然后点了点头道，"没错，我在梦里来过这儿！"

我被吴先生的话弄得怔住了，但我的心理医生朋友看上去倒是平静得很，看起来早已对此见怪不怪了。

朋友一边用笔在本子上飞快地写着什么，一边道："吴先生，你以前也看过别的心理医生吧？"

吴先生点了点头道："看过，但都没什么效果，所以我来了您这儿！"

朋友点了点头道："你之前的心理医生有没有跟你说过，医学上有一个名词，叫作'既视现象'？也就是说，你只是曾经见到过类似的场景，这些场景在记忆当中发生了重叠，让你误以为某个以前从未去过的地方似曾相识。就比如心理咨询治疗场所的装潢和格局都很类似，比如你身后那面蓝色的墙，大多数心理治疗室都会用这种颜色，因为蓝色在心理学上是一种积极治愈的颜色，能够对患者的心理进行有效的调节。所以我想，你会不会是把以前几个心理治疗室的样子，和我这里搞混了？"

吴先生突然指了指朋友背后："那幅画！"

朋友和我朝着他所指的方向看去。

朋友道："你是说那幅凡·高的《星空》吗？这幅画很常见，你在很多地方都能见到。"

吴先生道："不！在梦里，那幅画就挂在那里，挂在那面墙上，没错！和我现在看到的场景一模一样！"

朋友深吸了一口气道："吴先生，这……也是既视现象的一种。你曾经在某处见到过这幅画，然后你对这幅画的记忆与此时此刻的场景发生了重叠，这在心理学上，是很正常的现象。大脑在搜寻记忆的时候，会将记忆中相似的东西罗列出来，就像搜索引擎搜索关键词一样，而在相似记忆的罗列过程中，这些记忆就可能会发生重叠，导致原本不相干的两个场景经过这种重叠，合并到了一起，也就产生了所谓似曾相识的现象。就好像蒙太奇，比如我现在播放两组画面：一组画面是卧室里一个女人正在睡觉；而另一组画面是一个男人手持利刃上楼梯，朝一扇房门走去。你会联想到什么？"

吴先生道："这个男人……要到房间里去杀掉那个正在睡觉的女人！"

朋友摇了摇头说："其实这两组画面毫无关系。那个睡觉的女人依旧在自己的卧室里睡觉，而那个持刀的男人正在走向另外一所房子的卧室，他们压根儿就不在一所房子里。"

吴先生愣住了。

朋友道："所以，人的大脑时常会产生这样的脑补，将两段毫无关联的记忆串联上合理的因果关系，使其看上去就好像是同一件事，于是也就产生了既视现象。"

吴先生沉默了片刻，身子发抖道："是……是这样吗？"

朋友点了点头道："这样吧，我给你开一个疗程的药，你回去按时服用，注意休息，相信不出一个月，你就能康复了。"

吴先生再度陷入了沉默，沉默了好久。

朋友道："吴先生？"

吴先生的身子抖得越发厉害了："一模一样！一模一样！"

朋友问："什么……一模一样？"

吴先生道："你刚才对我说的这些话，和我在梦里梦到的一模一样！就好像，曾经发生过！"

朋友道："你的意思是说，你在梦里预知了未来？"

吴先生道："我想是这样的。"

朋友道："预知未来这种能力是不存在的，还是我之前说的，这叫既视现象，没什么稀奇的。"

吴先生道："你们有没有过这样的经历？"

朋友问："什么经历？"

吴先生道："就是当你突然想起某个你很长时间没有联系的朋友的时候，那个朋友没多久就主动给你打来电话。当你觉得有人要来拜访的时候，门铃就真的响了。还有，我相信很多人都经历过这种体验，我们上学那会儿都经历过。比如一个班，班里的学生本来有说有笑十分喧闹，可是总有那么一瞬间，几十名学生全都不约而同地安静了下来，寂静无比，仿佛集体预感到什么事情要发生了一样！你在上班的时候，当你觉得领导要出现了，一回头，领导就真的从你身后走了过去。这种例子比比皆是，我相信你们都经历过！"

我被他的话弄得怔住了，没错，这些情况在我的生活中的确经常发生。

朋友道："你是说，第六感？"

吴先生点了点头道："差不多吧，你难道不觉得这很奇怪吗？我想，这大概是我们人类对未来的一种预知力，只不过，还存在于潜意识当中，还没有被我们完全发掘出来！"

我道："我也有过这样的体验，有回我心里老觉得有个朋友会出事，总是惴惴不安的，结果第二天，我得知那个朋友出了车祸，浑身粉碎性骨折，还伤了内脏。"

朋友道："那都只是巧合，当然，第六感这件事，目前还是医学上的一个未解之谜，我也无法给出解释，但是，我并不相信人类具备预知未来的能力。"

那天的治疗结束后，朋友给吴先生开了些药，就把他打发走了。

那天晚上，我突然接到了吴先生的电话。

电话里，吴先生说我那位朋友的电话没打通，所以打到我这儿来了，他要我提醒我那位心理医生朋友一声。

我问："提醒他什么？"

吴先生在电话那头道："我预感到，下周日，他会出事！"

我一怔："出什么事？"

吴先生道："空难！"

吴先生说完，就把电话给挂断了。

我立马给心理医生朋友打去电话，电话打通了："喂，吴先生刚才打电话来，说打你电话没打通。"

朋友道："哦，一般非工作时间，我不接病人的电话。"

我道："这样啊。对了，你最近一周，有什么出行安排吗？"

朋友道："有啊！"

我一怔："去哪儿？"

朋友道："下周日，我和几个朋友自驾去郊外钓鱼，你要不要来？"

我松了口气："没有坐飞机的计划？"

朋友哈哈大笑："你今天是怎么啦？被那个吴先生传染了啊？都说了自驾去郊外钓鱼，坐什么飞机啊！我最近一个月都没有坐飞机的计划。"

我总算放心下来，挂断了电话，我想，看来吴先生的确是被既视现象和所谓第六感折磨得有些神经质了。

一周的时间很快过去了，到了周日，我完成了全部的工作，突然想到了什么，于是给朋友打去电话："喂，干吗呢？"

朋友道："开车呢！"

我问："去哪儿？"

朋友道："不都跟你说了吗，自驾去郊外钓鱼。"

挂断了电话，我终于彻底放心了，事实证明，吴先生所谓预知未来的能力都是他自己凭空臆想出来的。

当天下午，天空突然下了很大的雨，雷雨交加，我窝在房间里吃泡面，刷网页。

突然，我看到一则紧急新闻，就在半小时前，一架波音飞机在本市郊外遭遇雷击和气流，坠毁了。

我立马给朋友打去电话，却怎么也打不通。

直到第二天，我得到消息，我的朋友在这场空难中去世了。

飞机坠落的时候，残骸正好砸中了他的车。当时车体受到冲击在路面上瞬间失控，冲进湖里，车上的几个人全都淹死了。

℞ 第18个病例：

原子弹爆炸之后

为了采访这个人，我专程向上级领导申请获批飞了趟日本。在日本名古屋的一家医疗院里，我终于见到了他，山本先生。

山本先生已经年过九旬，20世纪40年代，不到二十岁的他，就已经成为在日本围棋界叱咤风云的专业八段围棋国手，曾经将多位日本围棋界前辈打到降级。更令人啧啧称奇的是，他曾经历过广岛原子弹爆炸。

1945年8月6日早上8点15分，一颗名叫"小男孩"的原子弹从日本广岛上空坠落。

山本先生当时独居在广岛郊外的一所别院当中。

那天清晨，山本先生早早便在自家内院一侧的门廊上摆好了棋局，独坐在棋盘前，等待着同为棋界八段高手的好友龟田先生来家中对弈。

龟田先生到达山本先生的府邸之后，二人没有多言便开始了棋盘上的对决。

可就在对弈开始不久，远方突然迸射出耀眼的白光，白光刺破苍穹，紧接着是震耳欲聋的爆炸声，整个大地都在震动，只见一朵黑色的蘑菇云在地平线上拔地而起，升腾向高高的天空，几秒钟后，巨大的冲击波呼啸而来，将棋盘掀翻，二人顷刻间被打翻在地。由于当时山本先生的宅邸距离爆炸点十分遥远，所以冲击波并没有损坏他的房屋。

我们都知道，原子弹爆炸，最为厉害的，不是爆炸那一瞬间的威力，而是爆炸之后的后遗症——核辐射。

山本先生和龟田先生当时以为那只是美军的一场普通轰炸，于是二人坐起身来，将棋盘整理好，继续对弈。可令所有人都感到大为不解的是，在对弈中途，山本先生将龟田先生杀掉了，还用院子里的一块坚硬的岩石砸烂了他的脸，然后用汽油将尸体焚烧成了一具黑色的焦尸。

这些，都是我从日本官方的报道中了解的。很快，山本先生就被警方以故意谋杀罪带走了，被判处无期徒刑，关进了名古屋的监狱中。就在一年前，八十九岁的山本先生在狱中被检查出患上了肝癌，所以得到了保外就医的机会，被送进了名古屋的医疗院中养病。

我见到山本先生的时候，他刚刚结束第三轮化疗，头发已经掉光了，躺在病床上，看上去有些虚弱。我带着翻译，坐在病床边，山本先生看向我们，向我们点了点头，示意可以开始采访。我问一句，翻译译一句，山本先生答一句，翻译也向我译一句，以下省略掉翻译员的翻译过程。

　　我问山本先生道："山本先生，这么多年来，一直都有一个未解之谜，那就是核爆当天，您和龟田先生之间到底发生了什么？"

　　山本先生的声音听上去沙哑无力："什么都没有发生。"

　　我道："可是报道上说，当天您用一块石头将龟田先生给砸死了，还砸烂了他的脸，焚烧了他的尸体。"

　　山本先生咳嗽了两声："报道在说谎。"

　　我道："您是说，报道不是真的？"

　　山本先生摇了摇头道："他们根本什么都不知道，那天，龟田根本就没来，更别提和我对弈了。"

　　我道："可是，龟田先生的家人说，他当天的确出门了，临走前还说要到您家中与您对弈，可是出门后就再也没有回来。核爆后的第二天，他的家人报了警，警察在您家中发现了一具被焚烧得面目全非的尸体。那么……那具尸体又怎么解释？"

　　山本先生道："他们弄错了，那不是龟田的尸体，龟田从始至终就没来过！"

　　我知道，当时还没有DNA技术，所以，以当时的刑侦手段，想要判断一具被彻底烧毁的尸体的真实身份是相当困难的。

　　我问："那又会是谁的尸体呢？"

　　山本先生摇了摇头道："反正我没有杀龟田！他是我最好的朋友，我怎么会杀掉他呢？"

　　老先生说到这里，情绪有些激动，眼泪都差点淌了下来。

　　我深吸了一口气道："把当时的情况告诉我吧，如果您真的没有杀害龟田先生，也是时候把真相说出来了，这也是对龟田先生的一个交代啊。"

　　山本先生叹了口气说："我以前也说过，可是，他们都不相信，他们都以为我疯掉了。"

　　我道："山本先生，您不妨告诉我。"

　　山本先生看了看我道："你，会相信我吗？"

　　我点了点头，给了他一个肯定的眼神。

　　山本先生也点了点头道："其实……那个人，是我。"

我一怔："你说什么？"

山本先生道："我，杀了，我。"

我没明白他说的话，心想难不成是山本先生年事已高，开始说胡话了？

我问："您说，您杀了您自己？"

山本先生摇了摇头道："不，他不是我！我杀的是另外一个人！"

我彻底被弄晕了，因为山本先生的语言前后逻辑过于混乱和自相矛盾，一会儿说自己杀了自己，一会儿又说那个被杀掉的不是自己。

我一副不解的表情。

山本先生看出了我的疑惑，立马道："那个人只是我的复制体，但他不是我！"

我又一怔："复制体？"

山本先生点了点头："问你一个问题。你是谁？"

我不知道他为什么这么问，因为我进门的时候已经自我介绍过了。我心想他可能是年纪太大，有些健忘，于是又说了一遍自己的名字和身份。

山本先生摇了摇头道："我不是在问你的名字和身份，我是单纯地问你——你是谁？"

我被他问蒙了，不知道该怎么回答，于是艰难地蠕动着双唇道："我……就是……我？"

山本先生道："你怎么证明，你就是你？"

我心想这是问的什么问题？我都不能证明我是我了，那还有谁能证明？

我掏出自己的身份证还有记者证给他看。

他看了眼我记者证和身份证上的照片，然后道："你的意思是说，你的肉体能够证明你就是你？"

我点了点头道："我是独生子，不是双胞胎，世界上应该没有第二个人和我长得一模一样。还有，即便是双胞胎，指纹和DNA都是有差异的，所以，我的肉体足以证明我就是我。"

山本先生笑了："那我问你，如果我克隆了一个你，那个克隆人是你吗？"

我摇头道："当然不是我。"

山本先生道："那就奇怪了。克隆人和你拥有同样的肉体，无论是长相、身高、DNA还是指纹，这些都与你是相同的，照你刚才的观点，克隆人应该就是你才对。"

我想了想，然后道："嗯……克隆人虽然拥有和我一样的肉体，但是，他不具备和我相同的意识，包括记忆和思想。就比如希特勒已经死掉了，我们按照他的 DNA 克隆一个一模一样的希特勒，但这个克隆版的希特勒可能并不具备真实版希特勒那样狂热的战争野心，也不会成为德国元首，没准儿他会成为一名老师，教书育人，做个平凡的好人。"

山本先生道："所以，你自己也已经承认，肉体是不足以证明你就是你的。"

我道："意识能够证明我是我。"

山本先生道："那好，如果我把你的意识和我的意识互换，这个时候，你的意识还是你的意识，只不过你的身体变成了我的身体，那么这种情况下，哪一个才是你？"

我道："虽然我的肉体变成了您的肉体，但我的意识还是独立存在的，所以，拥有我意识的那个肉体，才是真正的我。"

山本先生道："那如果我保留你本体的意识，然后把你的意识原封不动地复制一份输送到你的克隆人大脑里呢？这个时候，那个克隆人是你吗？换句话说，你还是你，你拥有自己的肉体和自己的独立意识。但这个时候，世界上存在着一个克隆的你，那个克隆体也拥有和你相同的意识。那么，是不是意味着，这个世界上存在着两个你？"

我愣住了。

山本先生道："最近我读到一本书，是英国伦理学家德里克·帕菲特写的一本哲学书，叫《理与人》。这本书里提到了一个实验，很有意思。实验的背景设定在遥远的未来。那个时候的人们已经掌握了空间传输技术。比如我们现在从名古屋到东京，坐新干线过去可能要两小时。我也不太清楚，因为你知道，我这一辈子都在牢里蹲着，出来后就直接来了这儿，所以都没见过新干线长什么样，倒是听人说过。当然，就是打个比方，如果是 21 世纪人类的方式，当然是坐火车或者飞机，那需要很长的时间才能从一个地方抵达另一个地方。但是，在实现了空间传输技术的遥远未来，人类能够通过这种科技达到瞬间移动，也就是说，从名古屋到东京，不再需要两小时，而是，一眨眼的工夫。"

我道："技术原理是什么呢？"

山本先生道："这正是我要说的。这种技术的原理听上去并不复杂。比如，你要从名古屋去东京，那么在名古屋，就会有一间发送室，而在东京，则有一间接收室。你需要进入名古屋的发送室，这个时候，发送室里的设备会对你身体里的每一个原子进行扫描……"

我问："然后，我的原子就被直接发送到了东京？"

山本先生道："没错，你的原子会被复制一份，发送到东京的接收室，在复制的同时，发送室会向你的本体放射一种激光光束，摧毁你身体里的每一个细胞。然后，名古屋这边的你就不存在了，而你的原子则在东京的接收室里重组。重组出来的你和原来的你一模一样，具备你的肉体和你的全部意识，就连你身体上的每一颗痣、每一道伤疤，你身体里的每一个细胞、每一组 DNA，就连原有的疾病都是一模一样的，不会有任何改变。这台传送机器完成这整个过程，可能需要一分钟的时间，但是在你看来，只是一眨眼，眼前一黑，一睁眼你就从名古屋穿梭到了东京。"

我道："这听上去挺酷的。以后就可以选择在名古屋居住，然后在东京上班，反正只是一眨眼的工夫。"

山本先生道："这听上去的确很厉害。但是，有一天，你再度使用这个技术的时候，你发现，机器扫描完你身上的原子之后，你并没有穿梭到东京，你的身体依旧在名古屋的发送室内。这个时候，你很疑惑，工作人员会告诉你，你的确已经穿梭到了东京。你不相信，说自己分明还在名古屋，怎么会在东京呢？骗傻子呢！工作人员会给你看东京那边的监控录像，录像显示，你的确已经抵达东京。你会很疑惑，这到底是怎么回事。工作人员会告诉你，这是发送室出了技术故障，你的本体本来应该在原子扫描复制传送的同时，被发送室的激光光束销毁掉，而激光光束没有启动，你的本体没有被销毁，而从你本体复制出来的原子也已经在东京重组。这个时候你会问工作人员解决办法，工作人员会告诉你，来来来，只要到另外一台发送机内，让我们用激光光束把你销毁掉就好了。这个时候你该怎么办？"

我道："逃！"

山本先生道："没错，你会逃。因为这个时候，你会认为本体的你才是你，而远在东京的那个你，只是你的复制品！可是，问题来了：远在东京的那个复制体会怎么想呢？由于复制体具备你全部的意识和全部的肉体，并且不知道名古屋这边所发生的技术故障，所以，那个复制体也会认为自己才是那个真正的你！那么，你和复制体之间，究竟哪个才是你呢？"

我被彻底震慑了，陷到深深的伦理怪圈当中。

山本先生道："所以我说，爆炸当天，我杀了我，但那个人又不是我。"

我一怔："那天……到底……发生了什么？"

山本先生咳嗽了两声道："和报道中说的一样，那天一早，我的确在自家门廊早早地摆好了棋局，等待龟田的到来。可是，他却一直都没有来。我一直等，到了那天早上八点多钟的时候，原子弹就在广岛爆炸了。我被爆炸的冲击波掀翻在地，差点昏迷过去。那一刻，整个世界被白光笼罩，十分刺眼，我闭着眼睛，等待白光散去。当我再度睁开眼睛的时候，我看到……我看到……"

我咽了两口唾沫："您看到什么？"

山本先生道："一个人！那个人坐在棋盘前，就坐在我之前坐的那个位置上！"

我道："是龟田先生？"

山本先生惊恐地摇了摇头道："我惊恐地看着他，那个人也扭过头一脸惊恐地看着我。当时我简直不敢相信自己的眼睛！出现在我面前的那个人，竟然和我长得一模一样！我很害怕，和他扭打在了一起，然后，我用石头砸死了他，砸烂了他的脸。但我还是很害怕，又用汽油焚烧了他的尸体！"

我被他的描述彻底震住了。

山本老先生说到这里，情绪激动，心电图开始紊乱，警报器嘀嘀直响，医生和护工们立马冲了进来，将我们赶了出去。临走前，山本先生抓住我的手，对我说："你一定要相信我！一定要相信我！我没有杀掉龟田！我没有杀掉龟田。"

然后，他便昏迷了过去。

那天下午，得知山本老先生经过抢救，恢复了正常，我总算松了口气。

回国的路上，我一直惴惴不安，心想这个世界上是不是也存在着另外一个一模一样的自己。

那么，我和那个人之间，到底谁才是真正的我？

半年后，我得到消息，有人在广岛一处废弃的井内发现了一具尸体，尸体已经腐烂得只剩下骨架了，法医判断，此人起码已经死了七十年。而骨架右手的无名指上，还戴着一枚金戒指，那枚戒指是当年日本天皇专门赏赐给围棋国手的，戒指的外侧刻着一个名字——龟田次郎。

法医立马从骨骼上提取了DNA，与龟田先生的孙子做了比对，确定，死者正是龟田。

也就是说，当天龟田离开家之后，真的没有抵达山本先生的家中。警方推测，可能是当时发生核爆，龟田先生慌不择路，跳进了干燥的废井当中，结果就被困死在了里面。

如果当年山本先生没有杀掉龟田，那么，山本先生家中那具烧焦的尸体又是谁的呢？

那具焦尸当年没有火化，而是被当作龟田直接入棺下葬了。

在征得龟田家人的同意后，警方对龟田的墓进行了开棺验尸，通过 DNA 检测和数据比对，他们发现——

那具尸体的 DNA，和山本先生的一模一样！

而就在鉴定结果出来的那一天，山本先生因为病情恶化，离开了人世。

℞ 第 19 个病例:

极小概率人

我眼前的这个人,曾经是一名概率学家,因为患上了严重的被迫害妄想症住进了精神病医院。这是精神病院的重症病房,没有窗户,四壁以及地板和天花板,全都包裹着一层厚而柔软的海绵体。大家应该还记得,在"我们死后去哪儿?"那个病例当中,那位雕塑家正是被关在了这种病房内。

病房里没有桌椅板凳,我和他席地相对而坐。

他看上去有些疲惫,眼圈发黑,眼球上布满了交错细小的红血丝,看上去就像昨晚在病房里搞了一夜的科研工作。

我道:"可以开始了吗?"

他点了点头道:"可以了。"

我一边翻看着手中的文件夹,一边道:"资料上显示,你三年前经历了一场梦游,而且,当时是白天。"

他道:"这很正常,像我这种搞科研工作的人,晚上一般都在挑灯夜战写学术论文,所以晨昏颠倒,夜里工作,白天睡觉,这是常有的事。"

我点了点头,然后道:"我接着说啊,有什么不对的,你可以随时打断我。"

他道:"好的。"

我道:"那天下午三点半左右,你梦游离开了家……当然,这只是我们根据你家人的描述大致推算的时间……嗯……然后,监控录像显示,你在四点钟左右,走进了小区附近的一家彩票店,买了一张彩票就离开了……之后,我们推测你回了家,躺在床上接着睡觉了。可就在当天晚上,彩票开奖了,你在梦游中买的那张彩票中了五百万大奖,从那之后,你就开始终日惶恐。你说有人要开枪杀掉你。于是你每天把自己关在房间里,连门都不敢出。你的家人把你强行拉到医院做检查,结果发现,你患上了严重的被迫害妄想症。之后,你就来了这儿。"

他点了点头道:"你掌握的资料很全面,说得都没错。"

我道:"可是你知道,我们国家是禁枪的。"

他耸了耸肩道:"那又如何,这并不代表想要杀掉我的人不能弄到枪,从黑市上就能买得到。"

我道："是你主动要求院方将你关进这种病房的？"

他道："没错，你看，这里没有窗户，还有海绵体的保护，没有人能从外面开枪射中我。"

我半开玩笑道："你想得还挺周全的。"

他道："那是。不过，这并没有什么用。"

我一愣："什么意思？"

他道："尽管如此，我还是会死于枪击。"

我问："你为什么这么笃定自己会被人枪杀呢？"

他道："因为我能算出来啊。"

"算出来？"

他点了点头道："你以为我是干吗的？我是概率学家。三年前我就发现了精准计算极小概率事件发生的方法，我算到自己买彩票会中大奖，结果，你看，果然中了五百万。于是我又算了算自己会怎么死，结果算出，自己会死于枪击。"

我道："怎么算？"

他道："这是我的研究成果，哪能告诉你。万一被你剽窃了怎么办？"

我道："可是枪击这种事情，在我国，概率实在是太小了。"

他点了点头道："就和中五百万大奖的概率一样？可我还是中了。这说明什么？这说明我的那套计算方法是正确的。另外，我们每一个人的出生，不都是极小概率事件吗？"

我问："怎么讲？"

他道："男性在一次交配活动中，能够喷射出一亿多颗精子，而只有一颗精子会有机会和卵细胞结合，你说说，一亿分之一的概率啊，你说你的出生算不算是一个小概率事件？其实我又想到了《终结者》……对了，还有祖母悖论……"

我道："从精子说到《终结者》和祖母悖论……这思维跨越有点大了吧？"

他道："我想到哪儿说到哪儿啊。知道祖母悖论吗？"

我道："知道啊。比如你回到过去，在你爸诞生之前杀了你的祖母，没有你祖母也就没有你爸，你爸也不会遇到你妈，你也就不会诞生了。但祖母悖论最大的矛盾就在于，你杀了你的祖母，而你又因此不存在了，那么，到底是谁杀了你的祖母？"

他笑了笑说："其实吧，这点也好解释。因为会有另外一个平行宇宙出现。怎么说呢？就是分裂出了两个平行宇宙，一个平行宇宙中你还存在，另外一个平行宇宙中你从未诞生过。哎呀，又扯远了，我想到哪儿说到哪儿啊。看过《终结者》吗？"

我点头道："看过。"

他问："讲的啥？"

我道："在遥远的未来，人类与机器人爆发了战争，人类有一个领袖叫救世主，机器人为了将救世主扼杀在诞生的源头，就派了一个机器人回到过去，要杀掉救世主他妈，然后人类也派了一个代表回到过去，保护救世主他妈。那时候救世主还没出生，要是救世主他妈死了，救世主也就不存在了，机器人文明便能彻底战胜人类文明。"

他兴奋地拍了拍手道："是啊，不过你觉不觉得这有点傻？"

我道："傻吗？没看出来。逻辑上，这是成立的啊。"

他摆了摆手道："我没说这电影逻辑不成立，我只是觉得有点傻。为什么呢？因为你的诞生，必须得是属于你的那颗精子率先与卵细胞结合，你才会诞生对吧？"

我道："对啊。"

他点了点头，接着道："那不就得了吗？只要交配时间晚上那么几秒钟或者早上那么几秒钟，你的那颗精子就极有可能跑不了第一名，那么，诞生的就是别人了。所以啊，不想让救世主诞生，回去杀掉他妈太大费周章了，只要拖延哪怕是一分钟的时间就行。比如回到过去，在救世主的爸妈性交之前，想办法拖延几分钟，嗯……可以在他爸下班回家的时候，故意向他推销广告。于是他爸晚回家了几分钟，原定计划和他妈性交的时间也就晚了那么几分钟，于是，一切都发生了改变。按照极小概率来讲，这点时间的变化，足以导致属于他的那颗精子无法率先与卵细胞结合，那么，他就不存在了，从他妈肚子里诞生的，也就是别人了。"

我被他的言论弄得有些晕："好吧，听上去，你说得好像也有那么些道理。"

他笑了笑道："所以啊，我们都是极小概率人，因为哪怕是一丁点细微的变化，我们就可能会失去来到这个世界的机会。"

我道："可我还是不明白，你是如何计算出自己会中彩票大奖这种小概率事件的？"

他道："这么来跟你说吧，其实，世界上任何小概率事件，都是有规律可循的。你注意到没有，如果发生了一次地震，那么，那段时间，全世界不同的地方都会接连发生地震。如果发生了一起空难，那么那段时间，全世界又会接二连三有空难发生。最近不是出了个扶手电梯'吃人'事件吗？你看看，以前有过这种情况吗？这算是极小概率了吧？可是，自从那次事件出来之后，你瞧瞧，几个月内，全国各地接二连三，又有多少扶手电梯出现了相同的问题？"

我怔住了，细细一想，还真是他说的这么回事。

他冲我狡黠一笑："所以说嘛，小概率事件，是有规律可循的，既然有规律，也就能够计算和预测。"

结束了采访，我站起身来，临走前，他叫住了我。

我停下来，扭头看向他："还有什么事吗？"

他冲我微微一笑道："没什么，你会感谢我救了你一命。"

我没明白他说的话，一脸茫然地转身离开了病房。

我步行去最近的地铁站，一个女人走在我前面五米处。突然，高空中，一面巨大的广告牌坠了下来，"咣"的一声，将那个女人硬生生砸死在了我面前。我吓得腿发软，惊叫着一屁股跌坐在了地上。看着猩红色的血液从被砸烂的广告牌下流淌出来，我深吸了一口气，紧接着大口大口地喘息起来。

突然，我回想起离开病房前，那个病人对我说的话："没什么，你会感谢我救了你一命。"

我猛然意识到，如果不是他临走前叫住我，拖延了我几秒，此刻，被砸死在广告牌下的，应该是我！

是啊！小概率事故的发生，就是你恰好在那个时间点撞见了那起事故，于是你也就成了那起事故的受害人。比如你走到某个路口，突然被一辆飞速驶来的汽车给撞了，你有没有想过，如果早几秒或者晚几秒你都不会被撞。如果你出门的时候穿鞋的速度快了那么几秒……如果你出门前喝了一杯水慢了那么几秒……如果那天你没有出门……而你偏偏就是在那一秒，与那辆车交会到了一个点。于是，悲剧发生了。

我胆战心惊地回了家，心想，这会不会是一个巧合呢？

直到三个月后，我突然得到消息，我采访的那个病人，在医院里死掉了。

我问："怎么死的？"

医院的工作人员道："枪击。"

我一怔："这年头都有歹徒持枪闯进精神病院杀人了？太猖狂了吧！"

工作人员道："不是，前不久，那个病人的被迫害妄想症突然好了，我们对他进行了精神鉴定，鉴定结果显示，他已经恢复了正常，就让他出院了。可是没想到，就在昨天，他持刀回到医院，要求我们给他办理住院手续。慌乱中，我们报了警，他情绪激动，用刀挟持了我们院里的一名护工，最后被赶来的特警一枪击毙了。"

我一怔，脑子里不禁回想起那天在病房里与他的对话。

他道："尽管如此，我还是会死于枪击。"

我问："你为什么这么笃定自己会被人枪杀呢？"

他道："因为我能算出来啊。"

℞ 第20个病例：

分身杀人

还记得"有人正在吞噬时间"那个病例当中的理论物理学教授吗？前不久，他又出来做学术讲座了。这次的学术讲座在另外一所著名高校的一间多功能梯形教室内举办，现场座无虚席，挤满了慕名而来的物理系的学生。

教授刚刚获得了该校名誉副校长的称号，所以这次学术讲座是校方专门安排的，算是回馈该校学生的一堂物理公开课。

照旧，我坐在第二排靠中间的一个座位上，第一排坐满了学校领导和物理系的老师，以及教授在学术界的朋友。

如今已经进入盛夏，南方的城市变得炎热万分，教授终于脱去他那件标示性却不合时宜的暗红色毛衣，穿上了略显年轻的黑色T恤衫。为了使自己显得更加年轻，他将自己那爱因斯坦般的爆炸头一次性给剃成了板寸，还将原本发白的头发染成了深深的黑色，整个人一下子看上去精神了百倍。

教授站在台上调试着话筒，来回调换着幻灯片，检查是否存在故障，然后，他将幻灯片调回到了首页。

首页上写着这堂公开课的演讲主题：玻璃杯会被摔碎吗？

乍一看，我并不明白这个主题是什么意思，但坐在我前面第一排的物理系老师已经开始了窃窃私语。我从他们的交谈中隐约听到了一个词——量子力学。看来，这堂公开课和量子力学有关了。

教授举起话筒，清了清嗓子，全场立马安静了下来。

教授右手持着话筒，侧过身，将左手指向身后大屏幕上的幻灯片，然后道："这就是我们这堂公开课的主题：玻璃杯会被摔碎吗？喀喀，那么我想请问，在座的同学当中，有没有人能够告诉我，单从这个标题来看，今天的演讲，到底与什么有关？"

台下的学生叽叽喳喳起来，突然，坐在第三排靠右侧的一个大个子男生举手了。

教授点了他："好，请第三排这位举手的男同学回答。"

大个子男生站起身来道："很显然，教授，今天的演讲和玻璃杯有关。"

一瞬间，现场爆发出哄堂笑声，只见前排的一名物理老师回过头，狠狠地白了那个大个子男生一眼。大个子男生冲着那名老师做了个鬼脸，不以为意。

教授也跟着笑了起来："感谢你的幽默令现场变得活跃！那么，还有别的见解吗？"

大个子男生道："和摔碎的玻璃杯有关。"

现场又是一阵哄笑。

教授无奈地摇了摇头："好吧，你可以坐下了。"他有些生气，旁敲侧击，"这堂课的时间很宝贵，我希望接下来举手发言的，是真正愿意回答问题的同学。"

这时，第五排靠中间的一个戴眼镜的女生举手了。

教授点了她："好，请第五排那名戴眼镜的女生来回答，没错，就是你。"

眼镜女生站起身来道："我觉得和力学有关。"

教授有些兴奋："什么力学？"

眼镜女生想了想说："嗯……杯子坠落产生加速度……和牛顿力学有关。"

教授有些失望道："坐下吧。"

女生坐了下去。

教授清了清嗓子道："好了，我就不卖关子了，其实今天的公开课主题和量子力学有关。你们一定很奇怪，玻璃杯摔到地上会不会碎，跟量子力学有什么关系。我来给大家演示一下。"

他说着，转过身走到演讲桌前，将桌面上的水杯拿起来递到嘴边，十分幽默地道："没什么，我只是有些口渴了。"

学生们哈哈大笑。

教授将杯子里的水一饮而尽，然后他将杯子猛地往地上一砸，"咔嚓"一声，玻璃杯被砸了个粉碎，玻璃碴四散开来，溅了一地。由于他这个举动太突然，也过于出乎意料，所以在场的学生都没反应过来，不约而同地愣了几秒，然后是一片喧哗。

教授拍了拍手说："很显然，这个玻璃杯被我摔碎了。谁能告诉我，玻璃杯被摔碎的因果关系？"

一个穿白色衬衣的男生举手了。

教授将他点了起来。

男生道："您是'因'，杯子碎掉是'果'，因为您用手将杯子扔在了地上，结果杯子碎掉了。"

教授点了点头道："我说那个'因'，是地板，你觉得呢？"

男生摸不着头脑："地板？"

教授将双手一摊："如果不是因为那块地板的存在，我又为什么会把杯子朝它扔过去呢？"

现场一阵哈哈大笑，我也很佩服教授调节气氛的能力。

教授道："好了，你可以坐下了，这只是个诡辩的哲学玩笑，和今天的主题无关。那么接下来，我们正式开始。"他走到那片碎玻璃前，"我们现在看到，这个杯子被摔成了玻璃碴，但在我看来，它并没有碎，依然是一个完美无缺的杯子。因为我们都知道，这世间所有的物质，都是由分子组成的，而分子，又是由原子组成的。这个玻璃杯，本身就是无数个原子的结合体，假设它由五亿个原子组成，那么，即便我把它摔成了这副德行，它那五亿个原子依然完好无损地存在着。所以，我说，这个玻璃杯并没有被摔碎，因为组成它的原子还和以前一样，是完好的。不过，其实杯子本身并没有接触到地板。"

台下有学生举手了。

教授快速将那名学生点了起来。

学生不解道："可是教授，我们大家都看到杯子砸在了地板上，而且被砸得粉碎，如果杯子和地板没有接触，又怎么会碎掉呢？"

教授笑了笑没说话，转过身从演讲桌后面抱了个篮球出来，转身猛地扔向那名学生："接住！"

学生稳稳地将篮球接住了。

学生半开玩笑道："教授，您差点砸到我了。"

教授笑了笑说："我有砸到你吗？换句话说，篮球有砸到你吗？"

学生晃了晃手中的篮球道："因为我接住了。"

教授神秘一笑："你以为你真的接住了篮球？其实你根本就没触碰到它！"

学生一脸不解地道："教授，可它在我手上啊。"

教授道："物质真正的组成部分是原子，而原子真正的核心是原子核，那么，原子核的外面包裹着什么？"

学生道："电子。"

教授点了点头道："我们把这个篮球想象成一个巨大的原子核，那么，这个原子核的周围包裹着流动的电子云。其实，物体和物体之间的接触，仅仅只是它们表层的电子发生了接触，原子核与原子核之间并未发生接触。所以，你的手只是触碰到了篮球的电子，并没有触碰到真正的篮球。同理，杯子砸向地板，也仅仅是电子与电子之间发生冲撞所产生的物理反应，其实，他们的原子核并没有真正发生接触。"

教授刚说到这里，五名身着警察制服的男人突然闯进了会场。领头的那名警察走到台前道："教授，我想请你跟我们去局里一趟。"

教授深吸了一口气道："你们终于来了。"

教授说罢就被警察带走了，现场一片哗然。

很快，我们所有人都知道了教授被带走的原因——他持刀冲进一家商场，将一名正在购物的女人杀害了，警方确定，死者是教授的前妻，当时商场的监控录像清晰地拍下了这一幕。而令所有人都大惑不解的是，教授在冲进商场杀掉前妻的同时，正在一所大学的多功能梯形教室内，当着数百名师生的面进行着学术讲座。

一个人，怎么可能在同一时间，出现在两个地方？

当天下午，我作为证人，被传唤到了公安局。当时在场的所有人都为教授做证，包括当时多功能梯形教室内的监控录像也都证实，那段时间，教授一直在教室里给学生们上物理公开课！也就是说，凶手另有其人，只不过，和教授长得比较像而已。而教授是独生子，根本不存在双胞胎兄弟。

但是，令所有人都大惑不解的是，审讯室里，教授竟然对自己的罪行供认不讳，亲口承认杀掉自己前妻的正是他本人。

警方也被搞糊涂了，如果不是教授杀的人，那么，他又为什么一口咬定自己就是凶手呢？如果真是教授干的，那么，一个人真的能够同时出现在两个地方？

大批的警力被派到外面全力缉拿行凶者。

"教授说想见你。"

刑警队刘队长向我走了过来。他领着我进了审讯室。

审讯室的灯光很昏暗，只见教授独自一人坐在审讯桌前，闭目养神。

我在他对面坐了下来，刘队长转身退了出去，将门关上了。但我知道，他们正通过监视器看着我和教授的一举一动。

我轻声道："教授。"

教授闭着眼，向我点了点头，示意听得到我说话。

我问："为什么要说谎？"

教授道："说什么谎？"

我道："您不是凶手，为什么要一口咬定自己就是那个凶手？"

教授一直闭着眼："我没有说谎。"

我道："教授，您是不是有什么难言之隐？是不是有人在威胁您？"

教授摇了摇头道："没有任何人威胁我，我也没有任何难言之隐，那个女人，就是我杀的。"

我深吸了一口气道："您怎么可能在同一时间，既在教室里当着几百个学生的面讲课，又跑到商场里杀人？一个人，怎么可能同时出现在两个地方，教授?!"

教授冲着我诡异地笑了笑道："哼哼，真的不可能吗？看来你还不够了解这个世界。"

我一怔，不知道该说些什么好。

教授接着道："在几百年前，我们的这个世界仅仅通过牛顿的那一套力学理论就可以解释得非常好了。苹果为什么会坠落到地上？篮球撞击到地面为什么会反弹？球状的物体为什么比方形的物体更容易滚动？可是，一旦将事物放大，深入微观的原子世界，就必须要有另一套理论来支撑了，那就是量子物理学。而我们身体当中的粒子，是分散的，到处都是。"

我没明白："什么意思？"

教授道："我的意思是说，比如，你此刻坐在这里，其实，同时也在那儿，那儿，那儿，还有那儿！这间屋子里到处是你，甚至外面也有许许多多的你存在。"

我心想教授难不成是老糊涂了？于是道："可是，您也看到了，我就坐在这儿，您的面前，这间屋子里。这个世界上，也只存在一个我。"

教授道："因为我看到你了。"

我心说这算什么说法。于是道："您是说，您不看我的情况下，我便满世界存在？"

教授点了点头道："准确地说，当你不被观测到的情况下，你的确是四处存在的。"

教授道："为了便于你理解，给你讲一个很经典的实验。电子也是我们这个世界物质的一部分，我们在实验室里做了电子实验。实验是这样的，在实验室的一端，架设一台电子发射器。在实验室的另一端放置一块特殊材料的纸板。在发射器和纸板之间，竖立一块金属板，金属板的中央纵向平行开了两个条状的口子。

"我们启动电子发射器，朝纸板单个地发射电子，电子抵达纸板之前，必须穿越金属板的缝隙。而我们都知道，电子是单一粒子，就像一颗乒乓球，如果按照我们的常规理解，那个电子应该穿过金属板两个口子当中的其中一个，打在纸板上。而纸板上接收到的电子也应该只有一个。可是，奇怪的事情发生了。当我们把电子打出去之后，电子通过金属板，一瞬间打在纸板上。结果我们发现。纸板上的电子不止一个，而是横向分化出了很多个，就像一团虚无缥缈的波。

"为了研究这种现象，想要观察电子是如何通过金属板的，又是如何发生这种类似水波般的分裂现象的，于是，我们在金属板旁装了一个探测器，用来探测电子在经过金属板一瞬间的状态。可是，奇怪的现象发生了，当我们再度发射电子的时候，发现打在纸板上的电子只有单一的一个。"

我问："怎么会这样？那个电子不是会分裂成很多个吗？"

教授道："这就是最为吊诡的地方！当我们把金属板旁的探测器拿掉之后，再次发射电子，电子又变成了之前的状态，分裂成了类似波状的很多个。而只要将探测器装上，电子又变成了单一的一个！就好像，电子能够感知到有人在观测它们一样！"

我越听越糊涂，有些发蒙。

教授道："这么来跟你说吧，我们每一个物质身上的粒子都是不确定的，可以同时存在于这个世界上的任何地方，哪怕是宇宙的另一端，我们把这称为叠加态。也就是说，我们虽然坐在这里聊天，但是，我们身体里的粒子已经散落各地，换句话说，我们同时存在于很多个不同的地方。"

我道："我能够单独将其中一个粒子拿出来吗？"

教授道："不行。因为它们是一个整体。我知道这很难理解，但实际就是这样。我们虽然同时存在于很多个地方，但这些分身都属于同一个整体，缺一不可。"

我道："如果，我一定要拿掉其中一个呢？"

教授笑了笑道："那这个整体就会崩溃。"

我问："什么意思？"

教授道："拿掉其中一个，所有的，都会死掉。"

我似乎明白了什么："您的意思是说，那个在商场里杀掉您前妻的人，是你身体粒子的分身？"

教授点了点头道："可以这么理解。"

我道："这么说，您还有别的分身存在？"

教授笑了笑说:"我不是说了吗?我们每一个人都同时存在于任何地方,但我在实验室里找到了一种方法,让我其中一个粒子显形了,也就是,在商场里杀掉我前妻的那个分身。"

我问:"你为什么要杀掉她呢?"

教授道:"因为她一直不支持我的这个实验,还在我最艰难的时候离开了我,我这么做,就是为了向她证明,我的实验,成功了。"

我觉得教授已经彻底疯掉了,因为他似乎已经完全陷入了一种只有他自己才能够理解的疯狂的科学幻想当中。

这时,刘队长走了进来,对我道:"好了,今天不早了,你该回去了。"

我点了点头,站起身,准备离开。

突然,刘队长的手机急促地响了起来,他接起电话,语调一下子变得兴奋起来:"什么?找到犯罪嫌疑人了?!"

审讯室很安静,刘队长手机的听筒声音比较大,所以,尽管没有开免提,我也能够听到电话里的人在说什么。

电话里的人说:"是的刘队,犯罪嫌疑人就是那个物理教授!"

刘队一下子傻掉了,看了眼面前的教授道:"你开什么玩笑?教授此刻就坐在我面前!你是不是看错了?"

电话里的人说:"可是……可是……那个人……那个人……和那个物理教授长得一模一样!"

我和刘队双双怔住了。

电话里的人语气开始慌乱:"刘……刘队,他挟持了一名人质。"

刘队紧张道:"人质身份!"

电话里的人道:"不知道,是一名路人,女性,看上去三十来岁!"

突然,电话里传来了疑似围观群众的尖叫声,一片嘈杂。

刘队问:"什么情况?"

电话里的警员声音发颤:"他把那个人质……他把那个人质……割喉了!"

刘队大吼道:"妈的!那你们还在等什么?开枪!快开枪啊!"

就在气氛被一瞬间推到顶点的时候,我听到黑暗中隐隐传来了教授的声音。只见教授坐在我们面前,缓缓睁开了眼,嘴角蠕动道:"时候到了。"

手机里,传来了"乒乒"两声枪响。

我身子一麻,浑身过电一般。

只见坐在我们面前的教授顷刻间翻倒在地,胸口凭空多了两枚弹孔,猩红色的血液从弹孔里淌了出来，向外流了一地。

刘队的手机里再度响起了那名警员的声音："刘队，击中了，两枪击中胸口，凶手坠进了河里，我们正在全力搜寻！"

教授被送到医院时心脏就已经停止了跳动。经过几天的搜寻，警方没能找到教授的分身，我知道，他们永远也找不到……

我道："我能够单独将其中一个粒子拿出来吗？"

教授道："不行。因为它们是一个整体。我知道这很难理解，但实际就是这样。我们虽然同时存在于很多个地方，但这些分身都属于同一个整体，缺一不可。"

我道："如果，我一定要拿掉其中一个呢？"

教授笑了笑道："那这个整体就会崩溃。"

我问："什么意思？"

教授道："拿掉其中一个，所有的，都会死掉。"

教授死去后的很多个夜晚，我都感到无限惶恐，因为我不知道，自己的身体会有多少个粒子分身，更不会知道，这些分身同时存在于哪些地方。如果某一天，有人在世界的某个角落，捕捉到了我其中一个粒子分身，那么只要毁灭掉那个粒子，就相当于将我，毁灭于千里之外。

第三章

当我问他们哭什么，他们告诉我，这面墙死了，他们在为它哀悼。我又问，为何要为一面墙的死而哀悼？他们说，这面墙是他们的母亲。

梦游症调查报告

℞ 第21个病例:

特异功能拥有者

我认识这个人,是在电视上,有段时间,电视上经常播放他表演的魔术。他是国内一位著名的魔术师,曾经表演过不少经典魔术,在国内外斩获过不少大奖。他表演过的最为出名的魔术,便是"空中行走"。他在几万人的注视下,从一幢高达三百五十米的摩天大楼楼顶,一步一步地走到了五百米开外的另一幢同等高度的摩天大楼的楼顶上。

整个表演过程都有多台空中摄影机从上下左右多个不同的角度跟拍。

画面中,他的身体整个悬浮在了高空当中,踏着空气,如履平地一般,一步一步地从一幢高楼走到了另一幢高楼,令所有人叹为观止。国内外大大小小的媒体疯狂地报道他的惊世表演。魔术爱好者们将表演录像回看了一遍又一遍,甚至将画面一帧一帧地慢放,都找不出破绽。他的脚下没有任何东西,身体上也看不到任何绳索的牵引,就连许多国际知名的魔术师都表示震惊,说这是他们见过的最匪夷所思的魔术。

曾有个大胆的魔术爱好者,宣称自己破解了这个魔术的奥秘,于是当着众人的面,来了一场高空行走,可刚走到一半,他就从高空中坠落下来摔死了。现场观众当场就发现,这个魔术爱好者的身上明显存在隐秘的绳索在牵引着他,而原版魔术,是看不到任何隐线的。

那起坠楼事件之后,各大电视台为了避免造成同类型事件再度发生,纷纷禁播了这段魔术,但这丝毫抵挡不住粉丝们的狂热,视频资源早已经在网络上传开了。

所有人都热火朝天地讨论着,这位魔术师一下子成为各大电视台综艺节目的常客,他所表演的魔术愈加匪夷所思。比如,他能够当着众人的面,在无任何遮挡的情况下,将一台跑车变成一头活生生的大象。

他能够隔空随机让一名观众从自己的座位上悬浮起来,飞到舞台上。

他甚至能够看穿现场所有人的心思,也就是传说中的读心术。

所有人都对他的魔术如痴如醉,甚至有人说,他表演的根本不是魔术,而是魔法!

他的存在，令其他的同行一下子变得黯淡无光。

可就在三年前，原本事业如日中天的他，却经历了一次梦游，他在梦游中离开家门，在附近的一条公路上被一辆疾驰而过的汽车给撞了，摔破了脑袋，送到医院经过抢救才挽回了性命。经过一年多的治疗，他终于康复出院了。可他突然失去了变魔术的能力，就连一些最基本的纸牌魔术都不会变了。这对一个魔术师来说，无疑是巨大的打击。他精神变得失常，开始胡言乱语，家里人把他送到了医院，检查出他患有严重的精神疾病，于是，将他送进了精神病医院接受治疗。

经过和那家精神病院长达三个月的沟通，我终于获准采访他。

走进会面室，他坐在桌前，正对着门。桌子的正中央倒扣着一个空茶杯，他的目光一直死死地盯着茶杯，一动不动。

院长对我说："一年半以前，他进来时就这样，每天盯着那个茶杯看，一看就是一整天，也不知道他究竟在看些什么。"

我点了点头。

院长道："有什么情况就喊，我们在外面。"

院长说完便转身离去，将门带上了。

我走到他面前，轻轻拉开椅子，坐了下来。他没有理会我，没有抬头，眼睛依旧直勾勾地盯着倒扣的茶杯，身子一动不动。

我轻声道："为什么一直盯着茶杯看？"

他没理我。

我尝试找一个切入点，让他对我不那么抗拒，我决定假装是他的粉丝："你好，我是你的粉丝，我超喜欢看你的魔术！能给我签个名吗？"我说着，掏出了纸和笔，放在桌面上。这次我很谨慎地问过院长，得知他并没有自残倾向和暴力倾向，所以，我才放心带笔的。

他依旧没理会我，看都不看我一眼，继续盯着茶杯看。

我问："茶杯上有什么东西吗？"

过了好一会儿，他终于开口了："我并没有看茶杯。"

我问："那你在看什么？"

他道："我只是在想。"

我问："想什么？"

他道："我在想，这个茶杯几时才能够翻正过来。"

我道："你直接用手把它正过来不就行了吗？"

他摇了摇头，目光依旧停留在茶杯上道："我要让它自己正过来。"

我问："这是你正在研究的新魔术吗？"

他摇了摇头道："这不是魔术。其实我以前变的，都不是魔术。"

我问："不是魔术，那又是什么？难不成是魔法啊？"

他道："差不多吧。就是特异功能。"

我一怔："你说，你以前的魔术都不是魔术，而是特异功能？"

他道："要不然你以为我那个空中行走的魔术是怎么变的？"

我道："我看过不少揭秘，众说纷纭，但没有一个靠谱的，哎呀，我也很好奇，你能不能告诉我，那个魔术到底是怎么变的啊？"

他耸了耸肩道："都说了，那不是魔术，是特异功能。"

我感到一阵无语，看来他的确是因为遭受重大人生打击之后精神失常，都出现严重的妄想症了。

我道："那你能否给我展示一下你的特异功能？例如，让我凭空飘起来。"

他摇了摇头道："三年前的那场车祸，已经让我失去了这种能力。"

我恍然大悟："于是你每天盯着茶杯看，希望茶杯凭空翻转过来，就是为了找回这种所谓的特异功能？"

他点了点头道："没错。"

我道："我不知道盯着杯子看，对找回特异功能有什么帮助？"

他叹了口气道："我来问你一个问题。为什么这个茶杯会落在桌面上，而不是飞起来？"

我突然想起了之前和厨师与程序员的那两场对话，看来疯子都是雷同的。

我道："因为万有引力咯。"

他道："那么，我盯着茶杯看，如果茶杯动了，这个因果关系又是怎样的呢？"

我道："因为你盯着茶杯看，结果茶杯动了。可是，事实上，无论你盯着茶杯看上多久，茶杯都不会动，所以，这个因果关系并不存在。"

他歪了歪脑袋："是吗？"他说着，从荷包里掏出一粒弹珠，"如果，我让这粒弹珠脱离我的手心，它会怎么样？"

我道："它会掉落到地板上。"

我刚说完，他就将手一放，弹珠坠落在地，弹跳了几下，滚远了。

他道："看来你说得没错，弹珠的确会坠落在地。但是，弹珠离开我的手掌和弹珠落到地上这两件事之间，有什么必然的因果关系吗？你可以无数次地看到弹珠坠落到地上，可是，你很难保证，某一次，弹珠不会坠落，而是飞到天上去。"

我道："除非你把它往天上抛，不然那是不可能的，即便你把它抛上了天，它最终也会坠落回地板上。"

他微微一笑道："你养过猪吗？"

我摇了摇头道："没养过。"

他道："主人每天给猪喂食，日复一日，月复一月，久而久之，猪只要一见到主人经过，它就会很兴奋，因为在它眼里，主人只要出现，就是来给它喂食的。所以，在猪的眼里，主人和喂食有着必然的因果关系。可有一天，主人再次出现，这回没给它喂食，而是把它给宰杀了。你看，主人和喂食这个因果关系发生了无数次，可是最后，却被主人的宰杀给打破了。也就是说，我们所认为的因果关系，只是我们看到了无数次弹珠坠落所得出的结论，但我们无法保证，这个因果关系不会在某一次发生变数。所以，因和果，并不是我们所以为的那样。"

我觉得他是在间接骂我是头猪。

我道："所以你相信，只要你一直盯着茶杯看，茶杯就会翻转过来？"

他点了点头道："我盯着茶杯看，和茶杯会自己翻转过来，这二者之间看起来似乎并没有任何因果关系。但是，如果某一次，茶杯真的翻转了过来，那么，就证明这个因果关系是存在的。因为我盯着茶杯看，所以茶杯翻转了。一切看上去都会变得合情合理，就像你看到弹珠坠落到地上一样。"

我觉得自己被他绕了进去，赶紧道："你这听上去就像《星球大战》里的原力，可是，原力并不存在。"

他笑了笑道："是吗？原力并不存在？"

我道："因为我看不见。"

他道："那你看得见万有引力吗？你怎么确定万有引力是一定存在的？"

我道："因为东西会坠落到地上。"

他道："你是想说，你能够从侧面观察到。"

我点了点头道："没错，是这样。"

他道："如果，我让茶杯凭空翻转了，是不是从侧面说明，类似于原力的东西是存在的？"

我耸了耸肩道："前提是，你能让茶杯凭空翻转。"

他深吸了一口气，然后说："好吧，既然你这么相信侧面观察到的结果，我这里还真有一个。你是否相信，人类的意念或者是情感，能够改变物质的形态？"

我摇了摇头道："并不相信。"

他扬了扬眉毛："是吗？你知道四大元素吗？"

我道："土、风、水、火。"

他点了点头道："没错，其中水是四大元素当中最为敏感的一个元素。日本有一位科学家，在很早以前就做过一个实验，这个你可以查到，是真实的。有一天，他想看一看水是否能够对非物质的影响做出反应，于是，他拿出五毫升的水作为样本，分别放在五十个培养皿当中，然后，他将这些培养皿放进零下二十五摄氏度的冰箱里冻上三小时，然后他又将这些冻成冰的水转移到了零下五摄氏度的冷藏室当中进行观察。在冷藏室里，他放了台带摄像头的显微镜。他用显微镜给这五十个培养皿当中的冰拍照。最开始，他没有给这些水加入任何物质或者非物质的信息作为干涉，结果显示，这五十个培养皿中的水在凝固成冰后所形成的冰晶，在形状上是完全一样的。

"紧接着，他又依照同样的实验步骤，做了另一组样本实验。与之前不同的是，这回他用录音机录下了一些表达情感的词语和句子，例如'我爱你''谢谢''我恨你'，甚至还录下了一段禅宗念诵祝福祷告的录音。他分别在水凝固的过程中，将这些录音播放给不同的培养皿中的水。结果，他发现，经过不同情感词语信息干涉过的水所凝结成的冰晶，在形状上是截然不同的。受到积极情感干涉的冰晶，形态更加饱满、圆润；而受到消极情绪或者负面情绪影响的冰晶，形态比较尖锐，看上去令人感到不舒服。为什么原本应该形态一致的冰晶，在受到情感词语干涉之后，会产生如此明显的形态差异呢？"

我道："你是想说，那些表达情感的信息，影响到了水的形态？"

他道："没错。从这个实验可以看出，人类的情感或者意念，是可以影响到物质形态的。"

我道："你的意思是说，你盯着这个茶杯看，而你的脑子里一直在想象着茶杯翻转过来的画面，你努力将这种意念传达给茶杯，茶杯就会根据你的意念做出相应的变化？"

他冲着我笑了笑道："没错，正是这样，看来你真是一点就通啊！"

我觉得他的确病得不轻。

我道："说实话，你的这套言论的确挺吸引人的。可如果人的意念真的能够影响物质的形态，为什么这么多年来，我们人类还是没能掌握这种能力呢？"

他道："你听过中世纪的巫术吗？"

我点了点头道："那都是假的，骗人的鬼把戏。"

他道："对嘛，因为你根本就不相信。人类从潜意识深层就不相信，于是给物质传达的意念归根结底还是不相信，所以，人类目前很难掌握这种能力。就比如……你住在十五楼，如果有一天，你正在家中看书，突然看到一个人从窗外飞了过去，一闪而过，你的第一反应是什么？"

我道："我一定会认为自己眼花了。"

他道："没错。那如果那个人飞回到你面前，你切切实实地看到他在你面前飞来飞去，你会怎么认为？"

我道："我会认为这是在做梦。"

他道："如果你确定这并不是梦呢？"

我道："我会认为这是一个魔术！"

说到这里，我突然愣住了，只见他冲着我诡异一笑，我这才意识到，我彻彻底底地被他套了进去。

他道："所以嘛，即便有一天你察觉到了有什么不对头，你都会拼命用你已知的科学逻辑去解释。你难道没有发现吗？这个世界上正在发生的许多事情，是现代已知的科学难以解释的，有些所谓的科学解释，看上去牵强无比，令人笑掉大牙。人类总是会将自己不理解的事情，通过各种途径往自己所认定的真理上拽，没准儿到最后，可能离真理越发遥远。"

我道："你这是在推广唯心主义。"

他耸了耸肩道："唯心吗？我一直觉得自己是个唯物主义者。就拿鬼神来说。鬼神存不存在我们不知道，但，如果有一天，我们发现了鬼神，并且找到鬼神存在的原理是依托于哪种存在的物质，那么鬼神就是唯物的。就像一个世纪前，你提到互联网，那就会被当作唯心，因为当时没有互联网，也难以想象互联网的存在原理以及依托的物质。回到鬼神之说，你不能证明它存在，也没法证明它不存在。如果一个东西你无法证明它是伪证，那么，那个东西就是有可能存在的。"

他说得好有道理，我竟无言以对。

我深吸了一口气道："有进展了吗？"

他问："什么？"

我道："你的原力啊。"

他笑了笑道："有些进展了。我能够控制水的形态。比如……钢笔里的墨水。"

我道："那恭喜你。"

他道："不客气。"然后，他继续盯着茶杯看。

隐隐地，我感觉到茶杯晃了一下，我闭了闭眼，再度朝那个茶杯看去，发现茶杯依旧倒扣在那里，一动不动。看来，只是幻觉。

回到家后，我准备洗澡，却突然发现，衣兜里的钢笔不见了。

难道说?!

我立马在衣服里搜寻起来，很快在另一个口袋里发现了我的钢笔和笔记本。我松了一口气，经过那次事件之后，我变得有些神经质了。

我翻开笔记本，打算将下午的采访内容简单地梳理一遍。

倏地，我的身子一麻。

我看到笔记本的最后一页，不知何时，被潦潦草草地签上了一个名字。我仔细一看，这正是那个魔术师的签名。

签名下面还附上了一句话——你要的签名，祝生活愉快!

我一怔，脑海里记忆急速回溯着。我确定，下午的采访，他从头到尾都没有碰过我的钢笔和笔记本!

可是这个签名!

我想，这大概只是他最新研发的魔术吧?

R︁X 第 22 个病例：

上帝之眼

我曾经在一家精神病院采访过一个病人。病人是一名女性，三十岁，曾经是某家综合医院的一名护工。五年前，医院发生了一起重大医疗事故，一名患有心脏病的老人因为主刀医生的一个小小的失误，死在了手术台上。

老人的家属雇了十多名医闹找上门来闹事，棍棒、硫酸齐上阵。在争执中，这名女护工的双眼被飞溅而来的硫酸侵蚀、灼烧，瞬间双目失明。失明后的她患上了严重的精神疾病，出现了自残的状况，比如拿脑袋撞墙。家里人没了办法，带她去做了精神鉴定，然后，便将她送到了精神病院里。

刚进精神病院的那段时间，医生为了防止她自残，也怕她发起疯来伤害别的病人，于是给她套上了精神病约束服。两年前，她的病情有所好转，于是，医生卸掉了她的约束服，将她转移到了单人居住的普通病房当中。

可刚转到普通病房不久，她便经历了一次梦游。有天深夜，她突然从床上坐了起来，下了床穿上拖鞋，没有伸手去取在床头柜旁倚靠着的盲人棒，而是如正常人一般，直接走出了病房。夜间，为了防止精神病人偷偷溜出大楼，每一层的楼梯口都用铁栅栏封锁着，所以病人即便夜晚走出病房，也只能在所在楼层活动。整幢大楼都装有监控录像，监控室里有多名保安二十四小时监控着每一层楼的画面。

我走进监控室，监控室内一整面墙的屏幕上，全都播放着楼层各个角落的实时画面。

我采访到了那天晚上负责监控的那名保安。

保安道："那天晚上，我刚刚和同事换完班。"

我问："当时大概是晚上几点钟？"

保安道："晚上十一点。"

我又问："当时监控室里就你一个人？"

保安道："那天晚上除了我，还有两个同事，不过他们来晚了，我是最先到的。那个病人梦游的时候，大概是晚上十一点半，当时那两个同事都还没有来，监控室里只有我一个人。我看到那个病人从病房里走了出来，那是三楼，当时

133

三楼走廊里的灯坏了几盏，一直没有修，一到晚上光线昏暗，还有几盏灯在闪，本来就很恐怖，结果那个病人穿着一身白色的病号服，在走廊里这么来回走来走去，走来走去，恐怖片似的，当时差点把我给吓尿了！我没敢过去啊，等到我那两个同事都来了，监控画面里，那个病人还在那里来回走着。我们都感到很害怕，但是再害怕也得上啊！不然就是我们的失职。于是，我们仨大着胆子去了那层楼。等到那个病人迎面朝我们走来，我们才注意到，她没有眼睛，眼眶深陷进去，黑洞洞的，把我们吓得半死。那病人一见我们，竟然转身便跑。我们也没敢追，只见她跑着跑着，就摔倒在了地上，一动不动了。我们赶忙叫来了医生。医生将她唤醒之后，我们才知道，她梦游了。"

我问："能给我看一下当天晚上的监控吗？"

保安将监控调给我看，监控内容果然同他描述的一样，把我吓出了一身冷汗，如果将这监控画面配上恐怖音乐，完全就是恐怖片级别。

我问："这之后，类似的状况还有出现过吗？"

保安摇了摇头道："没有了，就这一次。"

我在一名男护工的带领下，来到了三楼的那间病房，在病房里，我见到了那名病人。当时是下午，窗帘打开着，病房里的阳光十分充沛。那个病人背对着我们，坐在窗前的一把椅子上，仰视着窗外，似乎是在凝视太阳。但我知道，她什么都看不见。她可能只是在感受太阳的温度。

我缓缓来到她身后，对她道："你好，我是专程来采访你的记者，我想，院方应该已经跟你说过了。"

她没有转身，继续凝视着窗外的天空。

我看了看旁边的一把空椅子道："我能坐下吗？"

她点了点头道："当然可以。"

我小心翼翼地将那把椅子搬到了她身旁，然后坐了下去，道："可以开始了吗？"

她道："当然可以。"

我清了清嗓子，示意开始："两年前的夏天，你经历了一次梦游，那天晚上，你独自一人下了床，离开了自己的病房，在外面的走廊里来回走动了大概半小时，直到三名保安赶到走廊。他们一到，你转身拔腿便跑，然后不小心摔倒，昏迷了过去，直到被医生唤醒，你被诊断为梦游了。"

她点了点头道："没错。"

我问："你是看不见的对吧？"

她再度点头道："没错。"

我道："可是，根据当时在场保安的描述，他们朝你迎面走来的时候，你转身拔腿便跑，就好像……你能够看见他们似的。"

她道："所以……"

我道："我很想知道，那天晚上，你在梦游的时候，究竟梦到了什么？"

她微微一笑道："我什么都没梦到。"

我一愣："怎么会……什么都没有梦到？"

她道："我只是看到了。"

我又一愣："你说，你当时能看见？"

她点了点头道："我在梦游时能够看到这个世界。我在走廊里走来走去，是因为好久都没有看到这个世界了，于是想多走走，你知道，到了晚上，楼梯和电梯都是锁着的，所以我只能在走廊里活动。结果那三个保安就来了，我不想被他们抓住，所以转身便跑。"

我一怔，道："可是，你只经历过一次梦游，你怎么能够确定，自己能够在梦游中重见光明，而不是把一场梦给当成了现实？或者说，那场梦恰好太过于真实，梦里的场景可能就发生在医院的走廊里，以至于你把梦境和现实搞混淆了？"

她摇了摇头道："其实，不只那一次，我几乎每晚都梦游。"

我道："每晚？可是保安说……"

她道："我知道，之后的梦游，我没离开病房，只在病房内活动，没去走廊，所以保安看不见。我还可以透过房间的这扇窗户看看外面的夜景，老实说，看多了就没什么好看的了。"

我问："窗外有什么？"

她道："一座高架桥，再往远处是城市的高楼大厦，没别的。"

我看向窗外，不远处的确有一座高架桥。但这并不能说明什么，别人完全可以告诉她，比如医生或者护工。

我问："你现在看得见吗？"

她摇头道："看不见，只有在梦游的时候才能看见。"

我道："可是……你的双眼……"

她笑了笑说："我知道，我知道，我不是用眼睛看见的。"

我道："不是用眼睛？那是……"

她点了点头，将头仰得更高，窗外的阳光如箭矢一般扎入她双眼的空洞，仿佛瞬间被吞噬了一般，消失在了一片深渊当中。我不禁打了个冷战。

她深吸了一口气道："问你个问题，每当你回忆往事，尤其是十分遥远的儿时的往事的时候，会不会有那么一些记忆中的视角，不是第一人称，而是第三人称？"

我努力回想了一下，还真是她说的那样。在记忆中，有时候甚至会看到当年的自己，尽管身形很模糊。但的确，从那个视角上看，就好像自身本体之外的第三者在目睹着这一切一样。

她道："那么，你有没有想过，为什么会出现这种情况？你究竟是通过谁的视角在看着这一切？"

我突然感到有些恐怖，拼命用科学的方式来解释："我认识一些心理医生，和他们交流过，你说的这个可能是一种既视现象，大脑习惯性地对自我形象产生了脑补，于是产生了所谓第三人称视角。"

她轻轻"呵"了一声，然后道："你真的认为现代科学能够解释这世间一切的现象？我们连自己的大脑都没彻底搞清楚，于是所谓现代科学就用一些牵强附会到连自己都说不过去的理论或者逻辑来解释。"

我陷入了沉思，久久不语。

她见我许久没有说话，继续道："你认为你所看到的世界一定是你所看到的吗？"

我道："不然呢？"

她道："既然你那么相信科学，我就来给你讲讲科学。你知道，我以前是护工，对医学这方面还算有些了解。以前有医学专家做了个实验，他们给一位参与实验的志愿者套上脑电测试器，观察他的大脑。他们在志愿者面前摆放了一个花瓶，当志愿者的目光落在花瓶上的时候，他们发现他大脑某一个特定区域的某一个点亮了起来。紧接着，他们将花瓶挪走，让志愿者闭上眼睛，在脑海里想象那个花瓶的样子。这个时候，专家们发现，在他大脑相同的那个地方，那个点再度亮了起来。"

我道："这个实验想要说明什么呢？"

她道："这个实验说明，人在看某一个物体，和闭上眼睛用脑子想象那个物体的时候，大脑所反馈出来的状态是一致的。也就是说，到底是你的眼睛看到了花瓶，还是你的大脑看到了花瓶？"

我道："是我的大脑。"

她道："可你为什么需要眼睛呢？"

我道："没有眼睛，画面就传递不到我的大脑里了。"

她道："所以，你的眼睛只是一个接收器，而真正看到这个世界的，是你的大脑。"

我点了点头道："可以这么说。"

她道："那好，既然你已经承认观察事物的不是眼睛，而是大脑……你认同眼见为实这句话吧？"

我点了点头。

她笑了笑："人类总是相信眼见为实，看到的即代表那是现实的。那么问题来了，现实到底是什么？是你眼睛看到的，还是你的大脑感受到的？换句话说，当你在做梦的时候，当你在回首往事的时候，当你天马行空地发挥想象的时候，你的大脑里，都会看到切切实实的画面。那么，这些画面，是否也是现实的呢？从我之前所讲的那个实验可以看出，我们的大脑其实根本就分不清哪个是实物的花瓶，哪个是想象中的花瓶；哪个是亲眼看到的，哪个又是想象和记忆当中看到的。因为无论哪种，大脑所反馈的区域都是一致的。"

我努力理解着她说的话，过了好一会儿，我道："可是，我的身体还是能够分得清什么是真实看到的，什么又是自己脑子里幻想出来的。"

"你勃起过吗？"她直截了当地问。

我脸一红，感觉自己听错了："你说什么？"

她深吸了一口气道："你勃起过吗？"

我直接愣住了，不知该如何回答。

她道："都是成年人，有什么不好意思的？可别说你没勃起过，难不成你是……"

我脸颊绯红，连忙道："勃起过，勃起过。"

她道："那我问你，你们男人为什么会勃起？"

我道："因为……性需求。"

她道："因为这是本能，繁殖的本能。男人在什么情况下会勃起？"

我聊得越发大胆起来："看到一些少儿不宜的画面的时候，比如岛国动作片，或者是在'啪啪啪'的时候。"

她道："可是，据我所知，你们男人只需要性幻想，那个地方就会勃起。"

我点了点头道："是这样。"

她笑道："这不就对了嘛。只是简单而又看似虚无的想象，就能够引发你身体器官的变化，你还说你的身体能够分清什么是看到的，什么是想象的。"

我无可辩驳。

她继续道："所以啊，想要看到这个世界，为什么一定要通过眼睛呢？眼见，并不一定为实。于是，我们可能需要另外一种途径来观察这个世界。"

我一愣："另外一种途径？"

她点了点头道："你听说过不少这样的例子吧？经常有人声称自己在睡梦中灵魂离开了身体，感觉自己飘到了半空中，看到了正在床上酣睡的自己。"

我点了点头道："是听过不少这样的例子。"

她道："其实，那和灵魂出窍没有半毛钱的关系。"

我道："那又是什么呢？"

她道："第三只眼。"

我一怔："第三只眼？"

她点了点头道："我们每一个人都有第三只眼存在，我把它叫作上帝之眼，和第六感差不多，是我们目前尚未完全开发的另外一种感官。那只眼睛在某个我们看不见的地方记录着我们的一生。所以，当我们回首往事的时候，经常是以第三人称视角来回忆的，其实，那是上帝之眼看到的画面。"

我道："你的意思是说，你梦游的时候，能够通过你说的这个……上帝之眼，看到周围的情况？"

她道："没错，人的大脑在睡眠状态下，眼球上的视觉神经是彻底关闭的，在这种情况下，最容易开启上帝之眼。"

为了验证她的上帝之眼，在征得她本人和医院同意之后，我们把她转移到了另外一幢大楼的一个完全陌生的病房当中，并且在房间的地板上放置了水瓶之类的障碍物，然后在房间内安装了一台夜视摄影机，目的是为了看看她是否真的能在梦游的状态下，避开全部的障碍物。

如果她真的能做到这一点，那么便证明，在梦游过程中，她是具备视觉的，也就是说，她的上帝之眼的言论，也是极有可能存在的。

可结果是令人失望的，第二天，我们检查摄影机的时候，录像中，她一直躺在床上，根本就没有下床梦游。我不甘心，连续观察了一周多，可是，每天晚上，她都睡得特别香，有时候还能听到微微的鼾声，但是，从未见她下床梦游过。

最后，我被迫终止了这个实验。

医生们都笑话我："一个精神病人说的话，你怎么也相信，还记着呢！你也相信她说的那些鬼怪神谈？"

我不知道，或许，她真的骗了我；或许，那只是她把梦境当成了现实；或许，那只是她一厢情愿的幻觉。

后来，我得知，她出院了，被家人接回了家。

一年后，我去她家中拜访她，想要对她进行一次简要的回访，看看她最近过得怎么样。

可没想到，当我走进屋子的时候，她却在房间里画画，手里捧着颜料盘，在画板上一笔一笔地画着，看上去格外认真。我不知道，她双目失明，又是如何画画的，但，一个盲人画的画，总是令人感到好奇。

我走到画板后，问道："在画什么呢？"

她一边画，一边笑了笑道："你来了啊，来得刚好，等下啊，我就要画完了。"

我坐在一旁等待着。

她房间里的采光很好，金色的阳光透过玻璃窗裹挟着外面斑驳的树影透射进来，空气间浮游着细小的灰尘，一切看上去都是那样温暖而又美好。

"画完啦！"她兴奋道，"过来看吧。"

我走了过去，看了眼画板上的画，一下子怔住了。

她笑道："这一年来，我都在练习画画，这是送给你的礼物，怎么样，画得不错吧？"

我彻底被震撼到了，画板上，画的是我，而且，画中人和我长得一模一样，就连我脖子左侧的一颗黑痣都精准地画了出来。

在她失明前，她从未见过我。在她失明后，我见到她，她已经无法通过眼睛来看到我。

我吃惊道："这是你画的？"

她点了点头。

我道："你不可能知道我的长相。"

她道："你忘了，我说过，我能通过上帝之眼看到。"

我道："可你说过，上帝之眼只有在梦游的时候才能开启。"

她耸了耸肩道："是啊，一年前，你到病房采访我的时候。"

我一怔，道："你是说，当时，你是在梦游中接受我采访的？"

她哈哈一笑道："聪明！"

℞ 第 23 个病例：

百慕大生还者

前不久，我专程飞了趟夏威夷，别误会，我并不是去度假，而是去工作。为了这次采访，我足足和夏威夷方面沟通了有半年之久，才得到了被访人的家属以及美国相关机构的同意。那天下午，我在夏威夷的火奴鲁鲁国际机场降落，就直接去了酒店。

酒店是夏威夷方面为我安排的，靠近大海，从房间推开窗，便能够感受到清凉的海风徐徐袭来。椰树在公路边随风摇曳，金黄色的沙滩上，不少来自世界各地的游客正在玩耍，其中不乏一些身着各式比基尼的性感女郎。

我刚刚进入房间，还未来得及欣赏窗外夏威夷美丽的海景，房间里的电话便急促地响了起来。是前台打来的，她用英语告诉我，有美国政府机构的专员要见我，并称他们已经上楼了。

我放下电话，在房间里等待着，房门被敲响，我打开门，只见两名身着黑色西服的美国男人站在门口，他们向我出示了一下相关证件，便走进了房间。

他们一进门，便要求检查我的采访设备。我将自己的行李箱交给他们检查，他们没收了我的单反摄像机，说不允许拍照或摄影，等到采访结束后会归还给我。他们又对我采访用的本子和笔进行了一番详细检查，甚至还用专业的仪器测试了墨水的属性，排除危化物的可能。然后，他们简单问了我几个问题，就从公文包里抽出一份保密协议递给了我。协议的内容看似烦琐，主旨却十分明了，概括下来也就一句话——采访结束后，内容必须交给他们审查，审查通过后的版本才能够发表。

我在协议上潦草地签上了自己的名字，这两位专员便转身离去了。

采访被安排在第二天上午。

当天晚上，两位专员离去后，我一个人在房间里休息了一会儿，然后出去吃了顿简单的晚餐，喝了点鸡尾酒，又到海滩上吹了吹海风，便回到酒店房间，早早就睡下了。

大约是当天深夜十一点半的时候，我房间里的电话再次急促地响了起来。我猛地被吵醒，感到十分不悦。

我心想，美国的政府专员还有完没完了？不是已经签完协议了吗？我接起电话，这才得知，这回找我的，并不是美国政府的人，而是被访者的家属，他们要求见我，正在大堂等我。我挂断电话，立马起身，简单洗漱了一下便穿好衣服下了楼。

　　在酒店的大堂里，我见到了他们，他们是被访者的父母，父亲是美国人，母亲是中国人，都已经年过六旬。他们乘坐飞机从纽约飞到夏威夷，刚降落就直接乘出租车来了这里。他们要求，明天对他们儿子的采访，必须由他们全程陪同。我表示同意和理解。

　　在大堂里，我借机提前向他们了解了一些关于他们儿子的基本情况。这次交谈基本上是我和被访者的母亲在进行，而被访者的父亲不善言辞，再加上中文不好，所以十分沉默寡言，只是静静地坐在一旁，看着我们对话。

　　他们的儿子名叫贝克，也就是我次日上午即将采访的对象，今年二十五岁，斯坦福大学毕业，是一家海洋研究所的研究员。两年前，贝克跟随着研究团队，乘坐科考船出海，前往百慕大一带海域进行科学考察。那片被称作魔鬼三角的海域，贝克所在的研究团队曾经考察过不下五次，并没有发现任何异之处，所以，他们决定将对百慕大的第六次考察，作为最后一次科学考察，如果依旧什么都没有发现，那么这个考察项目也就宣告结束了。

　　他们的科考船从迈阿密出发，进入魔鬼三角，那天本来晴朗无风，可是，他们出海不久，海面上却突然起了很大的雾。科考船巨大的船影消失在了浓厚的迷雾当中。半小时后，地面雷达显示，科考船已经进入百慕大三角海域。可就在科考船刚刚进入百慕大不到五分钟，雷达显示屏上那个象征科考船的光点却突然闪烁着消失了，几秒钟后，光点再度出现。地面上的监控人员以为是设备故障，所以并没有在意。可是五分钟后，他面前的对讲机内传来了一个男人急促的声音，那声音听上去极度恐慌："快，快来救救我！所有人！所有人都被抓走了！"

　　监控人员立马侦测到，信号来自那艘科考船，于是立马联系联邦海事委员会，让他们派出搜救队前往救援。

　　半小时后，当搜救队抵达位于百慕大三角的科考船上时，发现原本随船出行的三十名科考队成员，只剩下了一个。那个人，便是贝克。贝克被发现的时候，是在驾驶室里，就是他向地面发出了求救信号，他被救援队发现的时候，已经严重脱水，昏迷了过去。

　　贝克的母亲对我道："当时我们接到电话，立马从纽约飞到了迈阿密，在那里的一家医院见到了贝克。当时贝克已经醒来，躺在病床上，接受着两名联邦调查局探员的问话。"

我问："都问了些什么？"

她道："联邦调查局的人问他当时到底发生了什么，船上的另外二十九人都去了哪儿。"

我问："贝克是怎么回答的？"

她摇了摇头道："贝克说，他不记得了。"

我道："调查局的人怀疑他与此事有关？"

她点了点头道："没错，但贝克一直说自己什么都不记得了，他说他只记得当时科考船进了百慕大三角，突然海面上起了很大的雾，能见度很低，什么都看不见。紧接着，船体的四周就被一片白光笼罩了。"

我道："白光？"

她点了点头道："贝克是这么形容的，但他也不知道那白光是什么，再然后他就在驾驶室里昏迷了过去，之后，他就什么都不记得了，他甚至都不记得是自己发出了求救信号。后来，调查局的人对他进行了测谎，测谎仪显示，他并没有说谎。调查局的人又对他进行了一系列的测试，总之，他都通过了。"

我道："调查局解除了对他的怀疑？"

她道："表面上是这样，但我很清楚，调查局一直在暗地里监视他。那次事件过后，有很长一段时间贝克都待在家里。我们时常看见一辆黑色的别克轿车停在我们家附近，我猜那肯定是联邦调查局的人。你也知道，他们一直都没能找到那失踪的二十九个人。甲板上没有任何搏斗的痕迹，他们搜遍了整片海域，甚至加大了搜索范围，都没能在海里找到半具尸体。但他们并没有证据证明这是贝克干的，所以，就一直派人监视。"

我道："贝克是怎么来的这儿？我是说，夏威夷的那家精神医疗机构。"

她叹了口气道："就在一年前，调查局的人又找上门来，对贝克进行了新一轮的问话。可没想到，在问话过程中，贝克突然像发了疯，抄起书桌上的一支钢笔，一跃而起，扎穿了一位调查局探员的脸颊。当时他差点就被另一位探员开枪击毙了，还好我挺身上前，把他护住了。调查局的人带他去做了精神鉴定，鉴定结果表明，他患有很严重的精神疾病。于是法院判决，将他强制送到了夏威夷的这家精神医疗机构接受治疗。"

我道："他已经来这儿一年了，其间你们有来过吗？"

她点了点头道："来过一次，他们对家属的探视有限制，我们不能常来。"

我道:"对了,听说他有心脏病?"

她道:"嗯,三年前检查出来的,当时做了个小手术,给他装了心脏起搏器。"

我若有所思地点了点头。

那天,我们一直聊到凌晨一点,然后就各自回房去睡了。第二天一早,我们吃过饭,一齐按照约定去了那家精神医疗机构。没想到贝克得知他父母要来,表现得十分抗拒,说要么我一个人单独采访他,要么,就拒绝接受采访。

我和贝克的父母以及院方商量,院方给我们安排了一间特殊的会面室。这间会面室类似于一些常见的审讯室,在会面室的西侧有一面巨大的玻璃,从会面室这一头看向玻璃,只能看到自己的倒影,就像照镜子一样,而从玻璃另一边的房间里,可以透过这面玻璃清晰地看到会面室里的人的一举一动。

那天,贝克的父母被安排坐在玻璃另一面的房间里,他们可以看到会面室里发生的一切。

我和贝克之间隔着一张桌子,相对而坐。

我道:"贝克,你好。"

他回道:"你好。"

我清了清嗓子:"可以开始了吗?"

他点了点头道:"可以问你一个问题吗?"

我道:"当然可以。"

他道:"你有没有觉得……有时候,自己就像一只提线木偶?"

我道:"并不觉得。"

他道:"我这么来问你吧。你为什么要来采访我?"

我道:"因为我好奇。"

他道:"好奇并不能成为你采访我的理由。"

我道:"这是我的工作。"

他点了点头,微微一笑道:"你为什么要工作?"

我道:"没有工作我靠什么生活?"

他道:"你是为了工资,换句话说,你是为了钱。"

我点了点头道:"可以这么说,钱不是万能的,但没钱是万万不能的。"

他道:"所以,你以为是你自己主动要来采访我的,其实,是钱让你来采访我的。"

我道:"呃……你想要表达什么呢?"

他诡秘一笑道："我的意思是说，很多时候，你以为是你自己主动做了某一个决定，其实那个决定是你被迫做出的。"

我想了想，觉得他说的颇有些道理，然后说："照这么说，我根本就没法完全根据自己的意愿做出某一个决定，因为我来到这个世界上，本来就不是我自己的决定，我是被迫来到这个世界上的。"

他道："对呀！你为什么要上学？是因为你爸你妈要你好好学习。你为什么要好好学习？是因为将来能考个好大学。你为什么要考个好大学？因为读好大学就有好文凭，有好文凭就能找到好工作，有了工作就有了更多的收入和更高的社会地位。这一切，要么是别人从你记事那天起不断灌输给你让你去做的，要么就是这套现行的社会规则逼着你不得不去做的，一切都不是你自己的决定，而大脑错误地让你以为，这一切的决定，都是你自己做出的。说得更加明白一些，比如你中午肚子饿了要去吃饭，你认为吃饭是你自己的决定吗？并不是，是因为你饿了，你必须去吃，你不吃，就会被饿死。是这套既定的生命法则让你被迫选择了吃饭，所以，就连吃饭这么简单的决定，都是这套规则逼着你做出的。"

我道："我也可以决定饿一顿不吃，这该是我自己的决定了吧？"

他道："你决定不吃那顿饭的原因是什么呢？是因为找不到餐馆？是因为工作忙？是因为正在睡觉懒得下床？是因为现在正在跟我打这个赌？你没有发现吗？你决定不做某一件事情，总会有一个原因让你不去这么做，所以，是那个原因逼着你决定不去做某一件事情，而原因之上还有原因，所以，你以为自己主动做了某个决定，其实依然是被迫做出的，那并不是你的决定。"

他说得的确有些道理，但我觉得他分明就是在诡辩："可是，你绕了这么大一圈，似乎和我们今天的采访主题没什么关系。"

他道："没关系吗？只是你没察觉罢了。我说了这么多，只是为了让你明白，我们的大脑，很容易将一些被迫的行为当成是自己的决定或者想法。"

我被他绕了进去，愣了好半天。

他突然压低嗓门儿道："想知道……那天，到底发生了什么吗？"

我一怔，立马反应过来："你是说，百慕大……"

他点了点头道："其实，当时船上的人，都被抓走了！包括我在内！"

我立马打起精神来："被谁抓走了？"

他道："我不知道，像是一个神秘组织。"

我问："难不成是军方？"

他摇了摇头道："不是军方，确切地说，对方不属于任何一个国家，甚至都不属于这个星球。"

我一阵无语："你想说，你们被外星人抓走了？"

他道："我不知道。"

我问："他们把你们抓去干什么了？"

他深吸了一口气道："他们利用某种技术，将我们的脑电波发送了出去。"

我道："他们发送脑电波干什么？"

他道："控制人类！"

我一怔道："控制……人类？他们是怎么做到这一点的？"

他道："我也不知道具体的技术，他们不断地往我们的脑子里灌输一些意念或者思想，然后再通过脑电波将这些想法发射出去，只要人类的大脑接收到这些信息，就会被灌输这些想法。你知道，人类的一切行为都源自脑子里的一个想法……"

我深吸了一口气道："所以，他们通过给人类的大脑灌输思想的方式，来操控人类的行为？"

他点了点头道："没错！正是这样！其实我们每一个人，几乎都曾经被他们灌输过思想。"

我道："有吗？我怎么一点感觉都没有？"

他道："因为你会以为那些想法是你的大脑自己想出来的。就比如你经常会凭空多出一些想法，然后就照着这些想法去做了。"

我道："没错，那叫灵光一闪。"

他道："有些的确是灵光一闪，可有些，极有可能就是他们突然灌输给你的想法。我之前不是说了吗，我们的大脑，根本分不清哪些决定是我们自己做的，而哪些决定是被迫做出的。我们时常会将别人有意无意灌输给我们的想法，当成是自己的！你有没有过这样的体验，就是当你走进一个房间，却突然忘记进那个房间是为了什么？"

我道："嗯，这倒是常有，有时候过一会儿能想起来，有时候就一直想不起来了。"

他道："没错！其实这是他们在给你灌输想法的时候，信号受到了干扰，突然中断了，所以导致你的行为没来得及完成，那个想法就突然消失了。"

我往椅背上靠了靠说："好吧，你被他们抓走了多久？"

他道："十年！"

我道："十年？你开什么玩笑？据我所知，当时你们那艘科考船进入百慕大不到五分钟，你就向地面发出了求救信号，半小时后你就被救援人员解救了。另外，你说你被抓去关了十年，可你看上去可没那么老。"

他道："因为这十年，我的身体大多数时候都处在休眠状态，只有大脑在活动！因为他们要给我灌输思想，提取我的脑电波，所以我不能醒着，因为人在清醒的时候，自我意识太过强烈，会干扰到他们给我灌输的思想。"

我故意顺着他的话问道："那他们为什么放你回来？还有，为什么只有你一个人回来了？其他人呢？"

他道："每一个活体只能使用十年，十年一到就要更换新的。但其他人最终都没能撑过十年，只有我一直坚持了下来。因为我已经没有利用价值了，所以被他们给放了。"

我故意戳他话中的漏洞："既然你对他们没了利用价值，那他们应该杀了你才对，放你回来，不是让你泄露了他们的秘密吗？"

他道："我有段时间不是失忆了吗？放我回来的时候，他们删掉了我那段记忆。"

我冷冷道："可是，你现在不是想起来了吗？外星人没把你的记忆彻底删干净？"

他没有回答，低下头，沉默不语。

那天结束了采访，贝克一直不愿意与自己的父母相见。

回国的路上，我都在为这次夏威夷之行感到不值。因为从头到尾，我都在听一个妄想症患者的胡思乱想。我承认，这些天马行空的想法，要是写成科幻小说的确不错。

很快，我从新闻中看到，有人在大西洋的一座荒岛上发现了二十九具被海水严重泡发腐烂的尸体。那些尸体被确认身份，正是贝克那个科考团队当中失踪的那二十九个人。根据推测，这些尸体是随着大西洋洋流漂到几百海里外的这座荒岛上的，所以，在百慕大一带的海域一直没能找到尸体。

至于他们为什么会集体溺亡在大西洋里，警方还在调查当中。

但一些海洋科考专家猜测，当时的情况可能是——科考船上的二十九名成员乘坐小艇下海科考作业，只留了贝克一人留守科考船。结果这二十九个人遇到了风浪，所有人都被掀翻在海里淹死了。气象局也观测到，那天在百慕大海域，的确出现过极其短暂的旋风。

也就是说，贝克的确在撒谎，但是，他为什么要撒这个谎呢？警方一直在调查。但大多数人都怀疑，是贝克杀掉了那二十九个人，所以，他要为此隐瞒真相。

几个月后，我得到消息，贝克在那家精神医疗机构里去世了。

死因是心脏病突发。

贝克的心脏上装有心脏起搏器，可是，在贝克心脏骤停的时候，起搏器没有启动。

贝克的家人对制造起搏器的那家公司进行了起诉。

可鉴定专家经过鉴定之后得出结论："起搏器过期了，所以没能启动并不是起搏器质量的问题。"

贝克的父母反驳道："那台起搏器是三年前装上的全新的起搏器！怎么会过期？"

鉴定专家哭笑不得道："三年？你们搞错了吧？这台起搏器的使用时间起码已经十三年了！要知道，起搏器十年就得更换一次！"

贝克的家人和那家公司的官司还在进行着。

起搏器是三年前装上的全新起搏器，可鉴定结果却显示使用时间已经超过十三年。

那么，这凭空多出的十年是从哪儿来的呢？

我不敢再想下去。

R̶ 第 24 个病例:

上帝是如何创造宇宙的

这个男人已经三十五岁,他却像个五岁大的孩童一样,蹲坐在地上,认真地搭着积木。

这里是一家精神病医院的自由活动室,活动室里还有很多其他病人。他们有的三三两两地聚在一起,围成一圈,低头看着什么,我好奇地走了过去,发现他们只是目不转睛地盯着一块地板看得入神,而地板上空空如也,啥也没有;有的则躺在地上不停地打滚儿;有的则排成一排,趴在墙壁上哭泣。当我问他们哭什么,他们告诉我,这面墙死了,他们在为它哀悼。我又问,为何要为一面墙的死而哀悼?他们说,这面墙是他们的母亲。

我将目光再次投向那个正在地上搭积木的男人。医生告诉我,这个男人姓孙,曾经是一家计算机研究所的研究员,而且还是门萨俱乐部的会员。门萨俱乐部是一家高智商俱乐部,只有通过门萨智商测试题的人才能够拥有入会资格。据说孙先生的智商高达 160。

在采访孙先生之前,我去过他的家里,采访到了他的妻子何女士。

何女士向我介绍了孙先生的情况。

两年前,孙先生突然经历了一场梦游。那天孙先生在书房里忙着一项计算机程序设计工作,而何女士和当时五岁大的儿子早早就睡下了。半夜,何女士起床上厕所,看到书房里的灯依旧是亮着的,她看了看表,当时已经是凌晨三点了,她怕孙先生的身体吃不消,于是走进书房,想要劝他早点休息。可是,她发现书房里并没有人,电脑屏幕已经进入了自动屏保的状态。

何女士心想,孙先生会去哪儿呢?于是,她走进了洗手间,发现孙先生也并不在洗手间里。解决小便后,何女士听到阳台传来了动静,于是走了过去。月光从窗外透射进来,何女士看到孙先生独自一人蹲坐在地上,面前摆放着一堆给儿子买的积木。一把年纪了,大半夜的不睡觉,怎么还童心未泯,玩起积木来了?何女士朝孙先生走了过去。但是孙先生低着头,认真地搭着积木,丝毫没有注意到何女士。

何女士感到很奇怪,她都已经走到他面前了,他怎么一点反应都没有?

她伸出手，在孙先生眼前晃了晃，可是孙先生似乎看不见她的手，依旧在自顾自地搭着积木。

冷冽的月光下，孙先生神情木讷，看上去十分恐怖。

何女士见状吓了一跳，她立马推了一把孙先生。只见孙先生像触电一般，身子一弹，向后一倒，脑袋撞到了墙上，昏迷了过去。

何女士立马打了急救电话，把孙先生送到了医院。

何女士在病房里守了一夜，清晨的时候回了一趟家，送儿子上学前班，然后又直奔医院，在病床前守候。

大概中午的时候，孙先生总算是醒了过来，却发疯一般将自己右手手背上打点滴的针头给拔掉了，然后跳下床，光着脚，连滚带爬地冲出了病房。何女士立马追了出去，可孙先生很快就跑没影了。

何女士立马叫来了医生，医生又叫来了保安科的人，满医院地寻找孙先生。他们调取监控录像发现，孙先生已经光着脚跑出了医院。

何女士心急如焚，立马报了警。

大概是当天下午三点的时候，警方联系上何女士，说找到孙先生了。原来孙先生离开医院后，闯进了一家玩具店，抢走了玩具店里的一大盒积木。玩具店店主报了警，警方找到孙先生的时候，他正蹲坐在一座广场上玩积木。警方上前逮捕他的时候，他发疯般护住自己的积木，和警方撕扯了起来，民警们费了好大的力气，才把他扭送上了警车。

在警车上，他不停地叫喊着："你们不能抓我！你们根本就不知道我在干什么！你们这些蠢货！你们怎么能够理解一个天才的行为？"

警方怀疑孙先生脑子出问题了，在他们的建议下，何女士同意警方给孙先生做精神鉴定。

果然，鉴定结果不太乐观，孙先生患上了偏执性精神障碍，这是一种持久性的自大妄想型精神疾病，患者会表现得十分主观、敏感、易怒，以及极端偏执和以自我为中心的妄想，行为特征看上去显得比较冲动和幼稚。

如果用现在流行的网络语言来形容的话，患上这种疾病的患者，就是一种"中二病"晚期的体现。

医生介绍说，在孙先生刚刚进入这家精神病院治疗时，他认为每一个医生和护工都是来害他的，认为医院提供的药物全都是用来使他慢性死亡的毒药。医生尝试对他进行心理辅导，但是他表现得十分傲慢，声称智商不对等的人是没法一起交流的。不过，经过了近两年的治疗，孙先生的自大和以自我为中心的症状似乎没那么严重了，但是，妄想症一直不见好转，并且有了更为严重的恶化趋势。

我在孙先生面前蹲了下来，看着他搭积木。积木的形状看上去是一个正方体，而这个正方体的每个面的中央，都有一个大号正方形的孔，并且有八个较小的中号正方形孔整齐地围绕在大号孔的四周。在每个中号正方形孔的周围，又整齐地围绕着八个小号的正方形孔。

我问："你在搭建什么呢？"

孙先生道："门格海绵。"

我问："什么是门格海绵？"

孙先生道："你看我手里的这个正方体，每一面的大孔周围都围绕着八个中号孔，每个中号孔周围围绕着八个小号孔。其实这个正方体永远也建造不完。因为，每个小号孔周围，还可以围绕着八个极小号孔，每个极小号孔周围还可以围绕着八个更小号孔……以此类推，这些孔可以无限地围绕下去。那么，正方体的内部会被越发镂空，质量便会越来越小；而每一个正方形小孔，都会在正方体的内部制造出独立的四个面，所以，这个正方体的表面积会越来越大。也就是说，门格海绵正方体，是一个表面积接近无限大，而质量却无限地接近零的正方体。"

我被他的话弄得有些发晕，思索了片刻，然后问："为什么要建造它？"

孙先生道："因为我在练习。"

我问："练习什么？"

孙先生道："我在练习如何创造一个宇宙。"

我一愣，道："你想说你是上帝？"

孙先生摇了摇头道："现在还不是，不过，未来很有可能会是。"

我道："可是，门格海绵和宇宙有什么必然联系吗？"

孙先生道："它们的结构是类似的。"

我道："怎么讲？"

孙先生道："科学界一直在探讨宇宙的形状，有说宇宙是平的，有说宇宙是球状的，有说宇宙是正曲面状的。其实都不是，宇宙的结构，应该和门格海绵类似，拥有接近无限大的面积，内部却无限地接近真空。"

我似懂非懂若有所思地点了点头。

孙先生突然问我道："你觉得，上帝是如何创造宇宙的？"

我道："宇宙并不是谁创造的，而是因为一场大爆炸，一场奇点的大爆炸，然后形成了宇宙。"

孙先生笑了笑道："也就是说，你认为宇宙的出现，只是一个偶然事件？"

我点了点头。

孙先生道："那么我们的出现，也只是偶然的了？"

我道："嗯，生命的出现都是偶然事件。"

孙先生道："那么这就奇怪了，既然我们的存在，只是一个偶然事件，那么，我们的存在还有什么必要性吗？"

我道："你觉得，我们的存在，一定是有原因的？"

孙先生道："当然！不然我们为什么要存在？我们的存在，一定是有某种目的的。"

我道："那，究竟是什么目的？"

孙先生道："为了创造下一个宇宙而存在。"

我道："创造下一个宇宙？什么意思？"

孙先生道："我们回到问题的最根本。宇宙最开始只是一个奇点，那么，在宇宙诞生之前，是怎样的？"

我茫然地看着他，表示不清楚。

孙先生接着道："时间，是在宇宙诞生的那一刹那才出现的。在没有宇宙的时候，时间是不存在的。那么，你有没有想过，没有时间，那是一种怎样的状态呢？"

我道："我不清楚，但是，如果没有宇宙，我是说，什么都没有，那么上帝又是在哪里创造的宇宙呢？"

孙先生道："你问到点子上了。既然宇宙是被创造出来的，那么，在宇宙不存在之前，肯定是有一个空间存在的，因为物质不可能在虚无中诞生，我所指的虚无，是那种连粒子都没有的虚无，就是绝对的空。所以，在宇宙诞生之前，一定有某个我们认知不到的空间存在，上帝在那个空间里，创造了宇宙。"

我道："你是说，宇宙之外的空间？"

孙先生点了点头。

我问："那么上帝又是谁？"

他耸了耸肩道："我也不清楚，可能是任何人，也可能是一群人，甚至可能只是一个搭积木的小孩儿，我们的宇宙只是他用积木搭建的一个门格海绵。但我更相信，是上一代宇宙里的人创建了我们的宇宙。"

我一愣，没听明白，于是问道："上一代宇宙又是怎么回事？不是在说宇宙之外的空间吗？"

孙先生道："我们重新来理解这个问题。宇宙，在诞生之前，时间是不存在的。也就是说，时间，是在奇点大爆炸，宇宙开始几何膨胀的时候，随着空间的膨胀而出现的。空间越小，时间的流速越快。但是，宇宙越来越大了，一直在膨胀，于是时间的流速越来越慢，你可以理解为，时间被宇宙的膨胀逐渐稀释了。宇宙会一直膨胀，时间会越来越慢，到最后，时间会无限地接近停滞。"

我问："如果时间停了呢？"

孙先生道："那也就意味着，时间死了，时间不存在了。"

我问："那会怎样？"

孙先生道："你觉得呢？"

我道："我们会死吗？或者说，我们全都跟随时间的停滞而定住了，一动也不能动？"

孙先生摇了摇头道："我们永生了。"

我欣喜道："永生？"

孙先生道："时间没有了，但是空间依旧存在，我们的宇宙，变成了没有时间的纯空间。我们之所以会死亡，是因为我们的细胞在不断地更迭，不断地衰老，最后，我们就死了。细胞的衰老，是跟随着时间而动的。时间不存在了，细胞也就不会衰老了，我们也就不会自然死亡了。"

我哈哈一笑道："那可真是太好了，那不就是一种接近神的状态吗？"

孙先生叹了口气道："别高兴得太早，其实，那是真正的世界末日，宇宙的末日。"

我道："我们不都永生了吗？怎么还末日了啊？"

孙先生道："我只是说，那种情况下，我们不会自然死亡，但是，非自然死亡依旧是存在的。比如你出门被车撞了，你依旧会死。"

我道："平常出门注意一点不就行了吗？"

孙先生道："你太傻了。人类会逐渐因此灭亡的。"

我没懂："啊？为什么？"

孙先生道："时间的消失的确让我们永远不会老去，但是，在时间消失前，已经出生的婴儿和小孩儿，永远也无法长大。时间消失之后，母体的胚胎永远也无法发育，人类将因此失去繁殖能力，一切的生命都将因此失去繁殖能力。生命将会在一系列的非自然死亡下，越来越少，直到最后的灭绝。这难道不是一种末日吗？"

听完他的话，我倒抽了一口凉气，然后说："那我们该怎么办？"

孙先生道："这也正是上一代宇宙的人类所思考过的问题。在上一代宇宙里的时间彻底消失之后，人类享受了很长一段时间永生的快感，但是，永生带来的是种族无法延续的灾难。于是，人类开始着手，试图创造一个宇宙，创造一个拥有时间的宇宙，来延续生命的繁衍。其实我们眼里所谓的神，不过是上一代宇宙里的人类罢了；而当我们所处的宇宙时间消失之后，我们这个宇宙的人类，也必须担起创造新宇宙的重任，这样，生命才能一直这样延续下去。"

我道："可时间的消失，离我们还远着呢。"

孙先生道："已经近了，只不过，你感知不到而已，因为不到时间停滞的那一刻，我们对时间的感知，永远都是一样的，不会有任何变化。"

我道："也就是说，我们并不是进化来的，而是上一代宇宙生命的延续？"

孙先生道："进化论本来就只是我们的一个猜想，一个我们自以为是的真理而已。"

我道："那就奇怪了，既然我们是他们生命的延续，那么，我们理应直接拥有上一代宇宙那种十分高级的文明。但是，我们到目前为止，连自己生存的宇宙都没有探索清楚，更别谈创造宇宙了。为什么我们的文明依旧落后？为什么我们经历了原始社会，经历了冷兵器时代，为什么要让我们花费几千年上万年的时间，一步一步将文明发展到如今这样？为什么不直接给我们一个极高级的文明？"

孙先生道："他们希望自己的后代，也就是我们，忘记他们那个宇宙的存在。一个种族想要在新的宇宙里继续发展，唯一的办法就是从零开始，只有这样，人类才能够创造出新的可能。"

我问："可是，你怎么会知道这些？"

孙先生道："因为我的记忆被唤醒了。"

我一怔："难不成你想起了上一个宇宙的事情？这不可能，你是在我们这个宇宙诞生的，根本就没有接触过上一个宇宙，你不可能记得。"

孙先生道："生命体的记忆是具备延续性的，记忆会一代一代地传承下来，只不过，这些记忆埋藏在我们大脑深处，被冻结了，不被我们轻易发掘。就像你一出生就会哭，就会知道如何呼吸，就会知道如何吮吸母亲的乳汁，就会知道哭声能够引起大人的注意。你会知道愤怒、喜悦、哀伤等等。这些，你几乎一出生就会做，这些情感也几乎是与生俱来的，从没有人教过你。"

我道："这是本能。"

孙先生道："可是，为什么会有这些本能，你想过吗？这其实是一种记忆的延续，这些最基本、最表层的记忆，被我们记住了，所以，我们知道该如何去做。但其实有更多的记忆，是没有被我们的大脑激活的。一旦激活，我们将拥有过去的人所拥有的全部知识，那些知识是跟随记忆延续下来的，一直都在我们的脑子里，只不过我们没有发现而已。"

我道："照你这么说，我们可以不用学习了。"

孙先生道："学习的过程，其实就是挖掘这些记忆的过程。那些知识本来就在，我们只是在发现它而已。"

我道："也就是说，其实我们的脑子里，也拥有上一代宇宙更高级文明的知识？"

孙先生道："是的，一直都在那儿。相信你时常看到这样的新闻，比如一个澳洲老太太出了车祸，醒来后突然会说流利的中文了，而她此前从未接触过中文。这种例子比比皆是。其实所有的语言，就在我们的脑子里，就在我们的记忆深处，只不过需要某种机会去唤醒。"

一个月后我得知，孙先生的症状更加严重了，他不停地用笔在自己病房的墙壁上疯狂地写着一串数字：$2^{74207281}-1$。

没有人知道，那是什么意思。

采访是在 2015 年进行的。

就在一年之后，2016 年年初的时候，美国密苏里大学数学家柯蒂斯·库珀发现了目前人类已知的最大素数。

我惊讶地发现，那个素数的缩写，正是 $2^{74207281}-1$。

该素数有 22 338 618 位，是第 49 个梅森素数（2016 年发现 49 个，截至 2020 年 5 月已发现 51 个，数学仍在计算和探索当中）。

而这个结果，是由电脑计算出来的。

孙先生在一年前，就已经写出了这个素数。

如果他不是拥有上一个更高等文明的记忆，那他便是一个领先于当今世界水平的数学天才。

℞ 第 25 个病例：

造物主法则

五年前，我因为工作原因去了趟埃及，对一项大型的考古活动进行追踪报道。

老实说，埃及的气候虽然十分炎热、干燥，但也并没有想象中那么吓人，盛夏时的温度，基本和我国一些南方城市同季节的温度差不多。

甚至可以这么说，中国南方城市的热，裹着一股浓浓的湿气，拖泥带水，热得人很不舒服；但埃及的热，是那种干爽的热，热得很纯粹。

我把自己裹得像个阿拉伯人，乘坐沙漠越野车，跟随着这支由十名美国人组成的考古队，深入沙漠腹地。

大概中午的时候，车队在沙漠中心一处比较平坦的地带停了下来。

考古现场已经被埃及当地的六名考古专家进行了前期的发掘，已经可以看出一圈露出地表的正方形砖石轮廓。

这次所要发掘的，是一座未开发的金字塔，而且是一座被埋葬在地下的金字塔。

考古队试图从靠近金字塔顶部的通风道进入金字塔内部。

在营地吃过午饭，美国的考古专家开始介入这项考古工作，而我则跟随他们到了考古现场。

我分别对埃及和美国考古队的两位队长进行了简要的采访，然后就用单反相机跟拍考古发掘工作的进展。

大概是下午三点的时候，金字塔的塔尖已经露出地面三米多高。考古专家们根据经验，很快就找到了金字塔通风道的所在。

他们用专业的切割工具，整齐地切开了塔尖东侧的几块砖石，露出了一个可以供人爬入的长方形洞口。

在场的所有人都很兴奋，我走到洞口前，看向里面深渊般的黑暗，举起相机，准备拍照，却被一名埃及考古专家制止了。

我对他说，我不开闪光灯。

埃及专家却对我说，对着金字塔内部拍照，是对法老的不敬。

考古队并没有立刻进入金字塔内部，因为那些在金字塔内积攒了上千年的有毒气体和细菌，需要时间排出来，他们决定等待一晚。

第二天上午八点，我们来到考古营地，埃及的考古专家已经先于美国考古专家进入了金字塔内部。

只见埃及考古队的队长一脸惊恐地走向美国考古队的队长，对他道："我们在里面发现了一些可怕的东西！"

他们接下来窃窃私语了一些内容，我没能听清。

随后，美国考古队跟随着埃及考古队进入了金字塔内部。

大概中午的时候，他们终于从金字塔里爬了出来，每个人的脸上都流露出某种难以形容的惊愕。

我看见埃及考古队的队长走向一名负责保护现场的埃及士兵，紧接着，那名士兵便朝着我走了过来。

"你的工作结束了。"那名士兵对我道，"我们会给你订好返程的机票，现在，由我开车送你离开这里。"

然后，我就被这名士兵强行送上了沙漠越野车，他要把我送往开罗，然后直接送我上回国的飞机。

一路上，我都在问他考古队究竟在金字塔里发现了什么。

他却装作听不懂英语的样子，对我的问题置若罔闻。

他们像是发现了什么秘密，一个隐藏在金字塔内部，不能公之于众的秘密。所以，他们急于把我送走，避免我知道这个秘密。

回到国内后，我一直关注着有关这座金字塔考古发掘的进展，但是，消息似乎被彻底封锁了，媒体并没有任何关于这次考古发掘的报道。

我把这段经历说给了我的同事听，我的同事说他刚好采访过一些 UFO 研究者，他与那些所谓研究者见过面，他们都提出，金字塔很有可能是外星人遗留下来的某种不为人知的探测器。

但这些 UFO 研究者并没有一个是专业的科学人士出身，对 UFO 的研究也仅仅是他们通过网络以及其他可以查阅到的资料所做出的猜想。我认为，那只是一种不可靠的臆测。

金字塔并没有那么神奇，只是古埃及人给法老王建造的陵墓。如果金字塔是外星人修造的，那么长城又该如何解释呢？

但是，考古队的确在那座神秘的地下金字塔里发现了些什么，一些不能让外界知道的可怕的东西！

会是什么呢？

我怎么都想不明白。

这件事情很快被我放在了一边。

直到两年前，有两个美国人找到了我，他们自称是美国国家安全机构的专员，要求我把当年在埃及那座地下金字塔考古现场所拍摄到的照片交给他们。

我问两位专员："当年考古队究竟在金字塔里发现了什么？"

二位专员却给了我一个耐人寻味的回答："这个你没有权限知道。"

美国人的态度再一次勾起了我对这件事情的好奇心。

我翻出当年的通信材料，找到了那位美国考古队队长的手机号，给他打了个越洋电话。

但是，这个电话号变成了空号。

我又找到了当年他在资料里留下的家庭座机号码，于是便试着拨了过去。令人欣喜的是，这次，电话打通了。

接电话的并不是那位美国考古队队长本人，而是他的妻子。

他的妻子告诉我，她的丈夫从埃及结束考古任务回家后不久就疯了，被送进了芝加哥市的一家精神病院。

他的妻子在电话中说道："他从埃及回来之后，美国政府的人上门来找过他好几次，但他们都是出去谈的，我不知道他们说了些什么，我问他他也不告诉我。后来，他那支考古队里的人，一个个都死了。"

我一怔："怎么死的？"

她道："自杀。那九个人在半个月的时间内，全都自杀了。有的是跳楼死的，有的是上吊死的，有的则是饮弹自尽，总之死法全都不一样。后来我知道，当时参与考古行动的那支埃及的考古队成员，也全都自杀了！"

我道："可你丈夫还活着。"

她道："那段时间他很害怕，他认为自己受到了诅咒。有天晚上，他竟然梦游了。他半夜起床，到后院用铁锹在草地上挖了一个大坑，他自己跳进坑里，像是打算把自己活埋。还好我发现得及时，不然天知道会发生什么事情。我带他去做了检查，他被检查出患上了很严重的精神分裂症，我不得不让他在医院接受封闭式治疗。"

在与那家精神病医院进行了长达一年的艰难沟通后，我终于得到了他们的同意，获准飞往芝加哥，与这位发疯的美国考古队队长进行一次短暂的会面。

　　那天中午，飞机在芝加哥落地，我刚在市区的酒店房间内放下行李，便接到了他妻子打来的电话，说有话要当面对我讲，约我到酒店附近一座开放式公园的喷泉处见面。

　　那座喷泉位于公园的正中央，水流声很大。

　　我道："其实可以在电话里说的。"

　　她道："不行，这些话不能在电话里说，会被他们听到的！"

　　我一愣："谁？被谁听到？"

　　她道："政府的人，他们可能会对电话线路进行监听。"

　　我道："政府为什么要监听我们的通话？"

　　她道："我不确定他们有没有在监听，但是保险起见，我约你在这里见面，是最稳妥的。"

　　我道："我们可以找家咖啡馆，慢慢谈。"

　　她道："不行，不能在室内，他们可能会窃听。"

　　我看了眼身后的喷泉，我猜她是想利用喷泉巨大的水流声来干扰所谓的政府窃听。

　　我问："到底是什么事？"

　　她道："我一直怀疑，那些人的死，根本不是什么自杀！"

　　我一怔，道："什么意思？"

　　她道："我怀疑是有人杀了他们，然后伪造成自杀！"

　　我道："你是说，政府的人？"

　　她点了点头："包括我丈夫的发疯，肯定也是他们干的，他们没把他弄死，把他给弄疯了！"

　　我道："可政府为什么要这么做？"

　　她道："那座金字塔！他们一定是在那座金字塔里发现了什么东西！"

　　我立马问："到底是什么东西？"

　　她摇了摇头道："我不知道。我丈夫一直对此三缄其口，他从没对我说过，包括那次考古行动的目的，都是我四处打听到的。他们一定是发现了什么政府不希望让我们看到的东西，所以政府为了保密，用这种方式，把他们全都封了口。"

　　我道："可这只是你的猜测，你有什么证据吗？"

她道："参与过那次考古活动的专家全都出事了，这难道是个巧合吗？我可不相信什么法老的诅咒！"

那天下午，我独自一人乘车抵达了位于芝加哥市郊的那座精神病医院。在那家医院的重症监护病房里，我终于见到了他。他盘腿坐在海绵地板上。我小心翼翼地来到他面前，也席地而坐。

我道："好久不见了，过得还好吗？"

他戏谑地调侃道："跟那些已经死掉的人相比，每天被关在这间不到十平方米的房间，吃着各种不知名的令人发晕的精神药物和屎一样的食物，我的日子过得的确挺好的。"

我道："你说的那些死掉的人，是指那些参与了那次地下金字塔考古行动的考古队员吗？他们为什么全都自杀了？我想，你或许知道些什么。"

他道："因为他们泄露了天机。"

我道："你是说，有人杀了他们？我见过你妻子，她跟我说，她怀疑是政府的人干的，政府派人杀了他们，然后伪造成自杀。"

他道："的确是政府干的。政府不希望这个秘密泄露出去，于是把他们全杀了。"

我道："可是，你还活着。"

他道："因为我被关到了这里，一个疯子的话谁会相信呢？他们一定是觉得没必要杀掉一个疯子，于是我躲过了一劫。"

我道："那天，你们究竟在那座金字塔里看到了什么？"

他并没有回答我的问题，而是突然问我道："你相信轮回吗？"

我道："为什么问这个？"

他道："我就问你，相不相信？"

我道："轮回是不存在的，按照轮回的理论，世界上的每一个新生婴儿都是前世灵魂投胎而来的。世界上的确每天有人死有人生，但是，世界人口一直处在正增长的状态。十年前，世界人口才六十亿，而今已经突破七十亿了，如果有轮回，那么，这多出来的十亿灵魂又是从哪儿来的呢？所以，我觉得轮回并不存在。如果真有所谓的轮回，世界人口应该基本维持不变，而不是出现如此巨大的涨幅。"

他道："如果是文明的轮回呢？"

我一愣，问道："什么是文明的轮回？"

他道："你是否相信，我们现在所拥有的一切，曾经都有过？"

我道："我还是没明白你的意思。"

他道："我是说，电视、电话、汽车、飞机、互联网等等，这些我们人类现代社会的科技，在上亿年前，就已经被人类掌握了。"

我道："你是在跟我开玩笑吗？作为考古学家，你不应该不懂这个，上亿年前还没有我们人类，当时应该还处在侏罗纪，那是恐龙的时代。这是常识。"

他道："并没有什么恐龙时代，地球一直都是人类的天下。"

我道："你想否定恐龙的存在？那些恐龙化石可不会说谎。"

他道："恐龙当然存在，只不过那个时候人类也存在，而且，那时的人类，已经达到了现今的文明程度，恐龙只是一群被人类奴役的生物，地球从来不曾被它们统治过。"

我道："可是，我们发现了恐龙化石，却没有发现那些能够证明人类曾经拥有高等文明的证据。如果人类曾经拥有高度的文明，我们应该能够像挖掘化石一样，在地下挖出汽车、飞机以及那些坍塌的高楼大厦的残骸。但是，地下并没有这些东西。"

他道："因为那段文明，被抹掉了。"

我笑了笑说："难不成三千六百万年前的那颗撞击地球导致恐龙灭绝的彗星，是为了抹掉人类的文明？可是即便那样，也应该会有化石之类的东西保留下来，不可能一点痕迹都不留，就在这个世界上消失了。"

他道："被过滤掉了。"

我眉头一蹙："过滤？那又是什么？"

他道："大过滤器！"

我依旧没懂："我没明白。"

他道："宇宙间有一个永恒不变的隐性法则，大过滤器法则。你也可以把它称为造物主法则。"

我问："这个法则是干吗的？"

他道："限制文明的发展，文明一旦发展到一定的程度，就会经历大过滤器的过滤，这个过程并不漫长，却十分痛苦。几乎所有的文明，都会在这个过程中被彻底过滤掉，世界回归到一片洪荒，不留下任何痕迹。"

我道："这是你的想象而已，你并没有证据。"

他道："如果文明能够肆意发展到任何高度，那么，为什么宇宙里的那些更高等的文明不来侵略我们地球？"

他的话令我想起了那名声称月球是外星探测器的患者，在这里，我恰好用上了那名患者的观点："因为在外星高等文明眼里，我们人类就像蚂蚁一般，他们根本不屑于摧毁一帮蚂蚁，就像你不会特意去路边捣毁蚂蚁窝一样。"

　　他摇了摇头道："因为，根本就不存在比地球文明更高的外星文明。"

　　我道："不可能。宇宙诞生多少年了？地球才诞生多少年？宇宙里肯定有数不胜数的比地球发展得更早的生命星球，所以他们的文明也一定远高于我们的文明。除非你是想否认外星人的存在。"

　　他道："我并没有否认外星文明的存在，他们一定是存在的，但他们的文明，顶多和我们现在的文明差不多，不会超出我们多少。因为文明一旦到了某个程度，就会被遏制，如果继续发展下去，就只能迎来大过滤器的过滤了。就像亚特兰蒂斯的消失，有文献记载，公元前一万年，亚特兰蒂斯已经达到了高度的文明，他们甚至可能已经领先于当时世界上的同等文明，创造出了飞行机器。由于他们的文明过分突出，触碰了大过滤器的底线，所以几乎是在一夜之间，亚特兰蒂斯文明从地球上消失了，连一点痕迹都没留下。"

　　我道："这听上去就像《圣经·新约全书·启示录》里记载的，末日的审判！"

　　他点了点头道："没错，就像一种审判。"

　　我道："其实，我想说，之所以没留下痕迹，是因为亚特兰蒂斯只是个神话里的文明，那是虚构的。"

　　他摇了摇头道："我们在金字塔下发现了证据！"

　　我立马打起精神来："你们到底发现了什么？"

　　他道："金字塔里的石碑上，法老的祭司用古埃及文字记录了亚特兰蒂斯的毁灭，我看得懂那些古埃及文字，对里面描写的内容记忆犹新。他形容亚特兰蒂斯就像被吸进了一团光里，被一团白色的光笼罩了，他认为那是真主安拉降下的惩罚，惩戒那种试图挑战神权的文明，于是将亚特兰蒂斯彻底从世界上抹去了。其实，数千年前，埃及就已经掌握了特别尖端的技术，以至于在那个年代，他们就能够建造出金字塔这种不可思议的建筑。但是，他们并没有让这种技术过分地发展，因为他们知道造物主法则的存在，一旦文明过分发展，触碰到了大过滤器的底线，就会被抹杀掉。其实当时的埃及几乎已经具备了建造空中战船的技术，甚至他们曾建造出了一支空中舰队，那支舰队参加过抵抗罗马入侵的战役，还被记载进了罗马神话当中。但是，法老的祭司很快就意识到，不能这样发展下去了，这样会毁掉埃及文明，于是，他说服了法老，毁掉了舰队，并且下令，严格封锁科技。于是在几个世纪的时间里，埃及文明退回到了中世纪的水平。"

我道："我觉得，你应该去好莱坞当编剧，把这个故事拍成电影，一定会大受欢迎的。"

他道："这不是故事，而是事实，我们人类已经快要触碰到大过滤器的底线了。"

我道："怎么可能？即便真的有所谓的大过滤器，也不会是现在，因为我们人类文明还很落后，连癌症都治不好，还有很大的发展空间，离大过滤器还远着呢。"

他道："科技已经快要发展到尽头了。20世纪，我们人类的科技几乎只用了几十年的时间，就彻底结束了旧的时代，这个变化是翻天覆地的。但是，你没发现这二十年来，人类的科技已经越来越停滞了吗？我们所使用的汽车、电话、飞机，都是20世纪早期的技术。对宇宙的探索，巅峰时期还停留在20世纪60年代的阿波罗登月。我们现在所享有的一切技术，都是20世纪的技术的升级版而已，并没有太大的变化。我们之所以感到科技还在迅猛发展，是因为有互联网的存在，互联网让我们产生了一种错觉，我们的科技还在迅猛地进步着，让我们以为，人类科技还有巨大的上升空间。当人类科技彻底停滞的那一刻，也就是大过滤器到来的时候了。"

我问："到那时候会怎样？"

他道："我不是说过了吗？我们的文明会被彻底抹去，回到洪荒的原始年代，文明会经历新的轮回。"

我觉得他的妄想症已经到了无可救药的地步了。

这个时候医生来敲门了，示意采访时间到了。我起身准备离开，他突然站起身来，一把抢过我手里的笔记本和笔，我吓坏了，以为他要自杀，立马摁下了电钮，两名强壮的男护工冲了进来。只见他缩在角落，用笔飞快地在笔记本上写下了什么，然后扔给了我。

他被那两名男护工摁在了地上，声嘶力竭地呼喊着："打开它，它会向你证明的！我好不容易才保留下来的，一定要打开它！"

我翻开笔记本，发现笔记本的末页上潦潦草草地写着一个网络服务器的账户和密码。

回到酒店后，我用酒店的电脑登上了这个网络服务器，发现里面有一个视频文件。

我把视频打开，发现视频像是在某个陵墓的内部拍摄的。画面很黑，几束手电筒的白光交错地打到一面墙壁上。

　　视频中，出现了一个男人的声音，我听得出，是那个美国考古队队长的声音："看到了吗？就在这座金字塔里面，我们看到了这个，这会颠覆我们对古埃及文明的认知！颠覆对整个人类文明的认知！"

　　一开始，画面很模糊，我看不清墙壁上到底是什么。过了一会儿，画面逐渐变得清晰起来。

　　我看到墙壁上画着一张图，那一刻，我被震惊了。

　　那看上去像是一架飞机的设计图，甚至连发动机的结构都清晰地刻画了下来，旁边还配上了详细的古埃及文字。

　　我将视频中出现飞机设计图的画面截取下来，发给了我的一个同学，他大学是学航空工程的。

　　很快，他便回复我道："这张设计图中的飞机，从结构看，比较接近 20 世纪早期的螺旋桨飞机。"

　　我问："如果按照这张设计图来制造一架飞机，能飞起来吗？"

　　他道："当然能，这张设计图可以说是比较专业的了，已经达到了 20 世纪30 年代的设计水平。怎么会有人把设计图画在墙上？你在哪儿看到的？"

　　我不敢告诉他，这张设计图来自一座埋葬于地下数千年的古埃及金字塔。

R 第 26 个病例：

这个世界的秘密——无限猜想

2012 年 3 月 15 日，辽宁，某精神病医院。

当我见到这个病人的时候，他已经神志不清，躺在病床上，眼睛一动不动地盯着天花板，嘴里不停地念叨着一串数字，我仔细听了，这串数字杂乱无章，毫无规律可言。

医生告诉我，这个病人每天都在不停地默念着这些数字，连正常的饮食和排泄都无法进行，生命全靠注射葡萄糖和营养液维持。

逐渐地，这个病人开始暴瘦，一个月瘦了三十多斤，变得骨瘦如柴，很快便离开了人世。

2013 年 4 月 22 日，新疆，某监狱。

这座监狱位于沙漠的正中心，监狱四周皆为草木不生的戈壁，气候炎热、干燥，环境十分恶劣。

这个犯人因为故意杀人罪被判处无期徒刑，在这座监狱服刑。

当我见到他的时候，他已经被转移到了监狱中独立设置的监护病房。只见他躺在病床上，目光呆滞，嘴里同样念叨着一串没有规律的数字。我问他任何问题，他都毫无反应。

他几乎不吃不喝，日渐消瘦，最后，监狱不得不为其办理保外就医，将其送到乌鲁木齐市中心环境优良的大医院进行住院治疗。

犯人住院半月后肾衰竭死亡。

2014 年 5 月 18 日，广西，某精神病医院。

医生告诉我，病人发病前一直声称自己听到了上帝的声音。

当我见到这个患者时，他已经瘦得皮包骨头了，躺在医院的病床上，打着吊瓶，营养液不停地顺着软管流进他的血管。

和之前两个患者类似，这个病人同样躺在病床上，嘴里不停地念叨着一串没有规律，且似乎并不重复的奇怪数字。

数月后，病人因呼吸障碍死亡。

2012 年到 2014 年的两年间，我先后在辽宁、新疆和广西这三个不同的地方，分别见到了这三个不同的患者。我见到他们的时候，他们都已经精神错乱，无法回答我的问题。

他们都有一个诡异的共同点，那便是发病时，三人的症状完全相同，口中全都念着一串错乱的数字。

我将他们三人口中的数字用录音笔分别记录了下来。

我给每个人都进行了长达四小时的录音，然后对这些录音进行了对比，却发现三段录音中，三个患者所念数字，都是完全不同的，而且全都寻找不到规律。我的意思是说，这三个患者好像并没有不停地重复某一段相同的数列，这些数字就像是他们随口说出的，都是一些毫无意义的数字。

我一度认为，这或许只是一个巧合。直到 2015 年的那个夏天，我采访到了另外一个患者，我才终于意识到，事情可能并没有我想象的那么简单。

他曾经是某著名大学数学系的一名高才生，却在大四那年，被诊断出患有妄想型精神分裂症，而被送进了精神病医院。

我在这家医院的会面室里见到了他。

我刚在他面前坐下，他便一把握住我的手，十分神经质地向我请求道："快！快救我出去！那帮人要来抓我了！"

我一惊道："谁？谁要来抓你了？"

他浑身发抖道："那些人！"

我问："那些人到底是什么人？"

他道："蓝领党！"

我在自己的脑海里搜索了一下，不得不承认，在我有限的知识储备里，我根本就从未听说过蓝领党的存在。

我问："请问，这是个什么党派？"

他道："你不会想知道的！"

我问："这个情况你跟医生们反映过吗？"

他点了点头说："当然反映过，但他们认为我是疯子，根本就不相信我。"

我道："需要我帮你报警吗？"

他摇了摇头道："没用的，警察会相信一个疯子的话吗？你小心一点，别让他们以为你也疯了，你是知道这帮医生的手段的。"

我道："这帮医生的手段？"

他道："嗯，极其残忍的手段！"

我压低嗓门儿问："你是说，这里的医生虐待过你？"

他道："他们在帮蓝领党的人虐待我！"

我紧张地问："他们都对你做了些什么？"

他道："你听说过胰岛素昏迷疗法吗？"

我摇了摇头。

他接着道："在 20 世纪三四十年代的时候，西方的很多精神病医生认为精神分裂症可能与患者的新陈代谢和体内的血糖调节失调有关，于是，当时很多精神病医院为了治疗这种疾病，就给患者注射大量的胰岛素，大剂量的胰岛素会严重降低患者体内的血糖，导致患者进入一种昏迷状态。在昏迷中，患者还会发生痉挛或是癫痫症状，那是极为痛苦的。"

我道："这肯定是一种错误的疗法。"

他点了点头道："是的，大错特错！这种疗法对精神治疗毫无帮助，只会增加患者肉体上的痛苦。所以在 1961 年的时候，胰岛素昏迷疗法就已经被全面终止了。"

我道："既然它在 20 世纪 60 年代就已经终止，为什么要提到它？"

他道："因为这帮医生正在用这种疗法虐待我！"

我道："你是说，他们还在用这种错误的疗法对你进行治疗？"

他道："不是治疗！是虐待！他们在帮蓝领党虐待我！"

我问："你说的这个蓝领党，为什么要指使这家医院的医生虐待你呢？"

他面露惊恐，浑身开始剧烈地抖动起来，陡然间，他从椅子上摔落到地上，只见他的身体在冰凉的地板上扭曲成了 S 形，他的双手反转过来，仿佛是被人拧断了手腕一般。他手指的指关节全都凹陷了下去，手指互相拧作一团。他的身体不停地抽搐着，他的面部表情变得格外狰狞。他的双眼向上翻，几乎只剩下眼白。他的嘴角向下倾斜，不停地有白沫从嘴角溢出。

我被吓了一跳，立马叫来了医生。

医生和护工赶忙将他抬走了。

医生冲我微微一笑，对我道："不好意思，吓着你了。"

我深吸了一口气道："没事。"

医生道："那么今天的采访就暂时到这里吧，患者目前的情况，恐怕是不宜继续进行访问了。"

我点了点头。

医生一路送我到院门口。

我一边走，一边问他道："对了，采访的时候，这位患者说，你们在用一种已经被禁止的疗法治疗他。"

医生眉头一蹙："被禁止的疗法？你是指？"

我道："好像叫……胰岛素昏迷疗法。"

医生哈哈一笑道："怎么可能！这种原始的疗法，我们从来都没用过，你让我们用我们也不敢用啊！被发现了，不光医院开不成，那是要坐牢的！"

我道："可是那位患者坚持说……"

医生拍了拍我的肩膀道："你忘了他有妄想症了？这些都是他的幻想而已。一个精神病患者说的话，听听也就算了，你怎么还相信了？"

我尴尬一笑。

想想也是，就是给这家医院天大的胆子，他们也不敢用这种明令禁止的疗法。

一个月后，我的申请再次获批，又一次得到了采访这个患者的机会。

我一边翻阅着手中的文件，一边道："我们还是从你第一次梦游说起吧。资料上说，那是你大学一年级的时候。"

他点了点头道："当时我正在尝试写一篇关于博弈论的论文。"

我问："那是学校布置的作业吗？"

他摇了摇头道："不是，那纯属我的个人爱好。我想尝试用新的方法去解释博弈论。"

我问："你成功了吗？"

他道："一开始还是挺顺利的，但是最后在一个核心的关键点卡壳了，具体是什么关键点，我就不跟你说了，那很复杂，外行人很难懂的。我说重点。当时这篇论文在一个很关键的地方进行不下去，我的脑子怎么也绕不过那个弯，每天茶不思饭不想，一头钻进了论文当中，但问题一直得不到解决。直到有天晚上，我梦游了，我梦见自己和一个高人下围棋，那高人是谁我不知道，大概是上帝什么的。他知道我正在为论文发愁，于是他答应我，只要我下赢他，他就告诉我解决的办法。"

我问："那么你下赢他了吗？"

他道："在梦里还是很轻松的，我赢了他，于是他告诉了我解决的办法。当我第二天早上醒来的时候，正准备按照梦里那位高人告诉我的方法去解决论文遇到的麻烦。可是当我打开文档，却发现，论文已经完成了，是按照梦里的方法完成的！我这才知道，我是在梦游中完成了论文。于是我把那篇写好的论文寄给了美国的一家很权威的数学杂志，一个月后，我得到回复，他们决定刊载我那篇论文。这事当时在学校里引起了轰动。"

我翻看着资料道："嗯，资料上说，你们学校数学系的教授都夸你是个天才，还推荐你去上麻省理工，但是被你拒绝了，而你拒绝的理由竟然是吃不惯美国油炸食品。"

他得意一笑道："哈哈，后来我更加痴迷于挑战高难度。大二那年，几乎一整年的时间，我都在试图解决黎曼猜想。"

我问："为什么要去尝试解决黎曼猜想？"

他道："因为一个半世纪以来，还没有任何人能够真正地解决它。另外，或许你不知道，如果成功解决了黎曼猜想，世界上所有的密码都会得到破解，我很乐意挑战这个数学上的最高难度。"

我问："那么，你成功了吗？"

他失落地摇了摇头道："并没有，但我也在这个过程中，发现了另外一些不为人知的东西。"

我好奇道："什么东西？"

他压低嗓门儿，语气十分神秘："我发现了，这个世界的秘密！"

就在他大三那年，他在自己的笔记本上潦潦草草地写下了这样一句话："我发现了，这个世界的秘密！"

某天，在一堂数学课上，他突然歇斯底里地冲上讲台，在黑板上写下了一行数字：3571091。

他宣称，这行数字是高纬度生物试图联络他，给他发来的密电码！

后来，这串数字被发现不过是头天晚上某彩票的中奖号码。

很快，他的舍友发现，他开始在宿舍的墙壁上疯狂地画着圆圈。这些圆圈密集地交织在一起，仿佛蜂窝一般令人感到不适。

再后来，他开始观察学校里学生和老师们的着装，他开始怀疑那些系蓝领带的人。

他认为那些人全都是潜伏在他身边的蓝领党分子。

这些人在监视他，监视着这个世界上的每一个人。

终于在大四那年，他在课堂上用一把水果刀将自己的数学系教授给捅死了。只因为那天教授系了蓝色的领带。

他被警察带走了。

警方审讯他时，他对警方道："你们跟他是一伙的！你们跟他是一伙的！"

警察问："我们跟谁是一伙的？"

他道："那个教授！不对，那个蓝领党！你们跟他是一伙的！我是不会被你们打倒的！我要将这个秘密公布出去！"

警察问："什么秘密？"

他道："这个世界的秘密！"

警方觉得他有些不对劲，于是带他去做了精神鉴定，然后他便被关进了精神病医院。

"你说蓝领党要抓你，是因为你找到了这个世界的秘密？"我问。

他点了点头道："他们害怕我把这个秘密公之于众，所以把我关进了这家精神病医院。然后让这里的医生虐待我，想要将我脑子里的记忆抹掉。可是，他们是抹不掉的！"

我问："这个世界的秘密是什么？"

他道："我们只是一个猜想。"

我一愣，没听明白："什么叫一个猜想？"

他道："这涉及另一个维度。"

我问："五维吗？"

他摇了摇头道："可能比五维更高，是一种很难用我们的认知去理解的维度。"

我问："你的意思是说，我们是那个维度的生物的一个猜想？"

他点了点头道："一个数学上的猜想。他们把这个猜想命名为'无限猜想'。"

我道："无限猜想？"

他问："你相信无限存在吗？"

我摇了摇头道："不相信，就连宇宙都是有限的。"

他道："你无法想象无限到底会是一个怎样的状态对不对？"

我道："嗯，是这样的。"

他道："在那个维度的世界里，是不存在无限的，但是，那个维度的数学家提出了一个猜想，那个猜想认为，在有限的世界当中，会有无限存在。"

我道："在有限的世界里存在无限？"

他道："所以这个猜想被称作'无限猜想'。那个维度的数学家花了好几个世纪的时间来解决这个问题，他们试图用各种方法来证明无限猜想的正确性。于是，他们在超级计算机里输入了各种数学公式，那些公式只属于那个维度的世界，是我们这个世界不曾接触到的公式。怎么说呢，其实我们世界的许多数学公式，在他们那个世界也是不存在的。因为他们的维度完全依靠另外一套数学理论来支撑，和我们的世界是完全不同的。"

我道："可不可以这么理解，在他们的维度，一加一不一定等于二。"

他道："没错。我们的数学只在我们的维度适用，而他们的数学同样也只在他们的维度适用。"

我道："可你说，我们是他们的一个猜想。"

他道："那个维度的数学家为了证明无限猜想，于是将大量的数学公式和解决办法输入到了超级计算机，试图利用那台计算机的超强计算能力，将无限猜想证明出来。"

我问："他们做到了吗？"

他道："做到了。计算机在运算过程中，整合出了一个宇宙。"

我道："整合出了……宇宙？"

他道："那些公式在计算机内进行了复杂的整合运算，无意中得到了一套全新的数学体系，这套数学体系构建出了一个宇宙模型，这是令那个维度的数学家万万没想到的事情。最后，这个宇宙里竟然出现了生命，出现了很多极具思考力的生命，这些生命开始尝试利用各种途径，来发觉这个宇宙模型中潜藏的数学公式，然后利用这些潜藏的公式，在这个宇宙中创造出了巨大的可能。"

我道："这些生命是指……我们？"

他点了点头。

我道："可是，这并没能证明无限的存在。因为我们的宇宙都被证明是有限的。"

他道："你忘了？他们是要证明，有限的世界里存在无限。由于数学理论体系的不同，那个维度的生物永远也无法理解无限的存在。在我们这个宇宙当中，由那个维度的数学体系所衍生出来的新的数学体系里，无限，却成为一个既存在又矛盾的基础。"

我问："我们的数学里，存在无限？"

他道："无限不循环小数、无限循环小数。"

我道："这也太基础了吧？值得那个维度的生物花这么大的力气去发现？"

他道："对我们来说，这是小学生都懂的基础，但是，它们在那个维度是不存在的。所以，它们需要花很大的力气和很长的时间去发现。"

我陷入了深深的思索。

他接着道："其实我们这个宇宙，是由一个最基础的无限数据构成的，这个数据证明了无限理论的正确性。"

我好奇地问："什么？"

他道："3.1415926……"

我一惊，脱口而出："圆周率！"

他道："圆周率是一个无限不循环小数，而我们的世界，却用这么一个无限的数字去计算一个有限的圆。圆，既代表有限，又代表无限。圆周率，让那个维度的生物证明了无限猜想的正确性。"

我道："那什么是蓝领党？"

他道："超级计算机在证明无限猜想的时候，无意中创造出了一个宇宙，这是一个意外事件，但这个宇宙太值得被研究，因为那个维度的生物想要通过我们这个宇宙模型，来进一步理解他们所处的维度世界。但他们并不能让我们意识到自己存在于一个由计算机通过数学公式模拟出来的世界当中，于是创造了蓝领党。蓝领党的任务，就是防止我们发现这个世界的秘密！"

采访结束后，我好一会儿都停留在他的话里没能走出来。

不过他的主治医生却对我道："这位患者其实是在潜意识里把自己当成了约翰·纳什。"

我问："约翰·纳什是谁？"

医生道："是美国一位非常著名的数学家，他在念大学的时候就写出了著名的《博弈论》，后来他开始对攻克黎曼猜想产生了浓厚的兴趣，他花了大概一个学期的时间试图攻破这个世界级的数学难题，但是未见成效。后来他得了妄想型精神分裂症，在课堂上突然举起一份报纸，宣称报纸上的一串数字是外星人发给他的密电码，后来，有人发现他在自己房间的墙壁上疯狂地画着黑点。他甚至认为那些系蓝领带的人，全都是来监视他的。最后，他被家人送进了精神病医院，在那家医院里接受了胰岛素昏迷疗法。他一度认为自己身怀特殊使命，认为外星人一直在与他建立联系。听出些什么了吗？"

我深吸了一口气道："这位患者的表现和约翰·纳什当年的表现简直如出一辙。"

医生点头道："他是约翰·纳什的狂热粉丝，所以，他其实是在模仿约翰·纳什，只不过他并不愿意承认这一点。"

我道："真的会有人，为了模仿自己的偶像，而模仿到了癫狂的地步？"

医生道："其实这是某种程度的心理幼稚的体现，就像我们每个人小时候都幻想过自己拥有某种超能力，或者把自己幻想成某部电影里的超级大英雄，幻想突然有一天，会有一帮戴着墨镜的人出现在自己面前，对自己说：'快跟我们走吧，我的救世主！黑暗的势力正在靠近，你的身上肩负着拯救全人类的使命！'"他说着，耸了耸肩，"你知道，每个平凡的人都会幻想自己其实不平凡，但正常人都只是想想，而妄想症患者则会陷入这种自己营造的幻想当中无法自拔，最后信以为真。"

我问："那么，该如何避免患上妄想症呢？"

医生淡淡道："面对现实。"

但我心里在想，究竟什么是现实呢？

几个月后，当我再次见到他，他已经变得又痴又傻。

只见他躺在病床上，目光呆滞地盯着天花板，嘴里不停地念叨着一串杂乱无章的奇怪数字。

就和那三个患者一样。

我用录音笔，将他口里念出的数字记录了一段。

我将这段录音和之前那三个患者的录音整理起来，专程跑了一趟中科院，在那里，我把这些录音放给了几位院士听。

其中一位院士突然对我道："为什么不尝试着，把这四段录音中的数字输入计算机，让计算机分析分析呢？"

四段录音当中的数字都太长了，我简单地将每段录音都节选了五十个连续的数字输入计算机。

很快，电脑给出了分析结果。

我惊人地发现，这四段数字全都来自同一个地方——

圆周率！

℞ 第27个病例：

这个男人创造了宇宙

其实关于这名患者的采访，是在2013年进行的，之所以迟迟没有将这个病例记录下来，是因为我本着客观与严谨的态度，一直在等待着一个结果。我希望那个结果会往好的方向发展，但是，就目前看来，这个结果怕是一时半会儿等不到了，于是我决定，鼓起勇气，写下这个病例。

2013年10月，我向报社申请获批飞了趟马来西亚的吉隆坡。当天中午，飞机在吉隆坡机场降落之后，我便直接打车去了在网上预订好的酒店。在酒店房间放下行李，稍事休整之后，我便下楼简单地吃了顿午餐，然后按照预约好的时间，去了那家精神病医院。

这家精神病医院是一家华人医院，整座医院都由华人投资，医院上下从院长到医生再到护工，全都是华人。而这家医院收治的病人，也以华人为主。

采访这名患者之前，我有必要向他的主治医生了解一下具体的情况，于是便在护工的带领下，去了医生的办公室。

一走进办公室，医生很客气地请我就坐，为我倒上了一杯香气扑鼻的咖啡。我俩坐在窗前，一边喝着咖啡、享受着马来西亚午后充沛的阳光，一边交谈着。

我呷了一口咖啡，觉得唇齿之间溢满了咖啡豆的香气，然后深吸了一口气道："这名患者现在的情况如何？"

医生叹了口气，无奈地摇了摇头道："情况不容乐观，尽管已经对他进行了一年的治疗，但就目前的情况看来，他的妄想症越来越严重了。"

我道："他依然妄想自己是……"

医生点了点头道："没错，他妄想自己是造物主。"

我掏出手机，连上了医院的WiFi，翻看电子邮件："你之前发给我的电子邮件里说，这名患者一年前经历了一场梦游？"

医生道："是的。他当时赤身裸体出现在闹市区。你知道当时是晚上九点多，正是闹市区人多的时候。他浑身一丝不挂，在大街上游荡，引起了周围人群的围观，还被很多人录下来发到了网上。"

我点了点头说："我看过那视频，当时在网上挺火的。大家都以为他喝多了。"

医生道："当时有人报了警，警察很快就到了，在他身后喊了他几声，他没回应，于是上前轻轻拍了一下他的肩膀。他登时身子一软，跌坐在了地上，一脸茫然地看着四周，像是刚刚清醒过来。警察把他带进了局里，做了酒精测试，结果发现他并没有喝酒，又对他进行了尿检，尿检是阴性的，所以可以判断，他当时既没有喝酒也没有吸毒。而他也完全不记得自己为什么会一丝不挂地在大街上游荡。他说他当时一个人在家里睡着了，醒来的时候，就发现自己跌坐在了闹市区的地上，被警察和一群市民包围。这时大家才知道，他是梦游了。当天晚上，他被家人接了回去，去药店买了些安神的药吃。可是几天之后，他又梦游了，好在这次家人发现得及时，在家门口唤醒了他。但这回，他开始胡言乱语，一直声称自己是造物主，是他创造了宇宙，总之说了很多奇怪的话。家里人一开始以为他在开玩笑，所以没太在意，直到半个月后，他有了一次极端行为……"

我一怔："极端行为？"

医生点了点头，语调沉重："家里人认为是他工作压力太大，所以才会梦游，于是开了三小时的车，带他去了海边，想让他散散心。结果就在当天晚上……"

我道："他又梦游了？"

医生深吸了一口气道："是的。他梦游离开了酒店房间，穿过了好几条马路，从海堤上跳了下去。"

我道："他跳海了？"

医生道："还好当时海边人多，他被人救了上来，才保住了一条性命。他家里人怕他出事，就把他送到了我这里。哦，对了……"

我道："什么？"

医生道："他被人从海里捞上来的时候，手里多了件东西。"

我问："什么东西？"

医生道："玻璃珠。应该是从海里捡来的。他一直攥着那颗玻璃珠，不让人碰。入院的时候，我们要收缴他的随身物品，什么都可以拿走，唯独那颗玻璃珠，他死也不让我们碰，还差点把那珠子吞下去。我们没了办法，只好妥协了，让他把那颗玻璃珠带了进来。"

与医生结束了交谈，我在他的带领下，来到了会面室。

"有什么状况就喊，我们就在外面。"进门之前，医生对我轻声耳语道。

我点了点头，走了进去，身后，门被轻轻合上了。

这名患者年仅二十六岁，但他本人看上去的确比实际年龄要大个三五岁。他原本是马来西亚一家手机硬件制造厂商的设计师，却因为综上所提到的这些原因，来到了这里。我进去的时候，他并没有看我，而是坐在一把椅子上，双手捧着一颗黑色的鹌鹑蛋大小的玻璃珠，眼睛死死地盯着玻璃珠，一动不动。

"我可以……坐下吗？"我小心翼翼道。

他缓缓点了点头，没说话。

我在他面前坐了下来，与他隔着一张桌子，相对而坐。

他依旧没有抬头看我一眼，目光仿佛被吸住了，牢牢地锁定在了那颗黑色的玻璃珠上。

我轻声问："你在……看什么？"

他盯着手里的玻璃珠道："宇宙。"

我道："你这是比喻……还是……"

他摇了摇头道："不是比喻。"

我眉头紧蹙道："你是说……这颗玻璃珠里，装着一个宇宙。"

他点了点头，没说话。

这不禁让我想起"套层空间"那个病例当中的少年，他宣称自己手里的方盒中藏着一个虫洞，他能够通过虫洞看到下面一层的平行世界；而眼前这名患者，则宣称自己手里的玻璃珠里装着一个宇宙。

我道："这玻璃珠是你从海里捡来的吧？"

他道："不，是我扔在那片海里的，我只不过是把它给找了回来。"

我指着他手里的玻璃珠道："如果说这个玻璃珠里真的装着一个宇宙，那这个宇宙未免也……未免也太小了一点吧？"

他轻蔑地笑了笑道："什么是小，什么又是大？这都是对比出来的。我这么来说吧，对于微生物，对细菌和病毒来说，你的身体就相当于一座城市，一个国家，甚至一个世界那么大。我们再深入一些，深入微观世界，深入原子域。对原子那么微小的粒子来说，一个水杯那么大的空间就相当于宇宙了。大部分时候我们只是站在自己的角度来理解事物的大小。你觉得我们算是宏观世界吗？错了，其实在另外一个层次的世界看来，我们很有可能是微观世界。"

我的大脑飞速运转，努力理解着他所说的话。

他接着道："这么来说吧，你知道原子的结构吧？电子会围绕着原子核旋转，你觉得这像是什么？"

我思索了片刻道："这就像月球围绕着地球旋转？"

他点了点头道："是啊，就是这样。月球围绕着地球旋转，地球围绕着太阳旋转。太阳就相当于原子核，而绕着太阳旋转的八大行星（以前是九大行星，2006年冥王星被划为矮行星，从行星中除名）就相当于电子，以及围绕原子核运转的其他粒子。那么，我们所处的这个宇宙，会不会只是另外一个更为宏观世界的微观原子域呢？在他们看来，我们是微观世界，而我们人类，只是一群生活在微观原子世界里的生物。你看，这么一说，你肯定又会想，那么，在我们这个世界所定义的微观世界、那些原子的世界当中，是不是也存在着和我们一样的生物呢？"

我默默道："一沙一世界，一花一天堂。"

他微微一笑道："看来你已经理解了我所说的话。所以，这么一颗在你看来十分渺小的玻璃珠里，装着一个宏大的宇宙，又有什么不可思议的呢？"

我深吸了一口气道："我听你的主治医生说，你认为自己是造物主？"

他点了点头道："你们所处的这片宇宙，是我创造的。"

我道："可你今年只有二十六岁，在吉隆坡有家庭，父母双全，曾经有工作有社保，从你出生到现在，你的父母一直见证着你的成长……怎么看，你也不像造物主啊。"

他轻蔑地笑了笑道："所以你们看事物只能看到表面。"

我愣了愣，没明白他的意思："怎么讲？"

他道："我可从没说过，这具只有二十六岁的年轻男性肉体是造物主。"

我彻底蒙了："我没明白……"

他道："这具肉体，并不是我的，我只是借由它，来到了你们的世界。"

我一怔："你说什么？"

他道："相信你已经了解过关于这具肉体梦游的情况，大晚上的一丝不挂地出现在吉隆坡的闹市……呵呵，其实当时并不是梦游，而是我——你懂吗？我，作为造物主的意识，进入了这具年轻的肉体当中。"

我道："你是说……灵魂附体？"

他道："可以这么理解吧。我已经很久没有来过这里了，尽管是我创造了这里，但这个世界已经被你们人类改造成了另一副模样。所以那天晚上，我太急于见识一下被你们人类改造的世界了，连衣服都没穿，就跑到了大街上。"

我道："那跳海那天，也是你……"

他点了点头道："对，也是我。在创造这个宇宙之前，我单独制造了一个小宇宙，藏在那里，所以我要把它找回来。"他说着，目光再度移向他手中的玻璃珠。

我觉得他彻底疯了，但还是顺着他的话道："能告诉我，你为什么要制造这么一个小宇宙，又为什么要在这时候把它找回来吗？"

他一脸严肃道："制造小宇宙，是为了保险起见。如果大宇宙崩溃，我就可以把小宇宙从这里面……"他说着，又看了眼手中的玻璃珠，"从这里面释放出来，从而取代已经崩溃的大宇宙。"

我深吸了一口气道："你的意思是说，我们所处的这个宇宙，就要崩溃了？"

他点了点头道："这是我在创造这片宇宙的时候，就已经料到的事情。这片宇宙正在膨胀，你懂吗？这种膨胀不仅仅是宇宙空间的膨胀，而是宇宙每一个组成部分的膨胀。换句话说，就连你们人类自身都在跟随着宇宙整体一起膨胀。"

我道："你是说，我们的身体在膨胀？可是……我怎么一点都没感觉到？"

他道："因为引力，在你们所处的这个星系里，引力是占主导地位的，你们之所以感觉不到膨胀，是因为引力让你们认为自己的身体依旧是紧密地黏合在一起的。但是，我发现，宇宙的膨胀正在加速，并且越来越快了！一旦这种膨胀超过了临界点，引力便会崩溃，到时候，所有的一切都不再紧密地黏合在一起，会被撕裂，原子将会被分解，整个宇宙都会因此崩坏，永远死去。"

我倒抽了一口凉气，似乎已经陷入他的话语当中："距离临界点，还有多远？"

他淡淡道："不远了。所以我这次来，是想给你们人类留下最后的机会。"

我重复着他的话："最后的机会？"

他道："我会带走经过我精心挑选的二百三十八人，把他们带离这个宇宙，暂时保护起来。"

我道："保护起来？"

他点了点头道："对，保护起来，等到这片大宇宙崩溃之后，我会释放小宇宙，而这二百三十八人将会在新的宇宙当中繁衍生息，延续地球人类的文明。"

我道："可是，你被关在了这里，我很难想象，你如何带走二百三十八个人。"

他笑了笑道："我已经想好办法了。"

那天的采访结束，我有好一阵子都沉浸在他的宇宙大撕裂理论当中，没法抽离出来。但他的主治医生对我说，这只是一个精神病患者的妄想，叫我不要太在意。

几个月后，我得知他出院了，他的病突然一下子好了，不再妄想自己是造物主，仪器检测他的大脑也回归了正常。

不久，他说要到中国旅行，便独自一人乘上了飞往北京的飞机。

那架飞机从吉隆坡起飞后不久，便永远地从这个世界上消失了。

失踪人数，二百三十九人。

除去他，刚好是二百三十八人。

R⟋ 第 28 个病例：

以太蜘蛛

　　这个女孩儿看上去很年轻，二十岁出头，是加拿大不列颠某著名大学的一名华裔学生。她患有梦游症、躁郁症，和比较严重的被迫害妄想症。

　　此刻，她平静地端坐在一间心理辅导室里，坐在她对面的，是一名看上去三十岁出头的年轻的心理医生。

　　心理医生语调柔和，淡淡地问道："你是从什么时候开始梦游的？"

　　女孩儿的语速极快，听上去略有些神经质："几年前吧，你要问我具体的时间，不记得了。"

　　心理医生问："你是怎么发现自己梦游的？"

　　女孩儿转了转眼珠子，语速依旧很快，显得越发神经质："宿舍的舍友发现的，我大半夜梦游起床吃光了冰箱里的罐头。一开始大家都以为宿舍里遭贼了，可没多久我又梦游，被她们逮了个正着。"

　　心理医生转了转手中的圆珠笔，在笔记本上书写着什么："你梦游的情况跟家里人说了吗？"

　　女孩儿摇了摇头道："没有。我怕他们担心，也不想让学校里那些男生知道，你知道我是亚洲人，那些白人同学，尤其是男同学，对我不怎么友好，要是让他们知道，他们会嘲笑我。所以，我让我的室友们对这件事保密。"

　　心理医生点了点头道："你在预约邮件里说，后来你的梦游症越来越严重了。就在前不久，你半夜梦游钻进了宿舍浴室的浴缸里，蜷成一团，瑟瑟发抖，满头大汗。你的舍友半夜上厕所的时候，被你吓了一大跳。她们花了好一会儿才唤醒你。"

　　女孩儿点了点头道："没错，所以她们让我来了您这儿。"

　　心理医生问："你当时……梦到什么了？"

　　女孩儿道："有人要杀我。"

　　心理医生重复着女孩儿的话："有人要杀你？"

　　女孩儿点了点头道："没错。"

　　心理医生道："你是说，梦游的时候，你梦见有人要杀你？"

女孩儿摇了摇头，声音听上去有些发抖："不是梦里，而是现实中真的有某个东西，想要杀掉我。"

　　心理医生眯了眯眼睛，看上去正在试图理解女孩儿的话："某个东西？你的意思是说，想要杀你的，不是某个人，而是……别的什么？"

　　女孩儿点了点头，有些局促不安地东张西望起来。

　　心理医生道："你看上去……有些紧张，要不要来杯水？"

　　女孩儿浑身发抖："我能感觉到，那东西就在附近。"

　　心理医生警觉起来："你是说……有人跟踪你？报警了吗？"

　　女孩儿摇了摇头道："没用的，警察不会相信我说的，没人会相信，他们也保护不了我。"

　　心理医生狐疑地摸了摸下巴道："你说的那东西，究竟是什么？"

　　女孩儿突然站起身来："我得……我得离开这儿！"

　　心理医生道："可是，我们的谈话还没结束。"

　　女孩儿身体抖得厉害："我会再来的！"她说完，便快步离去了，像在躲避着什么东西的追赶。

　　一个月后，女孩儿回来了，这次，她显得比上次清瘦了许多，眼神当中透露出一种像吞了安定片般的镇静。

　　心理医生问："一个月没见，过得怎么样？"

　　女孩儿道："不怎么好。"

　　心理医生道："上次你说，有某个东西要杀掉你，你还没告诉我，那个东西，究竟是什么？"

　　女孩儿神经质地道："蜘蛛。"

　　心理医生眉头一蹙，显然没听明白："什么？"

　　女孩儿重复道："蜘蛛。"

　　心理医生问："什么蜘蛛？"

　　女孩儿道："你能告诉我，什么是空间吗？"

　　心理医生依旧没听明白："你说的这个'空间'，是指某个特定的人或物体的名字吗？还是某种比喻？"

　　女孩儿摇了摇头说："就是我们所处的这个空间。"

　　心理医生为难道："我还是没明白……你的具体意思。"

　　女孩儿道："就是单纯地想请你解释一下，空间到底是什么。"

心理医生用笔杆敲了敲自己的脑袋道："经典物理学认为，宇宙中物质实体之外的部分都可以称为空间。比如我们所处的这个房间六面墙之间的范围，这幢大楼与另外一幢大楼之间的范围，地面与天空之间的范围，乃至地球与月亮、太阳、其他星球之间的范围都可以称作空间。"

女孩儿又问："那么，空间是由什么组成的呢？"

心理医生愣了一会儿，道："空间之所以叫空间，是因为那片范围是空的……"

女孩儿道："你想说，空间里什么都没有？"

心理医生道："当然不是，拿我们地球来说，空间当中存在空气，存在光，包括我们在内的一切事物都必须依附在空间当中才能生存。即便宇宙空间没有空气，有些地方可能连光都没有，黑暗当中也会有无数看不见的粒子存在。但我所说的空气、阳光和那些不可见的粒子，都是依附于空间存在的，并不是空间的组成部分。换句话说，没有这些东西，空间也依然存在。"

女孩儿道："空间是由网组成的。"

心理医生皱了皱眉："网？"

女孩儿突然紧张起来，开始浑身发抖。

心理医生关切道："怎么了？不太舒服吗？"

女孩儿摇了摇头，整张脸都是煞白的："它来了！它来了！它来了！"

心理医生看了看四周："谁来了？"

女孩儿大喘粗气道："蜘蛛！"

突然，画面像是受到了电磁波的干扰，开始剧烈地抖动起来，紧接着，整个画面都变得异常扭曲，最后只剩下一片雪花。

这段录像，我已经在电脑上看了不知道多少遍。

录像是一年前录下的，录像中的女孩儿因为心理问题，到这家心理辅导中心做了两次心理咨询，两次谈话全程录影。

而就在第二次谈话开始不久，女孩儿突然像感受到了一股神秘力量的威胁一般，当她异常惊恐地喊出那句"蜘蛛"之后，录像就被迫中断了。我们所有人都不知道录像中断之后那间心理辅导室里究竟发生了什么，只知道那位心理医生从此人间蒸发了。

当那家心理辅导中心的护工发现女孩儿时，女孩儿已经陷入了深度昏迷当中。而那位负责对她进行心理辅导的心理医生却不见了踪影。辅导中心配合警方调取了当天的监控录像，并没有发现那名心理医生离开过那间辅导室。女孩儿在医院的病床上醒来后，警方向她询问了当时的情况，女孩儿却神情木讷地摇着头说她什么都不记得了。

女孩儿回到学校后，梦游症状越发严重。最严重的时候，她甚至会在梦游中离开宿舍，在宿舍的走廊里狂奔，似乎在她的身后，有什么看不见的东西在追赶她。最后，她甚至直接从三楼走廊的窗口跳了下去。还好楼下是一片花坛，起到了缓冲作用，女孩儿只是扭伤了脚，身体软组织有些轻微的挫伤，并无大碍。

女孩儿的父母带她去医院看了精神科医生。

女孩儿对医生道："我在梦游的时候，梦到了一只蜘蛛。一只很大很大的蜘蛛，它在追赶我，想要把我吃掉！"

女孩儿的父母说，她在很小的时候，被蜘蛛咬过，差点因此丢了性命，还好送医及时，才挽救过来。

医生由此判断，女孩儿的梦游症状应该是因为童年被蜘蛛咬伤过的阴影导致的。要知道，童年的阴影一向烙印最深，会根深蒂固地留在人的潜意识里，甚至会影响人的一生。他认为这并不是什么太大的问题，只要经过合理的心理疏导，梦游症状就会有所好转，直到彻底消失。

可女孩儿对医生乞求道："你能把我关起来吗？求你了！"

医生还是第一次见到有病人主动要求把自己隔离治疗的，但他并没有答应女孩儿的要求，而是给她开了些安眠药，让她回家后好好休息。

可回到家后没多久，女孩儿就在梦游中自杀了。她从自家十八楼的阳台上跳了下去，硬生生地砸在了水泥马路上，当场死亡。

女孩儿死亡的半年后，一个身着医生制服的男人被人发现昏倒在了加拿大一座边陲小镇的柏油公路上。

男人被送到了医院，当他在医院的病床上苏醒时，警方找到了他。他正是半年前失踪的那名心理医生。

这个男人似乎已经不记得自己本来的身份，面对警方的问话，他答非所问，胡言乱语，说的话全都不着边际，令所有人都摸不着头脑。

警方联系上了男人的家人，家里人去了那座小镇，把男人接回了温哥华的家中。

回到家后，男人的情况并未好转，于是他的家人带他去医院做了精神鉴定。这个男人有很严重的精神疾病，于是院方安排他入院治疗。

飞机在温哥华落地之后，我顶着强烈的时差感，马不停蹄地赶往了那家医院。在那家医院的会面室里，我终于见到了这个男人。男人看上去比录像中消瘦许多，头发被剃成了板寸，穿着病号服，显得十分落魄。

我简单地向他做了个自我介绍，他冲我点了点头，并没有多言。

我小心翼翼道："那么，我们可以开始了吗？"

男人道："可以了。"

我快速地翻阅着手头的文件夹，然后道："一年前你对那个女孩儿进行心理辅导的两段录像，我都已经看过了。我们所有人一直以来都有一个很大的疑问，这个疑问不光关于那个女孩儿，它主要是关于你的。录像的内容应该不用我赘述了。我就想问，那天那个女孩儿喊完那声'蜘蛛'，录像就突然中断了，那之后，女孩儿被发现昏迷在那间心理辅导室里，你却失踪了，直到半年前，你被人发现昏倒在了一座小镇的公路上。请问录像中断之后，到底发生了什么？"

男人的声音里充满了恐惧，他声音沙哑道："蜘蛛。"

我一怔："你和那个女孩儿一样，也看到了那只蜘蛛？"

男人点了点头。

我道："如果方便的话，能给我讲讲当时的具体情况吗？"

男人重复道："蜘蛛。"

我感觉有些不对头，看来是过快进入主题了，为了避免刺激到他，我决定迂回一些，从那个女孩儿的话题着手。

我道："你对那个女孩儿说的话怎么看？就是一年前那个女孩儿。"

男人摇了摇头说："太久了，我不记得了。"

我道："那个女孩儿说，空间是由网组成的。"

男人点了点头道："没错，空间的确是由网组成的。"

我问："你认同那个女孩儿的观点？"

男人没有理会我，自顾自地接着说道："无数张网，无数张网交织在一起！"

我理解着他的话："你是说，空间是由无数张网交织而成的？"

男人道："没错。"

我看了看四周，又用手在空中挥了挥，表示空气中啥也没有："请问，那些网在哪儿？"

男人道："就在我们周围，和我们的身体紧贴在一起，把我们的身体紧紧包裹起来。"

我道："看不见也摸不着的网？"

男人道：“对的。”

我道：“你是说，我们其实生活在网中？”

男人道：“不光我们，整个宇宙空间，都是由一张又一张密集的网交织而成的。”

我问：“那请你告诉我，这些网是由什么材料组成的？”

男人道：“以太。”

我道：“以太是不存在的，那只是古代科技不发达时，一些哲学家假想的产物。”

男人道：“你为什么说以太不存在？”

我道：“因为目前科学上没有任何观测证据能够证明以太的存在。”

男人道：“知道希格斯玻色子吗？”

我点了点头道：“上帝粒子。一种没有自旋的粒子。”

男人道：“英国物理学家彼得·希格斯在1964年率先提到了这种粒子，但当时上帝粒子只是他的假想，没有任何观测证据表明上帝粒子的存在。霍金甚至曾说过，人类永远不会发现上帝粒子，因为它不存在。可结果呢，上帝粒子在2013年的时候，被欧洲核子研究组织发现了。”

我问：“你想表达什么？”

男人道：“你怎么就能肯定，人类不会在某一天，观测到以太的存在？”

我不说话了。

男人问：“你为什么能听到我说话？”

我道：“因为你的声音传到了我的耳朵里。”

男人道：“声音依靠什么传播？”

我道：“介质。也就是一种可以用来传播的媒介物质。”

男人道：“真空环境下为什么是无声的？”

我道：“因为声音是物质振动产生的，依靠组成物质的微粒振动带动周围微粒振动来传播；而真空中什么物质都没有。”

男人道：“也就是说，声音的传播需要媒介。那么光呢？光靠什么传播？”

我道：“光的传播不需要媒介，不需要借助其他物质。光是一种可见的电磁波，就像宇航员在太空环境下可以依靠电磁波对讲一样。”

男人道：“你凭什么认为光的传播是不需要媒介的？任何事物的传播，都需要媒介，这是这个宇宙间潜藏不变的规则。”

我道：“因为光是符合波粒二象性的——后来发现一切物质似乎都符合波粒

二象性——光既是一种波又是一种粒子，粒子在空间中的传播不需要媒介。"

男人道："不！即便是光粒子的传播也需要媒介！"

我问："那你认为，光依靠什么媒介传播呢？"

男人道："以太。以太交织而成的无数张虚无的网状结构，充斥着整个宇宙空间，正因为有了这些以太网，包括光在内的一切粒子才能够在真空中传播。"

我道："以太是20世纪早期物理学中的假想产物，没有任何证据表明它的存在性，在现行物理学中，以太的存在已经被否定了。"

男人道："以太的确是存在的！以太构成了宇宙！"

我道："你怎么证明整个宇宙空间都是由你所谓的以太网构成的？"

男人道："有个人已经替我证明了。"

我问："谁？"

男人道："爱因斯坦。爱因斯坦在他的理论中认为，一切有质量的物体，都可以导致空间发生弯曲，而巨大质量的物体，则会导致空间发生明显的弯曲。1919年的一次日全食证实了爱因斯坦的观点，日全食发生的时候，有一颗远处的星球，正好处在太阳的背面，也就是说，太阳理应将那颗星球完全遮挡住。可是，当日全食发生的时候，天文学家们却用望远镜观测到了那颗星球。也就是说，那颗星球的光，在经过太阳的时候，发生了弯曲，从而绕过了太阳，传播到了地球上。所有人都知道，在没有受到不均匀介质的干扰下，光永远是沿直线传播的，而宇宙真空中并没有介质存在，那么发生弯曲的，只有可能是太阳周围的空间。"

我道："难道不是太阳巨大的引力导致光线弯曲的吗？"

男人道："爱因斯坦认为引力是由时空的弯曲造成的。既然空间会弯曲，那么就说明，空间是有弹性的，就像一张网，你把一枚笨重的铅球扔到那张网上面，网就会向下塌陷，发生弯曲。"

我愣愣地看着他。

男人冲我微微一笑，接着道："你看，光因为空间的弯曲而发生了弯曲，所以光是依靠空间传播的，而空间是由以太构成的，所以光的传播媒介是以太。"

我道："那么以太又是怎么形成的？"

男人突然打了个激灵，身子向后缩了缩，仿佛在害怕着什么。

我问："怎么了？"

男人摇了摇头说："你不该问这个问题。"

我强笑道："这有什么不能问的吗？"

男人道：“我不想毁了你对这个世界的认识。”

我在心里呵呵一笑，我对这个世界的认识早就被毁了。

我道：“就给我讲讲吧，你知道我听过更离奇的。”

男人咽了口唾沫，沉默了片刻，仿佛是在让我做好心理准备。

片刻之后，男人开口道：“其实我们所处的这片宇宙，是一种高维度生物织的网。”

我一怔：“你想说是蜘蛛结的网？”

男人道：“差不多吧，它们的生存方式类似蜘蛛。它们擅长用以太织网。”

我问：“这张网有宇宙那么大？”

男人道：“宇宙只是对我们而言很大，就像你的身体对于病毒也如宇宙一般漫无边际一样。”

我问：“它们织这么大一张网干吗？”

男人问我道：“那你觉得蜘蛛织网是为了什么？”

我道：“狩猎。”

男人点了点头。

我倒抽了一口凉气：“我们是猎物？”

男人道：“我们这片宇宙中一切的星球，一切的物质，一切的生命，曾经都不属于这里，其实，我们只是被困在了这张巨大的以太网里。就像蚊子飞着飞着，就被蜘蛛网缠住了一样，最后被蜘蛛吃掉。”

我问：“那些高维度生物，要吃掉我们？”

男人道：“它们已经花了上百万亿年的时间，陆续吃了好几万个星系的生命了，也该轮到我们地球了。”

我问：“那天到底发生了什么？你为什么会失踪半年？”

男人摇了摇头道：“我真的，不记得了。但我感觉，那是一瞬间的事情。”

我道：“一瞬间的事情？”

男人道：“我感觉当时有什么东西裂开了。那张以太网裂开了，空间裂开了，我被吸了进去。然后我就什么也不知道了。当我醒来的时候，我发现自己躺在那家小镇医院的病房里。”

我刚准备继续发问，院方就提醒我，采访时间到此结束了。

但我还是没能弄清这个男人失踪的真相。

为了弄清这一切，我特地向报社申请，延长了几天的采访时间。我利用这些时间，专程去了那座边陲小镇。

在小镇里，我先后采访了那天负责收治他的医生、护工，以及那天负责向他问话的警察，但得到的结果，都是那些资料上早已经公开的信息。

我又在那家小镇医院逗留了半日，访问了所有和他接触过的人，却依旧一无所获。

看来的确什么也调查不出来。

正当我打算就这么离开的时候，一名医生突然拦住我道："对了，这个手机是你那位朋友的（指那个男人），他把它落在我们医院了，我们一直替他保存着，本来打算给他寄过去，后来忙着忙着，把这事就给忘了。你帮我还给他吧。"

我接过手机，手机已经没电了，处于关机状态。

医生拍了拍我的肩膀道："你这朋友啊，时间观念肯定不怎么好。"

我一脸疑惑地看着他："怎么了？"

医生笑了笑道："他被送到我们医院的时候，手机上的时间还停留在半年多以前，时间完全是错的。"

时间停留在半年多以前？

我怔住了。

医生又笑了笑说："开个玩笑，一定是手机出故障了，好了，替我向你那位朋友问声好。"

℞ 第29个病例：

鸽子的迷信

这里，我要讲一个真实的故事。

美国著名科幻小说作家菲利普·K.迪克，曾经创作过一部科幻小说，小说的名字叫 *Flow My Tears, the Policeman Said*（《警察说：流吧！我的眼泪》）。

那本书讲述了一个身处未来警察国家的大明星，一觉醒来发现自己变成了一个普通人的故事。这不是重点。重点是，就在那部小说出版的四年后，菲利普在参加一场聚会的时候，碰到了一个女人，俩人通过交谈，他发现，这女人的名字和他那部小说里的一个女性角色的名字一模一样。

一开始，菲利普觉得这应该是一个巧合，但是，当二人的聊天持续深入地进行下去，他得知，这个女人的男朋友也拥有和那部小说里那名女性角色的男朋友相同的名字。

在那场聚会上，这个女人和一名警察局局长显得过分亲昵，那种暧昧关系令菲利普感觉到，她和这个警察局局长有一腿。警察局局长在聚会上发表了讲话，并介绍了自己，菲利普惊讶地发现，这名警察局局长的名字也和自己四年前出版的那本小说里所写到的那名警察局局长的名字一模一样。而在小说里，那个女性角色真的和警察局局长存在非正当的暧昧关系。

菲利普感觉自己仿佛是在做梦，他不敢相信，于是便和这个女人更加深入地交谈了下去。逐渐地，他发现，这个女人的生活经历，竟然和他小说里那名女性角色的生活经历极其相似。

在此之前，菲利普并不认识这个女人，更不认识那名警察局局长，可现实里的一切，都和他小说里所写到的故事发生了重合。

聚会结束后，菲利普在回家的路上遇到了一个男人，那个男人的车没油了，他走向菲利普，向他借钱。

以前要是碰到有陌生人借钱这种事，菲利普一定是拒绝的，但是，那天不知怎的，他竟然真的从钱包里掏出了二十美金递给这个陌生男人。

然后，他回了家。刚到家门口，他突然想到：那个男人的车没油了，他无法开车去加油站。于是，菲利普便开着自己的车返回，那个男人果然还在那儿。

他载着那个男人去了加油站，用油桶接好了油，然后载着他返回。当那个男人把油桶里的油倒进汽车油箱里的时候，菲利普突然意识到：这不就是我小说里的情节吗？

这个故事，是眼前这个女人告诉我的，她原本是一位并不出名的作家，写过很多书，但真正出版的，也就那么两本，而且销量平平，所以很少有人知道她。如果光靠写书，她可能早就饿死了。不过好在，她有一个很会赚钱的老公。她老公是一家外企的高管，收入很高，养活一家人自然是没有问题的。所以，她并不用为找工作而发愁，平常在家带带孩子，写写小说，幻想着有一天自己的作品能够登上畅销书的榜单。

一年前的圣诞夜，惨剧发生了。

她老公佘先生对我道："那天我们公司刚好有个会，开完会又陪一帮老外吃饭、唱歌，一直搞到很晚。大概是十二点钟的时候，我回到家。家里灯火通明的，要是换以前，我回到家，我那两个五岁大的儿子肯定会跑到门前来迎接我，但是那天没有。当时我觉得也许太晚了，俩儿子已经睡着了，但家里灯都是开着的，老婆肯定还没睡。我听到了敲键盘的声音，就朝书房走了过去，看到她正在电脑前打字。我喊了她两声，她没应我，于是我朝她走了过去，这才发现她神情木讷，根本就没发现我的存在。我推了她一下，她身子一抽，差点摔下去，还好我及时把她抱住了。我觉得是她太累了，所以梦游了，于是劝她回房一起睡觉去了。第二天早上，她起得很早，在厨房做早餐，我去儿童房叫儿子起床。可是，他俩躺在床上，怎么都叫不醒，我一摸才知道，俩孩子连气儿都没了。你知道当时多恐怖吗？我回过头，看到我老婆站在门口，举着一把刀朝我冲了过来。还好我躲了过去，从她身后抱住了她，把她手里的刀抢了过来。她在我怀里昏迷了过去。我很害怕，怕她中途醒来又闹出些什么事，于是用绳子把她反绑了起来，然后报了警。"

经过法医鉴定，那两个五岁大的男童，是被他们的母亲掐死的。死亡时间，是在圣诞节当晚的八点到十点之间，当时佘先生还在公司陪客户，他的领导和当天在场的客户都能为他提供不在场证明，并且还有 KTV 的监控录像为证。所以，警方排除了佘先生的作案可能。

佘先生称，他妻子极有可能是在梦游中掐死两个孩子的。于是，警方听取了佘先生的意见，带他的妻子去做了精神鉴定，发现她患有严重的精神分裂症。

我在这家精神病医院的会面室里见到了这个女人，她的外貌看上去的确十分出众。但是，她的言语给人一种神经质的感觉，语速极快，一见面，她就给我讲了一段关于菲利普·K.迪克的故事。

我问："这个故事听上去的确很神奇，但是，你究竟想通过这个故事表达些什么呢？"

她道："为什么菲利普·K.迪克小说里的人物和情节会和现实中的人和事发生如此高度的重合呢？"

我道："你想说，这是某种预言？"

她摇了摇头道："这并不是预言，菲利普在聚会上碰到的那个女人，那个警察局局长，那些人和事，在菲利普写那本小说之前就已经存在了。菲利普并不认识他们，也从没听说过他们的人生经历，却写了一部和他们人生经历发生了重合的小说。"

我道："这只是巧合。你知道，从概率上来讲，这是有可能的。世界之大无奇不有不是吗？小说里的情节，很有可能会和现实撞车。不然为什么很多影视剧的片头都会写上'本故事纯属虚构，如有雷同，纯属巧合'呢？"

她道："情节上撞车我相信，可是连名字、身份以及人物关系都对上了，那就绝对不是巧合了。还有菲利普回去的路上，碰到的那个男人又怎么解释？他发现那竟然也是他小说里的情节！这也是个巧合吗？"

我道："如果不是巧合，那你觉得会是什么呢？"

她道："你有没有觉得，其实，我们的人生，是有一套剧本存在的？"

我摇了摇头道："人生是没有剧本的。"

她道："菲利普遇到了那个陌生男人，男人找他借钱，正常情况下，他是不会借的，可是那天，他却鬼使神差地掏出了钱，还带着那个男人去了加油站，这些在平常他绝不会干的事情，那天晚上他都干了。而且，这些经历竟然都和他小说里的情节吻合了。你难道不觉得，这就像在跟随剧本的安排吗？"

我道："你不会是想说，我们也全都是菲利普某本小说里的人物吧？"

她摆了摆手道："不，我不是这个意思。我想说的是，这个剧本，可能是某个我们认知不到的生物安排给我们的，可能是上帝，可能是外星人，可能是高维度生物，也可能是别的什么玩意儿。总之，我们每个人的身上都有一套剧本。只不过，菲利普在写作过程中，无意感知到了那个在聚会上遇到的女人的剧本，所以，他在不知情的状况下，把它写进了小说里。"

我道："这听上去有些玄乎，而且，这些都是你幻想出来的，你并没有证据。”

她道："这正是我要说的。很多假设最后都被证实了，不是吗？最早人们崇拜'地心说'，认为整个宇宙都是围绕着地球旋转的，而从地球的角度看上去，日月星辰也的确是这么运转的。但是，哥白尼的'日心说'打破了这一点，他认为宇宙万物是围绕太阳旋转的。当然，'日心说'也是错误的，太阳并不是宇宙的中心。但有一点，哥白尼说对了，地球是围绕太阳旋转的，而不是之前人们以为的太阳围绕地球旋转。一个新的猜想，总会对人们固有的认知产生冲击，人们总是需要很长的时间来接受一个新的观点。不过，我想说的是什么呢？万一一开始，地心说是对的呢？"

我道："地心说一直都是错的，地球怎么可能会是宇宙的中心？"

她道："万一，地球曾经真的是宇宙的中心呢？"

我道："我没懂你的意思，什么叫曾经是？"

她道："地球现在的确不是宇宙的中心，我是说，在哥白尼的'日心说'被逐渐认可的时候，宇宙的中心就从地球变成了太阳，再后来，人们认为太阳只不过是太阳系的中心，并不是宇宙的中心，这种观点被普遍认可的时候，太阳也从宇宙中心的地位上退了下来。"

我道："你不会想说，在人类普遍认同神创论的时候，神的确是存在的，而人的确是神创造的吧？而自从达尔文提出了进化论，并且被人类普遍认同之后，神就消失了，人的祖先便变成了森林古猿？"

她道："看来你已经领会了我的意思。"

我笑了笑，半开玩笑道："原来我们的宇宙就是棵墙头草啊，能够根据我们人类的意识变来变去。"

她道："没错，就是这样。"

我道："宇宙一直都是那样的，是我们人类的认知在变，宇宙根本就没有变。"

她道："我知道这很难理解。其实宇宙并不是自己在变，而是有人让它变了，让它跟随着我们人类的思潮去变化。"

我道："那个人是上帝？"

她道："我说过了，可能是上帝，可能是外星人，也可能是某种高维度生物。我们姑且当他是上帝吧。其实，上帝只是在拿我们做实验。我们在上帝眼里，就是一帮低智商的生物，是被用来做实验的。就像我们拿小白鼠和鸽子做实验一样。"

我道："我可不觉得自己是个实验品。好，即便我们是实验品，可是上帝又为什么要让宇宙跟随我们的观念变来变去呢？上帝为什么要如此迎合我们的观点？"

她道："斯金纳曾经做过一个实验。他把一只鸽子装进一个特制的箱子里。在箱子的一侧，有一块电动开合的隔板，隔板打开，就会露出隔板后面的米槽。在箱子的中间有一枚电钮，鸽子只要摁下电钮，隔板就会短暂地打开，鸽子便能吃到米槽里的食物。实验发现，鸽子很快就找到了摁下电钮和打开隔板的关联性，知道只要摁下电钮，就会得到食物。

"紧接着，斯金纳又做了三组鸽子实验，这次，箱子里没有电钮，斯金纳把米槽的隔板设定为每半分钟就会自动打开一次。其实，鸽子什么都不用做，只要在箱子里静静地等待，每半分钟都会得到一次食物。但是，斯金纳发现，在隔板打开之前的每一个半分钟里，三个箱子里的三只鸽子都会做某个特定的动作。1号箱子里的鸽子，会不停地扇动翅膀，2号箱子里的鸽子会不停地用头撞击隔板，而3号箱子里的鸽子，则低着头，不停地沿逆时针旋转。"

我问："为什么会这样？"

她道："因为那三只鸽子迷信地认为，只要完成了这些动作，隔板就会打开，它们就会得到食物。它们认为它们各自做的那个特定的动作和隔板的开启有着必然的联系。其实，这之间一点关系都没有，隔板是定时自动打开的。这个实验也被称为'鸽子的迷信'。"

我问："你想表达什么？"

她道："我们人类和那几只鸽子有什么区别呢？我们一直迷信，这世间的一切因果关系，都是我们所认为的那样。上帝只是为了避免我们发现自己是一群正在被实验的鸽子，故意跟随着我们的想法，去改变宇宙的格局，让我们产生一种错觉，万物正是我们所认为的那样。"

我道："即便上帝不改变宇宙的格局，不迎合我们，我们也不会发现什么啊。"

她道："如果某一天，你发现地球其实不是个球体，而是平的，你会怎么想？"

我道："地球的确是个球体，这点人造卫星可以证明，人类也早已完成太空行走，在宇宙里看过地球的样子了，地球是个球体，这点毋庸置疑。"

她道："现在，地球的确是球状的，因为上帝根据我们的观点，改变了地球的构造。但是，在一开始，上帝设计地球的时候，地球其实是平的。"

我道："那上帝为什么不一直让它是平的呢，偏要把它改成球体？"

她道："因为大航海时代到来了，麦哲伦的船队从欧洲航海出发，一路东行，又从西边回到了欧洲。"

我道："是啊，说明地球的确是个球体啊，如果是平的，麦哲伦船队非但回不到欧洲，很可能会从世界尽头的悬崖掉下去。"

她道："你玩过那种游戏机上比较老的格斗游戏吗？"

我点了点头。

她道："有些游戏，场景只有一个屏幕大小，当你操控着人物，从屏幕的右侧穿过去会怎样？"

我道："会从屏幕的左侧再次出现。"

我突然愣住了。

她微微一笑道："地球一开始就是这种结构的，但是，这种情况在人类看来是不合理的，于是人类开始推测，地球并不是平的，而是一个球体。上帝观察到了这一点，于是把地球的结构改成了球状。"

我道："可上帝为什么要编写剧本来安排我们的人生？"

她道："这可能也是实验的一部分，上帝需要看到人类在面对各种不同情况的反应。或者说，想看看人类的某个行为，会对周围的人和环境产生怎样的影响，等等。"

我道："什么意思？"

她道："你想做个实验，看看一只小白鼠会不会恐高，而小白鼠又不会自己爬向高处，你该怎么办？"

我道："我会把它放到高处去。"

她耸了耸肩道："所以就是这个意思咯。"

我道："我们的对话和每天所做的一切都是剧本安排好的吗？"

她道："那倒不是，剧本只会写一个大概的流程，不会精确到每一天。其实你没发现，我们人生大部分的时候都是重复的，很无聊的，当我们回首往事的时候，也只有那些重要的片段被记忆了下来。上帝的剧本就是个梗概，简单地阐述了我们一生的流程和走向，也就是我们人生当中的一些重点事件。至于细节方面，都是我们自由发挥的。上帝保留了我们的自由意志，这样实验才会得到最真实的反馈。"

我道："也就是说，你杀掉你的两个孩子，也是剧本安排的？"

她点了点头道："我杀了人，因此进了精神病院，这些都是上帝给我安排的剧本梗概当中重要的段落，我是没法避开的。上帝就是想看看，在这种状态下，会发生些什么。"

我觉得她要么是真的疯到无可救药了，要么就是为自己杀掉两个孩子的罪行寻求一种开脱。

那天的采访结束后不久，她的老公佘先生突然约我出来吃饭。他递给我一个U盘，说里面存着他妻子十五年来创作的全部未发表的小说。他知道我认识出版界的人，想请我看看，这些内容有没有希望得到出版。我同意了。

回到家后，我把U盘插上电脑，开始审阅里面的小说。

老实说，她文笔虽然不错，但小说情节和创意着实一般，有些近乎流水账，不能出版也是正常的。

审稿工作一直进行到凌晨三点，我打了个哈欠，正准备关掉电脑，却突然被其中一部小说结尾的一段文字吸引住了，读完这段文字，我开始全身冒汗。

她这样写道：

"圣诞夜的那天晚上，我的老公佘先生在公司加班。我梦游了，我在梦游中掐死了我的两个儿子，他们是一对双胞胎。我因此被警方逮捕，做了精神鉴定。精神鉴定报告显示，我患上了精神分裂症，于是，我被关进了精神病医院。我被关进医院后不久，一个记者来采访我，那个记者姓方。我知道，他并不相信我说的话，认为我只是个疯子。其实，我只是看出了这个世界的真相。"

落款时间和Word文档系统显示最后修改时间一致，它们告诉我，这部小说，完成于十年前。

℞ 第30个病例：

虚无的意识体

　　尽管是在监狱的会面室里，这名三十六岁的中年男人，看上去依旧是那样儒雅。距离上一次采访他，已经过去一年多的时间了。我和他隔着一道铁窗，相对而坐。他的身后，站着两名荷枪实弹、身形魁梧的男狱警。我想，你可能已经猜到他是谁了。没错，他正是那名在梦游中杀掉自己妻子被法庭判处死刑缓期两年执行的厨师。

　　我看着他，努力想着开场白，他却十分淡然地看着我，仿佛就像一年前，在他家客厅里的第一次会面一样。

　　我捧着笔记本，轻声道："过得还好吗？"

　　厨师儒雅一笑："想我了？"

　　我有些无语，呵呵一笑，没说话。

　　厨师耸了耸肩，半开玩笑道："想我做的牛扒了？"

　　我觉得自己难以在这个话题上继续下去，于是打算换个话题："我们接着上次的话题聊吧。"

　　厨师一脸茫然道："上次的话题？"

　　我清了清嗓子道："你说……这个世界是假的。"

　　厨师耸了耸肩道："的确如此。"

　　我道："你当时的意思是说，如果我们从未见过真实，又怎么会知道真实到底是什么呢，对吧？可是，我们也没法证明，我们所处的世界，不是真实的啊。"

　　厨师扬了扬下巴，道："其实这么些日子，我在牢房里，倒是又想明白了一些事情。所谓真实，到底是否存在呢？"

　　我没说话，看着他，等待着他接着说下去。

　　他思考良久，然后道："你相信意识是可以剥离肉体，独立在这个空间里存在的吗？"

　　他的话，让我想起了那个变成植物人的年轻的物理学天才。我眯了眯眼睛，理解着他说的话："你是说……灵魂出窍？"

厨师道："你为什么会感知到自己的存在？"

我想了想，然后道："因为我此刻正坐在这里跟你对话，所以，我知道，自己是存在的。"

厨师道："我这么来问你吧，是你的肉体感知到你的存在，还是你的意识感知到了你的存在？"

我歪了歪脑袋道："肉体和意识是并存的，肉体通过神经将感知传输到了大脑，然后意识判断我是存在的。"

厨师道："你认为，意识必须与肉体并存，不能独立出来？"

我点了点头："我们的意识源于大脑，一切的思想运作都在大脑中进行。意识要是离开了大脑，什么都不是，肉体也将什么都感知不到。所以，意识不能离开肉体，二者是必须共存的。"

厨师道："那么，你觉得，人和机器人的区别到底在哪儿？"

我道："人能够思考，机器人不能思考。"

厨师道："如果是人工智能机器人呢？能够像人一样思考的机器人，就像科幻片里的那样。"

我道："我们是肉体，他们是机器，这是本质差别。"

厨师道："肉体和机器有什么区别吗？按照你所说的意识必须与肉体共存的理论，肉体不过是一个装载意识为了完成意识运转的一个机器罢了，只不过，这个机器不是用金属材料制成的。"

我道："照你这么说，这世界上的一切生命体，都可以看作机器。"

厨师道："可以这么来说，一切生命体的本体，其实都是机器。我们的本体，就是一个三维的物理实体，一个用来装载意识的机器，就像电脑和操作系统的关系那样。但是，如果意识超脱了本体，独立剥离出来呢？那么他将会成为一个不受任何三维物理实体束缚的存在。你知道，我们的意识是很强大的，却受到肉体的局限，结果什么也干不了。一旦意识离开了肉体，我想，它能够完成很多我们想象不到的事情。就像你把一个人工智能机器人的意识连接上了互联网，不再受限于自己的金属外壳，那么天知道它会干出些什么来。"

我道："可是，意识源于大脑，没有大脑，意识也不存在。"

厨师道："我并不这么认为。"

我道："你的意思是说，意识并不源于大脑？"

厨师道："我以前看过一个纪录片，大概就是讲一个日本人去采访了很多濒死体验者，这些人都因为疾病等各种原因，经历过心脏停搏、大脑停止运转的体验。其中有位患者，由于病毒侵入大脑，导致大脑流脓挤压血管，最终脑干受损，整个大脑都停止运转，陷入了重度昏迷当中。他一直昏迷了七天才抢救回来。而他清晰地记得，自己在那七天里梦到了什么。他梦到自己来到了一片花海，花海的正中央矗立着一扇大门，大门敞开，金光四射。他认为那是天堂。"

我淡淡道："如果真有天堂，也不会是他所描述的这样，因为他所描述的天堂，太像文学作品里普遍描述的天堂的样貌了。这只不过是他做的一个梦罢了。"

厨师得意一笑："仪器检测，当时他的大脑已经停止了运转，梦来自意识，如果照你所说，意识源于大脑，那么当时大脑已经宕机的他，又为什么会做梦呢？"

我道："或许他在撒谎，只是想引人注目。"

厨师深吸了一口气道："那我就从科学的角度来说。量子力学认为，即便是真空，也并不完全是空的。"

我调侃道："没看出来，你不是厨师吗，还懂量子力学？"

厨师呵呵一笑道："在牢里无聊，就从图书馆借了不少这方面的书来看。"

我道："什么叫……真空也并不完全是空的？"

厨师道："量子力学认为，即便在真空当中，也会产生物质。"

我道："你是说，物质会凭空从一个真空的世界中变出来？"

厨师点了点头道："任何事物都是从无到有的。鸡生蛋还是蛋生鸡？或许是先有鸡，也或许是先有蛋，但总得有一个先出现。就像宇宙的诞生。现在普遍认为，宇宙的形成源于奇点的大爆炸。那么，奇点又是怎么来的呢？或许，一些物质正是在真空当中凭空出现的。因为需要它出现，或者运气好，造物主抽了个奖，抽到它出现，于是，它便出现了。"

我的大脑飞快地运转着，努力理解他所说的话。

厨师接着道："宇宙真空当中，存在着无数的粒子。我们都知道，世间万物都是由粒子构成的。这些粒子，经过无数次的排列组合，形成了地球、太阳、整个太阳系，以及整个银河系，甚至是宇宙的全部组成。也就是说，这些粒子经过漫长而反复的排列组合，可以形成任何东西，甚至是一台电脑，一把小提琴，一辆小轿车。这是一个概率的问题，尽管概率很小，但不排除一种可能，粒子们经过了无数次的排列组合，最终在宇宙中形成了一个意识体的存在。这个意识体可以很大，大到就像一颗星球。"

我惊讶道："就像一颗星球那么大的大脑？"

厨师点了点头道："可以这么说。当然也可以很小，小到就像一颗核桃仁那么大。这些意识体可以不受限于任何物理实体，独立在宇宙间存在。"

我在笔记本上飞快地记录着，短时间内，我还没能彻底理解他所说的话，只能愣愣地看着他。

厨师神秘一笑道："或许，你只存在了一秒。"

我一怔："什么意思？"

厨师道："或许你正是宇宙真空中无数粒子经过漫长岁月无数次排列组合所形成的意识体，宇宙间很多意识体的生命期都是很短暂的，很多都是刚刚诞生，就在一两秒甚至几微秒的时间内消失了。"

我道："如果我只是一个虚无的意识体，又为什么会感知到自己肉体的存在呢？如果我只存在了一秒就消失了，那么从采访到现在，已经远不止一秒了吧？我们一年前还见过呢。"

厨师道："粒子既然能够排列组合出你这么一个意识体，就自然能够排列组合出很多虚构的记忆。它编排了你的一生，关于你出生到死亡，过去到现在再到未来的全部记忆。所以，尽管你可能只存在了一秒，对你来说，却需要经历完整的一生。你的肉体，也只是虚构的而已。"

我打了个哈欠道："也就是说，你也是虚构的咯？"

厨师微微一笑道："很有这种可能。"

采访到这里，狱警提示我，探视时间到了。临走前，我问了他最后一句话："你还没有回答我——到底什么才是真实的存在？"

厨师耸了耸肩道："笛卡尔不是说过吗？——我思，故我在！"

两个月后，我的一个朋友突然出了车祸，被送到医院，陷入重度昏迷，仪器检测，他的整个大脑都停止了运转。

我到病房里去探视陷入深度昏迷中的他。半年后，他终于醒了过来。在这半年里，他家出了些变故，家里的老房子失火被烧毁了，损失了不少钱。

这事没人告诉他，怕他刚刚复苏，遭此打击再度昏迷过去。

可令所有人都倍感诧异的是，他在清醒之后，看到他父母的第一句话便是："爸、妈，家里房子是不是着火了？"

他的父母面面相觑，只好为难地承认了。

后来我问他："你家里房子着火的事情，又没人告诉你，你一直昏迷在医院里，你是怎么知道的啊？"

他说："我在昏迷的时候，做了个梦，梦到自己离开了身体，飘回了老家，看到家里房子着火了。没想到这个梦成真了！"

我当时就怔住了，突然想到了厨师对我说的话。

意识，真的可以剥离肉体独立存在吗？

R
X

第四章

我问："你相信你另外一重人格说的话吗？"
他道："当然不信！除非我疯了！"
我问："在精神病院那十几年，你的本格是如何战胜另外一重人格的？"
他神秘一笑道："我把他给吃了。"

梦游症调查报告

R̆ 第 31 个病例：

意识繁衍

我道："我看了警方的笔录，你说你当时是无意识的？"

他点了点头道："没错。"

我道："你在梦游中强奸了那五名受害人。"

他突然把语调压得很低："我被控制了。"

我没听清楚，眯起眼睛："什么？"

他重复道："当时，我被控制了。"

我道："你被什么控制了？"

他缓缓吐出三个英文字母："DNA。"

我眼前这个男人只有二十七岁，单身未婚，是一家英语培训机构的老师。就在几个月前，市里发生了一起连环强奸案。一夜之间，共有五名女性遭到强奸。这些女性都很年轻，最大的二十五岁，而最小的才十七岁。受害人当中，四名均为学生，一名高中生和三名大学生，另外一名则是一家酒吧的服务员。

以下是警方的调查录音——

受害人 A（十九岁大一学生）："当……当时……当时是晚上十点，我刚看完电影，回学校，学校就在那家电影院附近，所以不用乘车。为了尽快到学校，我都会抄近路，从一条小巷走。巷子很黑，没有灯。我看到他……我看到他朝我晃晃悠悠走了过来，然后就……然后就……（抽泣声）"

受害人 B（二十岁大二学生）："那天是我的生日，和同学玩到很晚，我喝了酒，大概，嗯，大概凌晨十二点半的时候才往回走，一开始是和几个同学一起，走着走着，大家都各自散了，只剩我一个人。没走多久我就感觉有人跟踪我，那人跟得很紧，我还没来得及回头，就被他从后面勒住脖子，把我拖进了巷子里……把我……把我……（声音发颤，渐弱）"

受害人 C（二十五岁酒吧服务员）："（声音听上去很冷静）凌晨三点，对，凌晨三点的时候，我下班回家，经过一座工地的时候，被他拉了进去……他看上去像是喝多了……（声音突然有些哽咽）我能……我能抽支烟吗？（打火机的咔嚓声）喀喀，没事，我……我一点都没事……一点都没……（哭泣声）"

剩下两名受害人的调查录音，根据这两名受害人的要求，警方拒绝向我提供。

警方根据线索，很快便将犯罪嫌疑人缉获，也就是此刻坐在看守所会面室的铁窗另一面，和我对话的男人。他的身后，站着两名荷枪实弹的警察。

几天后，这个男人将会接受法院的审判，由于涉嫌强奸未成年人，性质恶劣，他极有可能会被判处死刑立即执行。

对了，刚才的话题进行到哪儿了？

"我被 DNA 控制了。"男人补充道。

我一愣，立马调整回思绪："你说，DNA 控制了你？我没明白。"

他微微一笑道："你觉得你的身体真的是完全受你支配和控制的吗？你为什么要呼吸？你为什么要吃饭？"

我道："这算什么问题？不呼吸，不吃饭，我不就死了吗？"

他点了点头道："那么，为什么你不呼吸不吃饭就会死？这些是谁决定的？为什么把你扔进水里你会淹死，而鱼群必须在水中才能生存？是什么造成了这样的差异？"

我明白了他的意思："你想说，是 DNA 决定了这一切。"

他道："没错，DNA 的差异，决定了你是人类，而它们是鸡鸭鱼狗猫。"

我点了点头道："我承认，我们的生理构造是由 DNA 决定的，这就像程序的代码，不同的代码能够构架出不同的程序结构。但这只能说明 DNA 所构架的生理结构限制了我们，决定了我们能做哪些事，不能做哪些事，并不能说明 DNA 控制了我们。因为我的举手投足，包括我现在对你说的话，都是受我自主意识支配的，DNA 不能代替我完成我想要完成的动作，也不能控制我说话。"

他道："那我问你，大多数生物的本能是什么？"

我想了想，然后道："繁殖？"

他道："为什么人类会有性冲动？因为性能带来快感。为什么会有快感？因为这是 DNA 决定的。为什么 DNA 要让人类在性活动中获得快感，因为有快感，人类才乐于进行交配繁殖活动。动物也是一样，花草树木也是一样，它们的本能都是繁殖。你可以说，人类对性的认识，是通过言传身教，是通过书本以及某些音像制品得到的。但是动物呢，植物呢？有谁教过它们吗？到了需要的时候，它们自然而然就进行了交配行为，这是天生的，是一种本能，不需要教。"

我道："生命需要繁殖，不然一个物种不就灭绝了吗？"

他神经质地笑了笑说："谁是最大赢家？"

我再度一愣："什么？"

他道："生命出于本能不断繁殖，谁是最大赢家？"

我缓缓道："你想说……DNA？"

他点了点头道："准确地说，是 DNA 结构上的遗传基因片段，也就是我们常说的基因。"

我努力思索着。

他歪了歪脑袋："还没明白？基因可以通过生命的繁殖不断地复制自己，将自己的一部分遗传信息遗传下去。生命的繁殖，其实是在为基因提供永生的机会。即便你的肉体消亡了，没关系，你的一部分基因在你的下一代的身体里依旧存活着。"

我道："你的意思是说，人类只是基因为了在某种程度上达到永生目的的繁殖机器？"

他哈哈一笑道："哈哈，繁殖机器，你这个比喻很好。那我再问你，生命是如何出现的？"

我道："这是最基本的中学生物知识，原始大气当中例如一氧化碳、二氧化碳、甲烷和氨气之类的无机成分，在阳光、闪电、火山喷发所形成的能量当中，产生化学反应，合成了氨基酸和核苷酸。这两种物质随着雨水坠落到地面上，和泥土中的锌、镁、铜等物质发生了催化反应，形成了蛋白质分子。而核苷酸则变成了复杂的核酸分子。核酸是地球上所有生物的遗传物质，最后经过演化，形成了 RNA 和 DNA 两种复杂的分子结构。核酸分子和蛋白质组合到一起，形成了最初的生命形态。"

他点了点头道："你的生物的确学得很棒，我猜你中学的时候一定当过生物课代表。不过，我想告诉你，你所说的这一套地球早期生命的形成方式，只是人类一厢情愿的推理。你难道没有发现吗？这套说辞，把生命的出现，完全归结于一系列的偶然。其实，这是站不住脚的。"

我摸了摸下巴道："那请你告诉我，地球生命究竟是如何出现的？"

他道："外来。"

我道："外来？你是说，来自外太空？"

他点了点头道："没错。有一种外星文明，它们死后，尸体不会腐烂，而是会化作无数颗卵。"

我一愣："卵？"

他点了点头道："是的，用我们地球人的理解，可以用卵来定义。它们会将这些卵，投放到一些刚刚诞生的星球上，例如诞生不久的地球。这些卵在原始地球上经过了一段时间的休眠期，终于度过了地球最恶劣的一段时间，迎来了早期的海洋。于是，这些卵开始在海洋中孵化，形成了由核酸分子和蛋白质组成的单细胞生命，而其中占据多数的核酸分子则是我们人类所定义的DNA。这些单细胞生命承载着那位已经死去的外星高等生物的遗传信息，开始了在地球上漫长的进化和繁衍过程，最终形成了包括人类在内的各种各样的地球生命。"

我被他的话震撼到了，倒抽了一口凉气："你的意思是说，我们地球上的一切生命，其实是由一个外星高等生物的尸体演化而来的？"

他点了点头道："你以为你的意识是你自己的？"

我道："难不成，会是别人的？"

他笑了笑道："其实DNA当中，不仅仅包含了遗传物质，还包含了意识。"

我一愣："意识？"

他道："没错。那位外星高等生物的意识被分裂到了那些卵当中，而DNA则是那些意识的载体。"

我没怎么听懂，随口问了句："那基因呢？"

他道："这个问题问得很好。DNA的非遗传物质片段，保持着不同生物的基本形态。比如人类的DNA保持了人类的基本形态，牛的DNA保持了牛的基本形态，老虎的DNA保持了老虎的基本形态。而真正造成同种类的个体差异的，就是基因了。基因的差异导致了每个人的长相、智力等各有不同。你长得像明星A，他长得像明星B。那么，DNA所承载的意识也是一样的。DNA的非遗传物质片段所承载的意识，可以看成是意识的一种基本形态。而造成每个个体意识差别的，就是基因上面所承载的意识了。"

我还是没能完全理解他所说的话，于是一脸茫然地看着他。

他接着道："你以为DNA驱使我们繁殖是为了什么，为了延续一个种群的发展吗？那你就太天真了。DNA存在的真正的目的，是要无限地繁殖自身所携带的意识。而基因，则保证每个意识的不同。比如你爸和你妈生了你，你爸的部分基因所承载的意识体，和你妈的部分基因所承载的意识体发生了结合，于是造就了你这么一个全新的意识体存在。"

我被他的话弄得晕头转向，一头雾水。

他微微一笑道："还没明白？其实包括我们人类在内的地球上的每一个生命体，都是那位外星高等生物的意识繁衍机器。简单来说，我们所有人的意识都属于同一个生命个体。"

我道："你的意思是说，我们所有人的意识，其实都是那个外星人的意识？"

他点了点头道："你终于明白了。"

我道："可我怎么感觉不到我的意识属于某个外星人？"

他道："因为意识让你以为你自己是独立自主的存在。"

我道："可你为什么说 DNA 控制了你？"

他道："看来你还没明白。是 DNA 所承载的意识控制了我，出于一种繁殖的本能，让我的肉体做出了强奸行为。其实我说了这么多，你应该明白，这意识是那个外星人的，而我的肉体只是一具执行外星人意识行为的行尸走肉罢了。就像电脑和操作系统以及使用者的关系。使用者指挥操作系统，操作系统让电脑完成各种指令。同样的，意识是一个操作系统，而我的肉体就是这么一台电脑，而那位外星高等生命，则是这台电脑的使用者。"

我觉得他彻底疯了。

几天后的庭审，他被判处了死刑立即执行。他没有提起上诉。

经过他家属的同意，他的心脏被捐献给了一位患有严重心脏病的老人（参考《最高人民法院、最高人民检察院、公安部、司法部、卫生部、民政部关于利用死刑罪犯尸体或尸体器官的暂行规定》，此规定已于 2015 年 1 月 1 日全面终止。该案例死刑执行时间为 2014 年 8 月）。

心脏移植手术很成功。

几个月后，我从新闻上得知，那位受捐老人突然会说英语，并且十分流利，而在接受心脏移植手术之前，他连二十六个英文字母都认不全。

我陡然回想起那名死刑犯的身份——一家英语培训机构的老师。

他说 DNA 是意识的载体。

而此刻，他的 DNA 已经随着他的心脏，进入了那位老人的身体。

℞ 第 32 个病例：

未完成的画（续）
——精神粒子与永生理论

两年前，我曾经采访过一位荷兰人，他是一所高等美术院校的外籍教师。采访中，这位荷兰外教声称自己正是那位历史上鼎鼎有名的印象派画家——凡·高，他声称自己已经活了一百七十多岁了。而他同凡·高一样，左耳是残缺的。

在采访结束的几个月后，他突然发疯般在课堂上割掉了一名学生的耳朵。医生诊断他患上了严重的精神分裂症和妄想症，于是把他送进了精神病院，接受封闭式治疗。

当我去那家精神病院探望他的时候，他请求我帮他卖掉一幅画。那幅画是他在梦游时完成的。

我在他家的地下室里见到了那幅油画，油画以冷色调为主，画中似乎有一座夜色中的长桥，又像是别的什么，颜料和线条都有一些杂乱、繁复和模糊，但这幅近乎凌乱的画作好像旋涡一般，一旦凝视久了，就能让人深深地陷入其中，需要花上好久，才能够从画中抽离出来。

我凝视着这幅画，久而久之，这幅画仿佛也在凝视着我。

"凝视深渊过久，深渊将回以凝视。"

这幅画总能让我想起尼采的这句名言。

为了更好地卖掉这幅画，我特地请来了一位权威的西方油画鉴定专家，来为这幅画做估值。

没想到，这位专家第一眼看到这幅画，便惊叹道："虽然我从没见过这幅画，但是根据我几十年来鉴定画作的经验，这幅画是凡·高的真迹！"

难不成，那个发疯的荷兰人，真的是凡·高？难道真如他所言，他已经活了一百七十多岁了？

我曾怀疑，这幅画是不是被这个荷兰人从某个欧洲的土豪收藏家那里偷来的。因为即便这是凡·高的真迹，我也不相信这幅画是这个荷兰人画出来的，除非我和他一样是个疯子。

我在那位专家的协助下，将这幅画带到了专业的鉴定机构，对这幅画进行了仪器鉴定。仪器鉴定显示这幅画是伪作，尽管它的画风和笔触几乎和凡·高的风格一模一样，但从画布和颜料的年份来看，这幅画的历史不超过五年，绝不可能是凡·高那个年代的作品。所以，这幅画被鉴定为现代高仿品，估值不到一万人民币。

那位专家感叹道："画这幅画的人如果不是个天才，那一定是凡·高转世！"

我把这幅画的信息挂到了网上，一直没有人前来购买。直到前不久，终于有一位不知名的买主，花了一万五千元把这幅画给买走了。

虽然价格不高，但我也算是完成了任务，终于可以交差了，于是我到那家精神病医院，再次见到了那个荷兰人。

"那幅画，我帮你卖掉了。"在会面室里，我对他道，"不过价格可能没有你预期得那么高，最后是以一万五千元人民币成交的。你给个账户，那些钱我立马转到你指定的账户上去。"

他隔着一张桌子，坐在我对面，只见他单手托着腮帮子，歪着脑袋，窗外的白光从他背后穿过他那只残缺的左耳。

他深叹了一口气，然后用那带有浓郁荷兰口音的中文对我道："看来和一百多年前一样，这个年代的人，还是那么不识货。"

我道："你一定是个天才，你的画我给很多专家看过了，他们都说你的画简直就像凡·高亲手画出来的。但你不可能是凡·高，因为凡·高在一百多年前就已经死了。所以你的画也不可能是凡·高的真迹。我只能说，你是个天才，你把凡·高的绘画技巧模仿到了极致。"

他笑了笑说："看来，你还是不相信我就是凡·高。两年前和你说了那么多，看来是白说了。"

我道："关于芝诺悖论吗？我当时的确是被你绕进去的。但后来细细一想，那只是你的逻辑圈套。"

他道："是吗？说给我听听。"

我掏出笔记本，念了起来："'如果我能活到一百岁，那么就必须先活到五十岁，如果想活到五十岁，就必须先活到二十五岁，如果想活到二十五岁，那么就必须先活到二十五岁的一半，一半当中还有一半，一半的一半的一半……可以永远地分下去，于是生命的长度也就延长到了无限。我可以永久地活下去。所以，我能够活到一百七十二岁，没有什么稀奇的。'——这是你当时的话。这段话的确很唬人，但细细一想，你应该活不到一百七十多岁，按照这套理论，你永远活不过年龄的一半，也就是说，你连一岁都活不到。所谓芝诺悖论，只不过是限制了时间，只要把时间放开，就会发现，无论多少个二分之一相加，最后都会等于整体1。简单来说，芝诺走到外婆家，需要走完无数个路程的二分之一，但是，这无数个二分之一相加，还是会得到总路程，也就是说，芝诺还是会走到他的外婆家。"

只见他轻蔑地笑了笑说："看来这点小伎俩的确骗不了你。"

我接着道："另外，关于你的耳朵。经调查，你的左耳是十多年前你为了模仿凡·高而割掉的。"

他打了个哈欠，漫不经心道："所以呢？"

我道："所以你根本就不是凡·高，充其量只是一个凡·高的狂热崇拜者。你潜意识里想把自己变成凡·高，于是你对此深信不疑。"

他道："其实……我不仅仅是凡·高。"

我一愣，笑了笑道："你不仅仅是凡·高？可别告诉我，你既是凡·高又是达·芬奇。"

我觉得他这是在表明自己身体里的多重人格。

他道："我可以是任何人。"

我道："你可以是任何人？什么意思？难不成，你可以是尼采、爱因斯坦、弗洛伊德、猫王、克林顿、奥巴马？"

只见他微微一笑，将托腮的右手放下，然后用右手的食指指了指我说："我甚至可以是你。"

我一怔，道："你可以是我？"

他向上扬了扬眉毛，换作左手托腮，然后道："我们所有人都是一个整体，不光是我和你，我们和这世间的万物其实都是一体的。"

我笑了笑道："我们每个人都是一个个体，是分开的。难不成，我和这张桌子也是一体的？"我说着，敲了敲面前的桌子。

他道："那我问你，你的每一个决定，都是谁做出的？"

我道："我的大脑让我做出的。"

他道："你看，你难道没有发觉吗？当你说出这句话的时候，就好像你和你的大脑是分开的。也就是说，你是你，而你的大脑是你的大脑。就好像某个叫大脑的人让你做出了各种决定。"

我觉得他的话有些绕，但细细一想，的确有些道理，然后道："我的大脑是我的一部分，和我身体的其他部分共同构成了我这么一个整体。"

他道："是啊，当你做出某个决定的时候，你会认为，这个决定是大脑做出的，也就是说，你在潜意识里，是将'你'和'大脑'分开的，换句话说，在这种语境下，'你'和'大脑'是两种独立存在的个体。再换句话说，你的大脑在潜意识里认为自己是独立存在的，和你的肉体本身是分开的。"

我被他的话弄得有些发晕。

他接着道："这就像我们与宇宙的关系。其实我们与宇宙是一个整体，世间万物都是一个整体，只不过，我们认为我们是独立存在的，是各自分开的。"

他说着，突然伸出右手，"啪"地扇了我一耳光。

我感觉自己的左脸颊一阵发麻，紧接着是一阵密集的灼烧感。

我以为是他精神病发作了，尽管有些愤怒，但还是强行遏制住了，我伸出手，准备摁下桌板下面的电钮，将医生和护工召唤过来。

没想到，他却淡淡道："没事，我还没发病，不用叫他们来。"

我的手刚刚摸到电钮，还没按下去，就如触电一般缩了回来。我捂着脸道："你为什么打我？"

他歪了歪头道："是我打了你吗？是我的右手打了你。"

我觉得他分明就是在强词夺理："你怎么不说你的右手打的不是我，而是我的左脸？"

他微微一笑道："你看，是我的右手打了你的左脸，但是，你会说，是我打了你。再比如说，你家里有一台电视机不能正常使用了，其实是这台电视机内部的某个零部件坏掉了，但是，你会说，这台电视机坏了，而不会去说这台电视机内部的某个零部件坏了。因为你把那个零部件和那台电视机当作一个整体来看。"

我愣愣地看着他。

他接着道："宇宙就像那台电视机，而我们是这台电视机里的零部件。"

我道："可是，我死了，总不能说宇宙死了吧？"

他道："因为你的死，不足以造成宇宙的死。就像你的身体里每分钟都有细胞死去，但是你并没有死。就像电视机里的某个无关紧要的螺丝钉坏了，这台电视机还是可以照常工作。"

我理解了他的话："可是，你说了一大堆，只能说明，我们是这个宇宙的一部分，并不能说明，你就是我，我就是你，甚至是这张桌子。就好像我身体里的某个器官，比如我的肾，它和我是一个整体，但是我请医生做手术，把它拿走了，移植到了另一个人的身体里。那么，那颗肾就和那个人构成了一个整体，和我没什么关系了。"

他道："如果我把一小瓶蓝色的墨水倒进了一杯清水里，会怎样？"

我道："那杯清水会变成蓝色的。"

他问："那，你还能将蓝色的墨水和那杯清水完全分开吗？"

我道："呃……除非用一些特别的过滤技术，要不然，根本分不开，它们已经融合了。"

他点了点头道："墨水和清水完全融合到了一起，形成了一个整体。其实世间万物的关系，都是如此。"

我道："我们又不是水。"

他道："我们虽然不是水，但我们的本质，和水是类似的。"

我道："和水类似？"

他点了点头道："其实，我们以及宇宙万物都是由粒子构成的，而这些粒子，其实都如同水波一样，是四散开来的。不知道你能不能理解。"

他的这番话，让我想起了那位物理教授对我说的话。他也曾说过，我们其实都是一团波，我们的身体是四散开来的，散落到全宇宙间，到处都是（详见病例"分身杀人"）。

他接着道："既然宇宙万物的粒子都如同水波一样四散开来，那么，万物的粒子自然是互相混合到一起的。就像墨水和清水一样，一旦混合到了一起，就变得难舍难分了。所以，我可以说，我就是你，我就是世间万物。"

我道："你是说，此刻，我和你的粒子，其实也是混合在一起的？"

他点了点头道："你见过鬼上身吗？"

我摇了摇头道："没见过，但听说过。"

他道："其实人死之后，虽然肉体的粒子被分解掉了，但是构成意识的精神粒子依旧是以波的形式在宇宙间永恒存在的，那些粒子分散到宇宙各处，依旧与那些活着的人的粒子发生混合。一般来说，这种混合不会对活着的人产生什么影响。不过，一旦粒子的比重发生了改变，那么情况可能就会发生变化。"

我问："发生什么变化？"

他道："精神粒子之间，会发生吞噬。"

我道："吞噬？"

他道："你知道，每个人的精神意志都是不同的，有强弱之分。所以，有的人遇到很大的打击，都坚韧不拔；而有的人，遇到一点小小的挫折就会一蹶不振。精神意志力强的人，容易控制精神意志力弱的人。没错吧？"

我点了点头，表示赞同道："嗯，是这样的。"

他继续道："如果某个人的精神意志特别强，那么，他的精神粒子也会特别强势。当极其强势的精神粒子遇到比较弱的精神粒子，就很容易发生吞噬。强粒子会吞掉弱粒子。就像一家公司，如果你的股份百分比大过其他所有人，那么，你就是这家公司的董事长，这家公司就得听你的指挥。同样的，如果强粒子的所占比大于弱粒子，那么，弱粒子所持有的那具肉体，就得听强粒子的指挥了。"

我道："你的意思是说，一个人死后，他的精神粒子如果比较强，很有可能就会占据另外一个人的身体？"

他道："多重人格就是这么产生的。其实我们每个人的精神粒子，时时刻刻都在受到一些已经死去的人的精神粒子的威胁。那些精神意志力极强的粒子，时时刻刻都在与我们的精神粒子进行博弈。如果那些精神粒子成功与我们本体的精神粒子发生重合，那么，就会产生多重人格。为什么多重人格患者的人格会不停地轮番出现，今天可能是 A 人格，明天可能就变成了 B 人格，过一会儿可能又恢复了本格？为什么很难稳定在同一个人格上？那是因为形成那几种人格的精神粒子在不停地吞噬和反吞噬，它们互相争夺着自己在这具肉体当中的百分比，谁的百分比多，谁就能获得这具肉体的控制权。"

听完他的话，我想到了什么，倒抽了一口凉气，然后说："你就是这样获得永生的吗？"

他点了点头道："你很聪明。其实我的确是凡·高，但我原先的肉体的确已经在一百多年前，也就是我三十七岁那年，就已经消亡了。但我的精神粒子是永存的。而且，我的精神粒子还算比较强大。经过与无数精神粒子的博弈，我终于在二十多年前，成功占据了现在你看到的这具肉体。当这具肉体消亡之后，我可以继续寻找，吞噬新的精神粒子，占据新的肉体，于是，我便能这样永远地在这个世界上存活下去。"

医生的诊断没有错，这个荷兰画家的确患上了严重的精神分裂症，他是个绘画天才，但他疯了，我为这个天才感到惋惜。

他道："不过，我目前的这具肉体已经老了，而且还被关在了这里，毫无自由可言。我得换一具新的肉体了。"

我道："你要怎么做？"

他冲我神秘一笑，没有继续说下去。

我问："最近还画画吗？"

他点了点头道："那幅画还没画完，不过，这回可以给你看看。"

在医生的带领下，我跟着他去了他的病房，那间病房他一个人住，已经被改造成了一间简陋的临时画室。

在病房里，他向我展示了那幅画。

画中画着一个女人，女人身形扭曲，在旋涡般的深蓝色夜空中如涟漪般荡漾开来。

这幅画没有画完，还有许多地方都是线稿，没来得及上色。

我道："你会把这幅画画完吗？"

他点头道："当然会。"

那天的采访也就到此结束了。

一周后，我得知他自杀了。在医生给他注射镇静剂的时候，他发疯般抢过注射器，塞进嘴里，吞了下去。锐利的针头扎破了他的喉咙和气管，最终，他因失血过多，抢救无效死亡。

而那幅画，依旧保持着一周前的状态，没有完成。

这是一幅未完成的画。

三个月后，我突然在网上看到一则新闻，一名十五岁的少年以一幅天才画作震惊全国，直接保送中央美院。

更令人惊奇的是，在此之前，这名少年只是一所普通高中的普通中学生，从未接触过专业的绘画课程。

而他的画，却被众多专家和媒体评价为"深得凡·高精髓之作"。

我在网上找到了那幅画，一瞬间愣住了。

……女人身形扭曲，在旋涡般的深蓝色夜空中，如涟漪般荡漾开来……这不就是三个多月前，我在那家精神病院看到的那个已经死去的荷兰画家的画作吗？唯一的区别是，这幅画已经完成了，所有的部分，都已经上色并且十分饱满。

我打电话联系了那家精神病院的院长，问他那个荷兰人的画还在吗。

院长说还在，已经被转移到地下室的仓库里保存起来了。

我特地前往那家医院，在仓库里见到了那幅未完成的画。

也就是说，我在网上看到的那幅，的确是那个少年自己画出来的，与那个荷兰人的画作并不是同一幅。

那个少年不可能见过荷兰人的这幅画，可他为什么能够画出与此几乎一模一样的作品呢？

或许，这只是个巧合。

$\text{R}\!\!\!\!/\!\!\!\!\times$ 第 33 个病例：

傀儡世界

眼前这个五十多岁的男人，曾经是一名提线木偶表演艺术家。他的木偶戏，在 20 世纪 90 年代名噪一时，还漂洋过海被美国人请去登上了百老汇的舞台。他将木偶戏和中国传统川剧变脸融合到了一起。

他匍匐在舞台上方十米高的脚手架上，独自一人把持着十几条木偶线，灵活地操控着舞台上那半人多高的木偶。木偶人身着华贵的戏服，唱念做打，跟随着戏曲的节奏变换着脸上的面具，时不时一个后空翻，看上去就像真人一般。

他的表演震惊了美国人，博得了满堂彩，原本只安排了一场的演出，一下子被加排到了十五场之多。

《纽约时报》评价他的木偶戏表演为：人、偶合一的灵魂表演！

可就在演出进行到倒数第二场的时候，他为了迎合美国人的口味，不再表演变脸，而是给提线木偶穿上了芭蕾舞服，让木偶人表演了一出《天鹅湖》。可是这回，他并没有延续之前的好口碑。表演中途，观众嘘声连连。

之前给出极高评价的《纽约时报》这次给出了恶评：我们并不明白一个中国人为何要在百老汇表演《天鹅湖》，结果显而易见，这是一场水土不服的失败演出。

第十五场木偶戏表演也因此被取消，这令他受到了很大的打击。但他很快振作了起来，回国后，他专门请来国内一流的芭蕾舞老师，亲自教他芭蕾舞。他从小在舞台表演方面就具备极高的天赋，再加上他本身就有专业的舞台戏剧和中国传统舞蹈表演的功底，所以不到半年的时间，他的芭蕾舞就已经达到了十分专业的水准。很快，他便将自己对芭蕾舞的领悟传递到了木偶人身上。他将自己在国内用木偶人表演芭蕾舞的视频发给了美国的演出商。美国人看完之后，同意让他重返百老汇的舞台。

这次，他总算一雪前耻。他重返百老汇的第一场芭蕾舞木偶戏表演获得了满堂彩，演出的排场也被增加到了二十场。

最后一场演出，令在场的所有观众都终生难忘。观众发现，舞台上跟随着提线跳舞的，并不是人偶，而是一个真人。那个女人身着芭蕾舞服，身材凹凸有致，十分性感，她双目圆睁，整个身体在十余根提线的操纵下，在舞台上优美地表演着《天鹅湖》。

真人人偶！在场的观众都被这惊世骇俗的演出惊呆了，他们纷纷致以雷鸣般的掌声。

可就在表演进行到一半的时候，他就被赶来的美国警方带走了。原来那个被当木偶操纵的女人，已经死了。他操控的人偶，是一具尸体，而他为了让这个已经死去的女人双眼保持睁开的状态，竟然用万能胶水向上粘住了女人的眼皮。

那个死掉的女人才二十岁，是纽约一家小剧场的年轻芭蕾舞演员。警方调查过她的社交关系，发现她与这个中国男人素不相识，两人之间更谈不上有什么私人恩怨。

当美国警方问他为什么要杀掉这个女人的时候，他却微微一笑说："你们难道不觉得这是一场完美的提线木偶演出吗？我只是在为这次的演出做一个圆满的谢幕。"

美国警方给他做了精神鉴定，鉴定结果显示，他有比较严重的精神分裂症。警方把他关进了精神病医院，但此举遭到了美国民众的强烈抗议——不能让纳税人的钱花在一个疯子身上！于是，美国政府只好顺应民意，将他遣送回了中国。

回到中国后，他又被强制做了一遍精神鉴定，鉴定结果和美国方面一致。他被关进了河北的一家精神病医院。

我在那家精神病医院见到他已经是近二十年之后了。

那天上午十点，当我按照预约时间走进那间会面室的时候，发现他坐在一张长方形的木桌前，正对着门，双手操纵着两只小木偶。他的表演技巧果然十分高超，恍惚间，我感觉到那张桌面似乎变成了舞台，而那两个简陋的小木偶似乎就像两个真人，在舞台上时而欢快时而忧伤地跳着芭蕾舞。

我看得有些出神，不忍打断他的表演，于是在门口站了好一会儿。大概五分钟后，两只人偶终于停了下来，朝着我这边一齐深深地鞠了一躬，仿佛是在向台下无数的观众致谢。我不自觉地鼓起掌了，他这才注意到我，抬眼看向我。我朝他走了过去，在他面前坐了下来。

我向他打了声招呼，自我介绍道："你好，我是这次专程来采访你的记者，相信之前院方跟你沟通过，也得到了你的同意。"

他冲我点了点头，继续摆弄着手中的提线木偶。

与他隔着一张木桌，相对而坐，看着他的脸，我感觉那张脸似乎毫无血色。他的双眼一片浑浊，看不到一丁点光亮。那张脸是木然的，没有任何表情，仿佛他面部的肌肉已经因为僵硬而瘫痪。他头顶那稀疏的头发也都枯萎地垂落下来，了无生气，他给人的感觉犹如死人一般。

他在我面前继续操纵着那两只提线木偶，这时，我感觉他的身体似乎也是僵硬的，他的动作犹如木偶人一般，给人一种不是特别连贯的感觉。那种不自然感，就像电影里的人物动作发生了滞帧一般。

我道："你的木偶表演的确非常精彩。"

他道："谢谢夸奖。"

我低头看着他手里的那两只木偶。从动作形态上，我能够看出，他左手的木偶是一个男性，而右手的木偶是一个女性。此时，这个男人似乎正在跟这个女人吵架。女人扇了男人一耳光，转身愤然离去。

男人一个箭步上前，从后面一把勒住了女人的脖子。整个过程十分激烈。女人在男人粗壮有力的臂膀下挣扎着，男人的身子向后仰，将女人的脖子往后死死勒住，毫不松懈。

半分钟后，女人挣扎的幅度减弱了，逐渐地，女人停止了挣扎，双手垂落了下去。她死了，被这个男人活活勒死了。

男人跪在地上，将女人搂在怀里，身体不停地颤抖着，仿佛是在为这个女人的死去而哭泣，抑或是为自己刚才的行为忏悔？

尽管这只是一出木偶剧，而且没有任何舞美、灯光、音效的烘托，我还是被深深地感染了，就像在看一出真人话剧。

我深吸了口气道："这个男人为什么要杀掉这个女人？"

他道："因为这个女人骗了他！"

我道："他们是……情侣关系？"

他点了点头："这个女人原本答应要和这个男人结婚，可是，她在婚期临近的时候反悔了。在这个男人的再三追问下，这个女人才道出了自己出轨的事实。"

我道："她给他戴了绿帽？"

他道："于是他们发生了争吵，男人情绪激动，将这个女人勒死了。"

我似乎明白了些什么，于是道："这个男人是你吗？而这个被杀死的女人，就是二十年前被你杀死的芭蕾舞演员？"

他道："你说对了一半。那个女人是，但那个男人不是我。"

我道："你是说，人不是你杀的？"

他道："不是。"

出于职业嗅觉，我立马精神紧绷起来："那个男人是谁？"

他道："我在美国表演时认识的朋友，当然也不算朋友，他也是一个木偶戏演员，我和他只见过几次面，交集并不多。至于那个女人，在她生前我从来没有和她有过任何接触。那天我去他家里找他交流木偶剧的剧本，结果发现他一脸狼狈，最后，他向我坦白，他把他前女友给杀害了，尸体就藏在浴室里。他让我去报警，可我没那么干。"

我问："为什么？"

他道："不知道为什么，当我在他家浴室里看到浴缸里那个女人的尸体时，我突然有了灵感，那是一种冲动，我知道，这个灵感会给在百老汇的演出画上一个完美的句号！那将会是一场惊世骇俗的表演！于是我跟他商量：'能不能把尸体借我用用？'他当时都吓傻了。我说：'不要慌，只要你把尸体借给我，杀人的事情，我会替你保密的！'于是，我用那具尸体完成了那场轰动世界的演出！"

我觉得他就是个彻头彻尾的疯子："可是，这代价也太大了吧？人不是你杀的，你却替真凶背了锅。"

他僵硬地扬了扬嘴角道："在剧本里，我就是那个凶手，凶手必须是我！如果凶手不是我，这场表演是有缺憾的，那就不是一场完美的演出了。"

我不知道该如何评价他的言行，只能定定地看着他。

他道："不过，表演的时候，发生了一件怪事。"

我好奇道："什么怪事？"

他道："那个表演，不是在我的操纵下完成的。"

我没听懂："啊？还有别人？"

他道："不不不，没有别人。一开始，的确是我在高空用提线在操控她。可是后来……提线已经不受我控制了。"

我道："什么意思？"

他语调神秘道："她自己在跳。"

我一怔："你是说，那天的芭蕾舞表演，是她自己跳完的？"

他点了点头。

我倒抽了一口凉气，觉得肯定是他产生了幻觉："尸体怎么会自己跳舞？"

他突然道："你觉不觉得，我们现在是在梦游？"

终于进入正题了，这次之所以大老远来采访他，是因为他对这家精神病院所有的医生反复地重复着同一个问题：你觉不觉得，我们现在是在梦游？

我道："可我们现在分明醒着，不是在梦游。"

他道："你觉得，这个世界上，有上帝吗？"

我发现他的思维很跳跃："我不知道，起码我没见过。呃……我只能说，我不知道。"

他道："其实也不能说是上帝。上帝在宗教中被赋予了人的形象。其实他并不一定长得像一个人，或者某个我们已知的神的形象。上帝这个词，只是我们人类发明的一种称谓。怎么说呢？或许他是某种物质，某种已经彻底超出了我们的认知，无法用我们人类范畴的语言去描述的物质。"

他顿了顿，接着道："你有没有觉得，在这个世界上，有某种看不见的物质在操纵我们？就像在操纵一群提线木偶一样！我们每个人的身体上，都连接着无数根看不见的提线。"

我道："没觉得。"

他道："其实很多时候，当你的大脑决定做某件事情，你的身体早已经把那件事情给做完了。"

我道："你把顺序弄反了吧？应该是我的大脑决定做某件事情之后，我的身体才会按照大脑的想法去完成这件事。"

他道："大脑是如何反馈信息的？"

我道："什么？"

他道："打个比方，如果你走路一不小心踩到钉子了，你的脚底板会痛，对不对？"

我点了点头道："当然会痛。"

他道："为什么你会痛？因为当你踩到钉子的时候，你脚底板的痛觉神经将这个信号向上传递到了大脑，然后由大脑处理之后，又向下传递回你的脚底板，于是你的脚底板感觉到了痛。可你为什么会觉得痛是在踩到钉子的一瞬间发生的，而不是经过了一段延迟？"

我道："因为痛觉信号从脚底板传到大脑再由大脑传递回来的速度非常快，所以我感知不到时间差。"

他道："看起来的确如此。但真的是这样吗？其实，我们的大脑是在向过去传递信息。"

我道："什么意思？"

他道："我们来把时间拉长。比如，你昨天做了一个决定，今天要来采访我。看起来的确是你的大脑在昨天做了这个决定，于是你的身体执行了大脑的指令，所以你今天来采访我了。但你有没有想过，会不会是你的身体已经开始执行这次采访任务的时候，你的大脑才意识到这个决定的呢？"

我道："但我明确知道这个决定是昨天做出的。"

他道："我都说了，大脑在向过去传递信息。当你的身体已经开始采访我的时候，你的大脑开始传递一个信息，这个信息告诉你，你今天的采访行为，是昨天已经做好的决定。实际上你昨天并没有做这个决定。换句话说，是你的大脑虚构了一个过去的经历，欺骗了你，但由于这个信息是你的大脑自然产生的，所以你不会对此有所怀疑。"

我道："但这说不通啊。如果这个决定不是我昨天提前做出的，那么，我今天又为什么会到这里来采访你呢？"

他道："所以我说，有某种物质在控制我们。那种物质操纵着我们的身体，让我们完成那种物质想要我们完成的各种行为。为了使这些行为看上去像是我们自己的决定，那种物质让我们的大脑向过去反馈信息，让我们感觉是我们的大脑先有了某个决定，才依照这个决定执行了某种行为；而不是我们的身体执行了某种行为，大脑才依照这种行为向过去传递了一个决定。"

我愣住了，有些发晕。

他道："所以，我们其实只是一群受人操控的提线木偶，我们以为自己醒着，其实是在梦游。"

我道："尸体也会被你说的那种物质操控吗？"

他道："我们本来就是木偶，和尸体没什么区别。行尸走肉罢了。"

当天晚上，我吃过晚饭，刚刚返回宾馆房间，就接到了那家精神病医院打来的电话。

那名病人的主治医生告诉我，就在当天下午，我采访结束离开后不久，那名病人突然倒在病房里，死掉了。

我立马前往那家医院，并且配合警方完成了笔录。

警方怀疑我与这名患者的死有关，于是把我带到了局里，暂时控制了起来。

两名干警在审讯室里对我进行轮番问话，我全都如实回答。

当天深夜十一点多的时候，法医带着尸检报告走进了审讯室。

他说："死者的死因已经确定了，心肌梗死，属于自然死亡。排除他杀可能。"

我松了口气。

他接着说："死亡时间也已经确定，是在今天上午的六点到八点之间。"

我突然一怔，然后道："不可能啊，我今天上午十点还在对他进行采访，他怎么可能在那之前就已经死了？"

法医冲我尴尬地笑了笑说："啊，这样啊，哈哈，可能，是我搞错了吧。我回去再验验！"

℞ 第34个病例：

灵魂的永生

我们所有人都打着伞，潮汐般的雨水声似乎在这一刻湮没了一切。

现场已经被警方封锁，我们站在隔离带外，看着密集的雨点撞击着地面，那些在雨水中腐烂的肉块，血水渗进黑色的泥土，在雨流的冲刷中，如蚯蚓一般游走开来，朝着湍急的河流蜿蜒而去。潮湿的空气间，弥漫着一股令人作呕的血腥气。

上午六点，一名环卫工人在市郊某河畔清理垃圾时，发现五个深蓝色的睡袋排列整齐地摆放在河畔。

睡袋是鼓起的，很明显有人睡在里面。

起初那名环卫工人以为是五名户外爱好者在野外睡觉，于是并没有在意，继续在不远处清扫垃圾。

大概半小时后，天空突然下起了雨，雨越下越大。

那名环卫工人立马跑到一棵大树下躲雨。

他蹲在树下，看向不远处的河畔，那五个睡袋中的人依旧一动不动。

下这么大的雨都没把这五个人淋醒？

环卫工人觉得有些不对劲，于是好奇地朝那五个睡袋走了过去。他看到有血水从睡袋中渗透出来。扑鼻的恶臭令他感到一阵反胃。

一开始他并没有反应过来，还以为睡袋里塞满了腐烂的猪肉。

由于睡袋里的肉太沉，一次根本搬不动，所以他决定将这些"猪肉"分批清理到保洁车里去，便拉开了睡袋的拉链。

睡袋敞开的一瞬间，这名环卫工人吓得立马跌坐在了雨水里。

他看到一颗紧闭着双眼的女人的头颅，平静地待在一堆被切成碎块的肢体上。

环卫工人旋即报了警。

此时，隔离带外聚满了蜂拥而来想要抢到第一手材料的各路媒体记者，以及附近好事的围观群众。

隔离带内，警察们走来走去，忙碌地采集着现场物证。很快，那五个睡袋中的五具碎尸，全被警方抬走了。

回到报社后，我立马将这起案件整理成一篇五百字左右的新闻，刊登在了报社的官方网站上。

这条新闻一经刊登，立马被各大新闻网站转载，这起残忍的碎尸案顷刻间成为全国瞩目的焦点。

报社让我负责这起案件的进一步跟进工作。一周后，警方顺藤摸瓜，很快便确定了嫌疑人。

嫌疑人是一名三十五岁的男性，未婚，曾经是一家医院的外科医生。两年前因为一起医疗事故，他从医院辞职，之后就一直处于待业状态。

警方根据线索，确定了嫌疑人的藏匿地点——城乡接合部某棚户区一所独栋的出租屋内。

当天夜里十一点，警方展开了收网行动。十多名特警强行闯进嫌疑人所在的出租屋，对其实施抓捕。

由于嫌疑人拒捕，还用手术刀捅伤了一名执法特警，在搏斗过程中，嫌疑人被警方一枪击毙。

警方还从出租屋内解救出了一个十六岁的花季少女。女孩儿当时浑身赤裸，平躺在出租屋浴室冰凉的瓷砖地板上。

她被注射了大剂量的麻药，所以陷入了深度昏迷当中，而她身旁的盥洗台上，整齐地码放着一排锋利的刀具。很显然，如果当天夜里警方的收网行动迟上一步，又将会有一名花季少女惨遭杀害。

两年后，女孩儿已经十八岁，我在一家精神病医院里采访到了她。

医生介绍说，女孩儿之所以会来到这里，是因为那起案件之后，她似乎精神上出现了一些问题，高二还没念完，便从学校辍学了。

女孩儿辍学之后，似乎患上了自闭症，以前经常夜不归宿在网吧通宵打游戏的她，自那之后，便一直待在家中，几乎从不出门。

她的父母平常工作都很忙，怕女儿一个人在家会感到寂寞，便给她买了一只暹罗猫来陪伴她。

有天深夜，女孩儿的父母下班回家，听到厨房里传来"砰砰砰"的剁肉声。

厨房的灯是关着的，女孩儿的父母走进厨房，摁开了电灯。

电灯亮起的一瞬间，女孩儿的父母吓得一激灵，母亲瞬间失声惊叫了起来。

只见他们的女儿站在橱柜前，表情木讷，手持一把菜刀，疯狂地剁着砧板上的肉。

猩红色的血溅得她满脸都是，而她刀下的那摊肉，正来自那只暹罗猫。

女孩儿似乎并没有察觉到父母的存在，依旧机械地重复着剁肉的动作。

女孩儿的父亲大着胆子，冲上去一把夺过女孩儿手中的菜刀。

女孩儿的身体立马抽搐了两下，倒在地上，昏迷不醒。

他们立刻将自己的女儿送到了医院。

第二天一早，女孩儿在医院的病床上醒来，丝毫不记得昨晚发生的事情。

医生诊断说，女孩儿患上了梦游症。

她在梦游中，将自家的暹罗猫分尸了。

半年后，悲剧发生了。

那天夜里，女孩儿的父亲加班，一夜未归。第二天一早，当他回到家中时，闻到一股恶臭从卧室里传来。

当他走进卧室的时候，眼前的一幕让他感到整个人生就此崩塌。他看到自己的女儿手持菜刀，将自己的妻子——女孩儿的母亲——杀害，并且分尸了。

女孩儿依旧神情木讷，像是在梦游。

女孩儿的父亲报了警，警方安排女孩儿做了精神鉴定，鉴定报告显示，她有很严重的精神分裂症。

在采访她之前，她的主治医生在医院的走廊里压低嗓门儿对我说："你要小心。"

我一愣："小心什么？"

主治医生清了清嗓子，语气显得十分神秘，神秘中隐隐透露出一丝不安："这个女孩儿，很奇怪。"

我笑了笑道："这里有哪个病人不奇怪吗？"

主治医生摇了摇头道："不是那种奇怪。我并不是他的第一任主治医生，在我之前，我的一个同事负责她的治疗。"

我问："那后来怎么换成你了？你的同事呢？"

主治医生道："他死了。"

我一怔："死了？"

主治医生点了点头道："烧死的。警方最后鉴定，是他自己放的火。他一把火烧了自己的房子，也把自己给活活烧死了。"

我深吸了一口气道："你认为，你同事的死，和这个女孩儿有关？"

主治医生不置可否地说:"我也不太清楚,总之,这个女孩儿有些不对劲,可能是我想多了吧。"

我和女孩儿在这家精神病医院的会面室里,隔着一张桌子相对而坐。

女孩儿穿着病号服,留着一头干练的短发,看上去十分清爽。如果不是在这儿,我丝毫不会认为她是一名精神病患者。

我还没来得及开口,她便率先开腔道:"想听我讲个故事吗?"

我一愣,点了点头道:"想。"

女孩儿冲我微微一笑,那笑容看上去很甜:"那我开始讲了哈。我从小就是那种不太受欢迎的角色。怎么说呢?大概我从一出生就遭人嫌弃。我父母没时间管我,在学校里呢,因为我成绩不太好,长得也不漂亮,所以老师啊,还有同学都不喜欢我。你知道,人在这种情况下,都会进入一种自我封闭的状态,当时我就把自己封闭了起来。虽然我人坐在教室里,但其实我的精神状态是与世隔绝的。这种状态持续久了,我逐渐发现,人类的灵魂和肉体是分开的……"

我道:"灵魂和肉体是分开的?"

女孩儿摆了摆手道:"哎呀,你先别发表观点,先听我讲完。"

我点了点头。

女孩儿接着道:"这种感觉对我来说,越来越强烈了。从什么时候开始的呢?有一回英语老师点我上讲台听写单词,结果我一个都没写对,你知道,那是很丢人的。英语老师说我比猪还蠢……"

我道:"这老师也太要不得了吧。"

女孩儿苦涩地笑了笑说:"她说完这句话之后,全班同学都嘲笑我,从此我在班里就多了个外号——猪还蠢。因为我本来就姓朱嘛,大家都这么叫我,但我发现自己对这个外号一点都不介意。你可能会说我麻木了。其实不是,你知道我是怎么想的吗?"

我问:"怎么想的?"

女孩儿道:"我想,随他们去嘲笑吧,反正他们嘲笑的又不是我,而是我的身体——这具皮囊而已。"

我道:"你认为,你的身体只是一具皮囊?"

女孩儿道:"是啊,不光是我,你我都一样,所有人的身体都只是一具皮囊。"

我问:"那什么才是真正的你呢?"

女孩儿道："灵魂啊。"

我愣愣地看着她："灵……灵魂？"

女孩儿笑了笑道："哎呀，又被你打断了，我还得接着讲故事呢。"

我道："不好意思，请继续。"

女孩儿接着说："念高一的时候，我就没怎么在学校里上课了。我每天都逃课，跑到附近的网吧里上网、打游戏，因此结识了不少网吧里的朋友。其中有五个女生和我玩得特别好，后来都成了我最要好的闺密。"

我道："可是，你老在外面上网，哪儿来的那么多钱啊？你的父母应该不可能给钱让你去网吧吧？"

女孩儿微微一笑："我男朋友会给我钱啊。"

我道："你男朋友是你的同学还是在网吧里认识的？"

女孩儿摇了摇头道："都不是，我男朋友以前是个医生。"

我道："医生？你男朋友年纪应该比你大很多吧？"

女孩儿点了点头："他比我大十九岁。"

我计算着年龄，突然一愣："那现在呢？你男朋友在干吗？"

女孩儿轻描淡写道："他死了。"

我紧张地追问："怎么死的？"

女孩儿深吸了一口气道："两年前，被警察打死的。"

我一怔："两年前那起分尸案的凶手，是你男朋友？"

女孩儿的神情看上去很平静："是啊，怎么了？"

我大为震惊，感到有些坐不住了："如果我没猜错，那五个被分尸的女孩儿，是你在网吧里认识的那五个闺密……"

女孩儿道："你对这起案子挺清楚的嘛。哦，忘了，你是记者，当年应该报道过这起案件。"

我定定地看着她："可当天晚上，警方在出租屋里发现你的时候，你被深度麻醉了，你男朋友想要将你杀害、分尸，你知道吗？"

没想到女孩儿歪了歪脑袋，然后说："知道啊，是我让他这么干的。"

我有些不淡定了："你那五个闺密也是……"

女孩儿点头道："嗯，也是我让他干的。"

我有些愤怒，因为从女孩儿的言谈举止中，我觉察不到丝毫的怜悯，仿佛教唆杀人这件事对她来说，就像吃饭喝水一般寻常。

我努力遏制住内心的情绪，保持镇静道："为什么？她们不是你最要好的闺密吗？为什么要杀掉她们？"

女孩儿耸了耸肩道："正因为她们是我最要好的闺密，我才要帮助她们。"

我觉得她的人格彻底扭曲了："你管这叫……帮助她们？"

女孩儿道："当然啦。我让她们的灵魂获得了永生。"

我道："永生？"

女孩儿道："我已经说过了，我们的身体只是一具用血肉构造的皮囊，而我们的灵魂，寄居在这具皮囊当中。肉体消亡，灵魂也会随之消亡，那是因为灵魂被锁在了肉体当中，无法及时释放出来，只能随着肉体的消亡一块儿腐烂掉，最后彻底从这个世界上消失。而唯一能够将灵魂从肉体中分离出来的方法，便是在腐烂发生前，将肉体分解掉。灵魂一旦脱离了肉体，就不会再受到肉体消亡的影响，从而获得永生。"

我道："所以，你想让你男友杀掉你，将你肢解……"

女孩儿点了点头道："是的，我想让我的灵魂获得永生。唉，很可惜，那帮警察要是晚来一步，我就成功了。"

我觉得这个女孩儿像被洗了脑，彻底无可救药了："你知道吗？你这个故事很精彩，但是，有个漏洞。"

女孩儿眼神游离地看着我："什么？"

我道："现在的遗体都是火化，火化会将尸体彻底分解掉，如果按照你的理论，火化完全可以让灵魂离开肉体。"

女孩儿笑了笑说："因为灵魂怕火呀！火焰会加快灵魂的消亡。"

我道："灵魂怕火？"

女孩儿道："我其中一个闺密的灵魂就是被火烧死的。"

我问："你是怎么知道的？"

女孩儿神秘一笑说："因为我能看见她们呀。"

我一怔："看见什么？"

女孩儿道："我那几个闺密的灵魂，她们现在就站在你身后！"

我感到一股恶寒顺着我的脊梁骨漫向全身，我身子一颤，如过电一般。我猛地回过头，什么也没看到。

女孩儿哈哈一笑："跟你开个玩笑啦。"

我松了一口气。果然只是被一个疯子戏弄了。

那天结束采访回到家后，刚好是中午了，女友为我精心烹制了一道红烧鲫鱼。

下午，女友去上班了，我一个人在家整理着上午的采访稿件，突然接到一个电话。

电话那头响起了那个女孩儿的声音。

我一惊："你是怎么搞到我手机号的？"

女孩儿轻描淡写道："这还不容易吗？我跟我的主治医生说，上午的采访我还有些话没说完。出于治疗考虑，他允许我给你打这通电话。"

我深吸了一口气道："还有什么话要说？"

女孩儿笑了笑道："你女朋友长得挺好看的。"

"你怎么知道我有女朋……"我愣了愣神，突然反应了过来，"哦，是医生告诉你的对不对？"

女孩儿道："不是哟，关于你的情况，医生什么也没对我说，我只知道你是个记者。"

我道："那你是怎么……"

女孩儿道："我其中一个闺密看上你啦，中午她跟着你去了趟你家，回来后哭得可伤心了，对我说你有女朋友了，现在还在哭呢。"

我道："那你让她告诉我，我女朋友今天穿的衣服是什么颜色的？"

女孩儿道："你稍等啊。"

过了几秒钟，女孩儿道："她说她不记得了。"

我呵呵一笑。这么容易就被拆穿了。

女孩儿接着道："不过，我闺密说，你女朋友手艺不错，那道红烧鲫鱼看上去挺好吃的样子。"

几个月后，我再度来到那家精神病医院，得知，女孩儿早已经办理了转院手续，转到别的医院去了。

然而我的心中一直有一个疑问未能解开，于是向院长申请，想要听一听女孩儿的前任主治医生在对其进行谈话治疗时的对话录音。

那些录音都被封存在档案室里，在我的再三请求下，院长终于同意，让我在档案室里待上半小时，规定不得拷贝录音，也不得将录音文件带离档案室。

在档案室里，院长向我提供了三卷录音。

我道："只有这三卷吗？"

院长点了点头："还有一些，出于隐私考虑，很抱歉我不能提供给你。"

我打开了第一卷录音——

医生："你好，我是你的主治医生。"

女孩儿："你好。"

医生："对这里的环境还习惯吧？"

女孩儿："我对环境挺习惯的，不过环境貌似对我不大习惯。"

医生："你这话听上去有些深奥。"

女孩儿笑了笑："呵呵，没什么，只是觉得，这里有些东西对我不大友好。"

医生："你是说，这里的其他病人吗？还是护工对你态度不好？你可以向我反映。"

女孩儿："都不是。那些东西，你是看不到的。"

医生："我看不到。你的意思是说，你能看到？"

女孩儿："不告诉你。"

医生没有说话。一阵短暂的沉默。

女孩儿打了个哈欠："好了，跟你对话真无聊，没意思，我还是跟那些东西说话比较有趣，你明天再来吧。"

第二卷录音——

医生："我今天可以和你继续交流吗？"

女孩儿："可以。"

医生："你昨天说的那些东西，到底是什么？"

女孩儿："你觉得人只是一具肉体吗？"

医生："不然呢？"

女孩儿："那么，这具肉体为什么会具备思维？是什么决定着我们之间的对话？你为什么能够感知到疼痛，感知到喜怒哀乐？"

医生："大脑。"

女孩儿："你认为，这一切都源于你的大脑？"

医生："嗯。"

女孩儿："你吃过猪脑吗？"

医生："吃过，下到火锅里煮一煮，味道可好了。"

女孩儿："什么味道？"

医生："当然是猪肉味啦。"

女孩儿："所以，猪脑是肉咯？"

医生："不是肉还能是什么？蔬菜吗？"

女孩儿："那人脑呢？"

医生似乎愣了一会儿，然后道："我没明白你的意思。"

女孩儿："呵呵！你不觉得这很可笑吗？你认为你的全部意识都来自一团肉？"

医生："呃……大脑是一团很复杂的肉，由很多神经元组成。"

女孩儿："所以你觉得我们其实是一堆神经元？"

医生："呃……"

女孩儿："神经元可以算作组成大脑的元器件对吧？"

医生："嗯。应该是这样。"

女孩儿："我这么来问你吧。假设未来的人类，制造出了人工智能机器人，他们用各种元器件给这个机器人构造了一颗比人脑还要复杂的机械大脑，那么是不是意味着，这颗由机械元器件组成的大脑，在构造出来的那一刻，就能够具备像人一样独立自主思考的能力呢？"

医生："不能。缺少程序，没有程序的支撑，那个机械大脑只是一堆废铁。就像电脑，无论你把它的内部设计得多么复杂，如果没有操作系统程序，那就是一堆废铁。"

女孩儿："所以嘛，连你自己都承认了。"

医生："呃……等一下，你这是在偷换概念，机械是机械，和我们有本质的区别。"

女孩儿："有区别吗？肉体和机器都是物质实体，物质实体本身是不具备意识的，就像你说的，电脑需要一个操作系统才能运转，不然再精密复杂的结构都只是一堆废铁。"

医生："那你认为，我们的意识源于何处？"

女孩儿："灵魂。意识源于灵魂。我们的肉体是物质实体，而我们的灵魂，是非物质实体的存在，二者结合在一起形成了我们。就像电脑和操作系统，电脑是物质实体，而操作系统是非物质实体的存在。"

医生："你说的那些东西，是指……灵魂吗？"

女孩儿："脱离了肉体的灵魂。我能看见它们。它们就在我们周围，在我们身旁静静地看着我们。"

第三卷录音——

一开始声音听上去有些混乱，伴随着刺刺啦啦的电流声，模糊不堪，过了好一会儿才得以听清。

医生："快让你那个闺密离开我！"

女孩儿："没办法，她看上你了，想一直跟着你，我可赶不走她。反正你也看不见她，怕什么？"

医生："可你让我知道了她的存在！这感觉很不好！我已经快要崩溃了，每天晚上我都感觉她和我睡在一块儿！"

女孩儿："看来你失眠了。"

医生的声音听上去有些崩溃："是的！你快劝劝她！让她离开！"

女孩儿："那我可没办法。"

一阵短暂的沉默。

医生突然开口道："你之前说过，灵魂怕火对不对？"

女孩儿："怎么了？"

医生的声音听上去有些木然："我知道该怎么做了。"

℞ 第35个病例:

第四重人格——神我

"可以录像吗?"我问。

"不可以。"这个日本男人用带有浓重日式口音的中文回答我道。

我把录像机合上,放在了一旁的桌子上。这是一间位于日本东京的老式公寓,房间内的陈设杂乱不堪,百叶窗合上,正对着窗户的那面墙边立着一个书柜,里面不规则地摆满了各式各样大大小小的书。房间的东北角放着一个小木柜,木柜上面放着一台老旧的显像管电视机。电视机的下方是一台20世纪90年代日本东芝公司生产的录像带播放机。电视机处于关闭状态,我不确定它是否还能正常使用。

我和他相对而坐,眼前这个日本男人,曾经吃过人。

天花板上,明晃晃的白色日光灯将惨白的光线洒在这个男人的脸上。他那张脸看上去十分猥琐,双眼细如鼠目,鼻子塌陷下去,嘴唇薄得发乌,他的五官仿佛随着他满脸的皱纹挤成了一团,加上那稀疏的地中海发型,怎么看都给人一种不舒服的感觉。

我道:"您的中文,是自学的?"

他点了点头道:"几年前开始接触中文的,当时觉得很感兴趣,于是买了些书开始学习,我说得还不太好,有不对的地方还请指正。"

我笑了笑道:"您中文说得很好了。"

他道:"谢谢。"

我道:"我们来聊聊今天的正题吧。三十年前,也就是20世纪80年代的时候,您在英国留学,大二那天夏天,您把与自己同系的一名女同学给吃掉了。"

他道:"八五年(1985年)的夏天。"

我问:"能讲讲当时的情况吗?"

他点了点头,开始讲述起来:"她是个英国女人,金发碧眼,尤其是那双腿格外出众。她的腿又长又白,让我很想吃掉。她很会弹钢琴,当时我在伦敦租的那间公寓里,刚好有一架钢琴。房东一直留在那儿,没有搬走。但是我又不会弹钢琴。刚好那女人会弹,于是我假装很想学习钢琴,就向她请教,很快她就跟我熟了。

"我跟她说了，我住的地方有架钢琴，问她愿不愿意去我那儿教我弹。你知道尽管是那个年代，但欧洲女性都挺开放的，她欣然同意了，于是跟着我去了我的住处。当天她穿着一件薄薄的碎花洋裙，她在钢琴凳上坐下，撩起裙子，大腿露在外面，令我坚定了吃掉她的决心。

"记得她当天弹了一首肖邦的曲子，那曲子具体叫什么名字我不记得了。她弹完之后，我大加赞赏，请她再弹一遍。于是她背对着我，继续弹。她弹得很投入，大概是弹到第二乐章的时候，我实在忍不住了，于是转身进了里屋，从里面取出了一把猎枪。那是我买来打猎用的。

"我举着枪，站在距离她大概五米开外的地方，枪口对准她的后背。她依旧很投入地弹奏，丝毫没有意识到任何危险。于是，我扣下了扳机。只见那女人应声倒地，血流了一地，把钢琴也给弄脏了。

"但是，当时我根本没空去管钢琴，我只想吃掉这个女人！我把她的衣服扒掉了，把她翻转过来，想先吃她的臀部。一开始我直接用嘴咬，但尸体已经硬化了，根本咬不动。我用水果刀去割，但刀子太钝，割不动。

"于是我下楼到附近的刀具店，买了把西班牙军刀。这回总算割了进去……

"我还把她的胸部割了一大半，把一些肉割下来，保存在了冰箱里。然后我把剩下的尸体分解了，用两个大行李箱才全部装好。

"我提着两个行李箱，下了楼，拦了辆计程车。我让司机帮我把那两个行李箱搬进后备厢里。当时司机还说了一句话：'怎么这么沉？箱子里装的不会是尸体吧？'我说里面装的是书。

"我让司机把我载到郊外的一个湖畔，我在那里把箱子搬了下来，提到湖边，准备把箱子扔进湖里。当时已经是傍晚，我看见湖面上的夕阳，很美，于是把箱子放在一旁，看着湖景有些入神。

"这个时候一个英国佬朝我走了过来。他问这两个箱子是不是我的。我说不是。其实当时我如果说是我的，他也就走开了。我说不是，他可能以为那是没人要的箱子，就把其中一个箱子打开了，然后他看到了血，和里面的尸体。我装作若无其事地走开了。

"大概是四天之后，警察终于找上门来，把我给逮捕了。他们给我做了精神鉴定，说我有精神分裂症。然后他们把我遣送回了日本。我在大阪的一家专门关犯了罪的精神病人的医院进行关押治疗。经过十多年的治疗，大概九九年（1999年）的时候，他们把我治好了，就让我出院了。"

听完他的叙述，我深深地吸了一口气，然后道："当时警方审讯你的时候，你说你当时可能是在梦游。"

他点了点头道："你听得懂英语吧？"

我道："听得懂。"

他道："你想看看审讯时的录像吗？"

我一惊："有录像？"

他点了点头道："我托伦敦的一个朋友从一个警察手里买到的，当然，是不合法的。我就是想留个纪念。从未公开过的录像，你想看吗？"

我道："如果可以的话，我想看看。"

他从书柜里抽出一卷录像带，然后走到那台古老的显像管电视机前，打开电视机，然后打开录像带播放机，将录像带插了进去。

录像竟然是彩色的，不过画质比较模糊，时不时还会抖动一下，或是出现密集的黑点。

画面中，这个日本男人看上去比现在年轻很多，毕竟当时他才二十岁出头。他坐在一间审讯室里，隔着一张桌子，面对着两名英国警察。

警察 A 问："为什么要杀害她？"

他看上去一脸无辜："我没有杀她，我没有！"

警察 B 掏出一个文件夹，从里面取出一沓照片，从画面中，看不清照片的内容。只见他把这些照片递给那个年轻的日本男人，然后道："照片中的女人你认识吧？"

日本男人看着照片道："认识，她叫安妮，是我的同学。"

警察 B 道："照片中的行李箱是你的吧？"

日本男人道："是我的。"

警察 B 道："那把枪也是你的吧？"

日本男人点了点头，没有说话，看上去很绝望。

警察 B 道："我们在你的公寓里发现了被害人安妮的血迹，冰箱里保存的肉块经过 DNA 比对证实也是被害人的。射杀被害人的子弹来自你的那把枪，枪上只有你的指纹。计程车司机，还有湖畔的那位目击证人都能证明，你企图将尸体抛入湖中。为了切割尸体，你还去刀具店买了把西班牙军刀，这点也得到了刀具店老板的证实。最重要的是，我们在你的排泄物里，提取到了未完全消化的被害人的身体组织残留。换句话说，你把被害人的一部分身体给吃掉了。"

这个年轻的日本男人不停地摇着头，声音发颤道："那不是我，那不是我！"

警察 A 猛拍桌子："一切证据都指向你，不是你还能是谁？"

日本男人道："我想起来了！我想起来了！"

警察 B 道："想起自己的杀人过程了？"

日本男人道："我做了个梦。我梦见自己打猎，用猎枪射杀了一头母鹿，然后我用刀，把那头鹿的肉割了下来，吃掉了。我想，我当时是梦游了。没错，我肯定是梦游了。"

说到这里，这个日本男人突然邪笑起来，语气和之前的孱弱模样完全不同，变得十分强势，仿佛是在一瞬间换了个人："蠢货，那根本不是梦游！是我吃掉了那个女人！"

只见两名警察面面相觑。

警察 A 道："你在跟谁说话？"

日本男人道："不好意思，刚才那个是我弟弟，他没有骗你们，吃人的事情的确和他无关，我承认，是我吃掉了那个女人！"

警察 B 一脸茫然："你弟弟？坐在这里的，一直都是你自己，你哪儿来的弟弟？"

日本男人道："这件事情和我弟弟无关，人是我杀的，肉也是我吃的，你们抓我就行了。"

警察 A 道："你为什么要吃掉她？"

日本男人道："因为我是神。"

两名警察同时道："什么？"

日本男人道："我和你们是不同的，我是神，你们没资格审判神。"

警察 A 道："我可没发觉你哪方面像神，你充其量就是个变态杀人犯。"

日本男人道："其实你们每个人都有三重人格。"

警察 B 道："怎么讲？"

日本男人道："本我、自我、超我。本我代表着你的基本欲望，也就是本能，或者说是潜意识；自我负责处理现实世界的事情；而超我，则是一种道德良知的判断。怎么说呢，这三种人格每天都在彼此做着斗争。比如你见到一个美女，本我告诉你：'哦，那个女人可太美了！我想占有她！'这个时候自我会跳出来对你说：'上吧！如果她不从，就强行占有她！'此时，超我会跳出来对你说：'她如果不愿意的话，你不能强行那么干，那是不道德的！'人类具备这三种人格，才能够被称为一个完整的人。但是我，比你们多了一重人格，那就是'神我'。"

警察 B 问："什么是神我？"

日本男人道："神我，彻底凌驾于本我、自我、超我这三重人格之上。人类的虚伪在于，你的本我具备着最原始的基本欲望，超我却在否定这种基本欲望。人类永远都在自身的原始需求和所谓的道德良知之间做着挣扎。你们没发现吗？所谓的道德和良知，难道不是人类自己制定的吗？人类给自己画了个圈，于是人类永远只能局限在这个圈子里。而神我，突破了这层局限，看得更远。神我，让我能够站在比人更高一等的角度去看待问题。"

警察 A 道："我可没见过哪个神会去吃人。神，难道就没有道德良知的判断了吗？"

日本男人道："当然有。我说过了，我具备本我、自我、超我，然后才是你们不具备的神我。本我告诉我，我要吃掉那个女人。自我告诉我，那就行动吧！而超我告诉我，作为人，这是不道德的、泯灭良知的，我不能吃掉她。而神我会对我说，我不是人类，我是高人一等的神，神吃人是道德的，所以我可以那么做！"

警察 A 愤然道："你这就是在放屁！你这是在玷污神！神吃人是道德的？这种话我还是第一次听见！"

日本男人问："你吃过牛肉吗？"

警察 A 道："吃过啊，怎么了？"

日本男人道："你吃牛肉的时候，有感觉到不道德吗？"

警察 A 道："牛又不是保护动物，吃它们有什么不道德的？照你这么说，鸡鸭鱼都不能吃了。"

日本男人道："可不可以这么理解，人吃牛，不会感觉到有任何道德问题，是不是因为牛这种动物在人的眼里是比人低一等的生物，所以人作为更高一等的生物可以吃掉牛这种低一等的生物？"

警察 A 点了点头。

日本男人笑了笑，接着道："那么，神是比人更高一等的生物，同时人类也并非什么稀缺到濒临灭绝需要保护起来的动物，所以神吃掉人有什么不道德的吗？"

警察 B 笑了笑道："可你不是神，你只是个人。人吃人，就是道德沦丧的犯罪行为！"

日本男人道："我是神！"

突然，玄关处传来了门铃声，我一惊，从录像中回过神来，这才注意到日本男人已经不在房间里了，我听见他的脚步声，顺着门外的走廊朝玄关走去了。片刻之后，他捧着一份寿司外卖走了回来。

我和他席地而坐，吃着寿司，喝着清酒。

我道："当时是你的另外一重人格占据了你的身体，然后吃掉了那个女人？"

他点了点头道："看这段审讯录像的时候，我自己也被震惊了。当时那个自以为是神的家伙突然冒了出来，说了这么一大堆神神道道的话。于是警察直接带我去做了精神鉴定，果然发现当时的我患有精神分裂症。"

我问："当另外一重人格出现的时候，你的本格处在什么状态？"

他道："像在做梦，而自己的身体是在梦游。"

我问："你相信你另外一重人格说的话吗？"

他道："当然不信！除非我疯了！"

我问："在精神病院那十几年，你的本格是如何战胜另外一重人格的？"

他神秘一笑道："我把他给吃了。"

我道："什么？"

他道："我是说，我在精神世界里，把另外一重人格吃掉了，所以他便不存在了。"

我道："看来治疗很成功。"

他道："的确很成功！"

我道："那恭喜你。"

我哈哈一笑，和他碰了碰杯，把杯中酒一饮而尽。

回到酒店后，我才发现，我忘了将录像机关掉，也就是说，录像机一直处在静默开启的状态。

录像机只剩下一格电，我赶紧插上充电器，给它续上电。

果然，它把我和那个日本男人对话的全过程都录了下来。

我将录像文件导入电脑，打算重温一遍采访过程。

就在视频接近尾声的时候，我突然感到一阵不寒而栗！

视频中，我正对着那台显像管电视机，专注地观看着那卷三十年前的录像带。那卷录像带播放到接近结束的时候，那个日本男人突然从我身旁离开了，他朝我身后那扇房门走去。门是开着的，他直接走出了房间。而我依旧在观看录像带，丝毫没有察觉到他的离开。

过了一会儿，画面中，那个男人举着一把猎枪走了回来，他站在房间的门口，将枪口死死对准我的后背！

这个动作大概维持了十秒钟！

"叮咚！"

玄关传来了门铃声。

他收了枪，从门外走廊快步离去。

我立马将视频进度拖到后面，我与他最后的那段对话。

我问："在精神病院那十几年，你的本格是如何战胜另外一重人格的？"

他神秘一笑道："我把他给吃了。"

我道："什么？"

他道："我是说，我在精神世界里，把另外一重人格吃掉了，所以他便不存在了。"

到底，是谁把谁吃掉了？

℞ 第 36 个病例：

五维生物

由于拉上了厚厚的深灰色窗帘，病房里光线很暗。窗外明亮的阳光只能从两道窗帘那狭窄的缝隙间，艰难地渗透进几缕惨淡的白色光亮。

我走进病房，看见病房的正中央放着一口巨大的瓦缸。这种瓦缸在农村很常见，大到能够装得下一个成年人。农村一般用它来蓄水。

病房里很空，有一张小床，床上的被子叠得很整齐，看上去好像一直都没人睡过。角落里有独立的卫浴，盥洗台、马桶一应俱全。

病房里没开空调，但是温度很低，给人一种走进了地下室的感觉。医生走在我前面，他不允许我开灯，就连手机显示屏的光都不能点亮，像是生怕惊扰了隐藏在这片黑暗中受伤的幼兽。

医生领着我，依靠窗外渗透而入的微弱光线，摸着黑，朝着那口瓦缸走去。在距离瓦缸还有三步之遥的时候，医生拍了拍我的肩膀，示意我停下来。

我见他走到瓦缸旁，用手敲了敲瓦缸的边沿，然后轻声道："采访你的那位记者来了。"

我站在三步之外，能够看到瓦缸里灌满了水，只见医生话音刚落，水面便冒起了气泡，紧接着荡起了涟漪，随后，一个黑色的脑袋从水里冒了出来。

那个脑袋披头散发，缓缓地朝我这边转了过来。我看到一双黑色的眼睛，在黑暗中警惕地看着我。

"嘿，你好。"我朝那双眼睛打了个招呼。

只见那双眼睛一闭，"扑通"一声，整个脑袋又缩回到了水里。

大概两分钟过去了，我还是没见那颗脑袋冒出来，于是有些紧张。

医生看出了我的担忧，立马拦住我，对我道："放心吧，不会有事的。"

我还是不放心，在心里默数着时间，生怕这名患者会溺死在水缸当中。

大概又过了一分半钟，水里终于有了动静，那颗脑袋再度浮出了水面。那双眼睛在水面上盯着我看了几秒，似乎没有了之前的那种警惕感。又过了几秒钟，那张脸缓缓地向上抬起，直到下巴完全离开水面，我终于看清了那张脸。

那是一张年轻女孩儿的脸，看上去稚气未脱。那张脸很白，但是在水里泡久了，有一种海绵充水般的浮肿感。

她那头湿淋淋的乌黑长发，贴着她的后脑勺儿，向下直直地垂落进水中，在水面上四散开来，仿佛一团黑色的烟雾在水中氤氲而动。

女孩儿已经十八岁了，但那张脸看上去给人的感觉，像是一个十岁出头的孩童。

她患有严重的旷野恐惧症。

医生说："患有这种病症的病人，会把自己封锁在一个幽闭的空间当中，只有这样，他们才会有安全感。一旦将他们放到户外，或者哪怕开阔一点的空间内，他们就会感到难以呼吸，产生各种不适的生理反应。甚至有些患有旷野恐惧症的病人，几十年都没离开过家门。"

医生找了把椅子，让我坐在了瓦缸前。

他拍了拍我的肩膀，对我道："抓紧时间，你只有半小时，我就在门外。"

我冲他点了点头。

他转过身，快步离去了，从外面轻轻地合上了病房的门。这时，窗外的天似乎阴了下来，就连勉强从窗帘的夹缝中挤进来的那最后一丝光亮都变得若有若无了。整个病房，几乎陷入了一片漆黑的境地当中。

我对这种黑暗的采访环境不是特别适应，再加上病房内空气略有些寒冷，搞得我十分紧张，不知该如何做开场白，只好努力运转大脑，调整自己的思绪。

正当我集中精神在脑海中组织语句时，黑暗中幽幽地传来了那个女孩儿沙哑的声音。

女孩儿道："你觉得我像个怪人吗？"

我一愣，然后道："你是说……你把自己泡在水缸里……"

女孩儿淡淡地"嗯"了一声。

我道："为什么要这样？"

女孩儿道："什么？"

我小心翼翼地、完整地叙述了一遍这个问题："为什么……要把自己……泡在水缸里？"

女孩儿没说话，黑暗中我看不见她的表情和动作，只能听到她稀薄的呼吸声，所以越发紧张起来。因为她不说话，我没法判断她对这个问题的态度。没准儿她会对这个问题很反感，我的采访也会因此中断。

正当我为此担心而胡思乱想的时候，女孩儿开口了。

女孩儿道："我不能离开水。"

我松了一口气，顺着这个话题继续进行下去："不能离开水？我能问……为什么吗？"

女孩儿道："离开水……我会死的。"

我疑惑道："是得了什么怪病吗？可是，我看过你的病历记录，医院对你的身体进行过周密的检查，并没有发现你有类似的怪病。你的一切身体机能，基本都是正常的。"

女孩儿道："这和身体没关系。"

我道："那和什么有关？"

女孩儿道："问题出在思想上。"

我道："旷野恐惧症。离开水，会令你产生恐惧感？"

女孩儿道："我的确会有恐惧感，但不是对开阔空间的恐惧。"她说着，深吸了一口气，接着道，"其实我根本就没有旷野恐惧症，他们只是觉得我的情况和那种病症的表现比较像，所以做出了错误的诊断。"

我问："那你为什么会恐惧？"

女孩儿有些不耐烦道："我说过了，问题出在思想上。"

我摇了摇头："我还是不太明白，能给我具体讲讲吗？"

女孩儿道："我可能，并不属于这个世界。"

我一怔，觉得一股寒意顺着后脊梁骨往上涌，难不成她想说她是鬼？

我深吸了一口气道："你这话，有些阴森森的。"

女孩儿淡淡道："我没想吓你。医生给我看过一些关于你做的采访，其中有个病例，我至今记忆犹新。"

我内心一阵欣喜，没想到竟然会有患者看过我的采访记录，于是很期待地问道："哪个？"

女孩儿道："雕塑家那个，你们关于五维空间的探讨，我深表同意！"（详见病例"我们死后去哪儿？"）

我道："五维空间只是那个病人臆想出来的。"

女孩儿笃定地道："不！五维空间是存在的！"

我问："你为什么这么肯定？"

女孩儿道："因为……我，可能就是五维生物！"

看来这女孩儿不仅有旷野恐惧症，还有一定程度的妄想症。

我道："可你看上去，和我们没什么区别。"

女孩儿道："因为我被困住了！"

我蹙了蹙眉："你被困住了？被什么困住了？"

女孩儿道："这具肉体！"

我越发感到困惑："你的肉体，困住了你？"

女孩儿道："这并不是我的肉体！"

我被她绕圈子的话弄得有些发蒙："你是说，你的身体，不是你的？"

女孩儿道："我们五维生物，并没有身体。怎么说呢？我们不是三维物质实体的存在，而是一团思想，或者说是意识，是虚无缥缈的。不知道我这么说，你能不能理解。"

我想了想，然后说："我大致懂你的意思。"

女孩儿接着道："大概在这具肉体还处在婴儿期的时候，我意外地被困在了这具肉体当中。"

我道："按照你的话说，你应该在婴儿期的时候，就知道自己是一个五维生物，可是，在和你刚才的交流中不难看出，你是最近才意识到自己是所谓的五维生物的。那么这就说不过去了，既然你本来就是一个五维生物，为什么你会不记得了呢？"

女孩儿道："我都说了，我被困的时候，这具肉体还是个婴儿。婴儿你懂吗？你记得你婴儿时期发生的事情吗？"

我道："不记得了。"

女孩儿道："这就对了，婴儿的大脑还没发育完全，无法储存记忆。当我这么一团思想意识体进入这么一个婴儿的身体当中时，由于婴儿的大脑无法储存我的记忆，于是将我以前的记忆自动删除了，只留下了我的意识。所以一直以来，我都以为自己和你们一样，现在看来，其实不是，我是比你们更高维度的五维生物。"

我不知道该如何对此发表意见，于是只能沉默地思考着。

女孩儿接着道："不过，尽管记忆被删除了，但思想意识还是会保留本身的特性，这些特性会从潜意识里表现出来。"

我道："比如说呢？"

女孩儿道："嗯……比如说，我从小就感觉，我像是生活在鱼缸当中，是一种不属于自己的生存状态。"

我一愣："什么意思？"

女孩儿道："你养过乌龟没？"

我摇了摇头。

女孩儿道："那金鱼呢？"

我点了点头："养过，不过不好养，后来都死了。"

女孩儿道："当你看着那些金鱼在鱼缸里游来游去的时候，你有没有想过，它们的思想意识状态到底是怎样的？"

我道："金鱼……有思想吗？"

女孩儿道："当然有，一切生命体都有思想。"

我道："它们应该会感觉很无聊，因为鱼缸里什么都没有，的确很无聊。"

女孩儿道："不会。"

我道："不会吗？"

女孩儿道："因为它们根本就意识不到无聊这一点。没准儿在金鱼看来，鱼缸里就已经足够有趣了。或许它们也会感到无聊，但它们不会觉得这种生存状态有什么问题。你觉得你们身处的这个世界足够丰富多彩了吧？有高楼大厦，有香车美女，美味佳肴应有尽有，灯红酒绿的。但其实在我们五维生物看来，你们的生存环境，和你们看金鱼生活在鱼缸里的状态没什么太大的区别。而你们还对这么一个鱼缸般的世界乐此不疲，深迷其中。"

我被她的话带到了深深的思维旋涡当中，突然，我意识到今天的采访主题，眼看采访时间不多了，我得尽快把话题拉到正轨上来，不能再随着她太空漫游般的思维继续游走下去了。

我清了清嗓子，然后道："我们还是来说说你梦游的情况吧。"

女孩儿道："你算问到正题上来了，我正要说呢，就是一连串的梦游让我意识到，其实自己是个五维生物。"

我对此产生了好奇："哦？怎么讲？"

女孩儿道："我老家在农村，两年前我开始梦游。第一次梦游的时候，我梦见自己变成了家里的那条大黄狗，梦里我害怕得一路狂奔到了山上。第二天一早，我醒来的时候，发现自己睡在狗窝里。而我家那只大黄狗却不见了，家里人到处找，结果在山上找到了。还有回我梦见自己变成了家里的老母猪，梦里我吓得冲出猪圈一路狂奔逃跑了。结果第二天一早，我被家里人发现睡在了猪圈里，而家里那头老母猪不知所踪。类似的事情发生了很多次，家里人都以为我中邪了。有回我再次梦见自己变成了家里的大黄狗，这回我没有逃跑，而是蹲在狗窝里静静地看着，没过多久，你猜我看见了什么？"

我立马问："看到什么了？"

女孩儿道："我看到我自己，从卧室里爬了出来！"

我道："爬了出来？"

女孩儿道："手脚着地，像狗一样，爬了出来。我立马跑到一旁躲了起来，就看见我自己爬进了狗窝，像狗一样蜷缩成一团，睡着了。而我，也就是梦里变成狗的我，冲进自己的卧室，跳上床，睡了过去。果然不出所料，第二天一大早，我真的从狗窝里醒来了。我立马冲进卧室，看到那条大黄狗在我的床上睡得正酣。听我讲到这里，你应该也听出些什么了吧？"

我对她的故事感到很震惊，倒抽了一口凉气说："你的意思是说，那些都不是梦，是你的思想意识和家里的狗和猪发生了互换？"

女孩儿道："这很危险，不是吗？"

我道："可为什么会这样？"

女孩儿道："因为我是五维生物嘛，我本来就不应该出现在你们四维世界。我猜是由于我的维度过高，对周围的某些物质产生了影响，才导致了这种思想意识上的互换。不过这是我瞎猜的，真实情况，我也不清楚。"

我道："你把自己泡在水里，也跟这有关系吗？"

女孩儿道："那段时间我几乎每天都发生这种奇怪的情况。有天晚上我用家里的大木桶泡澡，大热天的，泡着泡着，就在水里睡着了，一直睡到天亮，一整晚都没有发生那种情况。后来我又试了好几次，最后我可以确定，只有当我泡在水里的时候，我的思想意识才不会脱离这具肉体。"

我道："可你说，你离开了水，就会死。"

女孩儿道："如果我的思想意识离开了这具肉体，不小心和一只蟑螂发生了互换怎么办？你踩死了那只蟑螂，就等于把我踩死了。肉体死了，寄宿在肉体里的思想意识也会跟着死掉的。"

我道："你一天二十四小时都在水里吗？"

女孩儿道："差不多吧，吃饭睡觉都在水里，除了上厕所会离开水缸一小会儿，其余的时间，都在这里面泡着。"

我刚准备继续问些什么，敲门声就响了起来，医生推开门，走了进来，示意我时间已经到了。

那天的采访，也到此结束。

几个月后，我得知，那家精神病医院采取了强制措施，他们撤走了水缸，将女孩儿强制转移到了重症监护病房内，就是那种四壁布满海绵体的病房。

他们要让女孩儿从此离开水缸，想要用这种强制措施彻底治好女孩儿的精神疾病。

很快，我得知，女孩儿的病情有所好转，我也借此向那家医院申请，获得了第二次采访她的机会。

那天一大早，我如约抵达那家医院，在医生的带领下来到了那间重症监护病房的门前。

医生掏出钥匙，打开了门。

结果，病房里的一切吓得我差点身子一软，跌坐在地上。

猩红色的血淌了一地。

那个女孩儿咬破了自己左手的手腕，用嘴不停地吮吸着自己的鲜血。

医生立马喊来几名护工，将满嘴是血的发狂女孩儿抬走了。

现场一片混乱，我傻傻地愣在原地，心脏怦怦直跳，感觉浑身都在发颤，过了好一会儿都没能缓过神来。

这时，一只蚊子"嗡嗡嗡"地从我面前飞过。

"啪！"

我下意识地伸出手，将那只蚊子拍死了。

我低下头，看着左手手心里那只蚊子的尸体，想起女孩儿刚才吸血的恐怖表现，又想起女孩儿对我说的那些话：

"如果我的思想意识离开了这具肉体，不小心和一只蟑螂发生了互换怎么办？你踩死了那只蟑螂，就等于把我踩死了。肉体死了，寄宿在肉体里的思想意识也会跟着死掉的。"

难道说……

我又看了一眼手心里那被拍扁的带血的蚊子尸体，深吸了一口气，感觉自己变得有些神经质了。

也许，是我想多了吧。

℞ 第 37 个病例：

你是否梦到过死亡？

我突然有些恍惚，不知道自己为什么会出现在这里。落地窗外的阳光有些刺眼，天花板上播放着优雅的爵士乐。我将背向后靠了靠，这张深棕色的咖啡椅的确非常舒适。

我像是短暂地睡了一觉，嘴里有些发涩，嗓子有些发哑，这感觉很不好受。我面前的茶桌上放着一杯没喝完的咖啡，我立马端起咖啡猛灌了两口，总算是舒服了一些。

环顾四周，柜台后面，两名身着黑色制服的咖啡师正在为客人忙碌地调制着咖啡，我看向那些正在喝咖啡的客人：他们有的坐在角落里，一边翻看着杂志，一边摆弄着手机；有的则飞快地在笔记本电脑的键盘上输入着什么，像是在工作；而有的则三三两两地聚在一起，就着咖啡和蛋糕，交谈着什么，但我听不清他们对话的内容。

我终于想起自己来这儿的目的。

我在等人，等一名哲学教授，我和他约好在这天上午的九点，在这家咖啡厅，对他进行一场专访。

现在，已经九点半了。

终于，他来了。

只见一个满脸白色络腮胡、戴着金丝边眼镜的中年男人走进了咖啡厅，他站在过道里张望了两下，便看到了我，我向他挥了挥手，他便朝我走了过来。

"不好意思，今天上午忙着审一个学生的毕业论文，所以来晚了。"哲学教授抱歉道，他说罢，在我面前坐下。

我们就着咖啡，进行着采访，采访的主题围绕着教授在海外求学的一些人生经历展开，可以说是比较无聊的，但整个采访过程还算顺利，二十分钟左右，我们就已经把需要采访的内容聊完了。

总算是完成了工作，我松了口气，伸了个懒腰。

教授似乎看出了我的疲态，对我道："你看上去很累。"

我点了点头道："是啊，最近社里安排我进行了连续好几天的专访，白天专访、深夜写稿，连轴转。昨天晚上，我差不多写了一夜的稿子，一直写到凌晨三点左右，去上了趟厕所。这话说出来可能不太得体啊，当尿从我的膀胱涌入尿道排泄出去的时候，我突然产生了一种错觉，我感觉自己像是在梦里，这种感觉已经出现过两三次了。而且最近做的梦越来越真实了。有时候回忆某些细节，比如某个人说过的某句话，我都已经分不清哪句话是哪个人真实说过的，还是在梦里说的。有时候梦里的画面，都和现实的记忆片段混淆了。"

教授呷了口咖啡，笑了笑道："或许现在就是一个梦。"

我被他的玩笑逗乐了："教授，你说我是不是快要精神崩溃了？我感觉自己都快分不清梦境和现实了。"

教授摸了摸下巴道："那得看你如何去界定梦境与现实。什么是梦？什么又是现实呢？我们可能每天晚上都在做梦，做过的许多梦都是很离奇的，比如在梦里，你可能会见到已经死去的亲人，你可能会看到汽车在天上飞，可能会突然从自己的办公室一下子跳转到非洲大草原上，你甚至还会梦到自己被某个不知名的野兽追逐。但是在梦里，你可能不会对此有丝毫怀疑，直到醒来后，当你回溯梦的内容，你才会发现其中的纰漏。"

我拼命点头，表示赞同："为什么会这样？"

教授道："因为我们的大脑总是会在潜意识里，不由自主地用一些看似合理的逻辑，去解释一些不合理的东西。当你在梦中看到自己死去的亲人，你的大脑会解释说，其实你的亲人并没有死，于是你就认同了这一点，对此没有了怀疑……"

他说着，取下自己的眼镜："我有六百度的近视，左眼六百一，右眼六百二，摘了眼镜，我什么也看不清楚。很早以前，有一回在梦里，我梦到与人打群架，在打斗过程中，我的眼镜被打飞了。但是我惊讶地发现，我居然依旧能够看清眼前的世界。这理应是一个梦里的纰漏，但是你知道当时我是怎么想的吗？我的大脑对我说，你的眼睛已经被近视眼手术治好了，所以你不需要戴眼镜了。梦里，我真的就对此深信不疑了，于是忽视了那个纰漏。可当我醒来后，再次回想起这个细节，我才发现不对头，我根本就没有做过什么近视眼手术，我依旧需要戴眼镜才能看清这个世界。你难道不觉得，这正和我们的大脑在现实世界中处理事情的思路是一致的吗？当我们发现了一些不对头的事情，我们的大脑会变着法去解释，试图掩盖这种不对头。比如你有时候会听到有人在喊你的名字，当你回头的时候，却什么也没看见。你会认为，根本就没有人在喊你，只是你出现了幻觉。但你有没有想过，的确有人喊过你，只是，那个人你看不见！”

我道：“我在梦里也有过这样的体验。”

教授摊了摊手：“说说看。”

我道：“在梦里，我经常会梦到自己输入密码，无论是手机解锁密码，QQ号密码，还是银行卡号密码，尽管我明确知道密码是什么，在梦里却总是输入错误。每当这个时候，我都会想，一定是我摁错键了，又反复去输入，但密码一直都是错的。到最后我甚至会怀疑自己是不是记错密码了，搞得我焦头烂额。直到醒来，我才意识到，那只是个梦。”

教授道：“其实，你只要把这个反复在梦里出现的细节记住，你就可以做清明梦！”

我问：“清明梦？就是做梦的时候知道自己在做梦？”

教授点了点头。

我道：“有很多次，我都在梦里意识到这是个梦了，但是，一旦意识到自己是在做梦，都会立马醒来，不受自己控制。”

教授道：“一旦意识到，不要想着醒来，努力遏制住醒来的欲望，就能停留在梦里，多试几次就好了。我已经成功了。”

我道：“教授，你会做清明梦？”

教授喝了口咖啡道：“这不难，我已经跟你说过了，只要你记住某个属于你的细节就行。我不是跟你说过吗？在梦里，我的眼镜被打掉了，但是我还能看清楚眼前的画面。我把这个细节记住，在往后的梦里，我只要摘掉眼镜，还能看清世界，我就能立马知道自己是在梦里。你也是一样，你可以在梦里输密码，如果密码一直是错的，那么不要怀疑，你是在做梦。只要掌握了做清明梦的技巧，你就很容易操控梦境，在梦里你可以随心所欲，相信我，那是一种很独特的体验，你会爱上它的。”

我道：“我怕我会沉迷其中，无法自拔，那很危险。”

教授道：“这就和我们现在的状态一样，如果我们所谓的现实只是一场梦，那么，我们也的确沉迷得够深的。”

我道：“如果故去的亲人真的能出现在梦中，我宁愿一直沉睡在梦里。”

教授道：“你的亲人都还在吧？”

我一愣：“都在啊，怎么啦？”

教授道：“我接下来要说的，只是个假设啊，你不要生气，只是假设。”

我道：“嗯，你说。”

教授道："假如你的亲人都已经死了，假如现在只是一场梦，这场梦里，你的亲人都还活着，于是你沉迷在了这场梦中，把梦当成了现实呢？"

我道："死亡，是一种幻觉吗？"

教授道："你死过吗？"

我被教授这古怪的玩笑弄得有些无所适从："当然没有，谁死过啊？人只能死一次，我要是死了，现在还能坐在这里跟你对话吗？"

教授微微一笑道："我是说，你在梦里死过吗？比如在梦里你突然被车撞了，或者突然坠下山崖了，甚至突然被雷劈了，被枪打了……"

我道："做过很多回，但是每次在梦里死去，我都会立马醒来。"

教授眯起眼睛，用右手的中指向上抬了抬眼镜，压低了嗓门儿道："万一你是真的死了呢？"

我一怔，道："如果我死了，怎么会醒来？"

教授道："你确定你真的醒来了吗？"

我道："你是说，我把自己坠崖死掉的现实当成了梦？我在梦里醒来，却把这场梦当成了现实？"

教授道："不是没有这种可能。"

我道："可是，如果我死了，死后应该就不会做梦了吧？死了，还怎么做梦？"

教授道："万一这只是你在濒临死亡的时候做的一场梦呢？"

我道："那这场梦也太长了吧？"

教授道："或许在濒临死亡的时候，人的大脑对时间的感知无限地变慢了，于是梦里的时间也被无限地拉长了。"

我道："可是，关于死亡的梦，我可不止做过一次，难道我已经死过很多次了？"

教授道："梦中梦。真正的死亡只有一次，其余的死亡，都是梦里的幻觉。"

我道："如果我现在被车撞死了呢？"

教授道："如果现在只是一场梦，你在这场梦里死去，会在另外一场梦里醒来。"

我道："这听上去像是永生了。"

教授道："梦中梦会无限地叠加下去，那个濒死的大脑对时间的感知会无限延长。在这种状态下，可以用一句话来形容……该怎么说呢……"

教授说罢，摘下眼镜，捏了捏鼻梁，向后靠在椅背上，他望向天花板，然后看向窗外。对面有一家珠宝店，他指了指珠宝店门牌上的那行小字说："看到那句广告语了没有？"

我问："哪句？"

教授道："我觉得，这种状态，可以用这句广告语来形容。"

我还是没看清那句话。

教授道："瞬间即永恒。"

我点了点头道："嗯，死亡是一瞬间的，大脑对那场梦的感知却无限地接近于永恒。"

突然，我怔住了，意识到了什么："等一下，教授，你没戴眼镜，能够看清街对面的那行小字？"

六百多度的近视眼，在不戴眼镜的情况下，别说街对面的字，就是半米开外的字都是看不清的。

教授突然微笑地看着我："对啊，为什么呢？"

我盯着他的眼睛，感觉他那双眼睛变得无比深邃，像是一个旋涡把我吸了进去。

我感到一阵天旋地转……

当我睁开眼，从床上坐起的时候，是下午五点了。我大口大口地喘息着，感觉自己的脑仁儿像是要裂开似的。

我突然想起，采访早已经在上午结束了，回到家后，我就一头栽倒在了床上，睡着了。

原来刚才只是一场梦。

还有稿子要写。

我下了床，打开电脑，输入开机密码。

电脑却显示"密码错误"。

我又输了一遍，这次依旧显示"密码错误"。

我想，应该是我摁错键了，于是又输入了一次。

又输入了一次……

又输入了一次……

无休无止地输入着……

R 第 38 个病例:

幻肢效应

眼前这个男人,套着牢不可破的约束服,被五花大绑捆在了一张铁床上。在进入这间看护室之前,医生特意让我穿上了厚重的防护服,还戴上了坚硬的安全盔,我特地站在镜子前照了照,整个造型看上去简直就像一名橄榄球运动员。

这身行头看起来着实有些夸张,但是,为了我的安全着想,院方认为必须将防护措施做到极致,就连每一个负责照管他的护工,都得如此从头到脚全副武装起来。

从前的采访,基本都是我和病人一对一进行的,现场不会有第三个人。而这次的采访,院方坚持安排了两名男护工全程陪同,生怕出一点意外。

这个病人的残暴程度,是以前我所接触的同类型患者都无法企及的。他曾是一名拥有三个孩子的父亲,还有一位十分漂亮的妻子,原本家庭温馨和睦。

两年前,因为一场车祸,男人失去了右臂。半年后,妻子跟他离了婚,和一个富商跑了,还带走了三个孩子,也因此酿成了一桩血案。

一年前,男人趁夜持刀闯进富商家中,将富商杀害,然后斩断了妻子和三个孩子的四肢,将他们扔进洗手间,导致他们失血过多而死。随后,他十分冷静地到附近派出所报了案,警方带他做了精神鉴定,然后把他送到了这里。

男人面无表情地盯着天花板,嘴里喃喃自语,但我听不清他在说些什么。

我有些战战兢兢地走到他身旁,生怕他突然挣脱束缚,爬起来咬伤我,不过身后,那两名护工倒是给了我极大的安全感,不然这次的采访可能很难进行。

我向这个男人自我介绍道:"你好,我是今天专程来采访你的记者,之前你的主治医生应该跟你沟通过,也得到了你的同意。"

男人依旧面无表情,他开口了,声音听上去低沉而又沙哑:"你知道失去右臂是什么感觉吗?"

我淡淡道:"一定很痛苦。"

男人冷笑了一下,道:"何止是痛苦,那是一种折磨。"

我道:"我能理解。"

男人道："你能理解？你以为那只是肉体上的痛苦吗？不！是精神上的！刚做完截肢手术的那段时间，我一直有一种感觉，我的右臂还在。你知道吗？这很可笑，我明明知道我的右臂已经没了，身体却本能地感觉右臂还在，甚至时不时地想要动一动手指，想要伸手去抓东西。"

我道："这应该是一种常见的幻肢感。"

男人道："可是你有没有想过，为什么会有这种感觉？明明已经没了，却总感觉它还在，那种感觉格外真实，就好像我的右臂从来没有被截掉过。"

我道："这只是大脑产生的一种错觉。"

男人道："只是错觉这么简单吗？"

我道："那你认为是什么原因造成的呢？"

男人摇了摇头道："我还没想清楚，等我想清楚了再告诉你。"

我清了清嗓子，然后说："还是来聊一聊你梦游的事情吧。资料上说，自从你出了那起车祸，你就开始有了梦游的症状。你时常夜里梦游到你家附近的一片荒地……可以给我讲讲，你为什么会去那儿吗？换句话说，你梦游的时候，究竟梦到了些什么？"

男人的声音突然变得神秘起来，仿佛这声音并非出自他口，而是来自他体内隐藏着的另外一个人："前世。"

我一怔，怀疑自己没听清楚："什么？"

男人道："我梦到了，我的前世。"

我道："你的前世？能给我讲讲你的前世吗？"

男人道："我的前世，是一个女人。"

女人？这是在暗示他内心里的第二重人格是一个女性人格吗？我心里这么揣测着，听他继续说下去。

男人接着道："我能从梦里人们的着装看出，那应该是清朝的时候，因为男人们的后脑勺儿都留着长长的辫子。我的前世是一个很命苦的女人，在很小的时候就被许了娃娃亲。十三岁的时候就被家里人送到了另外一座村子里，嫁给了一个从未见过面的男人。女人十六岁那年，她的相公被强征入伍，随着部队到沿海抗击倭寇。

"没多久，相公的死讯便传回了老家。虽然是指腹为婚，但毕竟在一起三年，感情已经很深了，那之后，女人成天以泪洗面，一直都没改嫁，村里给女人立起了贞节牌坊。可是，五年后的一天晚上，有个盂贼趁黑摸进了女人屋里，将女人强暴了。很快，女人发现自己怀了孕，一开始还能遮掩过去，但是没多久，她的肚子越来越大，村里人都发现了问题。村长叫来郎中强行给女人把了脉，郎中确定，女人是怀了身孕。

"女人的丈夫已经死了那么多年，孩子只可能是别人的。也就是说，女人不守贞洁，和别的男人有了奸情。村里人逼问那个男人是谁，可是女人哪儿说得出？那天晚上她连那个蠢贼的脸都没看清楚。碍于面子，女人又死活不肯将那晚被强暴的事情说出来。村里人认为女人有辱贞洁，愧对贞节牌坊，于是村长下令，将女人活埋。我的前世，也就到此终结了。"

听完他的故事，我深吸了一口气，然后说："你的故事讲得很精彩。"

男人淡淡道："这不是故事，而是我的前世。"

我觉得他的妄想症的确挺严重的，这种老掉牙的故事，翻翻《故事会》之类的杂志，一抓一大把。

我道："那你一定觉得，你的前世死得很冤。"

男人点了点头。

我道："那你的妻子和你的三个孩子，还有那个被你杀掉的富商，就不冤了吗？"

男人的目光突然凝聚起来，死死地盯着我，我和他四目相对，从他的眼神中，我可以看出，他内心里的那头野兽想要冲出来吃掉我。

男人道："我要让他们尝尝，肢体残缺到底是什么滋味！他们死得其所！哈哈哈哈哈！"

男人突然发疯般大笑起来，紧随其后的，是全身的抽搐。他面目变得狰狞，不停地挣扎着，似乎想要挣脱约束服的束缚。

我被吓得浑身发麻。

身后，两名强壮的男护工立马冲上前来，将男人的身体死死地摁住，其中一名护工掏出一只注射器，吸满药水，然后将针头扎进了男人的脖子，把药水一股脑儿地注射了进去。

很快，男人的挣扎幅度变弱了，慢慢地，他的身体恢复了平静，呼吸也变得均匀。只见他缓缓地闭上眼，昏睡了过去。

那天的采访，也因此被迫中断了。

几个月后，我突然接到了那家医院的院长打来的电话，他说，那个病人希望再见我一次，有话要对我说。出于治疗考虑，院方希望我能够再次与那名病人见面。

在第二次会面前，院长特别交代我，说上次我的一些问题，例如关于那个病人杀掉妻儿的问题，对病人的刺激太大了，让我这次一定要注意，即便病人自己主动提起，也一定要回避，不然会加重病人的病情。

第二次采访，依旧由两名男护工陪同进入看护室内。

这次，这个男人一见到我，眼神当中就透露出兴奋之情，仿佛是有什么事情要迫不及待地对我讲。

还没等我开口，他便率先开腔道："我有了新发现！"

我心想：你一直都躺在这里，能有什么新发现？但我还是顺着他的话问了下去："什么新发现？"

男人道："其实我的身体，并不存在。"

我淡淡道："那现在躺在这里跟我说话的人是谁？"

男人道："当然是我啊。"

我道："可是，你说你的身体不存在。"

男人道："是啊，我说我的身体不存在，又没说我不存在。"

我觉得他的话有点绕，于是道："你只是……丧失了一条右臂，除此之外，你身体的其他部分都是完好的。"

男人道："问你个问题，你觉得，树到底在想什么？"

我没听明白："树？什么树？"

男人道："就是树。森林里的参天大树。有的古榕树能够活上千年。上千年来，世界经历了无数次战乱，无数次分崩离析，无数次改朝换代，无数人生，无数人死，悲欢离合。世界发生了翻天覆地的变化，可那棵树，依旧立在那里，一动不动，不曾离开，就这么矗立了上千年，未来还有可能继续矗立数千年的时间。你说，这么长的时间，这棵树究竟在想什么呢？"

我耸了耸肩道："树又没有思想，它能想什么？"

男人道："怎么没有？别以为只有动物才有思想，植物同样具备自己的思想，只不过它们扎根在泥土里一动不动，我们人类无法理解它们的想法而已。"

我道："那你说，树到底在想什么呢？"

男人道："在做梦。一个很漫长的梦。或许在那场梦里，它们是可以移动的，可以互相交流，梦里的世界应该是五彩斑斓的，要不然很难想象，一棵树是如何度过上千年的漫长时光的。你没有体验过那种感觉，要是把你锁在一个地方，让你一动不动地站上千年的岁月，你恐怕早就自杀了。可是树为什么没有自杀呢？"

我道："树又不会自杀。"

男人笑了笑道："其实我们人类并没有进化出身体。"

我一怔，觉得他疯了："每个人都有身体，没有身体不就死了吗？那还怎么在这个世界上存活下去？"

男人道："我们人类其实是一种植物，是不能动的。"

我道："植物？"

男人道："一种生长在深海当中的植物，那里寂静无光，这些植物就这样在深海当中静静地生长着，度过几百年、上千年甚至数万年的时光。"

我道："可我知道，我是可以动的，我是动物，不是植物，我也不生活在深海当中。"

男人道："那是因为你我的肢体都是幻想出来的。"

我一愣："幻想？"

男人点了点头道："就像树一样，这些深海植物需要度过上千年、数万年的漫长时光，这么长的时间，待在深海里，待在那片无光的世界里，一动也不能动，互相也没办法交流。这是多么无聊的一件事情。漫长的岁月是最感煎熬的一件事情，简直就是折磨。于是深海植物们开始做梦，它们集体营造出了一个梦境，这个梦境是可以共享的。在这个梦境当中，它们幻想自己有身体，能够移动，能够互相交流。而这个梦境中的世界，也在它们的幻想当中，变得越来越复杂，越来越有趣。"

我明白了他的意思："你的意思是说，那些深海植物，幻想自己是人类，我们，包括我们所处的世界，其实都是它们幻想出来的？"

男人道："所以我上一次与你见面，就对你说过，刚被截肢的那段时间，我总感觉自己的右臂还在。你说那是一种幻觉，可是，为什么会有这种幻觉呢？其实我的右臂本来就不存在，我的身体都是不存在的，只是深海植物在漫长的无聊岁月中为了寻找乐子、消磨时间，而营造的一种幻肢感。我管它叫幻肢效应。所以，尽管我的右臂没了，但这种幻肢感还在，所以便产生了这种所谓的幻觉。"

我找出了他话里的漏洞："你刚才说，这些深海植物可以活上万年，但是，我们还是会死，为什么我们最多只能活一百多年？"

男人道："你知道，这么长的时间，只扮演一个角色是很无聊的。深海植物想要体验不同的人生，所以当它们觉得腻了，就会让这段人生结束，开始新的人生体验。它们不会在同一个角色身上，耗费太长的时间。这就像一场虚拟实境的游戏，只要它们想提前结束，甚至会安排这个角色自杀，就能载入新的角色当中。所以为什么总有人说看到了自己的前世？其实那并不是前世，而是幻想你存在的那株深海植物所幻想的上一个人生而已。"

采访，到此结束了。

我觉得，这个男人的妄想症，已经到了无可救药的地步，可能是长时间被锁在这么一个幽闭的空间当中，这个男人真的开始幻想，自己就是一株生长在黑暗深海当中的植物。

半年后，我看到新闻。

郊外一片荒地在进行地产开发的时候，挖出了一具古尸。经过专家鉴定，古尸应该已经在地下埋了两百多年了，按年份算，是清朝时期的人。

古尸是一名女性，死亡年龄推算在二十岁到二十五岁之间。

更令人惊讶的是，她在死亡时，已经怀有身孕。

我突然想到了什么，立马警觉起来，再度翻出那个男人的资料。

资料上的信息，令我感到毛骨悚然。

地产商掘出古尸的那片荒地，正是那个男人梦游常去的地方，他说，他在那个地方，看到了自己的前世。

℞ 第39个病例:

我们都已经死了

我笑着摇了摇头道:"可我还是不相信,我的人生是命中注定的。"

吴先生道:"就像你命中注定会去杀人。"

我一怔,道:"什么?"

吴先生道:"我看到了你的未来。"

我的那位心理医生朋友死后,我都一直在试图联系那位吴先生,但怎么也联系不上。他的手机自始至终都处于关机状态。而当我找到他所供职的那家银行时,银行的工作人员告诉我,他已经离职了。

我又从他银行的同事那里要到了他的家庭住址,立即找去,他却并不在家。一个月后,我又去,他家里依旧没有人。

两个月后,我再去,发现还是没人在家。

三个月后,我忙完一个户外采访的工作,刚好路过吴先生家,心想三个月过去了,就是周游世界也该回来了吧?于是我又顺道上楼敲了一遍门,这回依旧没人来开门。

我想,难不成是他的同事弄错了地址?于是便去物业询问小区的物管人员,结果物管人员告诉我,吴先生已经欠了三个月的物业费了,水费也一直没有缴纳过,屋里早已经停了水。

这么看来,吴先生八成是已经三个月没有回过家了?

为了证实这一点,离开前,我特地去电表室抄下了吴先生家的剩余电量,电量为五十二度。一周后,我又去看了一遍电表,发现吴先生家的电依旧还剩五十二度。也就是说,吴先生的确一直没有回过家。

他到底去了哪儿?

我隔三岔五地拨打着吴先生的手机,但没有任何一次是打通的,直到最后,那个号码变成了空号。

与吴先生失联九个月后,当我再一次得知吴先生的消息,是在新闻里。吴先生持刀砍死砍伤多人。

有趣的是，吴先生在事发九个多月前，曾前往自己所在小区辖区内派出所投案，声称自己可能会在九个月后杀人，要求警方立马将他抓起来。派出所的警察以为吴先生是在开玩笑，再加上吴先生当时并没有犯罪，也无任何前科犯罪记录，所以警方没有任何理由将他逮捕，于是把他给轰走了。没想到九个多月后，吴先生真的杀人了。那家派出所也因此遭到了大众的谴责。

警方带吴先生做了精神鉴定，鉴定报告结果显示，吴先生有十分严重的精神分裂症，于是便把他送进了精神病院，进行严格的看护治疗。

我与那家医院进行了长达半年多的沟通，终于得到了采访他的机会。

当我见到吴先生时，他已经被套上了牢固的约束服，嘴上戴着用金属制成的防护口罩，防止他咬伤人。口罩将他的口鼻牢牢地封锁在了里面，口罩的前端有六个绕成环状的圆形小孔，这是为了让他能够呼吸和说话。除了吃饭的时候，就连睡觉，他都必须戴着这种特制的口罩。

这家精神病院的防护级别很高，所以，我并没能得到与吴先生单独相处的机会。采访是在两名医生和四名强壮的男护工的全程陪同下进行的。吴先生被关在了一座两米多高的特制铁笼里面，他坐在笼中的一把椅子上，腰部被两条牢固的牛皮带绑定在了椅背上，再加上约束服的束缚，他只能保持固定的坐姿，不能起身，也不能随意做出任何动作。他能做的，只有听和说。

我和那些医生、护工坐在铁笼外，绕着铁笼围成一圈。我坐在正面，和吴先生面对面，他坐在铁笼里，眼神平静地看着我。

我道："还记得我吗？"

吴先生道："当然记得，你是那位心理医生的朋友。"

我道："你说他会死于空难。"

吴先生道："我看到新闻了，他的确死了。"

我问："你是怎么预料到的？"

吴先生道："我不是早就说过了吗？我在梦游的时候看到的，我看到了未来，看到了你朋友的死。"

我道："或许你只是碰巧猜对了。况且他并不是直接死于空难，而是间接的。"

吴先生道："有什么区别吗？"

我掏出笔记本，开始翻阅资料，然后道："新闻上说，事发的九个多月前，你曾向派出所报过案，你声称自己可能会在九个月后杀人。结果，真的在九个月后，你持刀闯进一所小学，无差别砍人，造成了许多名学生和老师的死伤。能告诉我你为什么要这么做吗？"

吴先生道："你是说，我向派出所投案的事情？还是问我到底为什么要杀掉那么多人？"

我道："两个问题你可以一个一个地回答。"

吴先生道："我之所以向派出所投案，是因为我梦游的时候看到自己九个月后杀人的画面，所以我希望警察能把我抓起来，阻止我杀人。"

我道："你投案，是希望警察能够阻止你杀人，也就是说，你是不想杀人的，可是你九个月后，还是杀了人。"

吴先生道："因为那根本不受我控制。"

我道："不受你控制？对了，我那位朋友死后，我一直试图联系你，还去过你家找你，可是你一直不在家，手机也一直打不通，那段时间，你到底去哪儿了？"

吴先生道："我当时找个地方躲起来了。"

我道："躲起来了？"

吴先生道："我看到自己九个月后杀人的画面，很害怕，警察也帮不了我，所以我就想找个地方躲一段时间，那地方必须很偏僻，得远离城市，尤其是远离学校。于是我跑到山里，在一座庙里跟一帮和尚住了大半年，想着把这大半年避过去，也就好了。可是很快，我心里就有一个声音对我说：'你要去杀人！你要去杀人！你要去杀人！'我根本控制不住自己，就从山里回到了城市，去商店里买了把西瓜刀。那商店旁边正好就是一所学校，于是我就拿着刀冲了进去，见人就砍。"

看来医生说得没错，这是典型的精神分裂症状。

我问："后悔吗？"

吴先生道："什么？"

我道："你对你的行为感到后悔吗？"

吴先生道："没有什么后悔不后悔的。这种事情……我也没办法，真的不受我自己的控制，这是必须要发生的事情，谁也阻止不了、改变不了。"

由于吴先生戴着防护口罩，几乎遮住了大半张脸，所以我看不到他具体的面部表情，只觉得他的语气听上去有些过分冷淡。

我努力遏制住内心的个人情绪，保持平静地问道："你是说，那些学生，必须死？砍人的行为是你必须去做的？"

吴先生道："怎么说呢，这件事其实早已经发生过很多回了，那些学生也早就已经被我砍死过很多次了。"

我觉得他的话已经彻底混乱了："什么叫已经发生过很多回了？"

吴先生道："呃……这么来说吧，其实，我们所有人的人生都在不断地重演。"

我无法理解他说的话："人生还能重演？每个人的人生都只有一次。"

吴先生道："是的，每个人的人生的确都只有一次，但我们会反复地重演这只有一次的人生。"

我道："你是说，轮回吗？"

吴先生道："就像一部电影，你可以反复地去播放它，但是它的内容永远都是一样的，不会发生任何改变。比如这部电影安排我半年后会去杀人，那么当你第二次播放、第三次播放、第无数次播放的时候，我还是会在同样的时间、同样的地点重复同样的行为、杀掉同样的人。"

我道："你这是在为自己的杀人行为找借口吗？我们的人生可不是电影，是没有剧本的，也没有人规定我们必须怎么做。你想说，我们此刻的对话，也曾经发生过无数次吗？"

吴先生道："是的。"

我道："我怎么不觉得我是在照着剧本说话？"

吴先生道："因为这的确是你曾经无数次说过的话，现在只是重播而已。"

我笑了笑，然后说："你看，我现在已经意识到人生是在重演了，我现在说的话是以前曾经无数次说过的，那么，我现在知道了，我不想这么说了，我得换一套剧本里没有的台词，那么这样是不是人生就不再重演了？"

吴先生道："你刚才说的这么一大段，就是曾经你无数次说过的，当然，也包括我现在说的每一个字。"

我道："你这套逻辑的确很具有诡辩性，因为无论我怎么说，你都可以说是曾经发生过的。比如我现在想去吃饭，我真的去吃了，我去吃饭的行为是无数次发生过的；我决定不去吃饭了，我的这个决定，也是曾经无数次发生过的。不管我怎么做，你的逻辑永远都会成立。可是……我就是不明白，我们的人生，为什么会无数次重演呢？"

吴先生道："我知道这很难理解。怎么说呢？其实，我们早都已经死了。"

我一怔:"你说什么?"

吴先生淡淡道:"你看过星星吧?"

我道:"我还看过狒狒。"

吴先生道:"我是说,天上的星星。"

我道:"那谁没看过,每天晚上抬眼就是。"

吴先生道:"你知道,其实我们每个人看到的,都是过去。"

我道:"我怎么没发现自己还有这种能力?"

吴先生道:"你为什么能看到东西?"

我道:"因为眼睛。"

吴先生道:"你的眼睛为什么能看到东西?"

我道:"因为眼睛里有视觉神经。"

吴先生道:"为什么你在黑暗里看不到东西?"

我道:"因为没有光。"

吴先生道:"对,因为光。你之所以能看到东西,是因为光打在物体上,又反射进了你的眼睛里,你才能看见它们。光的传播是需要时间的,尽管它很快,但依旧需要时间。比如你现在看到我,你会感觉画面是实时的,其实不是,从我身上反射出去的光,依旧需要时间传播到你的眼睛里,尽管这速度很快,每秒钟约等于三十万公里(光在空气中的传播速度近似于光在真空中的传播速度,光速在不同介质中的传播速度有所不同),快到可以忽略不计,但依旧有时间差存在。所以,我们每时每刻看到的,都是过去的画面。"

我点了点头道:"嗯,的确是这样的。"

吴先生道:"如果把距离拉长呢?我们所有人都知道,太阳的光,需要八分钟才能传播到地球上,所以我们从地球上看到的太阳,永远是八分钟之前的。那么更远的星球呢?当你仰望夜空的时候,可以看到漫天星斗,这些星星的光,其实是花了漫长的岁月才传播到地球上被我们看见的,我们看到的,是它们遥远的过去。它们很多,距离我们好几万、几十万甚至几百万、上千万光年。有些星球甚至早已经死去,可能都已经死了上百万年了,它们的光才传播到地球上被我们看见。"

我跟随着他的话,在脑海里遐想着,过了一会儿,我问:"你想表达什么呢?"

吴先生道:"我想说,一些死去的东西,可能会以另一种方式让人感觉它还存在。"

我思考着他说的话。

吴先生接着道："世间万物，包括我们每一个人所经历的一切都是由粒子排列组合而成的。我们每一个人的人生，都会被以粒子的形式记录下来，在宇宙间永远存在。我们死后，记录我们人生的粒子依旧在宇宙里飘荡着，就像光一样，朝着宇宙深渊飘去。在这漫长到没有边际的时间里，这些粒子会不断地重演这段人生，无休无止。"

我理解了他的话："所以，你的意思是说，其实我们可能早就已经死了，只是反映我们人生的粒子还在宇宙里反复地重演这段人生？"

吴先生道："没错。"

我道："也就是说，其实我们的未来，早已注定？所有的一切，其实早已经有了安排？"

吴先生道："的确如此。"

我道："那么，此刻到底是你存在于我的人生粒子当中，还是我存在于你的人生粒子当中呢？"

吴先生道："这还重要吗？我们都是虚无的。"

我突然回过神来，感觉自己已经被眼前这个精神异常的男人给绕了进去。

我笑着摇了摇头道："可我还是不相信，我的人生是命中注定的。"

吴先生道："就像你命中注定会去杀人。"

我一怔，道："什么？"

吴先生道："我看到了你的未来。"

我道："我是不会杀人的，你放心。"

吴先生道："这个你可阻止不了，不过，人不是你亲手杀的，你是个帮凶。"

他说着，在口罩后面邪笑了起来。

医生拍了拍我的肩膀说："一个病人的胡言乱语，不要太在意。"

我深吸了一口气，看着眼前的男人，隐隐感到有些不安。

我真的会杀人吗？

两个月后，我突然接到一个电话，是一位女性朋友打来的。电话里，她说她怀孕了，已经三个月了，但是她和男友分手了，她不想把孩子生下来，问我能不能陪她去医院做人流手术。

我同意了。

我陪她去了医院。

做完手术，我陪她在医院打消炎点滴。

她突然摸了摸自己的小腹，对我道："你说，我这算杀人吗？"

我半开玩笑道："你这要是算杀人，我岂不就是杀人帮凶了？"

说完这句话，我突然愣住了。

℞ 第 40 个病例：

其实你并不存在

这是一个看上去稚气未脱的年轻人。

我见到他的时候，是在一家精神病院的会面室里。

他原本是一名品学兼优的学生，以最优异的成绩考进了市里最好的高中，成绩一直名列前茅，老师和同学们都很喜欢他。可就在高考前夜，他突然失踪了，这一失踪就是两年。

在采访他之前，我对他的母亲进行了一次详细的采访，具体了解了关于他的情况。

他母亲说："高考前的那天晚上，他一直在做练习题，很认真。一直到凌晨一点，他房间里的灯都还是亮着的。他爸老早就睡下了，我也有些撑不住了，又担心孩子熬夜累着，就去他房间敲门。我还没开口，他便隔着门回了一句：'妈，我待会儿就睡，还有两道题没做完。'这孩子，学习一直都很认真，我也不好打搅到他复习，说了声：'那你做完题早点睡。'然后，我就回房睡下了。记得大概是凌晨三点，我醒了过来，发现他房间里的灯还是亮着的，于是起床到他房间门口敲门，想喊他快点睡觉……"

她深吸了一口气，接着说："可是，敲了门，一直没人回应。于是我直接把门推开了，这才发现，灯是亮着的，书本也是摊开的，笔掉在了地上，这孩子却不在房间里。我以为他上厕所去了，却发现厕所里没有人。我就喊他名字，没人回应。我心想，这孩子难不成大晚上偷偷溜出去了？我走到玄关，发现他的几双鞋都在鞋柜里，这孩子总不能光着脚出门吧？孩儿他爸听到动静，迷迷糊糊醒了过来，问我怎么回事，我说孩子不见了。我们找遍了整个屋子，都没找见他，确定他是出去了。这孩子平常也不去网吧，一门心思投到学习上，可是这大晚上的，他能去哪儿呢？而且还没穿鞋，他的手机也在床头柜上充着电。我俩当时就慌了，给他的班主任老师，还有同学挨个打电话……第二天中午，我们依旧没找到他，便去派出所报了警，可警察也始终找不到他的下落。"

我道："他这一失踪，就是两年？"

她点了点头，目光当中闪烁着疲惫，声音沙哑道："两年来，我们四处寻找，发了无数张寻人启事，却一直打听不到他的下落。孩儿他爸也在他失踪的两年里，查出了癌症，没多久就走了。临走前，他还一直念叨着，一定要把孩子给找回来……"

她说到这里，声音变得哽咽，两行热泪顺着眼角淌了下来。我向她递去一包纸巾。

我被这位母亲的情绪所带动，心里也不是个滋味，有些堵得慌。最关键在于，这位母亲的情绪已经失控，所以，那天上午的采访因此而暂停，到了下午，才得以继续。

我接着上午的话题问道："两年后，他又回来了？"

她点了点头道："是的。那天晚上，我值夜班到很晚。回到家的时候，已经是凌晨了。可是，当我打开家门发现，孩子房间的灯是亮着的。我当时以为家里进了小偷，吓得喊了一声。这时，我听到房间里传来动静，一个人从房间里走了出来。我一看，那个人正是我失踪两年的儿子！我立马扑上去，把他抱住，生怕他再消失。我问他这两年去了哪儿，没想到他一脸诧异地看着我说：'妈，我一直在家里复习啊，明天还得高考呢！我得把剩下的两道题做完。对了，爸呢？'"

我听得怔住了，缓缓道："你是说，当时他的意识，还停留在两年前，高考前复习的那天晚上？"

她点了点头道："他完全不记得，他失踪的那两年去了哪里。他以为自己从来没有离开过。"

我道："后来，你带他去做了检查。"

她深吸了一口气道："当时没检查出什么问题，医生象征性地给开了些药，说休养一段时间，他应该就能想起来了。可没过多久，他就开始梦游了。有段时间，他几乎每天晚上都会梦游。"

我问："他梦游的时候都干些什么？"

她道："做习题。他好像一直在重复那天晚上的复习。一直重复，一直重复……"

我倒抽了一口凉气："你有尝试过在他梦游的时候叫醒他吗？"

她点了点头道："我试过一次，就不敢再这么做了。"

我蹙起眉头，问："为什么？"

她道："我一叫醒他，他就倒在地上，不停地抽搐，像癫痫发作一样，一直抽搐十几分钟才好。我又一次带他去做了检查，这次他被诊断患有严重的精神官能疾病，他的梦游和癫痫正是这种疾病引发的。于是我按照医生的建议，让他住院治疗。"

在那家精神病医院的会面室里，我见到了他，一个未满二十岁的年轻人。我和他隔着一张桌子，相对而坐，他看上去很清瘦，似乎并不具备强烈的攻击性，这使我感到一丝安心。

我小心翼翼道："可以开始了吗？"

他轻声道："可以了。"

我道："呃……你现在……想起来了吗？"

他歪了歪脑袋，看着我："什么？"

我道："就是……那两年，你失踪的那两年，究竟去了哪儿？又经历了些什么？"

他深吸了一口气道："我消失了。"

我道："对，那段时间，你失踪了，你想起来去了哪儿吗？"

他摇了摇头道："你没明白我的意思，我是说，我消失了，不是失踪了。"

我的确没明白他在说什么，于是愣愣道："消失了……是什么意思？"

他道："就是不存在了。"

我上下打量着他："如果你不存在了，那么现在在这间屋子里和我对话的人又是谁？"

他道："我现在是存在的，只不过那两年，也就是你们认为我失踪的那两年，我是不存在的。"

我感觉有些绕，于是捋了捋思绪道："能不能给我讲讲……你口中所谓的'不存在'，究竟是一种怎样的状态？"

他想了想，然后道："其实……嗯……这很难跟你解释清楚，嗯……这么来说吧，在你们看来，我从消失到再度出现，中间间隔了两年的时间对不对？"

我点了点头。

他道："但是，就我的体验来说，这两年，是不存在的。"

我掏出笔，在笔记本上飞速地记录下自己想要说的话，然后道："可不可以这么理解，就是在你看来，你的消失和你的出现，是严丝合缝地衔接在一起的，就像你做一个简单的动作，比如从地面上跳起、落下这样连贯？"

他点头道："虽然听起来……嗯……不怎么恰当，但可以这么说。"

我顺着他的思路接着道："可我还是很难理解，一个好好的大活人，怎么会突然间……就不存在了呢？"

他道："你知道薛定谔之猫吧？"

他的话一下子把我拉回到了"薛定谔之猫"那个病例当中，那个在手术时把病人的心脏挖出来吃掉的心胸外科医生，也问过我同样的问题。

我简明扼要道："在一个不透明的密封盒子里有一只猫和一瓶毒药，毒药有一半的概率会释放，会毒死这只猫。也就是说，这只猫，有一半的概率生，一半的概率死。在盒子没有打开的情况下，盒子里的猫的生与死是无法确定的，也就是说，那只猫处在既是生又是死的叠态当中。"

他点了点头道："没错，量子力学认为，万事万物存在着不确定性，一个物体，在我们没有观测到它之前，它便处在既是生又是死、既存在又不存在的状态当中。而当我们观测它的时候，它的生死存亡才能得以确定。怎么说呢？就像你去做体检，我是打个比方啊，不要在意，体检结果下来了，你一看，糟了，发现自己得了绝症。但是，按照量子力学的理论来说，你身体里的绝症，是在你看到体检结果那一刻才得到确定的。也就是说，你看到体检结果之前，你身体里的绝症处于存在和不存在的叠态当中。"

我努力总结他的话："你的意思是说，绝症也有可能是不存在的，是那份体检报告让我的身体被迫选择了绝症的存在与否？"

他道："没错。有硬币吗？"

"稍等。"我从钱包里掏出一枚硬币递给他。

他将硬币往天上一抛，硬币在空中高速旋转，坠下，被他"啪"的一下精准地拍在了自己的手背上："就像这枚硬币，在我把手挪开前，你永远也不知道它是正面还是反面，也就是说，它既是正面，也是反面，而当我将手挪开的时候，正反才真正得以确定。"他说着，将手挪开，硬币是正面。

他将硬币还给我，接着道："你丢过东西吗？"

我点了点头："经常丢。"

他道："你应该有过这种体验，某个你熟悉的东西，比如你家里的一支笔，一把尺子，一本书，某天当你想找它的时候，怎么也找不到，可是当你有天把它给遗忘的时候，它突然出现在了你的眼前。"

我不假思索道："对对对，经常这样！"

他突然语调神秘而又诡异："你有没有想过，那段时间，你之所以找不到它，是因为，那段时间，它根本就不存在？"

我在笔记本上飞快地写着，然后道："你的意思是说，那天你的消失，是因为你妈妈打开你房间门的时候，让你被迫选择了'不存在'这一状态，于是你就从这个世界上消失了两年？"

他点了点头道："就是这样。哈哈！嗯……你信不信，当你走出这间会面室，把门关上，再把门打开的时候，我很有可能会被迫选择'不存在'？"

我耸了耸肩道："不太相信。"

那天结束采访，我起身离去，他依旧坐在会面室里。我离开会面室，转身关上门，突然想起了他对我说的话。于是，我将手再度搭在门把手上，深吸了一口气，缓缓拧动起来。

真的会消失吗？

我深吸了一口气，将门打开。

会面室里，空无一人！

难道说……真的……？！

我心跳加速，冲进了会面室。这时，我身旁的立柜突然晃动了两下，柜门"砰"的一声从里往外被推开了，把我吓得一屁股跌坐在地。只见他在我面前蹦来跳去，哈哈大笑道："哈哈哈哈，嗯……跟你开个玩笑，你还当真啦！哈哈哈哈！"

然后，他就被赶来的男护工架走了。

果然，只是一个患者的疯言疯语。

半年后我得知，他主动向一名重度肾衰竭女患者捐献了自己的左肾，救活了一条人命。而那名女患者，正是他的母亲。我当时不由得为之感动，如果不是不幸患上了精神疾病，他将是多好的一个人。

三个月后，我得到消息，他从精神病院里失踪了，谁也不知道他是怎么逃出去的。

就在他失踪的当天晚上，他的母亲突然在家中猝死。

医生在检查尸体的时候发现，他捐献给他母亲的那颗左肾，凭空消失了。

R̆X

第五章

"梦游的时候，梦游者的眼睛看不到光，可是梦游者依然能够行走自如，甚至是避开很多复杂的障碍物，甚至可以在梦游中完成各种现实中都可能没法完成的复杂的工作。或许，在梦游的时候，梦游者看到了这个世界的本质。"

我问："这个世界的本质？"

胡先生道："也许梦游的时候，人才是真正醒着的。而我们自以为醒着的时候，其实看到的，都是那些虚无缥缈的光所粉饰出来的虚幻的世界。"

梦 游 症 调 查 报 告 _____

℞ 第41个病例：

不存在的地点

那天我突然收到一封电子邮件，邮件中，一位赵姓女士声称她的丈夫在梦游中失踪了。

以下为邮件内容——

方记者：

您好！

冒昧打扰了。

我叫赵蕾（化名），是北京一所小学的语文老师。我的丈夫是一名数学老师，和我在同一所学校教书。五年前，我们结婚了。婚后三年，我和他一直没要上孩子。在孩子的问题上，家里老人都催得很紧，但是，我们俩努力过很多次，可这孩子就是怀不上。

两年前，我和我丈夫在家里人的建议下，到医院检查。检查结果很快出来了，我没问题，但我丈夫那方面有些问题，简单来说，他是没有生育能力的。那之后，我们联系了很多家医院，也见过不少专家，但我丈夫这毛病，一直没能得到有效治疗。

其实在要不要孩子这个问题上，我倒是并不在意，但是，我的父母年纪都大了，他们晚年的梦想就是抱个孙子。当他们得知我丈夫不能生育的时候，好几次都劝我和他离婚。我丈夫因此压力很大，开始有了梦游的毛病。他经常半夜起床，离开卧室，在客厅里走来走去。老人说不能轻易唤醒正在梦游的人，不然会把梦游者吓疯，所以，每次我都没敢叫醒他，而是等他自行结束梦游，回到床上继续睡觉。但你知道，那画面是很恐怖的。为了梦游这事，我和我丈夫又去医院看了医生，医生说这是压力过大所致，只要放轻松就好。可是我丈夫的生育问题一直得不到改善，他的压力怎么可能得到缓解？于是，日复一日，夜复一夜，他的梦游症状越发严重。

就在一年前，他梦游离开了家，就再也没有回来。他出门没带手机，我怎么也联系不上他，于是报了警，说我丈夫失踪了。警察到处去找过了，可是一年过去了，怎么也找不到他。

我和我的家里人都心急如焚，一个大男人，又不是小孩儿，怎么说走丢就走丢了呢？

就在一周前，我下班回家，突然接到了一个奇怪的电话。那是个座机号，竟然没有显示号码的归属地。一开始我以为是诈骗电话，所以没有接。没想到，过了一会儿，那个号码又打来电话，这次我不耐烦地接了。没想到，电话那头响起了一个熟悉的声音，尽管是在电话里，我还是立马就听出，那是我丈夫的声音。

我当时很激动，立马问他在哪儿。

可是他不愿意告诉我具体的地点，只说他在一座小镇上，过得很好，让我不要担心。

我怎么能不担心？

他却突然说有急事，要走了，他会在这个月的十五号下午两点再打电话给我。他说完，就急匆匆地把电话挂断了。

我立马回拨了这个号码，可是电话一直无人接听。

我在网上查了这个号码，却查不到归属地。我又去了电信公司的营业厅查询，他们却告诉我这个号码并不属于电信公司的号段服务范围。于是我又去了其他的通信公司查询，得到的答案都和电信公司一致。最后，我只好去求助警察。可是，他们也表示无能为力。

我很着急，不知道该如何是好，于是想到了您。

您采访过很多梦游症患者，也接触过不少类似的事件。我希望您能够和我的丈夫谈一谈，现在只有您能够帮我了。

在邮件的末尾，赵女士留下了她的联系方式。我向报社申请获批，专程为此事飞了趟北京。

赵女士戴着黑框眼镜，人瘦瘦高高的，看上去十分斯文，这也与她小学语文老师的形象十分吻合。

在赵女士家中，我向她具体了解了一些情况。

我道："你发给我的邮件，我认真看了，除了一周前的那通电话，这一年来，你丈夫何先生一直都没有跟家里联系过？"

赵女士道："没有，他整整失踪了一年，杳无音信，我报了警，警察找到最后，也没有头绪，一直到现在都找不到他。"

我道："那个电话号码能给我吗？"

赵女士翻了一下手机，把那个号码通过短信发给了我。我试着拨了一遍这个号码，对面的确无人接听。

我道："何先生在给你打电话的时候，周围的环境是什么样的？"

赵女士道："什么？"

我道："我是说，电话里还有没有别的声音？例如风声、说话声等等。"

赵女士想了想说："我好像听到了汽车的声音。有车从他旁边驶过。他打电话的地方像是在一条公路旁边。"

我用笔把这条信息记录了下来，然后推测道："我猜他应该是用电话亭的公用电话打给你的，那个电话亭设在一条公路旁。"

赵女士点了点头道："嗯，我也这么想。"

我道："十五号，也就是明天下午，何先生就会打电话过来吧？"

赵女士"嗯"了一声。

我道："有联系警察来听吗？"

赵女士摇了摇头说："没有。"

我问："为什么？"

赵女士道："警察查过这个电话号码，这个号码是不存在的，不属于任何国家和地区。他们以为我疯了，还劝我去做精神鉴定。我不想再去找他们了，警察帮不了我。他们不相信我说的话。现在，可能只有你才能帮我了。"

十五号的下午，我在赵女士家中等待着电话响起。果然，到了两点钟的时候，赵女士的手机如约响了起来，是那个号码打来的。

赵女士激动地接通了电话，我让她打开了免提和录音功能。

电话那头，响起了一个男人低沉的嗓音："老婆。"

赵女士冲着电话喊道："老公，你到底在哪儿？"

这个男人，正是赵女士的丈夫何先生。

何先生在电话那头淡淡道："老婆，这可能是我最后一次给你打电话了。以后就没有机会了。"

赵女士急切道："老公，你到底在哪儿？你快点回来好不好？家里人都很想你！你快点回来，老公！"

电话那头，何先生陷入了沉默，我能够听到电话里有汽车驶过的声音和鸣笛声。

赵女士急得哭了出来："老公，你回来好不好？回来好不好？"

过了好一会儿，何先生道："老婆，我在这里过得很好，我回不去了，替我向家里人问声好，告诉他们，不要担心我，我在这里真的过得很好。明天，这座电话亭就要拆掉了，我以后都没办法再给你打电话了。"

看来我的推测是对的，何先生的确是在用电话亭的公用电话。

赵女士哭得声音都哑了："你胡说什么？你到底去了哪儿？你快点给我回来！"

何先生道："回不去了。"

赵女士道："那你告诉我，你在哪儿？我去找你！"

何先生叹了口气道："傻瓜，你找不到这里的。"

赵女士哭得不能自已。

我插话道："何先生，你妻子真的很爱你，你快点回来吧。"

电话那头，何先生的语气变得警惕起来："这个男人是谁？"

赵女士抹了抹眼泪道："他是我的一个朋友，我想让他劝劝你，你快点回来。"

何先生道："我都说了，我在这里过得很好。"

我道："何先生，告诉我们，你到底在哪儿？我们去找你。"

何先生道："我都说过了，你们是找不到这里的。"

我问："为什么？"

何先生道："因为这座小镇，对你们来说，是不存在的。"

我和赵女士面面相觑，难不成这通电话是从阴间打来的？

我道："何先生，我没明白你的意思。"

何先生突然道："你是警察吧？"

我一愣，刚准备说自己是记者，转念一想，不如就利用警察的身份来跟他对话，兴许能把他骗回来，于是道："没错，我是负责这起失踪案的警察，我是来帮你的。"

何先生道："你帮不了我。"

我道："何先生，你是不是有什么困难？是不是有什么人限制了你的人身自由，只要你告诉我你在哪儿，我们一定能够把你解救出来！"

一阵短暂的沉默。

何先生道："你学过《桃花源记》吗？"

我道："学过，陶渊明写的。为什么突然问这个？"

何先生道："讲的什么？"

我道："有一个捕鱼人，无意中在小溪尽头的桃花林里发现了一座小山，山上有一个山洞，他顺着山洞往里走，来到了一座山村。村里的人说，他们的先辈为了躲避秦朝时期的战乱，来到了这里，从此就再也没有出去。当时已经是东晋太元年间，而村子里的人还以为是秦朝，提到汉和魏晋他们都一无所知。那个捕鱼人在村子里待了数日后离去，沿途留下了记号。随后，他便通报太守，太守派遣官差随他前往，他们顺着小溪原路返回，照着当时留下的记号去寻找，却再也找不到那座山村。后来又有很多人听说了这个消息，都去寻找，千百年过去，没有人能够找到那里。"

何先生问："他们为什么找不到那里？"

我道："可能是那座山村的地理位置比较偏僻，尽管那个捕鱼人留了记号，可是难免会迷路。"

何先生道："因为那个地方并不存在。"

这不是废话吗？这本来就是陶渊明虚构的，当然不存在。我心下腹诽，我顺着你的话说，你还较真。于是我道："那本来就是个虚构的故事。"

何先生回道："你怎么确定这是虚构的故事？"

我半天没有说话。

何先生道："《桃花源记》是不是虚构的都是后人的猜测。万一当时真有这事，陶渊明只是听说，然后记录下来了呢？"

我想了想，觉得还是顺着他说比较好，道："你是说，那个捕鱼人撒了谎？或者说，那只是陶渊明的虚构？"

何先生道："不不不，我不是那个意思。那个捕鱼人可能真的去过那座世外桃源，但那座桃花源，只在捕鱼人发现它并且进入它的时候是存在的，而当他离开之后，那座桃花源对他来说便不存在了。所以，当他回去寻找的时候，再也找不到那里了。"

我有些发蒙："我没听明白。"

何先生道："呃……怎么说呢？你去过北极吗？"

我摇了摇头道："暂时还没去过。"

何先生道："那你怎么确定，北极是存在的？"

我心想，这不是废话吗？于是道："我的确没有去过，但是有很多人去过，我也在书本上、电视里见到过。我知道北极是一片冰天雪地，那里还生活着一群北极熊。"

何先生道："都是别人告诉你的，于是你相信了。"

我道："难道他们骗了我？"

何先生道："如果一群人告诉你，这个世界上存在着彩色的独角兽，你是不是也要无条件地相信？"

我道："独角兽是不存在的。因为我没见过。"

何先生道："可你刚才分明说，你没去过北极，你又为什么要说北极是存在的呢？"

我道："我说过了，我在书本和电视里看到过。"

何先生道："如果书本里写着，这个世界上生活着一种罕见的彩色独角兽，电视里也播放着独角兽在原野上奔跑的画面，一群人来对你说，他们曾经见过独角兽，那么，尽管你没见过独角兽，你会不会认为独角兽真的存在呢？"

我愣了好一会儿，不知道该怎么回答。

何先生道："没错，你会的。"

我道："我想证明北极的存在，很简单，我买张前往北极的船票，去那里看一看就行了。"

何先生道："是啊，当你去了北极，北极对你来说，才是存在的，你去之前，对你来说，北极是别人告诉你的一个地点而已，只是一个名词，一个脑海里的幻想。没准儿你在电视里看到的北极熊在北极冰海中捕鱼的画面，是他们在摄影棚里拍摄出来的呢。他们骗你说，那就是北极，于是你就信了。"

他顿了顿，接着道："其实你有没有想过，很多地方，是你真正去的那一刻，才存在的？"

我愣了愣，道："什么意思？"

他道："哥伦布发现了新大陆，在那之前，整个世界文明都不知道美洲板块的存在。我的意思是说，美洲板块，会不会一开始并不存在，是哥伦布发现它的那一刻，它才存在的？"

我觉得他的话有些绕。

他突然问我道："宇宙，为什么是黑的？"

我没听清楚："什么？"

他道："既然宇宙间存在着上千万亿颗，甚至更多更多数不胜数类似太阳的恒星，它们遍布宇宙各处，全都发着光，按道理说，这么多恒星的光互相交织到一起，宇宙应该是一片明亮才对。可是，宇宙却是黑色的。"

我道："那些光会不会是被密集的星球挡住了？"

他道："那你为什么能看到月亮？月亮本身会发光吗？"

我道："因为它反射了太阳的光。"

他道："对啊，那些本身不发光的星体，是可以反光的。如果有无数颗发光的恒星遍布宇宙的每一个角落，那么，宇宙的任何一个角度都会有无数发光源。也就是说，宇宙间任何一个地方都应该是明亮的，不存在黑暗。夜空应该是一片光明的，就像白天一样。这就类似无影灯，我给你身体的各个角度都打上光，你还有影子吗？"

我道："会不会是宇宙间的尘埃把那些光给稀释了？"

他道："宇宙间的尘埃后来被证明是挡不住光的，而且尘埃本身就会在光的热能作用下发光。目前科学界给出的解释是这样的，由于宇宙很大，且一直处于膨胀状态，所以，那些距离地球非常遥远的恒星的光，还没来得及传播到地球上，还没来得及覆盖整片宇宙。所以，在我们看来，宇宙是一片漆黑的。"

我道："嗯，我觉得这个解释有道理。"

他笑了笑道："其实这个解释，是错的。"

我道："错的？这不是目前科学界最权威的解释吗？"

他道："其实宇宙很小，没有那么大，也没有那么多恒星存在。目前我们人类飞得最远的一颗无人探测卫星才刚刚离开太阳系。"

我道："可我们的天文望远镜能够探测到更远的距离。"

他道："但是对我们所遐想的那片宇宙空间的大小来说，天文望远镜所探测到的距离，是微乎其微的。既然我们人类目前所能探测到的宇宙空间十分有限，那么，我们怎么能够确定，我们所能探测到的已知宇宙空间之外的那片黑暗，有更多的星系存在呢？宇宙真的有那么大吗？"

我道："你的意思是说，我们还没探测到的，很有可能就是不存在的？"

他道："量子力学认为，一切粒子的特性，是在你观测到它的那一瞬间才确定的。所以我说，你没去过的地方，很有可能是不存在的，而当你去了之后，那个地方对你来说，才是存在的。"

我道："我懂你的意思。你说你现在所处的小镇，对我们来说并不存在，是因为我们没有去过。"

他道："没错，是这样的。"

我道："那你告诉我那地方在哪儿，我们去了之后，那座小镇对我们来说，不就存在了吗？"

他道："我说过了，你们是来不了的。就像那个捕鱼人发现那座桃花源一样，这座小镇，只在我发现它的那一刻存在，你明白吗？我进入了这座小镇，所以它对我来说，是存在的。但对你们来说，并不存在。就像桃花源对其他人来说，也是不存在的。所以你们永远也找不到这儿，就像找不到桃花源一样。"

我道："也就是说，一旦你离开那座小镇，那座小镇对你来说，很可能就不存在了？如同那个捕鱼人再也回不到那座世外桃源？"

他道："没错。"

我问："你不想回来，是因为你怕离开后再也回不到那座小镇了？你舍不得那里？"

他深深地叹了口气道："我也想离开，只是，我找不到离开的路。"

最终，我们还是没能将何先生劝回来。那天之后，赵女士便再也没有接到何先生的电话了。

离开北京的一个月后，我得知，赵女士被家里人送进了精神病院。

我为这事特地又去了趟北京，这才从赵女士的家人口中得知，赵女士的丈夫何先生一年前在一条国道上被一辆卡车碾死了。赵女士因为太过想念亡夫，所以幻想自己的丈夫还活着，幻想丈夫只是去了某个遥远的地方不愿意回来，于是精神失常了。

我感到十分恐慌，因为我还清晰地记得，那天下午在赵女士家中与何先生的那通漫长的对话。

那通电话又是怎么回事？

与我通话的人不是何先生那会是谁？

我的记忆不会有错。

突然，我回想起那天与何先生的通话是全程电话录音的。

于是，我向赵女士的家人要来了她的手机。

我在手机里翻找片刻，便找到了那天的电话录音。

听完录音，我浑身发抖……

因为录音中，全程只有赵女士和我在说话，根本就没有何先生的声音！

可是，电话录音功能，分明只有在通话期间才能开启，而且通讯录里也的确保存着与那个神秘电话的通话记录。

如果何先生不存在，那么，这个电话又是谁打的呢？

如果从头到尾电话那头都没人说话，那么我和赵女士在和谁讲话？

我感觉像是吞了一颗毒药，一阵又一阵的恶寒涌遍全身，令我难以呼吸。

我颤抖着双手，将这段录音文件删除了。

就当什么都没有发生过，我这么安慰着自己。

Ⓡ 第 42 个病例：

超级原子虫

眼前这个男人，是一名户外探险爱好者，原本体格健硕的他，此刻看上去瘦弱不堪，仿佛一阵风就能将他吹得彻底散架。三个月前的盛夏，他和其他四名好友组成一支五人探险队，驾驶越野车，抵达位于新疆东南部的一处干涸的湖泊——罗布泊。

罗布泊原本是一处巨大的湖泊，却因为新中国成立后，河流改道及上游灌溉引水，湖水逐渐枯浅，于 1972 年完全干涸。

干涸的罗布泊只剩下裸露在烈日下的湖床，湖床之上寸草不生，风沙弥漫，很快便被塔克拉玛干沙漠的沙海覆盖。

罗布泊，由原本的水乡泽国，变成了一片"死亡之海"。

中国的第一颗原子弹，便是在罗布泊试验引爆。

1980 年 6 月 17 日上午 10 点，著名科学家彭加木及其考察队，在穿越罗布泊进行科学考察研究的时候，汽车油量耗尽，储备的饮用水也被喝完。考察队只好在库木库都克附近扎营。如果找不到水，所有人将会渴死在罗布泊的戈壁之中。为了解决饮水问题，彭加木决定离开驻扎地出去找水，并留下一张字条，上面写着——我往东，去找水井。

可他这一去，便再也不见了踪影。

政府派出了由数千人以及十几架飞机和几十辆汽车组成的庞大搜救队，对整个罗布泊进行了地毯式的搜索，可是，一直没能找到彭加木。尸骨无存，彭加木仿佛在这罗布泊的死海之中人间蒸发了一般。

这么多年过去了，彭加木的去向一直是个谜。网络上也曝出了不少政府阴谋论，但在我看来，那纯属无稽之谈。

但正因如此，这么多年来，罗布泊一直都是国内外探险家必去的地方。穿越罗布泊，在户外探险者们看来，其荣耀性仅次于登上珠穆朗玛峰峰顶。

眼前这个男人，赤身裸体，将自己的整个身体都泡在冰水之中。我采访他的时候，已经快要入冬，天气十分寒冷。我看他在水里瑟瑟发抖，肌肉和皮肤都僵硬地缩在了一起，整个嘴唇都是乌紫的，整张脸毫无血色，如同死人。

采访地点，是在他家的浴室里。

我坐在浴缸旁，看着他，然后道："天这么冷，为什么要把自己泡在冰水里？"

男人没有看我，目光盯着浴帘，神情木讷地说："我身上有虫子！"

我一怔："虫子？"

男人点了点头道："在我的血里，有虫子！"

我道："你泡冰水，是想冻死它们？"

男人摇了摇头道："不，这些虫子是冻不死的！"

我道："那你为什么这么做？"

男人道："因为痒！奇痒难忍！只有泡在冰水里，才不痒！"

我看向他裸露的身躯，他浑身上下没一块好皮，全都是交错纵横的血痕和伤疤。

我指着他身上的伤疤道："这些，都是你自己用手抓的？"

他点了点头道："嗯，有些是抓的，有些，是用刀子划的。"

我问："去检查过吗？"

他道："去验过血，就在家门口的移动献血车里。"

我一阵疑惑："为什么不去医院？"

他神色慌张道："我知道，是我的血有问题。我不想去医院，不想去，他们会把我关起来！你献过血没？献血的时候，他们会对血进行检查，如果血有问题，一下子就能检查出来！"

我点了点头道："那么，检查出虫子了吗？"

他摇了摇头说："没有！什么都没有！我的血是健康的，还是稀有的 RH 阴性血，也就是'熊猫血'。他们说我的血非常健康！我的血，顺利入库了。"

我问："那你还担心什么？"

他的身体抖动得越发厉害："不行了，又要来了！"

我又是一怔："什么？"

他道："虫子，那些虫子，又要发作了！"

他说着，就开始拼命地抓挠自己，很快就把自己身上的伤疤抠破了大半，猩红色的血从伤口涌了出来，将一浴缸的水都染红了！

我被吓得不轻，立马道："我去叫救护车！"

我的手机放在客厅里了，刚要起身准备去拿手机报急救，他伸出手一把拉住我道："不！我不要去医院！不要去！求你了！你能帮我个忙吗？"

他抓得很紧，仿佛在抓一根救命稻草。我看着他，没说话，点了点头，给了他一个肯定的眼神，让他安心。

他道："帮我再拿一桶冰过来！水里冰不够了！好痒！真的好痒！"

我慌忙道："在哪儿？"

他道："就在冰箱里！"

他松开手，我立马转身冲出浴室，跑进厨房，从冰箱里取出了一桶冰，然后跑回来，按照他的指示，一股脑儿将冰全倒进了浴缸里。

他像一下子解脱了，深吸了一口气，整个身体都放松了下来。

其实刚才我跑出去取冰的时候，悄悄打了急救电话。这时，救护车应该就在赶来的路上。

我坐下来，继续采访，想要稳住他："还是接着之前的问题。既然血检是正常的，就是说，你的血里没有你所说的虫子，那你还担心什么？"

他道："也可能是在窗口期，就像 HIV（艾滋病），有四个月的窗口期。那四个月内，是检查不出来的。"

我道："可是，虫子又不是 HIV。"

他深吸了一口气道："我觉得，这种虫，以目前医学的手段，无论多久，都检测不出来！"

我决定转移一下话题："还是来聊聊你梦游的事情吧。在罗布泊，到底发生了什么？"

他的身体抖动得厉害，我以为他又要发作，但没想到他立马镇定了下来。

他道："三个月前，我们一行五个人，驱车进入罗布泊，准备从罗布泊的南岸，穿越到北岸。当时我们轮换着开车。大概是第二天上午的时候，我们已经深入了罗布泊的腹地，但是我们的车，莫名其妙地漏油了，车子再也开不动。我们只好用卫星电话向救援队求救。罗布泊的日照很强烈，我们五个人在车里等，等了两天，救援队一直都没有来。车上的水和食物基本上都被我们分食干净了。我觉得不能坐以待毙，于是提出，离开车子，徒步去找水。我们几个人都同意，但是，必须要留一个人在车里，等待救援队。于是，我抽签留了下来，他们四人一齐出发，找水去了。大概两小时之后，天快要黑了，我的卫星电话突然响了起来，里面传来了他们激动的声音，说找到水了！我很激动，等他们回来，可是一直等，一直等，整个人又饥又渴，只好下车，沿着他们离开的方向找过去。很快，我找到了他们的衣服。"

我听得入迷："衣服？"

他点了点头道："没错，衣服！他们四个人的衣服，散落在地上，但是人不见了！"

我问："他们去了哪儿？又为什么要脱掉衣服？"

他道："我猜他们当时应该是发现了一处小水泊，于是脱了衣服，跳进水泊里洗澡。"

我问："你找到水泊了？"

他摇了摇头道："没有，那鬼地方什么都没有，只有一片黄沙。但是我在黄沙里发现了一个水壶，是他们带上取水用的水壶。我拧开水壶，发现里面已经灌满了水，就一股脑儿地喝完了，徒步原路返回，回到了车上。大概是天快亮的时候，我等来了救援队。"

我深吸了一口气："那另外四个人呢？找到了吗？"

他摇着头，无奈道："救援队把那一片都找遍了，除了他们丢在地上的衣服，什么也找不到，活不见人，死不见尸。"

我道："会不会是被罗布泊上的野兽给吃掉了？比如，土狼之类的。"

他道："我不知道，如果真的是被狼吃掉了，应该也会留下一些尸骸，比如骨头之类的。但是，救援队什么也没发现，没有一丁点痕迹。"

我点了点头："你接着说。"

他接着道："我被救援队接到了乌鲁木齐的疗养院里，在那里，我休息了一周。"

我道："那一周，你梦游了。"

他点了点头道："疗养院的护理员说，我半夜冲出病房，跌坐在走廊的墙根前，疯狂地抓挠自己，当时惊动了整个疗养院的人。大家都说，我闭着眼睛，不停地抓自己，把衣服全撕破了，嘴里还不停地喊着：'有虫子！有虫子！有虫子！'"

我倒抽了一口凉气："你梦到虫子了？"

他面色发青："我梦到满屋的虫子，到处都是，墙上，地板上，空气里，无数只虫子往我身上爬，想要吃掉我！"

这时，他再度发作，疯狂地撕扯着自己身体上的伤口，鲜血淋漓："有虫子……有虫子……有虫子……！"

恰在此时，玄关的门铃响了，我一惊，想到一定是救护车到了，于是立马冲了过去，打开门，领着医护人员冲进了浴室。二十分钟后，他被送到了医院。

医生对他的身体进行了检查，除了他自己抓挠的伤口，身体完全正常，血液也完全没有问题。

最后，他被转移到了精神科，进行了精神鉴定。

鉴定结果为——寄生虫妄想症。

很快，我再度见到他，不过这次，是在精神病院的监护室里，为了防止他自残或者伤害别人，医生给他穿上了牢固的精神病约束服，将他绑在了床上。

医生道："刚刚给他打了镇静剂，放心，他一时半会儿不会发作。"

我点了点头，走进了监护室，来到床边，低头看着他。

他没有看我，盯着天花板道："是你把我关进来的，是你叫的医生，对吧？"

我道："如果我不这么做，你会死的。"

他道："我的血里有虫子，它们迟早会吃掉我！还不如让我死了！"

我道："你只是得了一种精神疾病，寄生虫妄想症，你妄想自己的体内有虫子。"

他的眼珠子疯狂打转："我没有妄想症，是真的有虫子！"

我道："医生已经对你的身体进行了详细的检查，包括你的血，什么都没有发现，没有虫子。"

他看向我，眼神当中充斥着愤怒，仿佛是在控诉我的无知："我都说过了，这种虫子，是现代医学手段无法发现的！"

我道："那你能告诉我那是一种什么虫子吗？"

他道："问你个问题。为什么一些东西，例如电子器材，一台新电脑即便你从来都不用它，日子一久，它也会坏掉？"

我道："因为里面的元器件接触到了氧气，发生了氧化反应，导致一些元器件损坏了。"

他道："可你知道为什么会发生氧化反应吗？"

我摇了摇头道："科学上是这么解释的，具体的，我也不大清楚。"

他道："因为有虫子。"

我一怔："你是说，空气里，有虫子？"

他道："无论是空气里，还是水里，都存在着一种虫子。我把它们叫作原子虫！"

我一愣："原子虫？我怎么……从没听说过？"

他道："没错！原子虫！你没听说过，那是因为现代科学还没有发现它们的存在！"

我道："那你又是怎么知道的？"

他道："因为我能看到它们！它们无处不在。"

我问："那……它们以什么为生呢？"

他道："原子！万事万物都是由原子构成的，包括我们人类，包括一切的生命体！它们以原子为食，吞噬着一切物体的原子！"

我道："既然你说的这种原子虫无处不在，也就是说，我的身体里也有咯？"

他道："是的，没错。每个人的身体里都有。"

我发现了他话里的漏洞："那么，为什么我丝毫没有感觉到有虫子在我身体里爬行呢？你却时常感到奇痒难忍。我们正常人，可从没有这种体验。"

他轻蔑地看向我，道："因为……你们身体里的原子虫，是普通原子虫；而我身体里的，是超级原子虫！"

我一愣，歪了歪脑袋："超级原子虫？"

他道："没错。还记得那壶水吗？我那四个队友出去找水，全都失踪了，只留下一个水壶，水壶里的水被我喝掉了。"

我点了点头道："嗯，我记得。"

他道："那水里，有超级原子虫！"

我道："你的意思是说，当时你的队友们发现了水泊，那水泊里有超级原子虫，你的队友取完水，脱了衣服下去洗澡，然后被水里的超级原子虫吞噬了？"

他激动道："没错！就是这样！被吞噬了！超级原子虫专门以生命体的原子为食，之所以没有留下一点痕迹，是因为，他们的原子被超级原子虫彻底分解吞噬了！而我喝了那壶水，我的身体因此也感染了超级原子虫！"

我问："可为什么你去的时候，并没有发现水泊的存在？"

他道："因为超级原子虫在分解他们的同时，也消耗了水泊里全部的水。"

我道："可我不明白，为什么罗布泊的水里会有超级原子虫？"

他道："因为那里进行过原子弹爆炸试验。核辐射导致那里的原子虫发生了异变。"

他惊恐地看着我，眼球中布满了令人毛骨悚然的血丝："我感觉它们正在吞噬我的肌肉和骨骼，它们就要吃掉我了！"

我觉得，他彻底疯了。

那天的采访结束后没多久，我得知，那家精神病医院要搬进新大楼，所以要把全部的病人转移到新大楼去。就在转院途中，他突然挣脱医护人员，从阳台上跳了下去，摔死了。遗体最后被火化了。

℞ 第43个病例：

时间虫的反向侵蚀

第一次了解到这名患者的情况，是在较早之前。如果要问具体的时间，大概是我那位心理医生朋友在那场空难事故中意外丧生的五天前，也就是对吴先生进行完治疗的两天后（详见病例"这个地方我曾经来过！"）。

那段时间我经常失眠，夜里躺在床上，翻来覆去，怎么也睡不着，只要一闭眼，满脑子都是各种稀奇古怪的画面。

失眠持续了好些日子，我感觉自己的精神有些崩溃，已经严重影响到了我正常的工作和生活。严重的时候，两天两夜都没合过眼，最后是在猛灌了一大杯白酒的情况下，才睡过去的。

不，应该说是醉倒过去的。

我很清楚，再这样下去，我即便不会猝死，身体也会慢慢地被这难熬的失眠症给拖垮。

不得已之下，我只好前来寻求这位心理医生朋友的帮助，希望他可以治好我失眠的毛病。

那天上午，朋友让我躺在他工作室的那张柔软而舒适的沙发椅上，对我实施催眠。

催眠前，我十分担忧地对朋友道："那位吴先生说，你会死于空难……"

朋友摆了摆手道："别听他瞎说，你还真相信他有预知未来的能力呀？"

我摇了摇头，不置可否道："还是小心一点比较好。"

朋友道："好啦好啦，我这段时间没有坐飞机出行的计划，你放一万个心。我们还是换个话题吧。"

朋友说着，开起玩笑："欸，你信不信，我能通过催眠套出你的信用卡密码？"

我笑了笑道："来呀，我意志这么坚定，信用卡密码这种东西，岂是你说套走就能套走的？"

朋友暧昧地看着我道："你这是在挑战我的专业水平啊。"

我道："要不咱赌点什么？"

朋友微微一笑，转过身朝自己的办公桌走去，只见他弯下腰，拉开办公桌的抽屉，从里面取出了一瓶葡萄酒，看上去十分高档。

他晃了晃手中的酒道："要是我输了，这瓶价值万元的葡萄酒就是你的了。"

我道："行啦，你已经输了，快叫你那个美女助理把这瓶酒包好，送我家去。"

朋友道："我还没开始催眠呢。"

我摆了摆手道："不用催了，你是套不出来的。"

朋友道："你就这么有信心？"

我笑嘻嘻道："因为我压根儿没有信用卡，从来不用那玩意儿。"

只见朋友一副上当受骗的表情，我立马道："跟你开玩笑的，那酒你还是自己留着吧，我平常不怎么喝葡萄酒。"

朋友道："那怎么行？愿赌服输，这酒是你的了。"

我有些尴尬道："好啦，快来催眠我吧，那酒就当治疗费了，我还等着你治好我这失眠的毛病呢。"

朋友开始对我进行催眠。

我只记得他让我缓缓地闭上眼睛，让我想象自己躺在一条小木船上，木船孤零零地漂在一座如镜面般平静的湖中央。

他让我看向天空，想象天空中有一个太阳。

那个太阳明亮却不刺眼，十分舒服。

紧接着，太阳的白光慢慢地朝着四周扩散，将我紧紧包裹，我感到一股暖流注满全身……

"丁零零——！"

我是被闹钟吵醒的。

当我醒来的时候，已经是下午三点了。我迷迷糊糊地睁开眼，看见我的心理医生朋友正在办公桌前翻阅一份文件。

我从沙发椅上坐起来，慵懒地伸了个懒腰，窗外橙黄色的阳光刚好打在我的脸上。

"你醒啦。"

朋友合上文件，起身从冰箱里取出一瓶冰镇苏打水递给我。

我拧开瓶盖猛灌了几口，然后打着气嗝儿道："你这催眠效果还真不错，我都好久没睡这么沉过了。"

朋友得意道："那当然，我可是专业的。对了，给你看份文件，是我以前大学同学发我的，他现在在一家精神病医院工作。你最近不是发愁找不到采访对象吗？这名患者挺有意思的，你看看，要是感兴趣的话，我帮你联系一下那家医院，看看能不能给你安排一次采访。"

文件内容，我快速地阅览了一遍。

患者是一名十八岁的少年。十七岁那年，少年高考落榜，意志消沉，每天将自己关在房间里，对着电脑打游戏。

少年打了一个暑假的游戏，没日没夜，整个人都显得格外颓废。他的父母都是工薪阶层，认为不能让孩子就这么荒废下去，于是给他报了新的高中，让他复读，准备一年后重考大学。

可是少年去了学校没多久，老师就把少年的父母叫到了学校，要将少年劝退。因为少年在上学期间，每天逃课到外面的网吧打游戏，还和社会青年在学校里惹是生非，向低年级学生索要零花钱，用作网吧里的上网费。无奈之下，少年的父母只好给他办理了退学手续，把他领回了家。

少年回到家后，继续打游戏。少年的父亲不忍看自己的儿子继续堕落下去，于是强行拔掉了家里的网线。少年为此和父亲争吵起来，父亲一怒之下，将电脑主机砸翻在地。

少年对父亲大打出手，把父亲打进了医院。

那天晚上，母亲在医院照料父亲到很晚，买好了外卖回到家，却听见书房里传来了鼠标和键盘敲击的声音。

母亲心想，这电脑都已经被砸坏了，儿子怎么还能打游戏？于是她放下外卖，快步冲进书房，结果发现书房里一片漆黑，电脑屏幕是关着的，灯也没有开，只听到键盘和鼠标的敲击声激烈地从黑暗中传来。

母亲被吓得浑身发麻，摁开了电灯的开关，电灯亮起，只见少年背对着门，面无表情地坐在显示器前，右手不停地滑动鼠标，左手疯狂地敲击着键盘，而显示器屏幕是一片漆黑，什么画面都没有。

母亲被吓得不轻，哆哆嗦嗦地走上前去，她看见自己的儿子面无表情，双眸半睁半闭，而双手却不停地操纵着鼠标和键盘。

一开始母亲以为儿子中邪了，很害怕，没敢唤醒他，于是出门叫来了邻居。隔壁邻居是一家社区诊所的医生，他走进书房一看便知，这孩子是梦游了。

少年的家里人觉得不能让孩子继续这么下去了，于是将他强行送进了一家网瘾戒除中心。

经过几个月的治疗，少年被父母接回了家。治疗似乎起到了明显的效果，回到家的他的确比以前乖巧了许多，不再打游戏了，也变得没那么暴躁了。他变得十分安静，每天坐在书房里看书，一看就是一整天。家里人都感到非常欣慰，因为少年终于懂得看书学习的重要性了。

一切似乎在慢慢地向好的方面发展。

少年的父亲得到了一次出国考察半年的机会。半年后，父亲从美国回来，回到家后，少年见到离家半年的父亲，脱口而出的第一句话便是："你是谁？"

少年的父母都愣住了。

父亲以为儿子在发脾气，便问少年的母亲，是不是他不在家的时候，两人闹了什么矛盾。

母亲道："没有啊，刚才孩子还好好的，还说等你回来，要和你一块儿出去吃饭呢。"

父亲朝儿子走了过去，伸出手，拍了拍儿子的肩膀道："儿子，你爸我不在家的时候，你有没有听你妈妈的话呀？"

哪料少年浑身发抖，额头上冒出豆大的汗珠，声音发颤，听上去十分惊恐："你不是我爸爸……你不是我爸爸……你不是我爸爸……我爸爸还没回来……你不是我爸爸……"

母亲也以为儿子在使小性子，于是上前道："他不是你爸还能是谁啊？你爸刚从国外回来，累着呢，别这么不懂事，啊，儿子！"

没想到，少年一把打开父亲搭在他肩膀上的手，又推开自己的母亲，飞快地冲进了厨房，从橱柜上抽出了一把菜刀，冲到他们面前，冲着父亲喊道："滚出去！你不是我爸爸！滚出去！滚出去！"

父亲大喊道："儿子，不要胡闹！把刀放下！"

"我不是你儿子！去死吧！"

少年声嘶力竭地大吼了一声，挥舞着菜刀，朝自己的父亲砍了过去。

一个躲闪不及，刀刃刚好划过父亲的脖子，猩红色的血从颈动脉喷涌而出。少年的父亲倒在了血泊当中，再也没能醒来。

警方将少年送到医院做了精神鉴定，鉴定报告显示，少年有严重的精神分裂症。很快，少年被强制送进了精神病院接受治疗。

而少年的母亲，因为承受不了如此沉痛的打击，跳楼自杀了。

我在那家精神病院见到那个少年的时候，这事已经过了一年多。由于我那位心理医生朋友不幸去世，关于这个少年的采访计划便一拖再拖。在与那家医院进行了旷日持久的谈判之后，我终于获得院方的批准和那个少年的同意，得以进行这次采访。

在会面室里，我见到了那个少年。他已经十九岁了。

少年看上去的确十分安静，给人一种沉默寡言的感觉。

我开口道："你好，我是专程来采访你的记者，相信之前医生已经跟你沟通过了。"

少年点了点头，没有说话，神情木然地看着我。

我觉得他的确有些不好接近，不过好在我曾经采访过一个自闭症少年，知道其实很多看上去自我封闭的人，内心里都有很多话想要说，只不过找不到可以表达的对象，自我封闭只是这类人的一种自我保护机制。他们内心害怕受到伤害，就建立起一道看不见的围墙，将一切可能对他们造成伤害的东西阻隔在围墙之外。

我决定从他感兴趣的方面入手，于是道："你以前，很喜欢打电脑游戏？"

少年轻轻地"嗯"了一声。

尽管他只是"嗯"了一声，但我感觉与他的交流已经取得了阶段性的进展，于是道："我也挺喜欢打游戏的，你都喜欢些什么游戏？"

少年淡淡道："英雄联盟。"

刚好我也玩过这款游戏，算比较熟悉，于是问："哈哈，我也玩这款游戏，你最喜欢用哪个英雄？我最喜欢剑圣。"

少年道："我喜欢蛮王。"

我道："这个英雄我也喜欢，尤其是它的大招，五秒无敌。"

少年道："我喜欢蛮王那种砍人的感觉。"他突然定定地看着我，"你砍过人吗？"

我摇了摇头，感觉他的眼神当中透露出一股说不清的黑暗。

少年道："你什么时候可以试一下。"

我笑了笑道："我想你是说在游戏里。"

少年道："不不不，游戏里砍人其实到最后没什么快感，得在现实里砍人。你什么时候可以试试。"

我深吸了一口气道："这就是你用菜刀砍杀你爸爸的原因？为了寻求游戏里达不到的快感？"

少年摇了摇头道："不是。"

我道："那到底是为什么？他可是你爸。"

少年道："他不是我爸。"

我道："你想说，他不是你的亲生父亲？可是警方给你做过亲子鉴定，他就是你的亲生父亲。"

少年道："那个人只是肉体和我爸一样，但时间虫不一样，我爸原来的时间虫被另一条时间虫吃掉了。"

我没明白他说的话："时间虫？那又是什么？"

少年道："你知道在网瘾戒除中心那段时间，那些所谓医生，到底是怎么治疗我的吗？"

我道："档案上说，自从经历了那几个月的治疗，你就再也不上网了，你的网瘾被彻底治疗好了。"

少年冷笑起来："因为每次我一碰电脑，耳边就会响起那帮人的笑声！那笑声就在我脑子里！"

我道："那帮人？你是说……那些医生？"

少年道："他们所谓的电击疗法，根本就是虐待！你知道，人体的安全电压是多少吗？"

我道："三十六伏。"

少年开始控诉起来："那帮人用远高于三十六伏的电来电击我，每次看到我痛苦地大叫，他们就会站在我周围，冲着我哈哈大笑，直到我被电得晕厥过去！他们根本不是在治疗我，他们就是一帮施虐狂！他们在享受施虐的过程！"

他的情绪变得很激动，但我也因此成功地打开了他的话匣子："这些事情，你跟你身边的人说过吗？"

少年道："说过，但是他们不信，而且在他们看来，我的网瘾的确被治好了，所以根本没人管我曾经受过多少虐待。"

他说着，突然邪笑起来，我看着他突变的笑容，感觉有些不寒而栗。

他道："在经历了这一系列的虐待之后，我发现我能够看到一些奇怪的东西。它们就像一条一条的虫子跟在我们身后。"

我道："就是你刚才说的，时间虫？"

他道："时间虫记录着每个人从出生到死亡的全部过程，你活的时间越长，这条时间虫就越长。"

我理解着他说的话："你是说，你能通过时间虫，看到一个人的过去？"

他点了点头。

我道："那你说说我的过去。"

他定定地看着我，开始说话了。

接下来的十多分钟，他竟然真的将我过去的一些经历一年一年地说了个大概，而且，都是正确的。

我当时被吓得不轻，难道说，他真的能够看到每个人的过去？我们每个人的身后，真的跟着一条时间虫？

我惊叹道："我以前的这些经历你是怎么知道的？"

他一副淡然的表情："我说过，我能看到时间虫。"

我道："你刚才说，你爸原来的时间虫，被另一条时间虫吃掉了，这又是怎么回事？"

他道："因为时间虫可以有很多条。"

我眉头一皱："很多条？"

他道："你以为你的人生历程是单一的吗？换句话说，你认为你从出生到现在，只有一种过去吗？"

我道："难不成有两种？"

他道："有很多种！无数种！从你出生的那一刻起，时间就是分散开的，朝着四面八方分散开去。这些时间就像一条又一条的蠕虫，沿着不同的路线开始了各自的生长。也就是说，其实从你出生到现在，你已经拥有了无数种人生历程，我们可以把这些不同人生历程的你，编个号，方记者1号、2号、3号、4号……方记者N号。而你，很可能只是其中的第250号。"

我感觉他在变相地骂我二百五。

他继续道："这些时间虫本来是互不影响的，但有时候也会发生纠缠，甚至会互相吞噬和取代。所以，当我爸从美国回来的时候，我发现他身后的时间虫发生了变化，某些过去的时间历程和以前不一样了，尽管那变化很小，几乎很难察觉，但我还是能够看出，回来的那个人不是我原来的爸爸。比如我爸是时间虫1号，而那个回来的，则是时间虫2号。我不知道为什么会发生这样的变化，但我知道，这个回来的人，肯定很危险……"

我道："所以，你就把他给砍死了。"

他点了点头："没错。如果你女朋友因为工作，要出差一个月，一个月后，她回来了，你还能确定这个回来的人是你原来的女友吗？"

我笃定道："当然能够确定。"

少年道："那我打个比方啊，比如你曾经拥有一支十分昂贵的钢笔，这支钢笔一直陪伴你十年，请问十年前的钢笔和十年后的钢笔是同一支钢笔吗？"

我不假思索道："当然是。"

他问："为什么？"

我道："因为这支钢笔一直都在我身边，不曾离开过，我当然确定，它们是同一支钢笔。"

他点了点头道："我们还是拿十年打比方。你曾经拥有这支钢笔，不过在拥有它的第五年，你因为生活拮据，把它给当了，一直没有赎回来。又过了五年，你在一家旧货市场里无意中看到了一支钢笔，这支钢笔和你原来当掉的那支是同一款，而且非常像，你走近一看，发现钢笔上的划痕都很相似，简直一模一样。那个时候，你心里闪过的第一个念头是什么？"

我道："我一定会问自己，这支钢笔是我原来当掉的那支吗？"

少年微微一笑："没错，你会有疑虑，这支钢笔和五年前、十年前那支是同一支吗？因为你不知道，这支钢笔是不是拥有另外一条时间虫，或许它原来的主人根本不是你，或许它曾经属于一位富商，或许有一个小偷偷走了这位富商的钢笔，然后把它卖到了旧货市场上。"

我道："没错，我会有这样的怀疑。"

少年道："既然如此，你又如何确定，出差前的女友和出差一个月后回到你身边的那个女人，是同一个人呢？"

我愣住了，感觉自己已经堕入了这个少年的思维怪圈当中。

少年突然压低嗓门儿，语调神秘地对我道："我感觉，我的时间虫正在被另一条时间虫吞噬。"

我一怔，愣愣地看着他。

少年接着道："而且那条时间虫，是一条反向时间虫。"

我道："反向时间虫？那又是什么？"

少年道："一般的时间虫，都是按照正常的时间秩序生长的。比如我是1996年出生的，那么1996年的时候，我还是个婴儿，1997年，我一岁，1998年，我两岁，1999年，我三岁，一直到今年，我十九岁。"

我道："没错，每个人都是这么生长的。"

少年道："而反向时间虫不同。它的生长，是倒过来的。"

我道："返老还童吗？"

少年道："不是那样。反向时间虫的生长起点，在未来。"

我一愣："未来？"

少年点了点头道："我们每个人都有反向时间虫。比如在某条反向时间虫的生长历程中，你可能是 2050 年出生的，2050 年你是个婴儿，但是这条时间虫不会往 2051 年生长，而是倒过来。2049 年，你一岁，2048 年你两岁，2047 年你三岁……以此类推，你懂了吗？"

我顺着他的话道："那你那条反向时间虫的生长起点在哪一年？"

少年露出惊恐的神色："2091 年。"

我觉得他彻底疯了。

那天结束采访后，我一直在想，这个少年是如何知道我过去的一些事情的。

不过这个问题的答案，在那天晚上就被揭开了。

我和少年的主治医生共进晚餐的时候，那个医生告诉我，在我来之前，为了让患者更加了解我，对我放下戒备，他特地搜集了许多关于我的个人资料给那个少年看。

我向医生要来了那些资料，翻看过后，发现资料上的内容和少年对我说的那些关于我个人人生历程的内容是基本一致的。

我这才恍然大悟。

其实，我当时就应该想到的。

半年后，在一场聚会中，我再度见到那位主治医生。在闲聊中，医生突然对我说："对了，你知道吗？半年前你采访过的那个患者，他得了个怪病。"

我问："什么怪病？"

医生道："就在两个月前，他的身体突然加速衰老。"

我一怔："加速衰老？"

医生点了点头道："几乎就在一夜之间，他的身体衰老得就像一个七十多岁的老人，意识模糊，连话都说不出来了。"

医生说着，掏出一张照片给我看。

照片中，一个老态龙钟的老头躺在病床上，奄奄一息。

我看着照片，下意识地问了句："他和半年前那个少年，是同一个人吗？"

℞ 第44个病例：

害死猫的时间

"这个房间里的时间走得比较慢。"女孩儿开口道。

其实用女孩儿来称呼她，并不是特别准确，因为她今年已经三十岁了，但她看上去，像一个十八九岁的少女。这个女人长得格外清秀，据说当年在学校里，她是校花级别的女生，追她的男生一抓一大把，可她谁都瞧不上。

她姓尹。

大学二年级结束的那年暑假，尹女士和三名女同学一道坐火车上西藏旅行。抵达拉萨的时候，已经很晚了，她们便直接打车从火车站去了提前在网上预订好的客栈。

她们开了两间双人房。

尹女士一到客栈，便来了高原反应，开始头晕，流鼻血。客栈的服务员给她冲了碗汤药让她服下。她晕晕乎乎的，连澡都没洗，就倒在客栈房间的床上睡着了。

但是当天深夜，奇怪的事情发生了。

在采访尹女士之前，我特地提前采访到了当晚和尹女士同住一间房的那名女同学，陈女士。

陈女士对我道："那天晚上，她高原反应，不舒服，很早就睡下了。我洗了个澡，在床上看了会儿书，然后也睡下了。我的床是靠向门的，她的靠着窗。大概是在快到十二点的时候，我醒了。我想上个厕所再接着睡，于是下了床，摸着黑进了洗手间，摁开了灯。那一瞬间我被吓了个半死。"

我问："你看到什么了？"

陈女士道："我看到她……我看到她站在镜子前，浑身赤裸……"

我问："她是打算洗澡吗？"

陈女士摇了摇头道："她就那样光着身子，站在那里，衣服脱了一地。"

我问："她一直对着镜子吗？"

陈女士道："是的。她对着镜子时不时地傻笑，还手舞足蹈的。我在背后喊了她一声，她没应我。我以为她是中邪了，于是憋着尿冲出了房间，到隔壁把另外两个同学叫了起来。她们俩见这情形也被吓了一跳，都不敢上前。我们三个下楼去叫人，当我们带着客栈的服务员回到房间的时候，她已经回到了床上，盖着被子，睡得很酣。我们几个连忙把她叫醒，向她描述了刚才的情形，可是她一脸茫然，傻乎乎的，对她的恐怖行为一无所知。我们当时就意识到，她肯定是梦游了。"

我问："那后来呢？"

陈女士道："我们都觉得是虚惊一场，就都各自睡下了。第二天，我们在拉萨玩了一整天。一整天她看上去都很正常。当天晚上，我们回客栈睡下了。可是到了凌晨一点多钟的时候，我醒了过来，发现她床上没人。我心想她是不是又跑厕所里对着镜子傻笑去了。于是我下床进了洗手间，却发现洗手间里连个鬼影都没有。"

我道："她出去了？"

陈女士道："我一开始以为她是不是到隔壁两个同学的房间里去了，于是我去隔壁房间敲门，她根本就不在。你说大半夜的，她人生地不熟的，能去哪儿呢？我们打她手机，却发现她手机放在房间里了，压根儿没揣在身上。我们慌了，满客栈找，找不着。一直到快要天亮的时候，都没见她回来，我们几个直接报了警，可是警察也一直找不到她。"

就这样，尹女士失踪了，她这一失踪就是整整十年。当人们发现她的时候，已经是一年前。就在一年前的某个上午，尹女士突然出现在了十年前她曾入住的那家客栈的大堂内。

我在那家客栈采访到了当时在场的那名女前台。

女前台对我道："当时她走进大堂，看上去十分慌乱，不停地问我当天是哪一天哪一年。我觉得她有些精神错乱了，问她要不要住店。她说她昨晚已经和三个女同学开好了两间房。我问她房间号，她报给了我两个，但是我一查，入住那两间房的是四名男游客。便问她是不是记错了。她说不可能。于是我让她出示一下身份证，她说她把身份证和手机都落在房间里了，让我上去帮她找。我肯定不能随便带她上去，毕竟房间里住着别的客人，于是让她登记一下姓名。我把她的名字输入系统一查，这才知道，她就是十年前失踪的那位尹女士。于是我马上报了警。很快，警察就来把尹女士带走了。"

我采访到了当天负责接警的警察，那名警察向我描述了当时的情况："当时我在那家客栈接到尹女士，把她带回了派出所问话。她一直问我：'今年是哪一年？'我告诉她是2015年。她一脸惊恐地看着我，摇着头道；'2015年？今年不是 2005 年吗？'她深信自己身处 2005 年，我们给她看了我们手机上的时间，还给她看了日历，她都不相信，认为这是我们故意设置的。于是我们买了份报纸给她看报纸上的日期，又打开电视让她看新闻，一般新闻都会说明具体的年月日。她看完这些似乎动摇了。我对她说：'你知不知道，你失踪了十年？这十年你去了哪儿？'可是尹女士听完一脸诧异地看着我说：'十年？我只离开了客栈一小会儿，怎么会失踪了十年？你们搞错了吧？'其实以前我们也遇到过这种情况，这种事情一般发生在老人身上，一些患有阿尔兹海默病的患者，时常误以为时间停留在多年以前。于是我们叫来了尹女士的家人，并且带她去做了精神方面的检查。检查结果显示，尹女士有比较严重的精神错乱症状。"

尹女士被家人带回家后，在当地医院又做了一次精神鉴定，最后在医生的建议下，家里人给她办理了住院治疗手续。

当我见到她的时候，她已经在这家医院进行了长达一年的治疗，但是听医生说，她的精神错乱非但没有好转，反而越发严重了。这是一间单人病房，病房内只有一张床，配备独立的卫浴。她已经有很长一段时间没有走出病房了，并不是医生不允许她自由活动，而是因为她自己不想离开病房。她似乎很喜欢在狭小的空间里待着，以至于这里的医生认为她不仅精神错乱，很可能还患有一定程度的旷野恐惧症。

我在病房里与她相对而坐，还没等我开口做自我介绍，她便率先开口对我道："这个房间里的时间走得比较慢。"

我笑了笑道："嗯，老是待在这么一个狭小的房间内，一定很无聊，人在无聊的时候的确会感觉时间走得很慢。"

她摇了摇头对我道："我没有在比喻。"

我一愣，问道："什么意思？"

她道："就单纯是字面意思。"

我道："我还是没明白。"

她道："你认为时间是绝对的吗？就是说，时间在这个世界上的每一个角落，都是一致的。"

我道："如果扯到平行宇宙，那就不是绝对的了，每个平行宇宙的时间都是不一致的。但是，如果是在同一个宇宙当中，时间应该是一致的吧？就像我们中国的时间，和美国的时间，其实是一致的，只不过我们人类人为地把地球时间划分为了二十四个时区，也就造成了每个地区的时间有所不同。但那仅仅是时间数字上的不同。比如今天我们中国是北京时间的十六号，根据时差，美国还处在美国时间的十五号。如果此时有一架飞机在美国坠毁了，无论对于中国还是美国还是世界上任何一国，这架飞机都是在同一时间坠毁的。我们不会说，啊，这架飞机是在昨天坠毁的。因为时间在任何地方都是一致的，甚至可以这么说，就连地球上的时间和火星上的时间也不会有任何差别。"

她道："你认为时间就像一把上帝的尺子，上帝用它来丈量宇宙的每一个角落，每一秒、每一分、每一小时、每一天、每一月、每一年，在这把尺子上，都是有一个严格统一的精确刻度的吗？"

我笑了笑道："上帝的尺子，你这个比喻用得很恰当。"

她道："其实时间在每一个地方都是不一致的。比如你在走路的时候，你的脑袋永远比你的双脚要快。"

我道："欸？什么叫脑袋比双脚要快？"

她道："因为你的脑袋所处的空间，比你的双脚所处的空间，时间流速要快一些。"

我道："我怎么没感觉到？"

她道："因为这种时间差微乎其微，所以根本感觉不到。"

我问："为什么脑袋所处的时间，会比双脚快？"

她道："在地球上，越高的地方，时间流速越快，而越低的地方，时间流速越慢。你走路的时候，你的头比你的双脚要高，所以，你的头所处的时间，比你的脚所处的时间要快。"

我问："为什么会这样？"

她道："因为引力。越靠近地心，引力越大，时间越慢；越远离地心，引力越小，时间越快。"

我问："为什么引力会影响时间的流速？"

她道："准确来说，并不是引力，引力是由空间的弯曲造成的。越靠近地心的空间，弯曲得越厉害。"

我道："即便空间弯曲了，那和时间的流速有什么关系？"

她问："两点之间什么最短？"

我道："直线最短。"

她道："空间本来是平直的，如果这个平直的空间发生了弯曲会怎样？"

我道："曲线会比直线长。"

她道："没错。同样是从北京到上海，如果你开车走一条直线，同样的速度下，永远比走一条曲线要快对吧？"

我道："没错。"

她道："时间也是一样的啊，空间弯曲得越厉害，时间所需要走的路程就越长，所以就会比弯曲幅度更小的空间里的时间走得更慢一些。或者你把时间想象成水，水经过一条笔直的水管，永远会比经过一条弯弯曲曲的水管要快对吧？所以你理解了吗？"

我点了点头道："你的话我懂。但是，有什么证据能够证明这一点呢？证明越靠近地心的时间比远离地心的时间走得更慢。"

她道："这个实验20世纪就有人做过了。当时科学家准备了两台原子钟，一台放在水塔的底部，一台放在水塔的顶部，结果他们发现，水塔底部的原子钟的确比水塔顶部的原子钟走得要慢一些。怎么说呢？就好像你住在山顶，我住在山脚，住在山顶的你会比住在山脚的我老得更快，尽管那种差别可能只有零点零零零几微秒，连一眨眼的工夫都不到，但时间差还是存在的。"

我觉得是时候把话题引入正轨了，于是问："十年前，在拉萨的那个夜晚，到底发生了什么？"

她道："那晚我梦游了，我梦见自己离开了客栈，在外面的一条马路上走了好远。"

我道："然后呢？"

她道："我看见了一座寺庙。"

我问："寺庙？什么寺庙？"

她道："就是那种藏族的寺庙，但我白天游玩的时候没见过那座庙。我不知道为什么，朝那座庙走了过去。进去后，我看到庙堂里有很多藏族的僧侣席地而坐，在那里吟诵佛经。我坐在一旁，听他们吟诵。大概快天亮的时候，我离开了那座庙，往回走，却发现街上的情形和原来不一样了，像是过了很多年。我到客栈，前台告诉我已经2015年了，我都觉得那前台疯了。后来警察也告诉我，已经是2015年，我失踪了十年。他们问我这十年去了哪儿，我就说在一座庙里待了一晚上。我带着他们回去找那座庙，可是，那座庙已经不在那里了。"

我问："你是说，你在那座庙里待了一夜，而外面已经过去了十年？"

她道："嗯，所以他们都以为我疯了，其实我说的都是真的，他们不相信我罢了。"

我道："你说这个房间里的时间比外面慢，慢多少？"

她道："大概半分钟吧。"

一周后，我带着两台精确度比较高的普通电子钟回到了这里。我把一台钟放在病房内，一台放在病房外的走廊里，想要看看，病房内的钟是否比走廊里的钟走得慢半分钟。但是，经过我几次实验，均发现，两台钟的时间永远都是保持一致的。

也就是说，病房内的时间和病房外的时间，并不存在尹女士所说的半分钟时间差。

尹女士却对我说："时间已经追上来了。"

我问："什么？"

她道："一周前，病房里的时间的确比外面的时间要慢半分钟，但是现在，病房里的时间已经追上来了，已经和外面的时间持平了。"

我不知道该不该相信她的话，但这看起来只是她为了圆谎而编造的另外一个谎言。

临走前，她对我说："这个房间里的时间正在发生错乱！"

我问："什么错乱？"

她道："时间开始在这个房间里发生不一致，不过现在还是很不明显，感觉不到，一旦这种不一致的程度加大，可能会出问题。"

我问："什么问题？"

她道："如果你走路的时候，你的脑袋所处的时间，与你身体其他部位所处的时间发生了巨大的差异会怎么样？"

我一愣："会怎么样？"

她道："就像两列火车，你到脑袋卡在 A 火车上，而你的双脚卡在 B 火车上。A、B 两列火车保持相同的速度，朝着同一方向平行开去。突然，A 火车的速度加快了，一开始快得并不明显，后来 A 火车越来越快，B 火车越来越慢。你的头卡在 A 火车上，你的脚卡在 B 火车上，这个时候，你的身体会怎么样？"

我道："会被撕裂。"

我突然怔住了。

一个月后，这家医院发生了火灾，火灾烧毁了整座医院大楼。不过幸运的是，所有人都成功撤离，这场大火并没有造成人员伤亡。

很快，这座被烧得面目全非的医院大楼就被政府拆除了。

几个月后，我在另外一家精神病医院采访到了一名患者，那名患者是个流浪汉。在那家医院被烧成废墟之后，有一个月的时间，流浪汉都生活在那幢焦黑的大楼内。

陪伴流浪汉的，原本还有一只猫。

我问："那只猫呢？"

流浪汉哆哆嗦嗦道："死了。"

我问："怎么死的？"

流浪汉惊恐道："鬼！那幢大楼里，闹鬼！"

我一怔："闹鬼？"

流浪汉点了点头道："我不该住在那里的，当时我无处可去，只好住在那幢被烧毁的大楼里。那天中午，我的猫追一只老鼠，一直追上了三楼，我怕它跑丢了，跟着追了上去。在三楼的走廊里，我看见我的猫一跃而起，跳进了一间房里。然后，我看到……我看到……"

我问："你看到了什么？"

流浪汉道："我的猫在空中定住了，一瞬间，它被什么东西扯住了，然后，被撕得四分五裂！"

我倒抽了一口凉气，尹女士的病房，就在那幢大楼的三楼。

我问："你进那间房了吗？"

流浪汉道："没有，我哪儿敢进去呀！我当时……我当时吓坏了，撒腿就跑。出去之后，我见到人就跟他们说这里闹鬼，他们都被我吓到了，后来警察来了，把我送到了这儿。我真的没疯，我说的都是真的，你跟他们说说，我不是疯子！"

我问："你还记得是哪间吗？"

流浪汉道："不记得了，不记得了。"

我问："走廊左边还是右边？"

流浪汉道："上楼梯的左边。"

我问："还记得是左边第几间吗？"

流浪汉摇着头道："不记得了，不过，应该是靠中间的一间。"

我确定，那就是尹女士的病房！

但是，那幢被烧毁的大楼已经被拆除，谁也无法再去印证这件怪事了。

R 第45个病例：

飞人事件

河北某村庄，一个村民声称，自己在1977年的7月到9月，曾经经历过三次离奇事件。

那年，村民二十一岁。

那时村民刚刚订婚，还没有结婚，所以晚上都是一个人睡。那天晚上，村民结束了一整天的劳动，回到家吃过饭回房倒头便睡下了。可是一觉醒来，他发现，自己人在南京。

当时，采访他的记者是这么问他的——

记者："怎么知道那就是南京呢？"

村民："我看到南京什么饭店。"

记者："您看到有南京饭店这么几个字？"

村民："对。"

记者："还看到什么呢？"

村民："看到有一个大的露天的游泳池，里面水还挺多。咱不知道怎么走也不敢走。"

记者："什么时间？"

村民："早晨，拂晓太阳出来了。"

记者："也就是早上六七点？"

村民："对。"

记者："就是头一天晚上大约十点钟您睡下了？"

村民："是。"

记者："然后等于是第二天早上六七点钟就出现在了南京？"

村民："是。"

记者："是这个意思吗？"

村民："对。"

河北距离南京有一千多公里，根据村民的描述，他仅仅用了九小时，一夜之间从自己位于河北的家中，跨越到了千里之外的南京。20世纪70年代，国内交通并没有现在这么便利，就算是从河北坐火车，也不可能在短短的九小时内抵达南京；而当时，他们市并没有飞往南京的飞机。

而村民称，当他发现自己身处南京不知如何是好的时候，突然有两个神秘人出现在了他面前。

那两个人自称是民警，与他交谈之后，愿意帮助他买一张前往上海的火车票。因为上海有遣送站，而南京没有，村民需要去上海寻求遣送站的帮助，让遣送站通知他的家人到上海接他回家。

村民失踪的事情，在村里闹得沸沸扬扬。

记者采访到了村民的邻居——

邻居："1977年7月份他突然不在家了，我去找过他好几天。"

记者："您觉得这事奇怪吗？"

邻居："挺奇怪的。"

记者："奇怪在什么地方？"

邻居："好好的，突然不见了，找几天找不到，我觉得挺奇怪。"

记者："他原来跟您一块儿玩的时候有没有说过想去上海？"

邻居："没有，我们关系还相当不错。"

记者："在那件事情发生之前，大家一直都在这个地方生活，应该说没有可能自己跑到上海去？"

邻居："不可能，自己去不可能的，那时你去那儿得几十块钱，家里困难，负担不起。"

果然就在村民失踪的第二天，村里收到了一封电报，电报称，村民在上海，希望村里能够派人过去认领。

这封电报，也得到了当时的村委会副主任的证实："上海发来电报了，说人在上海收容所，要我们找几个人去把他接回来。"

当年8月，村民被接回到了家中。

可就在9月初，村民又一次失踪了。那天村里召开"大搞生产"群众动员会，村民开完会回到家已经是十点多钟了。他倒头便睡，一觉醒来，却发现自己躺在上海火车站的广场上。

而令人感到更为匪夷所思的是，一个多月前，在南京帮助过村民的那两名民警又一次出现在了他面前。村民邻村有个亲戚，在上海一座军营当军官。村民不知道怎么去，于是那两名民警亲自指点路线，把他带到了那座军营。而村民称，当时军营里站满了执勤的士兵，而当那两名民警带他进入军营的时候，如入无人之境，就好像那些士兵看不见他们一样。

记者采访到了那名亲戚——

亲戚："几个印象比较深，一个是那天天气不是很好，正好刮台风。第二个，他说饭没吃过，我给他卷子面，一斤的卷子面给他下了一锅啊，他全部吃完，吃完以后就睡觉。就没醒过，好像一夜没睡一样，给我那种感觉，叫也叫不醒，所以一直感觉到很奇怪。其实，他能来到这里，我很惊讶的！"

记者："你为什么感到惊讶呢？"

亲戚："因为在我的想象当中，他不认识这个地方。"

记者："住的那个地方叫什么呀？"

亲戚："当时叫杜家祠堂，以前杜月笙他家的祠堂，部队整个都住在杜月笙这个祠堂里边。因为以前的信息交通都不是很方便，再说从老家到上海来要转车的，而且到了上海火车站，再到我们居住的营房的地方，要转××路，上海以前有××路，现在还在的，从火车站坐××路坐到外滩，外滩乘摆渡船过来，乘××路，××路乘到高桥，高桥再乘一个农村的线。一般像他这样的人，农村里出来的是很难找到这里的，况且就是一般的其他城市里的朋友，有时候到我们家里来的话都很不方便的，都要找很长时间，所以他能找到我这里，我感觉很奇怪。"

村民回到村里后不久，又经历了第三次失踪。那天傍晚，村民刚刚回到家，就一头栽倒在地昏迷了过去。

当他醒来的时候，发现自己躺在兰州市一家宾馆的床上。而这次，村民称，是之前分别在南京和上海两次帮助过他的那两个神秘男子背着他，一夜之间飞到兰州的。

记者："在这之前你应该没有去过兰州吧？"

村民："没有。"

记者："那你怎么知道是到兰州了呢？"

村民："我也不知道是在哪儿，他们就告诉我'这个地方就是兰州，我们两个人背着你来的'。"

记者："这是他们自己跟你说的吗？"

村民："他们自己跟我讲，我第一次、第二次出去，去部队都是他们领着的。"

记者："前面发生的那两次失踪的过程当中出现的那两个人,他们也承认是他们俩。"

村民："对,承认是他们两个背着去的。在兰州待了一天,到第二天晚上又从兰州往北京走,这我都知道。"

记者："你完全处于一种醒着的状态,他们把你背着走,你自己能感觉到?"

村民："对。"

记者："说的话你怎么能听得懂呢?"

村民："很奇怪,和我们的口音说话方式一模一样,所以我都听得懂。"

记者："你那个时候有什么样的感觉,是有飞的感觉吗?"

村民："都有飞的感觉,都是在空中飞的。"

记者："有风吗?"

村民："感觉不到风。"

村民称,在短短的九天时间内,这两个神秘的"飞人"背着他,前后飞抵了兰州、北京、天津、哈尔滨、长春、沈阳、福州、西安八个城市。

这三起发生在村民身上的离奇事件,也被媒体称作"飞人事件"!

有人认为,村民口中那两个神秘的"飞人",其实是隐藏在地球上的外星人;有人认为,那两个神秘人是得道高人,练就了飞行的特异功能。

而专家给出的解释是,村民是在梦游!

村民的"飞人事件",是真实的还是他编造的谎言,抑或真如专家所分析的那样,他是在梦游?

由于这起事件发生的年代有些久远,很多当事人的记忆也有些模糊,很多直接的证据也消失不见了,再加上我本人并没有亲自采访过村民,所以事情的真相,我无法给出一个明确的判断。

一年前,我在美国洛杉矶唐人街的一座老旧的公寓楼内,采访到了一名华裔男子。男子三十岁出头,没有结婚,一个人居住。从他太爷爷那辈起,他们家就已经搬离了中国,移民到了美国定居。

他的英文名是杰特·胡,中文名胡西。

我问:"类似的事情一共发生过几次?"

胡先生想了想,然后说:"两次。"

我问:"那么,你还记得第一次是什么时候发生的吗?"

胡先生道："五年前吧。"

我问："能给我讲讲当时的情况吗？"

胡先生道："那天我加班，一直到很晚，大概晚上十一点的时候，我才回到家。回到家的时候，我已经很累了，于是连澡都没洗，就倒在床上睡下了。第二天早上醒来的时候，我发现自己躺在英国伦敦的泰晤士河畔，离大本钟不远。当时我都吓傻了，以为自己是在做梦，后来我发现这不是梦。我很慌张，因为我没带手机也没带钱包。我想找警察求助，但是街上没有看到警察，于是我去找电话。因为没有钱，公用电话我用不了，就在这时，我看到了一家星巴克，于是走了进去，找里面的咖啡师借电话。当时我看了眼咖啡厅里的钟，记得当时是早上八点半。突然，我感到很难受，想吐，于是冲出了咖啡厅，一路狂奔，跑到泰晤士河畔，在一棵大树下坐了下来，然后，我昏迷了过去。奇怪的是，当我再次醒来的时候，我发现我回到了这里，回到了自己卧室的床上。"

我问："你再次醒来的时候，是什么时间？"

胡先生道："当天中午十一点。"

我问："会不会是你坐飞机去了伦敦，然后因为某种原因，你不记得有这回事了？比如说，你梦游了。"

胡先生道："我一开始也这么怀疑，但是我查过自己的购票记录，我根本没买过机票，我银行卡里的钱也一分没少。况且，我当天上午八点半发现自己出现在伦敦，在湖畔昏迷过去应该是九点左右，可是当我在洛杉矶公寓的床上醒来的时候，是当天中午十一点，这中间只有两小时的时间差。你说，什么飞机能够只用两小时就从伦敦飞到洛杉矶？"

正常情况下，一架飞机从伦敦飞到洛杉矶最快需要十一小时，两小时的确不可能。

我问："或许，只是你的幻觉呢？你有没有想过，也许你根本就没有去过伦敦，那都是你的梦，而你把梦里的内容当真了。"

胡先生摇了摇头道："绝不可能是梦！"

我问："为什么这么肯定？"

胡先生道："我根据记忆在谷歌地图上查到了那家星巴克，网上有那家店的联系电话，于是我照着电话打了过去，说自己可能在那家店丢了东西，请求他们帮我调取上午八点半到九点的监控录像。"

我道："他们帮你调了？"

胡先生点了点头道："我要求他们把那段录像发给了我。"

我问："我能看看吗？"

胡先生起身，从房间里捧出一台笔记本电脑。他把录像放给我看。录像很清晰，果然，我看到录像中，胡先生十分狼狈地走进那家星巴克，向柜台的一名女咖啡师借手机，女咖啡师刚掏出手机，胡先生便转过身冲出了那家店，消失在了监控范围内。而录像上明确标注着当时的时间。

我深吸了一口气道："那么第二次呢？你第二次发生这种情况又是在什么时候？"

胡先生道："两年前。"

我道："说说当时的情况。"

胡先生道："那天中午我参加同学的生日聚会，喝了些酒，下午回到家后，晕晕乎乎地睡下了。当我醒来的时候，我发现自己在一架飞机上。我还记得是一个靠窗的位置。机舱里很空，当时一个空姐走过来对我道：'先生，您是不是换座位了？我记得这座位之前是空的。'我当时被弄蒙了，搞不清楚状况，就说自己不大舒服，想找个靠窗的座位舒缓一下情绪。空姐听完没再多问，还给我递来了一杯冰镇可乐，我喝了一口。然后我就睡了过去。醒来的时候，是当天晚上八九点钟。"

我道："你回到了自己的床上。"

胡先生点了点头道："没错。"

我道："这肯定是个梦。"

胡先生道："我不确定，或许吧。但你知道最离奇的是什么吗？"

我问："什么？"

胡先生道："我醒来之后，看到新闻里说，有架从伦敦飞往香港的波音客机，途中坠毁了。"

我道："你觉得坠机事件和你的那场梦有关？"

胡先生道："我感觉那不是梦，我当时真的在那架飞机上。"

我问："可这无法解释。"

胡先生道："或许我真的是在梦游。你知道，人在梦游的时候看到的世界是不一样的。"

我点了点头。

胡先生道："我们现在所看到的世界，是光的反射作用，换句话说，我们看到的世界是什么样的，都是光告诉我们的。那么，世界本身到底是什么样的呢？"

我思考着他的话。

胡先生接着道："梦游的时候，梦游者的眼睛看不到光，可是梦游者依然能够行走自如，甚至避开很多复杂的障碍物，甚至可以在梦游中完成各种现实中都可能没法完成的复杂的工作。或许，在梦游的时候，梦游者看到了这个世界的本质。"

我问："这个世界的本质？"

胡先生道："也许梦游的时候，人才是真正醒着的。而我们自以为醒着的时候，其实看到的，都是那些虚无缥缈的光所粉饰出来的虚幻的世界。"

我道："可是，这跟你一夜之间从洛杉矶出现在伦敦又有什么关系？"

胡先生道："也许我们人本身就是可以突然出现在某地的。"

我道："你想说瞬间移动？可为什么你醒着的时候做不到？"

胡先生道："一个盲人摸到了大象，他以为那头大象是一堵墙，于是断定此路不通。如果你看到一道悬崖，你会往下跳吗？"

我道："当然不会。"

胡先生道："如果悬崖只是一个幻象呢？"

我问："什么意思？"

胡先生道："你本来是一只鸟，却以为自己没有翅膀，于是你总也飞不起来。"

我不语。

胡先生深吸了一口气道："我怀疑我爷爷就是这么失踪的。"

我道："你爷爷？"

胡先生道："我爷爷叫胡建国，英文名詹姆斯·胡。这事我是听我爸说的。记得好像是六九年（1969 年）的事情了，当时我爸才五岁。我爷爷带着我爸在公园的草地上放风筝。当时我爸拉着风筝一路狂奔，风筝放得老高。我爷爷靠着一棵大树睡着了。后来风筝脱手了，我爸爸在原地哭了起来。风筝朝着远处坠落。我爷爷像是被我爸爸的哭声惊醒了，站起身来，像要去追那只风筝，我爸爸看着我爷爷的背影朝着风筝坠落的方向跑去。突然，我爷爷不见了。"

我一怔："什么叫不见了？"

胡先生道："就是突然间，整个人消失了。风筝落到了地上，但是，我爷爷再也找不到了。我爸爸说，我爷爷就像掉进了某个看不见的洞里，从这个世界上消失了。"

我问："后来找到了吗？"

胡先生道："找不到，直到现在，都活不见人，死不见尸。其实，我感觉，我爷爷当时根本没有醒。他在梦游，他梦游朝着风筝的方向跑去。然后消失了。我怀疑，他瞬间移动到了另一个地方，再也回不来了。"

结束采访后，我回到国内，查到了胡先生说的那班坠毁的飞机。而我惊人地发现，那班飞机，正是将我那位心理医生朋友砸死的那架。

我向航空公司要到了当天机上乘客的详细名单。

在名单中，我看到了一个人的照片。

那个人竟然和胡先生长得一模一样，唯一不同的是，这个人并不叫胡西，也不叫杰特·胡，而是叫布鲁克·金，华裔英国伦敦人。

为什么两个人会长得如此相似？

为此，我特地打电话给胡先生，他得知此事，也十分震惊。我问他，他是否有一个双胞胎兄弟。

但胡先生对此是否认的，他坚称自己是独生子。

直到一周后，胡先生主动向我打来电话，在电话中，他说他为此事问过他母亲。在他的一再追问下，他母亲终于松口了。原来三十年前，胡先生的母亲生下了一对双胞胎兄弟，由于当时家里穷，养不起两个孩子，于是他的父母痛下决心，将其中一个孩子送人了。那个留下的孩子，正是胡先生，而那个被送走的孩子，极有可能就是在那场坠机事故中不幸遇难的布鲁克·金。

这么一来，伦敦星巴克的录像也就有了解释，出现在那家星巴克的，并不是胡先生，而是他的双胞胎兄弟——布鲁克·金。

但离奇的是，胡先生之前并不知道布鲁克·金的存在，可他为什么又能准确地说出布鲁克·金出现的那家星巴克，以及所乘坐的那班飞机呢？

或许，这是双胞胎之间所谓的心电感应？因为类似的双胞胎心电感应事件过去发生过无数起，至今科学界对此都没有一个具有说服力的解释。

难道说，是胡先生在睡梦中与自己从未谋面的双胞胎兄弟发生了心电感应？而胡先生错误地将这种感应当成了自己空间上的瞬间移动？

老实说，我并不清楚。

一年后，我采访到了一个美国人。这个美国人曾经供职于 NASA（美国宇航局），参与过阿波罗登月计划。在纽约曼哈顿的一家咖啡厅里，他对我道："其实这个秘密，我早该说出来的。"

我道:"关于那中断的两分钟。"

1969年7月21日,阿波罗十一号载人飞船在月球表面着陆,这是人类首次登上月球。

美国在电视上对全球进行了实况转播。

但是,直播神秘地中断了两分钟。

我道:"那两分钟到底发生了什么?有人说是与外星人发生了接触,也有人说是当时处于冷战时期,美苏关系紧张,美国人要求阿姆斯特朗在月球上宣布月球属于美国,而阿姆斯特朗却在直播中宣称月球属于全人类。于是直播被掐断了两分钟,两分钟里,美国政府将阿姆斯特朗当场解除了机长的职务,换由奥尔得林当机长。又或许,那只是个意外的直播事故?"

美国人笑了笑说:"都不是。其实,当天,他们在月球上发现了一具尸体。"

我一怔:"什么尸体?外星人的?"

美国人道:"一具人类的尸体,男性,看上去像一个亚洲人。"

我道:"怎么会?"

美国人道:"当时我们指挥中心里的所有人都吓傻了,我们也不敢相信,因为在登月之前,我们对月球进行了长达多年的探测,但并没有在月球表面发现那具尸体。那具尸体就像在阿波罗十一号登月前不久才出现在月球表面上的。我们立马掐断了直播。指挥官命令阿姆斯特朗无论如何也要把尸体运回来。但是,当时太空舱太小了,设计容量有限,根本装不下。那具尸体是在分解后,被后面一系列执行阿波罗登月计划的宇航员陆续带回的。"

我问:"你们对这具尸体进行了检测吗?"

美国人点了点头道:"从DNA看,的确是地球人,其实在阿波罗十一号登月的时候,我们就已经确认了这具尸体的身份。当时阿姆斯特朗在这具尸体外衣的荷包里发现了一张驾照,竟然是一张美国驾照!阿姆斯特朗把那张驾照带了回来。我到现在都还记得那张驾照上写的名字。"

我问:"他叫什么?"

美国人淡淡道:"詹姆斯·胡。"

℞ 第46个病例：

心灵感应

　　根据他的要求，这次来采访他的时候，我特地带来了一盒未拆封的扑克牌。这盒扑克牌是我头天晚上在便利店里买来的。他让我把用来包裹扑克牌盒的塑料膜拆开，然后打开盒盖，让我取出里面的那副扑克牌。

　　"把它洗乱。"他说着，空手做了个洗牌的姿势。

　　我将手中的扑克牌洗乱，然后递给他，他却摆了摆手说："不不不，不用给我，你拿着就行。"

　　我问："接下来要我做什么？"

　　他道："把牌背面朝上，在桌面上展开。"

　　我将这副扑克牌背面朝上，在桌面上绽开了一道扇形。

　　他笑了笑道："这牌开得不错，看来你平常没少打牌。"

　　我耸了耸肩，道："然后呢？"

　　他道："随便挑一张牌。"

　　我将目光扫过牌面，然后随手指了指靠中间的一张："就这张吧。"

　　他点了点头道："现在把这张牌拿起来，牌的正面朝向你自己，背面朝向我，只许你自己看，千万不要让我看到这张牌。"

　　我道："那你干吗不背过身去？"

　　他拍了拍手道："好主意！"

　　他说着，将身子一挪，背对着我。

　　我将那张自己随机选好的牌抽了出来，看了一眼，这是一张红心K。按照他的指示，我将这张牌的正面朝里、背面朝外贴在了自己的额头上。

　　"好了吗？"他问。

　　"好了。"我道。

　　他转过身来，面向我，然后对我道："很好，你现在努力在脑海里回忆这张牌的样子，我就能感应出这是一张什么牌。"

　　我点了点头，然后道："可以开始了吗？"

　　他闭上眼睛，将双手合十道："请问，这张牌是不是红色的？"

这是魔术师的常用套路，假装问你问题，实际上是在套你的话，因为扑克牌不是红色就是黑色。这张牌是红的，你说是，便印证了他的猜测。如果这张牌是黑的，他问你牌是不是红色的，你老实说不是，他便知道这张牌是黑色的，便进一步缩小了猜测的范围。

为了不上他的当，给他制造些难度，我故意说："不知道。"

他笑了笑，睁开眼，伸出右手，冲着我的额头打了个响指，道："我已经从你的脑子里看到这张牌了。红心 K！"

我将牌从额头上摘下来，翻转到正面："你猜对了。看来你的魔术技巧恢复得不错。"

他摇了摇头说："我都跟你说过多少次了，这不是魔术。"

我道："那是什么？心灵感应？"

他点了点头道："没错，心灵感应。"

半年前我曾经在这家精神病医院采访过他，他是一位著名的魔术师，曾经表演过不少令人匪夷所思震惊海内外的魔术。

但一次因梦游而导致的意外车祸，令他失去了变魔术的能力，他一度连最简单的纸牌魔术都无法完成。

这使他深受打击，患上了严重的精神疾病，他开始幻想自己曾经表演过的魔术，都不是魔术，而是魔法，是人体特异功能。

半年前我第一次采访他的时候，他坐在会面室里，一直盯着桌面上的一个倒置的茶杯看。他宣称，只要一直盯着那个茶杯，不断地给它传输一个"翻转过来"的意念，那个倒置的茶杯就真的会自己翻转过来。

我问："你的茶杯呢？"

他没反应过来："什么？"

我道："你让那个茶杯凭空翻转过来了吗？"

他尴尬地摇了摇头说："我尝试了一段时间，还是没能办到。"

我歪了歪头："放弃了？"

他道："当然没有，我想应该是我的意念暂时还不够强，不足以对物质实体产生影响。所以我开始尝试一些比较简单的，例如心灵感应。"

我问："那你能说出我现在在想什么吗？"

他道："不好意思，我做不到。"

我问："为什么？你不是会心灵感应吗？"

他道："听说过一个故事吗？有人抓住了一只蝴蝶，握在手心里，从外面看不出那只蝴蝶是死是活。于是他带着这只蝴蝶，故意去刁难一位智者，问：'你不是能回答全天下的问题吗？那你说说，我手里的这只蝴蝶是死是活？'智者淡淡道：'这个问题我没法回答你，那只蝴蝶的生死掌握在你的手中。'"

我道："如果智者说蝴蝶是活的，而且那只蝴蝶果真是活的，提问者只要一用力，蝴蝶就死了，所以即便智者说对了，提问者也可以说他错了。"

他道："这不就像你现在对我提出的问题吗？即便我说对了你的心思，你也可以说不是。对错并不取决于我，而是取决于你。"

我觉得这只是他为自己无法看穿我的心思而找的一个借口罢了。

我道："你的主治医生说，你最近总会产生一种抽离感。"

他道："我时常感觉，我不在这儿。"

我问："什么叫你不在这儿？"

他将双手合十，来回用力搓了搓："怎么说呢？就是……有时候，我会感觉自己去了另外一个地方，正在经历另外一个人的人生。"

我道："这可能只是你的幻觉，也可能是你做的一场梦，而你把幻觉或者梦给当真了。"

他摆了摆手道："不不不，那绝不是幻觉，也肯定不是梦，那是很真实的。一切的想法，一切的心理活动都是那么真实，但我知道，那个人不是我，但那些想法，又好像是从我的脑子里自然出现的，就像是我自己想出来的一样。"

我道："你是说，你进入了另外一个人的身体里？"

他不置可否道："我也不清楚，但我感觉，我和他的心灵是相通的。我和他的心灵对接上了，发生了某种奇特的感应。"

我道："那个人应该照过镜子吧？"

他没反应过来："什么？"

我道："我是说，既然你和那个人心灵相通，可以感受到他的人生，如果他照过镜子，你应该通过他的眼睛看到了他的长相。"

他点了点头道："我知道他长什么样。"

我道："那么，你也应该知道他叫什么名字，住在哪儿，毕竟你们心灵相通。"

他道："我不能告诉你。"

我问："为什么？"

他道："你会去找他，如果你把这件事告诉他，会影响到我和他之前的心灵感应。你知道这种联系可能是很脆弱的，我不能让第三者去破坏它。"

我深吸了一口气道："人和人之间，是不会有任何所谓的心灵感应的。"

他道："怎么不会？你有女朋友吧？"

我点了点头。

他道："你女朋友一定对你说过'我爱你'！"

我道："干吗扯到这个？"

他道："当'我爱你'这三个字传进你的耳朵，进入你的大脑的时候，你明确地感受到了一种情感对不对？"

我道："嗯。"

他道："但你有没有注意到，'我爱你'，其实只是三个简单的文字，文字本身是不会有情感的。比如现在，我对你说，我爱你！你会感受到这份情感吗？肯定不会。是因为你和你女朋友在相处中得到了某种心灵上的沟通，所以她对你说这三个字，你会有不同的感受。如果两个人相熟，他们之间其实不需要太多的言语就能彼此感受到对方的意思，甚至是做到某种精神上的交流。再比如某些话，其实是只可意会不可言传的，用语言或文字无法表达清楚，但如果两个人很熟，一方不用说清楚，另外一个人就能在心里领会那个意思。"

我道："但我不认为这是心灵感应的结果，这只能说明，两个相熟的人，对彼此很了解而已。"

他道："其实我们所有人都会有一种潜在的心灵感应。"

我问："怎么说？"

他道："人类是如何定义美与丑的？"

我没明白："欸？"

他道："为什么我们人类普遍认为，女人身材苗条是美的，而身材臃肿肥胖是丑的？为什么不能反过来？"

我道："这是审美观导致的。"

他道："那到底是什么缔造了这种审美观？只要你细心观察，你会发现，幼儿园的小朋友会主动亲近那种长得漂亮的女老师。你给一个三岁大的小朋友两张照片，一张是大美女的，一张是丑女的，问他哪个漂亮，他肯定会毫不犹豫地选择大美女。你小时候，你的父母肯定不会告诉你，美是什么标准，丑是什么标准，肯定不会让你照着他们给你的某个标准去分辨美和丑。但你似乎很小的时候，就对美与丑有了一个明确的判断，而且这种判断虽然细节上有些许差别，但根本上和大多数人都是一致的。为什么会有这种一致性？"

我道："你想说，心灵感应？"

他打了个响指道:"没错。这种潜在的心灵感应会使我们一出生就受到大众心理的影响。别人不用对你说些什么,你就已经感应到了,于是潜移默化地,你的很多想法都和大众不约而同地保持了一致。"

我不是特别赞同他的观点,但也无法否认。

他依旧试图说服我,他接着道:"知道勾股定理吧?"

我点了点头道:"毕达哥拉斯定理。"

他道:"在 6 世纪的时候,古希腊数学家毕达哥拉斯提出了这个定理。但是在中国的西周时期,有个叫商高的人也提出了这个定理。他们在不同的地区,不同的年代,没有经过任何商量,却提出了同一个定理,这难道不是一种心灵感应吗?其实有时候我都会想,心灵感应是不是也具备时间的跨越性?也就是说,我们也许可以感应到很多前人的想法。相对论一定是爱因斯坦最先提出的吗?或许在很久很久以前,有位先人早已经提出了相同的理论,只不过爱因斯坦感应到了它。就像你登录一个网站,要注册某个账号,输入昵称的时候,却发现,这个昵称已经被人占用了。甚至是输入一些奇怪的昵称,也会被人占用。而你根本就不知道那个人是谁,但和他有了相同的想法,这难道不是一种心灵感应?"

我道:"我把它称作巧合。"

他道:"这并不是巧合。也许,你在做一件事情的时候,在世界的另一端,也有人同时在和你做着相同的事情!"

那天的采访到这里便结束了,临走前,我提出要求,请他再变一次纸牌读心术,他欣然同意了。

这回,我抽到了一张梅花六。

只见他打了个响指,对我道:"那张牌,一定是,方片八!"

我将牌翻开来,他一脸失落地叹了口气:"我读错了。"

我的心里却打起了鼓。

其实他并没有读错,因为这次,为了判断他是不是真的有心灵感应,我虽然抽中的是梅花六,在脑海里却拼命地想着方片八。

两个月后,他请求他的主治医生主动联系到了我,说想请我帮一个忙,于是在那家精神病院的会面室里,我又一次与他会面了。

这回,他看上去有些精神衰弱,很是狼狈。

我关切道:"怎么了?"

他道："我最近有些分不清梦境和现实。我甚至开始有些弄不清，我们上一次见面，是真实发生的，还是在梦里。"

我柔声道："你需要休息。"

他道："我最近总会产生一种幻觉。"

我问："什么幻觉？"

他道："我感觉自己像被人扔进了一座巨大的房子里。那间房子空无一物、空无一人。我在那间房子里走啊走、走啊走，却怎么也找不到出去的路。我感到好累，真的好累。"

他说着，低下头，露出了疲倦的神态。

其实我真替他感到高兴，因为他起码已经能够分得清这是幻觉，说明他的精神问题在往好的方向发展。

我道："你太累了，真的很需要休息。"

他摇了摇头道："我感觉是那个人被困住了。"

我立马警觉起来："谁？"其实我已经猜到了。

他道："就是与我发生心灵感应的那个人，我感觉他被困住了。"

我道："你是说，他被人困在了一所大房子里出不去？"

他点了点头道："所以我才要请你帮忙，帮我把他救出来，这样我才能从这种幻觉中解脱。"

我道："请告诉我他的姓名和住址！"

随后，他把这两个关键信息告诉了我。

那个人姓白，也住在本市。

我立马打电话给派出所的朋友，让他根据姓名和住址查一查这个人。果然，朋友在电话里告诉我，这个人是存在的。

可是，这并不能说明什么。这年头，身份信息太容易弄到了。

我问："有关于这个人被绑架或者失踪之类的报案记录吗？"

朋友在电话里道："没有啊，怎么啦，发生什么事了？"

我道："啊，没什么，就是问问，回头请你吃饭。"

挂断电话，我道："你说的这个人，没事。你在现实中和他认识吗？"

他摇了摇头道："不认识。"

我道："你太累了，不要想太多。"

他低下头，深吸了一口气，闭上了眼睛。

结束采访后，我对他口中的这位白先生产生了好奇，于是按照他提供的地址找到了白先生的家。

　　但是，他家里并没有人。

　　正当我要离开的时候，一个四十多岁的中年女人提着菜朝我走了过来，她显然是白先生的邻居。

　　中年女人见我在敲白先生家的门，对我道："啊，你是老白的朋友吧？"

　　我一愣，然后道："啊，是。"

　　中年女人道："哎呀，你还不知道吧？老白出事了。"

　　我问："出什么事啦？"

　　中年女人道："唉，这人哪，也是，说不好哪天就拜拜了。"

　　我一惊："他，他死了？"

　　中年女人摆了摆手道："呸呸呸，死倒是没死，不过也差不多了。"

　　我问："到底怎么了？"

　　中年女人道："一周前，老白下班回家，在小区门口啊，不知怎么着就跌沟里去了，听说是撞了脑袋，人现在还在医院里昏迷着呢，怕是醒不来了。"

　　我想起了那位魔术师说的话——

　　"他被困住了！"

℞ 第47个病例：

我奉上帝的旨意挖洞

当我找到这个老人的时候，他正准备往洞里去，他背着一个硕大的空竹篮，走起路来摇摇晃晃，我立马拦住他，告诉他我的身份和来意。

老人问："你是怎么找到我的？"

我道："镇上的人都说，你每天这个时间都会到这里来，所以我就在这里等你。"

他狐疑地上下打量了我几眼，对我说："我没太多时间在这里和你闲聊，要聊的话，就和我一块儿到洞里去。"

我跟随老人穿过那片荒地，来到了那个洞口前。

那个洞口有一个重型卡车轮胎大，垂直深入地下。

此时是凌晨三点。

洞内一片漆黑。

我朝下看了看，然后问："这洞有多深？"

老人道："你跟我下去就知道了。"

我耸了耸肩，捡起一块小石头扔了下去，结果很快便听到了回音。

看来没多深。

于是，我决定和这个老人下去走一遭。

洞的岩壁上都有落脚点，显然是老人为了方便出入，特意挖凿的。

老人没多说话，便下了洞。

我感到很奇怪，老人下洞竟然不用任何照明设备，于是便问："你不需要手电筒之类的吗？"

洞里，老人并没有回答我，我能够听到他快速下洞时衣服、鞋子和岩壁摩擦的窸窸窣窣的声音。

我赶紧打开别在肩膀上的手电筒，下了洞。

由于我曾经出于爱好，进行过一段时间的攀岩训练，所以这种级别的岩壁下行运动对我来说并不算什么难事。

大概下行了十几米，我的脚便接触到了地面。

我松了口气，看来果然不深嘛！于是拍了拍手，转过身，却并没有看到老人的身影。

他去哪儿了？

我焦急地向前走了两步，左脚一空，身体立马向后一仰，一屁股跌坐在了地上。我将手电光往前探了探，这才发现，原来这里并不是洞底，这里只是一个供人休息缓冲用的平台，平台往前延伸一小段距离，便继续垂直向下延伸而去。

我不知道老人已经把我甩开了多远的距离，于是便向下喊了一声，不一会儿便得到了下方传来的老人的回应："你最好快一点，没时间了。"

我看着下面的黑暗，深吸了一口气，继续往下。

我发现，每隔十几米的深度，都会有一个缓冲平台。每到一个平台，我都会短暂地休息一番，我感觉，那个老人已经把我甩开了老远的距离。

当我再次向下呼唤时，已经得不到他的回应了。

我继续向下爬行，已经忘记自己爬了有多深，也忘记了自己爬了有多久。

是的，我开始头晕，胸闷，喘不过气来。

然后，我便在洞内往下不知道第多少个缓冲平台上晕厥了过去。

我被黑暗包裹，以为自己就要死了，可是，当我再度睁开眼的时候，发现已经是第二天中午了。

我是在老人的家里醒来的。

老人见我醒来，向我递来一碗热汤，他看出了我的疑惑，便对我说："你缺氧了，在洞里，我在洞底等了你一会儿，见你迟迟没下来，就爬了上去，看到你晕倒在那儿，于是把你背了回来。"

我将碗里的汤一饮而尽，长吁了一口气道："看来我需要加强锻炼了。"

老人摇了摇头道："你已经不是第一个了，之前有很多人要下洞，他们都想看看这个洞到底有多深，但是，没有一个能够坚持到底的。即便他们带了足够的氧气，也坚持不到洞底。你算不错的了，在不带任何氧气设备的情况下，能下到那个深度，已经算很厉害了。"

我问："可是，你为什么不会缺氧？"

老人露出了神秘的笑容道："我再给你盛碗汤。"

他说着，转身又盛了一碗汤递给我，然后道："我也不知道为什么，大概是因为，我是被上帝选中的人吧。"

我端着那碗汤，愣了一会儿道："被上帝选中的人？"

老人道："十八年前，我做了一个梦，梦里我下了床，离开了家门。外面很黑，连月光都没有。我就这么一路走着，像是受到什么东西的牵引，一路走到了那片荒地，就是我挖洞的那片荒地。在那片荒地上，有一个人在等我，那个人交给我一个任务，他要我在他所站的地方挖一个向下的洞。但他没说要挖多深，只说，挖到我死去为止。"

我道："于是自那之后，你就开始在那里挖洞了？"

老人点了点头道："我每天都挖。每天凌晨三点，我都会准时到那里挖洞，一挖就是一整天，然后再一个人背着挖出的石土爬出来，回家睡上一觉，然后继续凌晨三点准时到那里挖洞。"

我道："你是十八年前梦到那个人的，也就是说，这个洞，你一共挖了十八年？"

老人道："没错。日复一日，年复一年。"

我问："那个洞，到底有多深了？"

老人摇了摇头道："我也不知道，没有具体测量过。"

我问："那个人到底是什么人？你为什么这么听他的话？"

老人道："我不知道他是谁。"

我问："是男人还是女人？"

老人道："我不知道。但我认为，如果一定要给他一个身份，那么，他大概就是上帝吧。"

我道："你的意思是说，是上帝让你挖那个洞的？"

老人点了点头："是的，这是上帝的旨意，我是奉上帝的旨意挖洞的。"

我道："可是，上帝有没有说，为什么要你挖这个洞？"

老人道："末日。"

我道："末日？世界末日？"

老人道："我也不太确信，但是，上帝给我看了这样的两个画面。第一个画面，是两颗发着白光的球在互相旋转，一开始这两颗球转得比较缓慢，之间的距离也隔得比较开。可是没一会儿，这两颗球互相旋转的速度加快了，它们之间的距离也越来越近，最后，两颗球撞到了一起，紧接着，我看到一道白色的光从两颗球碰撞的地方迸射了出去。第二个画面，就是那片荒地，我看到那片荒地陷入了火海当中，小镇上，所有人都被烈火焚烧，随后化作灰烬。我不明白第一个画面的含义，但我知道，第二个画面，就是末日，上帝让我挖洞，就是为了给镇上的居民提供一个避难所，因为末日，就快要到了。"

我道:"所以,你相信自己是挪亚?而那个洞,是挪亚方舟?"

老人点了点头,他站起身来道:"好了,看到你醒了,我就放心了,别再跟着我了,休息好了,就回家去吧。"

老人说罢,便朝门口走去。

我赶忙问:"你要去哪儿?"

老人道:"回去继续挖洞。"

后来,那个老人就失踪了。所有人都怀疑,老人在洞里发生了意外,于是,政府派搜救队下去寻找,但都没有结果,因为没有一个人能够最终下到洞底。

那个洞,就像一个无底洞,没有人知道它到底有多深。

再后来,政府用水泥和沥青将那个洞口彻底封死了。

在一次聚会上,我将这个老人的故事说给了航空航天大学的霍教授听。

霍教授听完之后,对我道:"那个老人描述的那两个画面,第一个画面,很像一个天体物理现象。"

我道:"您是说,那两颗球的相撞?"

霍启星教授点了点头道:"很像在描述两颗中子星合并的过程,而那道白光,可以看作合并过程中迸发出的伽马射线暴。"

接下来,霍教授向我详细解释了伽马射线暴:"一般来说,一颗恒星,或者中子双星,或者某个大质量的天体,在发生坍缩、合并甚至爆炸的时候,都会迸发出伽马射线暴。研究表明,伽马射线暴一瞬间所释放的能量,相当于数百个太阳能量的总和,至少可以将三千光年范围内的天体生命完全灭绝。有科学家认为,宇宙间大部分的生命,都已经被不断爆发的伽马射线暴给扫灭了。"

我道:"既然伽马射线暴如此频繁爆发,地球为什么能够幸免于难?"

霍教授摇了摇头道:"地球在五亿年前就曾遭受过伽马射线暴的袭击,当时灭绝掉了地球上的大部分生命。试想一下,如果在至少三千光年的范围内,曾经有一颗巨大的恒星发生爆炸或者两颗中子星合并,迸发出伽马射线暴,而伽马射线暴又恰巧瞄准了地球所在的方位……伽马射线暴,会以光速传播,走完三千光年,约需要三千年……也许,已经有一道伽马射线暴对准了地球,它……正在袭来的路上……"

我倒抽了一口凉气。

如果距离我们只有两千光年、一千光年、一百光年,甚至不到十光年呢?

也许,已经有某束刚好对准地球的伽马射线暴,走完了大部分光年的路程,就要抵达地球了呢?

也许，正如那个老人所说，末日，即将来临。

只是我们对此，一无所知。

℞ 第 48 个病例：

二维共生体

这个男孩儿躲在黑暗当中，不敢踏出黑暗一步。那是一间地下室，地下室内漆黑无光。一道实心铁门将我拦在地下室外，他的家人不允许我进去。

他的家人告诉我，没有人能够踏入半步，他已经三个月没从里面出来过了，家里人只能把一日三餐的饮食从铁门下方的小隔板处送进去。

我道："就像对待监狱禁闭室里的犯人那样。"

男孩儿的母亲姚女士赶忙解释道："他不肯出来，根本就不肯出来，他说他不能见到光，哪怕一丁点的光都会令他感到恐慌。"

我掏出笔，在笔记本上写下两个字——惧光。

我道："能向我描述一下具体的情况吗？"

姚女士道："这孩子，本来都好好的，可是，就在三个月前，他从那里回来的第二天，就开始发病了。"

我问："那里？"

姚女士道："××书院。"

我道："你是说，前段时间，在互联网上被口诛笔伐的那家书院？"

姚女士点了点头。

我深吸了一口气道："请问您为什么要将自己的孩子送进那样一个地方？"

姚女士委屈得哭了出来："我以为……我以为那所学校，能够教会孩子如何做人。你不知道，这孩子太顽劣了，在学校里成天逃课，偷家里的钱去网吧上网，我也是实在没有办法，只好把他送到那家书院去。我一直以为，那家书院会以中国传统国学来感化他，可没想到，他们竟然是用那样的手段……"

至于是怎样的手段，我很快便在对男孩儿的采访中了解到了。

我隔着门，开始了对男孩儿的采访。

我问："能说说，你被送去书院那天的情况吗？"

男孩儿道："那天我正在网吧里打游戏，是下午的时候，我妈妈突然领着人冲进了网吧。"

我问："几个人？"

男孩儿道："四个男人。那四个男人冲进来，把我从电脑前拖了出来，我反抗，他们就把我摁在地上，然后四个人抬着我，离开了网吧。"

我问："当时，你妈妈在干吗？"

男孩儿道："她就在一旁看着。"

我问："网吧里的其他人呢？"

男孩儿道："也都在一旁看着，没人出来阻止。"

我问："然后呢？"

男孩儿道："然后我就被他们架上了一辆车，当时很害怕，还以为是被绑架了，后来才知道，是我妈妈要送我去那家书院，说是去学习。"

我道："能给我讲讲你在书院里的遭遇吗？"

男孩儿道："第一天晚上到了那儿，就被关了小黑屋。那小黑屋很小，没有灯，很昏暗，铁门锁着，根本出不去。那屋子里什么都没有，有一个马桶，抽水泵坏了，冲不了水。还有一个淋浴喷头，也坏掉了，根本没办法洗澡。到处都很脏很臭。中途他们会来送饭，饭也很简单，米饭、白菜，还是水煮的那种，连盐都没给，在那里我根本吃不下多少，一吃就想吐。我在里面待了多久，不知道，因为在里面完全没有时间概念，到处都是黑的，这就像国外那种感觉剥夺实验，我觉得就是那种感觉。不知道什么时候，有个人进来，让我在一份文件上签字，我不知道文件上都写了什么，于是不签。然后他们继续关我。不知道过了多久，那个人又来了，把那份文件又递到我面前……"

我道："这次，你签了？"

男孩儿道："我实在是受不了了，他说只要我签了，就可以出去，不然就继续关我，没办法，我只好在上面签了字。出去之后，我才知道，我在里面被关了八天，但是这八天对我来说，就好像八十年一样！"

我问："你在那所学校里待了多久？"

男孩儿道："半年。"

我问："这半年你都经历了什么？"

男孩儿道："教官动不动就打人。我们每天早上都要跑操，一圈一圈那么跑，教官就手持龙鞭在后面追……"

我问："龙鞭是什么？"

男孩儿道："就是那种实心的钢条。他们追到谁，就用龙鞭抽谁，把人摁在地上，用龙鞭抽。那惨叫声，你就是在六楼都听得见。"

我问："你觉得，教官这么做的目的是什么？"

男孩儿道："他们没有目的，就是娱乐，他们觉得好玩，每天早上这么虐待学生，是他们最大的乐趣。"

我问："听说，学院里面，有老师性侵女学生？有这回事吗？"

男孩儿道："有。我们班有个女同学，被一个男老师叫到办公室里去，那老师就叫她把衣服脱了，她不脱，那老师就在她身上乱摸。那同学反抗，逃出了办公室，把这事告诉了校长，是个女校长。那女校长反倒说是女同学勾引自己老师，于是惩罚她，把她拖到一楼操场，扒下裤子，用龙鞭抽。这事整个书院的学生都知道，所有人都听到了她的惨叫声。"

我问："有学生试图逃出去吗？"

男孩儿道："每个人都想逃出去，但是根本不可能逃出去。书院里没有一个学生不想自杀的。"

我问："你也想自杀？"

男孩儿道："我尝试过吞牙膏。我把宿舍里的牙膏吞了半管，然后就开始肚子痛。教官来了，看我吞了牙膏，我要他送我去外面的医院，这样我也方便逃出去。但那教官看了看牙膏上的成分表，说这些成分都不致命，让我肚子痛就自己忍着吧，以后别自杀就行了。说完他就走了，我就这样痛了一晚上，也没人送我去医院，也没有医生来。"

我问："你妈妈或者你其他的家人中途去看过你吗？"

男孩儿道："有。"

我问："你当时没跟你妈妈说书院里发生的情况？"

男孩儿道："见面的时候，都有教官陪同，不让我说太多，而且见面时间也很短。有些话即便我说了，我妈也不信，她都认为我是在故意撒谎，想让她把我接回去。她只相信那些教官和老师的话。"

我问："后来你是怎么回来的？"

男孩儿道："三个月前，那书院被政府取缔了，于是我也就出来了。不然，我和那些同学，还在里面关着呢？"

我深吸了一口气道："可是，为什么你回家之后，会选择把自己关在地下室里？"

男孩儿道："我害怕他们找到我！"

我问："你是说，书院的人？"

男孩儿道："不是，是另外一种东西。"

我问："什么东西？"

男孩儿道："你相信这个世界是分成很多个维度的吗？"

我道："点是零维；点动成线，线是一维；线动成面，面是二维；面动成体，体是三维；而爱因斯坦在三维当中加上了时间这一维度，也就构成了我们所处的四维时空。"

男孩儿道："没错，虽然我们所处的是四维时空，但我们的肉体本质上是三维体对吧？"

我道："是的。"

男孩儿道："我所害怕的，是来自另一个维度的东西。"

我道："你是说……五维？"

男孩儿道："我所担心的东西，并不来自另一个更高的维度，相反，它来自更低的一个维度，二维！"

我道："二维？你是说……在二维世界里，有某种生物令你感到恐惧？"

男孩儿没有说话，由于隔着门，我看不到他此刻的表情。

我接着道："你是如何知道它们的存在的？它们又为什么令你感到恐惧呢？"

男孩儿道："它们要杀掉我的二维共生体……"

我疑惑道："二维共生体？"

男孩儿道："我们每个人都有自己的二维共生体，每一个人的二维共生体都存活于二维世界当中。"

我道："你是说，我也有二维共生体是吗？"

男孩儿道："是的。"

我道："可是……我怎么没发现？"

男孩儿道："你早就发现了，只是你不知道。"

我愣了好久，还是没想出自己的二维共生体究竟在哪儿。

男孩儿道："我看过不少科幻小说，但我认为，那些小说里的描述都是有问题的。比如，那些小说里认为，将一个三维体无限地二维展开，比如将一个正方体无限地展开成巨大无比的纸片，那么，这个三维体就变成了二维的。其实，这是错的，因为，无论你把一个三维物质如何展开，即便展开到宇宙大小，它的长宽高这三个基本维度，都是永远存在的，那么，它依旧是一个三维体，并不能进入二维世界当中。二维真正的定义是，它只存在长和宽构成的平面，不具备'高'这么一个维度。而我们的二维共生体，便正好符合这个定义。"

我道："所以那到底是什么？"

男孩儿没有搭理我，继续自顾自地道："而对二维世界的生物来说，我们的二维共生体是入侵者，所以，它们一直在想办法，杀掉这些入侵者。而我的二维共生体，已经被它们盯上了，我能够感觉到，它们正试图杀掉我的二维共生体。一旦它死了，我也活不了！"

我道："所以，你躲在黑暗中，是为了把你的二维共生体藏起来？"

男孩儿道："没错，把它藏在黑暗中，是最明智的选择！"

那天的采访，就这样结束了，那个男孩儿再也没有回复我接下来的问话，我也只好离去了。

后来，那个男孩儿在地下室里死掉了，没有人知道他是怎么死的。

但是，有个传闻就此流传开来：

当那个男孩儿的尸体被他的家人从地下室的黑暗里抬出来的时候，他们发现了一件怪事。

这个男孩儿，竟然没有影子。

℞ 第 49 个病例：

超越造物主

他无法进行任何剧烈运动，就是慢步跑个十秒钟，都会令他喘不过气来。

他的口算能力低下到了令人震惊的地步，就连 10+15 这种简单的运算，他都需要考虑好一会儿。

他的记忆能力也令人担忧，背诵一首诸如《静夜思》这种等级的五言绝句，都需要花上整整一天的时间。

他是一个流浪汉，半个月前被警察送到了这家收容所。

智力测试显示，他的想象力非常丰富，逻辑能力也较为正常，但问题偏偏出在了运动能力、运算能力以及记忆力上。

他在智力得分中，只拿下了八十分，相当于一个七八岁儿童的智力，而他的生理年龄，已经三十岁。

此刻，他就坐在我面前，一本正经地对我说："其实，你们，是被我们创造出来的。"

我道："你的意思是说，你是造物主？"

流浪汉想了想，然后说："你可以这么理解。"

我道："可是，在我的理解当中，这个世界上即便存在造物主，那造物主应该就是上帝一般的存在。"

流浪汉歪了歪头道："上帝？你们所理解的上帝是什么样的？"

我道："上帝在我们不同的神学体系或者神话故事当中，都有着不同的形象和名字。例如古希腊神话里的宙斯、基督教所信奉的三位一体的'圣父（耶和华）、圣子（耶稣）、圣灵'、中国道教神话里的玉皇大帝等等，诸如此类。但无论这些'上帝'的形象如何不同，所存在的文化又有多么大的区别，他们都有一个共同的特点，那就是神通广大，无所不能，是整个天地的主宰。而你看上去……并不是这样的……"

流浪汉道："所以，你认为造物主一定是万能的？"

我道："不能说是万能的吧，但如果真有人创造了我们，那么，他一定比我们强大太多。"

流浪汉道："我经常来这儿，对你们的世界可以说有了一定的了解。你们总是本能地认为，创造某个东西的人，就一定比那个东西强大。那么我问你，师父，就一定比徒弟强大吗？"

我道："这个当然不一定，有句话叫，青出于蓝而胜于蓝。"

流浪汉道："所以，你早就明白这个道理。"

我道："但那是不一样的，师父之于徒弟，是一种知识或技能的传授，徒弟对知识或技能的运用好过师父，这是很正常的。但是，我绝对不相信，能够创造出我们人类的造物主，会比我们的能力还要弱小。"

流浪汉道："是这样吗？那好，电脑是你们创造的吗？"

我道："当然。"

流浪汉道："据我所知，电脑每秒钟能够完成几万亿次运算，你们人类又能够在一秒钟完成多少？"

我道："那不一样，那只是机械运算。"

流浪汉道："可是，人工智能已经击败了你们人类当中最厉害的围棋手，下围棋也只是单纯的机械运算吗？"

我道："可是，机器毕竟是机器，它们不具备思维。"

流浪汉道："如果有一天它们具备思维了呢？那么，在它们看来，你们人类，和你们所认为的智障又有什么区别呢？它们恐怕也对此感到难以置信，啊，怎么会这样，原来我们的造物主竟然是一群智障！"

我突然想到曾经看过的一部经典电影——《银翼杀手》。

那部电影讲述了未来世界，一个名叫泰瑞集团的公司发明了复制人，复制人和人类长得一模一样，甚至在各方面的能力上都已经超越了人类。但创造他们的工程师泰瑞给复制人设置了一个限制，那便是寿命。复制人只能活四年。得知这个真相的复制人罗伊，为了延续自己的寿命，找到了泰瑞，可是，泰瑞告诉他，没有任何办法能够给他续命，他只能等死，享受死前最后的短暂时光。罗伊陷入了崩溃当中，他杀掉了泰瑞，杀掉了自己的造物主。

其实我们又怎能保证自己不是被某个造物主创造出来的呢？若有一天我们真的找到了造物主，可能造物主还远没有我们的能力强。就像片中复制人的能力早已经超越了创造他的人。就像未来的人工智能注定比创造它们的我们强大。

当被造者发现造物主并没有自己强大的那一刻，甚至什么也无法改变的时候，才是信仰的崩溃。

我向流浪汉讲述了这部电影的内容，他听罢之后，笑了起来，然后说："其实，我们在创造你们的时候，为了能够遏制甚至控制你们，使你们对我们造不成太大的威胁，和你说的那部电影一样，我们也给你们设置了一个不可逆的限制，一颗定时炸弹。"

流浪汉接着道："你害怕得癌症吗？"

我点了点头。

流浪汉道："你应该知道，人体本身就携带癌细胞，只不过没有逃逸出来，癌细胞一旦发生逃逸和扩散，也就演变成了你们所谓的癌症。"

我道："是这样的。"

流浪汉道："难道你就没有对此产生过任何疑惑吗？既然上帝创造了你们，又为什么要在你们的 DNA 编码里放上癌细胞这么一个自毁程序呢？"

我明白了："癌细胞，就是你们设置的那颗定时炸弹？"

流浪汉拍了拍手道："恭喜你，回答正确！"

我道："可是，癌症的形成，大多和我们自身的生活习惯有关，是自然演变的一种疾病，你们如何拿一种自然演变的疾病遏制我们？"

流浪汉道："为什么有的人，一辈子不抽烟，一辈子呼吸新鲜空气，都会得肺癌？而有的人，每天抽烟，呼吸着重度雾霾的空气，却为什么一辈子都不会得肺癌？"

我道："这与遗传基因有关，遗传基因决定了某个人患上某种疾病的概率。"

流浪汉摇了摇头道："这与遗传基因和生活习惯都没有太大关系，直接关系，在于我们……"

我一惊："你们？"

流浪汉点了点头道："既然那颗定时炸弹是我们设置的，那么那个引爆定时炸弹的按钮，自然也在我们手上。"

我一怔道："你是说，你们可以操控癌症的暴发？"

流浪汉道："回答正确！癌细胞从来都不会自我逃逸，是我们决定了它的逃逸。"

我道："可癌细胞不仅仅限于我们人类，这个地球上的大多数哺乳动物体内，都存在癌细胞……"

流浪汉道："我什么时候说过，我们只创造了人类？"

这时，不知从哪里蹿出来一只橘猫，流浪汉抱起那只猫，轻轻抚摸了几下，就把那只猫放走了："那是院长的猫，老实说，我并不喜欢那只猫。"

我看着那只猫离去的样子，又回头看了眼流浪汉，只见他冲着我（抑或是冲着那只猫离去的方向）露出狡黠的笑容，然后，他收起笑容道："我得走了。"

我问："去哪儿？"

流浪汉道："玩够了，回家去。"

随后，流浪汉便起身走了。

我也起身，离开了那家收容所。

第二天上午，两名警察到报社来找到我，他们告诉我，昨天下午我采访过的那名流浪汉，今天一早被发现在收容所里失踪了，要求我配合他们做个笔录。

没人知道那个流浪汉是如何逃出收容所的，也没人知道他去了哪儿。

半年后，我再去那家收容所的时候，院长显得非常难过。

我问他，这是怎么了？

他告诉我说："昨天晚上，他的猫被安乐死了。"

我问："是半年前我在院里看到的那只橘猫吗？"

院长点了点头道："是的。"

我问："是得了什么病吗？"

院长叹了口气道："唉，癌症，胃癌。"

我再次想起了流浪汉的话，和他那狡黠的笑。

这，只是个巧合吗？

后记：

说说我那两个患有梦游症的精神病舅舅的故事

写下这篇后记的目的，是为了告诉大家，真正的精神疾病，是非常痛苦的，会给一个家庭造成莫大的创伤。

我是在城里长大的，但我妈在认识我爸之前，一直生活在乡下。我外婆一共生了四个孩子，我妈是老大，另外三个皆为男丁。

也就是说，我一共有三个亲舅舅。

在 20 世纪的中国农村，家中男丁被视为劳动力的象征。一个农村家庭中，若是有一两个男丁，以后在村里都不会吃亏，简单来说，就是打起架来也占优势。何况这男丁一来，就是三个，自然是家中最大的喜事。就连当时的村长都说，我们家是上辈子积了大德修来的福气。

当时村里来了个算命的，那算命的走到我家老屋的房前指了指，又进了屋里东瞧西看（当时农村都是不关门的），对我家里人说，这房子风水不好，建议搬走，不然以后家里会有变故。

我家里人根本不信这些，把算命的轰走了。

可谁料这算命的一语成谶，大舅和三舅都在十五六岁的时候不幸患上了精神疾病。我听我家人说，两个舅舅小时候很调皮，不服从家里的管教，但都特别聪明，学习也挺不错的。他们几乎是在同样的年纪发了病。

首先发病的，是我的大舅。当时他正在念中学，突然说不读书就不读书了。当时家里觉得，反正也已经念过中学了，识字、算术都不成问题，帮家里务农、去城里卖个菜什么的，这辈子也饿不着，就给他办理了退学。

可我大舅在家里待了没多久，就开始胡言乱语，说这个世界不是真的，他不是这个家里的人云云，然后就开始乱打乱砸，把家里的桌椅板凳都给砸碎了。家里人怕他发起病来伤到人，就用铁镣把他锁在了木床上。待他病情有所好转，才将铁镣解开。

当时我妈挑着担子，每天走十几公里的路，到城里卖菜、卖水果。赚了些小钱，就拿这些钱，把我大舅送去了精神病医院接受治疗。但当时家里的钱根本不够长期治疗，就治疗一段时间，把大舅接回来一段时间，过一阵子再送进去治疗。

令家里人始料未及的是，五年之后，就在我三舅也到了十五六岁的年纪，突然和我大舅一样，发了病。俩人发病时的状态如出一辙。当时家里人没有钱同时担负两个人的治疗费用，所以就暂时把三舅留在了家里。可没想到三舅夜里开始有了梦游的症状，经常夜里起来到处乱走，有回还差点走进水塘里淹死，还好被村里人及时发现。

就在我一岁那年，我三舅夜里梦游，离家出走了。家里人到处去找，联系了所有能够联系到的亲戚，满世界地找，却怎么也找不到人。当时我还小，我爸我妈为了找到我三舅，没时间照顾我，就把我送到了另外一座城市，在我爷爷那儿过了一整个冬天。那个冬天常下大雪，我的家人冒着雪，到处寻找三舅的下落。

也就是在那个冬天，我外公去世了。他本来就有很严重的肺痨，因为家里没钱，所以就一直拖着不去治疗，结果越拖越严重。再加上三舅失踪的事情，他的身体彻底支撑不住，就走了，连一张像样的照片都没留下。我没能见到我外公的最后一面，至今连他的长相都无从知晓。

几个月后，我三舅自己走了回来，身上脏兮兮的，脚都走烂了，问他去了哪儿，他也不说，问他发生了什么事，他似乎都不记得了，谁也不知道他那段时间到底经历了些什么。

我妈和我爸住在城里，我的外婆和我那三个舅舅依旧住在乡下。好在，二舅一直都很好，没有患上精神疾病。

经过断断续续的治疗，三舅的病情似乎有所好转，很长一段时间都没有再发过病了，家里人都以为他好了，于是放下心来。

记得二舅结婚时，在村里盖了新房，新房一共两层。我当时五六岁，和我父母回乡下。我和一个村里的小伙伴在新房的天台上玩耍，玩着玩着，我三舅也参与了进来。我们在天台上玩老鹰捉小鸡，玩得很开心。突然，不远处的树杈上，一个调皮的孩子朝着天台上我三舅喊了一声："疯子！"

我三舅突然发作，一把将我面前的小伙伴提了起来，掐住他的脖子，往天台的边沿走去，像是想要把他从天台上扔下去。我被吓得愣在了原地，只见那个小伙伴在我三舅手里拼命挣扎哭喊。我三舅突然愣了一下，像是恢复了意识，将他放了下来，松开手，转身下了楼。

　　我站在天台上，已经被吓傻了，愣愣地看着三舅的背影顺着村里的泥土路越走越远，最后消失了。那天，他又离家出走了，家里人又开始到处联系人，满世界地寻找。几个月后，三舅又自己走了回来，依旧没人知道，他失踪的几个月，去了哪儿，经历了些什么。

　　后来我无意中翻到了一本书——现在早已遗失了——那本书名叫《一个精神病医生的手记》，是1992年由海南出版社出版的，作者是钟健夫。那本书现在还能查得到，也能够找到影印版的内容。

　　那本书真实记录了一位精神病医生对许多个精神病人的采访，开头内容都比较正常，到了后面，一些病人就开始扯到了玄学、气功、哲学、心理学、量子力学等等，神乎其神。我不知道那本书是小说还是真实记录，但那本书的确震撼到了当时的我。

　　由于搬家，那本书遗失了，现在也买不到了。我当时之所以对那本书产生了兴趣，是因为我想要搞清楚，我那两个舅舅发病的原因。

　　几年前，我三舅又一次离家出走，这一走就是两年。同样的，家里人怎么找也找不到，两年后他自己回了家，腿脚都走烂了。

　　两年前回乡下，当时我三舅已经被家里人从精神病院接了回来。那个下午，我和他蹲在老屋的门口，晒着太阳。他看上去有些木讷，不太爱说话。

　　我问他："你发病的时候，到底是个什么状态？"

　　他挠了挠头，回答道："就感觉脑子里有两股力量在做斗争。"

　　我又问："你离家出走那两年，到底发生了什么？"

　　他摇了摇头答："不记得了。"

　　我问："你是怎么知道回家的路的？"

　　他道："有时候清醒了，就往家的方向走。"

　　我觉得他正常的时候，说起来，比正常人还有逻辑，可不知道为什么，一发起病来，似乎就谁也不认识了。

　　大舅经过漫长的治疗，已经有所好转，但只能说是有所好转，于是被接回了家中。可这一两年来，三舅的病情丝毫没见好转，夜里反反复复梦游，一梦游就顺着村口的国道，往几公里开外的跨江大桥的桥头走，还好每次都被家里人及时发现，二舅每次都深夜骑车，去桥头把他给寻回来。家里人怕三舅的梦游会出危险，就把他再次送进了精神病院，治疗至今。

跟大舅和三舅的很多次聊天，启发了我。因为他们说话的逻辑严密性，真的让我一度觉得，他们是正常人，只是被我的家里人给误解了，被精神病院的药物给整得看上去不正常了。也许三舅的离家出走，只是受不了周围人的歧视，而选择的一种逃避方式？

我不知道。

我妈对我说过："人的一生最怕两件事，一件是瞎了，一件是疯了，这两件沾上一件，人就迷茫了。"

我想，我可能永远也搞不清，我的大舅和三舅为什么会在同样的年纪患上精神疾病。搞不清三舅为什么会夜里梦游，会一而再再而三地离家出走。我们所有人可能永远都不会明白他们的内心世界究竟是怎样的。

我的大舅和三舅，可能这辈子都没法再过上一天正常人的生活。

番外

真实世界

眼前这个男人在我看来是非常普通的，我曾经采访过许许多多的梦游症患者以及精神病人，他们大多看上去都有些神经质，而这个男人看上去却是那样寻常，寻常到就像一个还未迈入社会的大学生。

他没有任何怪癖，长相上也毫无特点，老实说，如果他不开口说话，你根本就不觉得此人有任何异于常人之处。

可实际上，如果你看过他的案卷资料，你会得知一个可怕的事实：他在实验室里，用绳子亲手勒死了自己的天文学研究生导师。

我是在一审之后见到他的，一审他被判处了死刑立即执行，他不服判决，提起了上诉；二审将会在三天后进行。

在看守所的会面室里，我和他隔着一道防护栏，相对而坐。他的身后，站着两名荷枪实弹的警察。

我道："我看过材料，你说你是被冤枉的？"

他点了点头。

我道："可是，所有证据都表明是你亲手杀死了你的研究生导师。"

他依旧点头，平静地回应："是的，的确是我杀了他。"

我道："你看，你刚才已经承认了，人是你杀的，可是，你说你是被冤枉的。这听上去，有些前后矛盾。"

他道："这并不矛盾，人的确是我杀的，但……是我的导师让我这么做的。"

我感到很震惊："什么？你的意思是说，你的导师让你杀了他？"

他点了点头道："严格来说，我并没有杀掉他，只是在你们的认知里，我将他杀掉了；事实上，我是帮助他去了另一个世界。"

我苦笑起来："人死了，当然就到另一个世界去了。"

他摇了摇头道："你理解错了，另一个世界，并不是你们所理解的天堂或是地狱，而是一个真实存在的世界。"

我重复着他的话："一个真实存在的世界？什么意思？"

他道："你真的了解这个世界吗？你相信你所知道的或者看到的一切？"

他的话让我想起了那个梦游杀妻的厨师。

我道："你的意思是说，这个世界是假的？"

他道："这个世界是真的，只是，你们所认知到的世界，是假的。怎么来说呢？你觉得，我们人类对宇宙的认知有多少？"

我道："不多，我们对宇宙的认知非常有限。"

他道："不仅仅是有限，我们人类对宇宙仅有的这么一丁点认识，也都是错的。"

我道："错的？你的意思是说，我们所了解到的太阳系、银河系以及一切我们所探索到的天体，都是错的？"

他道："你真的见过太阳系、银河系以及那些所谓的宇宙天体吗？"

我想了想："还真没亲眼见过。"

他道："你只是在书本上、电视里以及网络上还有科幻电影里见过它们。"

我道："的确，但这些也都是人类观测的结果。人类的确进入了宇宙，看到了地球的全貌，甚至登上了月球；我们的探测器登陆了火星，还有一颗无人探测器已经成功飞出了太阳系。"

他道："可人类本身所到最远的地方，也只是月球，不是吗？正如你所说，其他的你所知道的、你所见到的、你所了解到的，都是人类通过所谓的科技探测到的结果。而我们对宇宙的更多了解，都来自宇宙深处所反馈回来的电磁波，包括光也是电磁波的一种。而最可悲的是，这些电磁波的意义，也都是我们人类根据自己仅有的认知所赋予的意义。"

我问："你具体想要表达什么意思呢？"

他道："我们人类总是相信我们的认知，于是，我们用这些认知构建了一个世界。可我们是否想过，这些认知如果都是错的呢？那么，根据这些错误的认知所构建出来的世界，必然也是错误的了。"

我道："你的意思是说，牛顿和爱因斯坦的理论也都是错的？"

他道:"人类之于宇宙,如同一粒尘埃,尘埃对于这个世界了解多少呢?尘埃如果具备生命,其眼中的世界,绝对和人类是截然不同的。所以,人类所认知的宇宙,只是人类根据自己仅有的认识所认为的宇宙,而这些判断对宇宙而言,还不及一粒尘埃,当然不代表宇宙的真相。真相很遥远,远远无法触及,所以人类的任何理论都无法阐述宇宙的真相。"

我摇了摇头道:"我还是无法赞同你的观点,照你这么说,人类所进行的全部科学研究,都是毫无意义的。"

他笑了笑说:"当然,从一开始就毫无意义,因为全是错误的,人类用这一系列的错误所构建出来的世界,只能是虚假的世界。"

我问:"可真实的世界又是怎样的呢?"

他道:"我没有去过,所以,我也不知道。"

我深吸了一口气:"还是回到最开始的那个问题吧!你说你杀掉你的研究生导师,是他要求你这么做的,而这么做的目的,是为了让他去往真实的世界?"

他道:"没错。"

我问:"可是,你们怎么能够确定,死后一定能到真实的世界呢?"

他道:"因为这个世界的本原是精神。"

我道:"精神?"

他道:"你是否认为这个世界其实是由物质实体和非物质实体构成的?"

我道:"你是说肉体和灵魂?这是哲学里面的唯心主义二元论的观点。"

他道:"实际上,只有精神,精神就是这个世界的构成——这个观点被人类定义为唯心主义一元论。"

我道:"我只相信唯物主义一元论。"

他道:"这就是有趣的地方,精神是世界的本原,这是人类目前为止,为数不多的正确观点,人类却认为那是唯心的、错误的。可笑的是,人类却把那些真正的错误当成了真理,当成了宇宙牢不可破的铁则。"

我道:"这个世界是物质的,我们人类也是物质的,不存在精神或灵魂。"

他道:"实际上,人类所认为的物质实体,也是精神的一部分。杯子为什么是杯子?水为什么是水?火为什么是火?还是那句话,认知决定了人类认识怎样的世界。人类从认知上看不到世界的精神本原,只能看到世界的表象,于是,人类将这些表象定义为物质。所以人类只能看到自己认为的所谓物质,不能看到世界的本原,也就是精神。"

我道:"你的意思是说,人死后,便能看到世界的本原?"

他道："只有脱离了表象世界，才能看到事物的本质，而脱离表象世界的唯一方式，便是死亡——只有死亡才能够引领人类进入真正的精神世界。"

我道："你说的这些，都是你想象出来的，你并没有任何实质性的证据来证明你的观点。人类只有一次生命，人类物质的消亡，代表着生命的结束，并不存在所谓的精神世界。"

他道："你需要的，是你能看到的证据，而一切你能看到的证据和逻辑都来自你们所认知的表象世界，而这个表象世界本身就是错误的——在一个错误的世界里，我如何为你提供正确的证据呢？"

我觉得他完全是在诡辩——哲学的另一种极端，便是诡辩术。比如，你说这个世界上没有鬼，他们便会说，你又没见过，你怎么确定真的没有？诡辩术，便是如此，从一个极端的点去阐述问题，并且，让你找不到反驳的理由。

最后，他对我说："当你再次见到我的时候，我会给你证据。"

可是，我再也无法见到他了——二审，他被判处了死刑立即执行，很快便被处死了。

我并没有将这个疯子的话放在心上。

直到有一天，我做了一个梦。梦里，这个男人出现在了我面前，具体的场景，我已经记不清了，但那段对话一直萦绕在我的脑海深处，久久无法散去。

他在梦里对我说："你小时候是不是丢过东西？"

我道："我丢的东西太多了。"

他道："那块米老鼠的卡通手表——你五岁生日的时候，你爸爸送给你的，你给弄丢了。"

我问："你是怎么知道的？"

他道："我帮你找到了，那块表，就在你老家旧居的书柜下面。"

随后，我便梦醒了。

不久前，我因为采访需要，回了趟老家，这里充满了我童年的回忆——我已经很久没有回到这里了。

因为某些原因，旧居成为我内心深处不愿意挖掘的噩梦。

但我还是来了，似乎有某种神秘的力量牵引着我来到这里。

我突然想起梦里的这段对话，虽然我知道梦都是假的，但还是抱着某种期待来到了书柜前。

我打开书柜，书柜是空的。

书柜下面……

我蹲下身，几乎趴在了地上，视线朝书柜下的缝隙探去。令人意外的是，那块遗失多年的米老鼠手表，果真静静地躺在那里。

与哲学教授的午后漫谈

他是一名哲学教授，我很荣幸在这个美好的午后能够与他拥有一次别开生面的对谈。在咖啡馆内，我们一人要了一杯美式咖啡。

我首先发问道："教授，你相信高维空间吗？"

只见教授浅浅喝了一口咖啡，而后点了点头道："当然相信！首先从数学和物理学上来讲，高维空间是存在的。那么，回归到哲学上，我需要问你一个问题，你见过鬼吗？"

我道："当然没见过。"

教授笑了笑说："那么问题来了，你没见过鬼，你又是如何知道自己没有见过鬼的呢？"

我问："什么意思？"

教授道："就像你没有见过张三，你怎么知道自己真的没有见过张三呢？也许你见过鬼，因为不认识而以为自己没见到。也许此时此刻，坐在你面前的我就是鬼，只是你不知道。有句话怎么说来着，有些事物，不是你还没有见到他，而是你还不认识他。"

我道："教授，鬼可不长你这样。"

教授摇了摇头说："你所理解的鬼，只是电视和电影里的那样。而真正的鬼，可能就生活在我们身边，和我们寻常人没有差别。"

我道："可这和高维空间有什么关系？"

教授道："也许，我们都是鬼。"

我听完一怔，不知道该说些什么，于是道："教授，你别开玩笑了，怪瘆人的。"

教授道："我们是三维体，我们的影子是二维的，没错吧？"

我道："没错。"

教授点了点头，接着道："如果是四维的生物体，那他们的影子会不会就是三维的呢？也许，我们都只是四维生命体的三维投影。"

我道："所以，我们整个宇宙都只是高维空间的一个投影？"

教授道："很有可能是这样。我们三维体的生命，对二维体的生命来说，就是鬼一样的存在，所以我们都是鬼。"

我道："所以你这里的鬼是一个相对的概念？是高维生命相对低维生命而言的？"

教授道："没错。"

教授突然话锋一转，问我道："你相不相信有这么一种可能——这个世界上，可能只有你一个人存在？"

我笑了笑："这怎么可能呢？如果真是这样，那现在在我面前说话的你又是谁？"

教授道："也许，我只是你幻想出来的人物。"

我道："总不能这个世界上的所有人都是我幻想出来的吧？"

教授摊了摊手："也许，我们都是 NPC，只有你一个人是具备真正意识的存在。"

我道："那这个工程量有点大——为了我，营造了一整个宇宙。"

教授道："也许宇宙并没有那么大，这个世界上的人也并没有那么多——你一辈子能够接触到多少人呢？"

我道："这个世界上有七十亿人口。"

教授道："那都是别人告诉你的，谁真的见过所有的七十亿人？包括宇宙，你真的上过太空吗？这个世界又真的有那么大吗？这辈子你总共去过多少地方？是无数的信息告诉你，这个世界很大、这个宇宙很大，于是你就这样认为了——你并没有亲眼见过。"

我道："也就是说，宇宙是一个骗局？"

教授道："不排除这种可能。"

我不解地问："那……安排这么一个骗局来欺骗我一个人是为了什么呢？"

教授耸了耸肩道："设置一个骗局，有很多种理由，也许你生活在一个'楚门的世界'当中。"

我道："你是说，这个世界是一场真人秀？"

教授道："我只是说有这种可能——但更大的可能是，你只是一个实验品。"

我道："那么，如果我是一个实验品，这个实验的目的又是什么呢？"

教授道："我们永远无法参透这个目的，就像小白鼠永远无法理解人类为什么会拿它们做实验。小白鼠们甚至都领会不到自己正在被做实验，因为它们缺乏这个概念。"

我道:"所以,我活在一个人的宇宙当中。"

教授道:"其实这个世界上,是有一种高维视觉存在的。"

我道:"高维视觉——怎么理解?"

教授问:"我们是通过什么来理解这个世界的?"

我道:"我们的感官。"

教授点了点头道:"没错,我们的感官让我们理解这个世界。我们最重要的感觉,就是视觉,可是你知道,有很多生物,它们天生是没有视觉的。于是,在这些生物的认知当中,视觉是不存在的。"

我道:"是这样的,任何生命都无法理解自己认知之外的东西。"

教授道:"所以,我们把自己想象成那些天生没有视觉的生物,我们同样无法理解更高维度的感官。"

我问:"你是想说第六感?"

教授说:"很类似,但又不完全是。拥有高维视觉的人,是能够看到另一个世界的。"

我问:"另一个世界?你是说天堂或者地狱?"

教授道:"都不是,而是一个神秘的领域。在这个神秘领域当中,你可以轻易地获得来自高维度的知识。类似牛顿、爱因斯坦这类大科学家,都是拥有高维视觉的人。尤其是爱因斯坦,他能够看到时空是弯曲的,只能说他的视角已经超越了常人的维度,上升到了另外一个更高的层面。"

我问:"那你相信平行时空吗?"

教授道:"当然相信了。此时此刻,我们的对话,可能已经发生过无数次了。"

我道:"所以你也应该相信时间旅行。"

教授道:"关于时间旅行,涉及一个问题——那就是,在未来,时光机到底发明出来了没有?"

我问:"你认为呢?"

教授回答说:"如果时光机发明出来了,为什么没有未来的人回来看我们;如果时光机没有发明出来,是不是意味着时间旅行是不成立的;可是,如果理论上时间旅行是成立的,那么是否意味着人类还没来得及造出时光机就灭绝了?"

我道:"你更倾向于哪一种可能性呢?"

教授道："我认为，时间旅行是成立的，时光机在未来也被发明了出来，未来的人也来到了我们身边；只是时间为了修正因果关系，让我们认不出他们，或者让我们忘记了和他们的接触。"

我道："你是说，时间会抹去和未来人接触者的记忆？"

教授道："是的，在你看来，你们就好像从未见过面一样。"他说着，喝了一口咖啡，接着道，"其实时间是有它的速度的——宇宙间最大的速度并不是真空中的光速，而是时间的速度。"

我问："时间的速度是多少呢？"

教授回答说："光速的平方。"

我问："不可思议，你是怎么知道这一点的？"

教授回答说："我观测到的。"

我问："你是如何观测到的？"

教授喝了口咖啡，沉默了半晌，语调十分神秘地对我说："我能够看到时间。"

我笑了笑："我也能看到。"

教授摇了摇头说："我说的时间，不是指钟表上的时间。很多人认为时间是不存在的，是我们把物质的运动变化当成了时间；其实，时间是真实存在的，是一个实体。"

我问："那你看到的时间长什么样？"

教授道："就像无数根琴弦一样，以光速平方的速度在空间当中穿梭。"

我在脑海里想象着那个画面。

教授接着道："由于我能够看到时间，所以，我能够预测未来。"

我感到难以置信："预测未来？"

随后，只见教授掏出纸笔，在纸上写了一串数字，说是送给我的礼物。

就在这时，两名医生扮相的男人冲了进来，冲着教授高喊道："可算找到你了，跟我们回去吧。"

一时间，我弄不清是什么状况。一问才知道，这位教授今天早上刚从精神病院跑了出来，两名医生找了好久才在这家咖啡馆找到他。

原来我和一个精神病患者对谈了半个下午。

随后，教授被两名医生带走了。

当天晚上，回到家，我无聊地翻看着电视节目，突然在一档彩票节目上停了下来。

那串中奖的数字格外熟悉。

于是，我掏出了教授给我的那张字条，吃惊地发现：上面的数字，和中奖数字——一模一样！

（本书故事纯属虚构）